Brigitte Blobel
Der andere Sohn

Unverkäufliches Leseexemplar
Bitte keine Rezensionen vor dem
17. Februar 2004

Brigitte Blobel

Der andere Sohn

Roman

Ullstein

Ullstein Verlag ist ein Unternehmen der
Ullstein Buchverlage GmbH

Originalausgabe
1. Auflage Februar 2004

Lektorat: Krista Maria Schädlich
Umschlaggestaltung:
Unter Verwendung eines Gemäldes von
Satz: LVD GmbH, Berlin
Druck und Bindung: GGP Media GmbH, Pößneck
ISBN 3-550-08422-6
Printed in Germany

1.

Marthe weiß, dass ihr an diesem Tag etwas Außergewöhnliches zustoßen wird, als sie ganz gegen ihre Gewohnheit noch in der Wohnung die Sonnenbrille aufsetzt.

Die Wohnung ist dunkel, da fast alle Zimmer nach Norden gehen. Besonders schummrig ist es auf dem Flur, weil der dazu noch halbhoch getäfelt ist. Diese Täfelung hat ihnen damals, als sie eine Wohnung suchten, besonders gefallen.

Sie prüft sich im Spiegel. Das einzig Auffällige in ihrem Gesicht sind diese großen, ovalen, dunklen Gläser in Schildpattfassung. Ein Imitat, denn sie werfen das Geld nicht hinaus.

Als sie sich so im Spiegel der Garderoben-Kommode begegnet, weiß sie, dass die Firma »Gebr. Petersen« an diesem Tag auf ihre Mitarbeit wird verzichten müssen. Es muss ihr nur noch eine Ausrede einfallen.

Ich werde in die Stadt fahren, sagt sie zu ihrem Spiegelbild. Ich renne jeden Tag in die Firma, von Montag bis Freitag, Woche für Woche. Ich hatte seit dem letzten Sommer keinen Urlaub, und deshalb muss ich heute in die Stadt. Ich hocke in der Firma »Gebr. Petersen« in diesem kleinen Kabuff mit Alu-Fertigfenster, durch das man auf die Eternitdächer der Lagerhallen sieht, Tag für Tag und Stunde um Stunde, während draußen Dinge passieren, von denen ich nichts weiß. Aber von denen ich wissen sollte. Dinge, die vielleicht etwas mit mir zu tun haben. Ich werde den Zug um neun Uhr neunzehn nehmen, nach Hamburg-Hauptbahnhof. Sie weiß, wenn es geschieht, kann es nur dort sein.

Marthe nickt ihrem Spiegelbild noch einmal zu und das Spiegelbild nickt bekräftigend zurück.

Der Getränkegroßhandel »Gebr. Petersen« hat sein Hauptgeschäft im Industriegebiet Moorkaten-Nord, einem neu geschaffenen Zentrum, von dem der Bürgermeister sich einst den großen Aufschwung für die Region versprochen hat. Mit Bundesmitteln wurden hier Gebäude hochgezogen, Lagerhäuser, Flachdach-Konstruktionen, aber auch Bürohäuser aus Glas und Stahl, vierstöckig. Die Raiffeisenkasse hat dort ihren Sitz, ein holzwirtschaftlicher Betrieb und eine Fertigungshalle für Schiffsschrauben.

Das Bürohaus aus Glas im Industriegebiet Moorkaten-Nord wirkt wie Utopia. Wie der Glaube an eine Zukunft, die nicht stattfinden wird.

Im zweiten Stock hängt ein Tuch, auf dem in schwarzer Tinte geschrieben steht: »Büroflächen, billig zu mieten.« Bei Südostwind bläht sich das Tuch und schlägt gegen die Fenster.

Die Eingangshalle ist unmöbliert, ursprünglich sollte es hier – als Rezeption – einen halbrunden Tresen aus Granit geben, und in die grünlich schimmernden Glasplatten neben dem Lift sollten die Namen der Firmen und ihrer Inhaber eingraviert werden. Von acht Glasplatten sind bisher nur drei beschriftet. Von einer Rezeption ist nicht mehr die Rede. Und um Wartungskosten zu sparen, wurde der Lift gar nicht erst in Betrieb genommen. In die Grünflächen vor dem Eingang wurde kein einziger Baum gepflanzt. Der überdimensionalen Zufahrt zum Industriezentrum Nord, für die extra eine Umgehungsstraße um Moorkaten – gegen den heftigen Widerstand einiger Bauern – gebaut wurde, fehlt immer noch der letzte Asphaltbelag, aus den Peitschenlampen über der Kreuzung hängen gebündelte Kabel. Tagsüber herrscht ein gewisses Leben, die viel zu groß geplanten Parkplätze sind jedoch immerhin zu einem Drittel belegt und der Imbisswagen macht zwischen acht Uhr morgens und vier Uhr nachmittags einigen Umsatz. In der Planung war ein Restaurant vorgesehen, aber es fand sich kein Pächter. An den drei Stehtischen, mit rotem Kunststoff abgedeckt, vertreten sich die Fahrer von »Gebr. Petersen«, die Arbeiter aus dem Montagebaubetrieb »Lorenzen KG« und die Angestellten aus dem Bürohaus die Beine.

Es gibt Kaffee in richtigen Tassen, Brühwurst auf richtigen

Tellern, kalte Frikadellen und neuerdings auch Käse- und Salami-Sandwiches. Der Imbissbetreiber sagt, wochentags kommt er zurecht.

Aber abends und an Wochenenden steht der aufgebockte Imbisswagen verloren am Rande des Parkplatzes, die Beleuchtung ist ausgeschaltet, das ganze Industrieviertel fällt in eine Art Tiefschlaf.

Die Getränkefirma »Gebr. Petersen« ist im letzten Flachdachgebäude untergebracht, vor dem großen Maisfeld, das zum Versuchsgut Hanseloh gehört. Auf Zweitausend Quadratmetern stapeln sich die Getränkekästen, Weinkartons.

Marthes Dienst beginnt um neun Uhr. Dann ist ihr direkter Vorgesetzter, Martin Rettenbach, schon seit mehr als zwei Stunden im Büro. Rettenbach organisiert den Vertrieb, verteilt die Fahrer, die Touren, koordiniert Zu- und Ablieferung der Waren. Rettenbach ist Anfang fünfzig und auffällig an ihm ist der breite Oberkörper mit den kurzen Armen. Er hat ein weiches Doppelkinn, das, wenn er den Kopf anzieht, auf dem Kragen aufliegt. Er ist ein Genussmensch. Die Espressomaschine aber kann er nicht bedienen, deshalb muss er, um den ersten Espresso des Tages zu genießen, immer warten, bis Marthe kommt. Die Espressomaschine ist das Geschenk eines italienischen Geschäftspartners aus dem Friaul.

Marthe hütet sie wie ihren Augapfel. Sie hat ihren Schreibtisch so gestellt, dass sie die Maschine durch die beiden Glastüren besser im Auge hat. Bei fehlerhafter Bedienung ist sie sofort kaputt. Marthe muss wieder die alte Filterkaffeemaschine aus dem Schrank holen und sich das Lamento ihrer Kollegen anhören, dass ein italienischer Espresso mit einem deutschen Filterkaffee überhaupt nicht zu vergleichen ist.

In der Firma ist Marthe beliebt. Sie weiß das, obwohl sie sich den Grund dafür nicht erklären kann. Wenn ein Kollege feiert, wird sie immer dazu gebeten. Sie wird zu Hochzeiten, zu Taufen, zu Geburtstagen eingeladen. Zu den Beerdigungen, wenn es sich um enge Familienmitglieder einer Kollegin oder eines Kollegen handelt, geht sie ganz selbstverständlich.

Dann bringt sie immer etwas mit von einem Spaziergang am Ufer der Aue. Im Herbst sind es oft schöne bunt gefleckte Blätter, im Frühjahr wilde Narzissen, manchmal Sumpfdotterblumen.

In der Firma zu lächeln oder Scherze zu machen, ist für sie ein leichtes.

Sie macht sich auch gerne hübsch für die Kollegen, für die beiden Petersen-Brüder zum Beispiel, die Inhaber der Firma. Die Brüder Petersen, Jens und Uwe, sind grundverschieden. Im Wesen und im Aussehen. Darüber sind sich alle bei Gebr. Petersen einig: Wenn man nicht wüsste, dass sie Brüder sind, würde man es nicht für möglich halten.

Jens ist groß, rothaarig und er lacht, als sei er in einem früheren Leben ein Pferd gewesen. Er wiehert beim Lachen. Wenn er morgens kommt, rollt er als erstes seine Hemdsärmel hoch und zieht die Schuhe aus. Manchmal führt er eine neue Schreibkraft aus, um zu testen, ob sein Charme noch ankommt. Er meint es nie ernst. Später darf das Mädchen ihm nicht böse sein. Keinesfalls erwarten, dass sich daraus irgendwelche Vergünstigungen im Job ergäben. An eine feste Bindung denkt er ohnehin nicht. Jens möchte frei und ungebunden bleiben. Seine einzige wirkliche Liebe gehört dem Segelsport. Aus dem Urlaub schickt er Postkarten an die Firma aus Bornholm, Göteborg, Stralsund. Er liebt die Ostsee, den Wind, die Wellen. Seine roten Haare sehen immer irgendwie sturmzerzaust aus.

Wenn Marthe sich entscheiden sollte, wer ihr besser gefällt, würde sie immer Uwe nennen. Uwe ist der Besonnene, der Vorsichtige von beiden, der Kreative, auch wenn sich seine Begabung nicht wirklich in irgendeiner künstlerischen Betätigung niederschlägt. Dafür, sagt er, hat er keine Zeit. Vielleicht bedauert er das mehr, als er es zugibt. Er sagt von sich, dass er ein Cineast sei, ein Kinoverrückter, manchmal setzt er sich auf die Ecke von Marthes Schreibtisch und liefert, in allen dramaturgischen Verästelungen, die Inhaltsangabe eines Filmes, den er am Vortag gesehen hat.

Oder er schwärmt von einer Ausstellung, in die ihn seine neue Freundin Nadine geschleppt hat. Sie hat eine Schwäche für Bilder, sagt Uwe. Dabei hat sie eine Schwäche für Vernissagen, Sektempfänge und hohle Gespräche. Marthe ist der festen Überzeugung, dass sie mehr an dem gesellschaftlichen Ereignis, als an den Bildern selbst interessiert ist. Sie fragt sich, wann Uwe Nadines gesellschaftlicher Ehrgeiz auf die Nerven geht. Er hätte etwas Besseres, Ernsthafteres verdient, findet Marthe. Sie wäre anders. Sie würde mit Uwe in die Ausstellung gehen, wenn möglichst niemand anderer da ist, kein Besucher. So wenig Besucher wie möglich. Damit sie beide vor einem Bild verweilen, über ein Bild nachdenken, in ein Bild sozusagen hineinkriechen könnten. Um dann zu sehen, ob man das Gleiche denkt und fühlt beim Betrachten.

Sie denkt, es wird an den Eltern Petersen liegen, dass Uwe und Jens so verschieden sind. Vielleicht war die Frau zart und dunkel und musisch begabt und der Vater ein Draufgänger, sportlich athletisch. Vielleicht, und das ist die interessantere Variante, war es aber auch umgekehrt.

Wie mit Max und Moritz, ihren Söhnen.

Paul, ihr Mann, ist genau wie Max. Niemand würde auf die Idee kommen, Paul nicht für den Vater von Max zu halten.

Es ist beinahe gespenstisch: Max und Paul haben die gleiche Art, ein gekochtes Ei zu köpfen und ziehen vor dem Spiegel den Kamm exakt auf diese nämliche Art durch das dichte Haar, mit abgespreiztem kleinen Finger der linken Hand. Sie schneiden die Fußnägel mit einem Clipper. Von dem Geräusch bekommt Marthe eine Gänsehaut. Sie schlafen auf dem Bauch. Sie mögen deftiges Essen. Sie haben beide die Realschule besucht und dann eine Lehre begonnen. Sie lesen keine Bücher und langweilen sich bei schönen Fernsehfilmen, zappen sofort weiter zum Sportkanal

Ihr Sohn Moritz wäre anders geworden. Das hat Marthe immer gewusst, aber erst, seit sie als Angestellte der Firma Gebr. Petersen die beiden Petersen-Brüder beobachten konnte, ist sie ganz sicher.

Max ist Pauls Kind. Aber Moritz wäre ihr Sohn gewesen.

Die Eisenbahnlinie, an der Moorkaten liegt – der Ort, in dem Marthe geboren und aufgewachsen ist und den sie nie länger als für einen Urlaub verlassen hat – ist eine viel befahrene Strecke. ICE, Regionalexpress, IC, Eurocity – alle diese modernen Züge rasen durch Moorkaten, halten nie. Moorkaten hat elftausend Einwohner, das ist für einen Schnellzug uninteressant. Ebenso für die Firma McDonald. Nur der Regionalzug hält hier jede Stunde. Der in Richtung Süden verlässt den Bahnhof immer um fünf Minuten vor der vollen Stunde, der nach Norden um neunzehn Minuten nach.

Marthe hat den Fahrplan im Kopf, auch wenn sie nicht oft Zug fährt. Sie haben ja den Jaguar, Baujahr 1986, mit Mahagoni-Armaturenbrett und Mahagoni-Schaltknüppel. Die Polster aus Kalbsleder, chamois-weiß. Es gibt in Moorkaten kein vergleichbares Auto. Der Hühnerzüchter Dahlmann fährt einen Mercedes der S-Klasse, aber verglichen mit dem Jaguar wirkt er fast piefig, sagt Paul. Paul versteht was von Autos, Autos sind sein Beruf und sein Leben.

Marthe kontrolliert den Inhalt ihrer Tasche. Ein runder Lederbeutel, in dem sie beim Suchen den Arm bis zum Ellenbogen versenkt. Die Schlüssel, Ausweis, Geld, Kreditkarten. Nicht, dass sie vorhat, etwas zu kaufen. Deswegen fährt sie nicht in die Stadt. Sie fährt in die Stadt, weil sie an diesem Morgen eine Sonnenbrille aufgesetzt hat, obwohl die Sonne nicht scheint. Es ist einer dieser typischen norddeutschen Tage mit hoher Wolkenschicht, die sich aus aufsteigendem Frühnebel bildet. Ein feuchter, kalter Nebel, der sich um diese Jahreszeit manchmal den ganzen Tag nicht hebt. Er hängt über dem Moor, verfängt sich in den Weiden, welche die Koppeln säumen, an der Putenzuchtanlage von Heinrichs und der Hühnerkäfigfabrik von Dahlmann. Der Nebel bleibt vom Morgen bis zum Abend und am nächsten Morgen ist er immer noch da. Mit ihm der Güllegeruch von den Feldern. Wenn man in Moorkaten aus dem Zug steigt, sagen die Moorkatener, kann man riechen, dass man zu Hause ist.

In einer Gegend, die von der Massentierhaltung lebt, muss das so sein. Viermal im Jahr versprühen die Bauern die Gülle auf den Feldern, viermal im Jahr werden die Stallungen der Putenzucht ausgeschwemmt in die Aue, die wenige Meter am

Heinrichsen Anwesen vorbeifließt und dann direkt durch den Ortskern von Moorkaten. Vier Brücken, zwei hölzerne Fußgängerbrücken und zwei Straßenbrücken führen über die Aue. Die Fußgängerbrücken sind im Sommer mit Blumentrögen geschmückt, da leuchten Geranien zwischen weißen Margeriten und dazu hier und da ein Tupfer violetter Betunien. Blau/weiß/rot sind die Sommerblumenfarben von Moorkaten, darauf hat sich der Einzelhandel, der die Bepflanzung der Tröge finanziert, nach jahrelangen Diskussionen verständigt.

Man ist der Ansicht, dass der Anblick von Blumen die Kauflust anregt.

Als Marthe das Haus verlässt, ist Paul schon im Autohof. Paul beginnt seine Arbeit eine Stunde früher als sie. Werkstätten, besonders Kfz-Werkstätten, öffnen früh, damit die Kunden ihren Wagen noch vor dem eigenen Arbeitsbeginn dort abliefern und ihn abends, auf dem Rückweg von der Arbeit, wieder abholen können. Paul arbeitet als Meister in einem Betrieb für japanische Autos. Er ist einer von vier Meistern, die weiße Kittel tragen. Die Mechaniker tragen blaue Overalls und rote Baseballkappen, auf deren Schild das Firmenlogo gestickt ist. Solche Details gefallen Marthe. Wenn jemand sie nach Pauls Arbeitsstelle fragt, dann erzählt sie immer das: dass die Meister dort weiße Kittel tragen und dass in die Baseballkappen das Firmenlogo eingestickt ist.

Die Geschäfte in Moorkaten öffnen um neun Uhr.

Marthe geht durch die Große Straße, die Einkaufsstraße, die direkt zum Bahnhof führt, sie grüßt kurz, hebt manchmal auch nur die Hand, oder deutet auf ihre Armbanduhr, um zu zeigen: Ich muss zum Zug, ich hab's eilig.

Jürgen, Moorkatens einziger Obdachloser, der die kühlen Nächte gern in der Wartehalle des Bahnhofs verbringt, schiebt sein Fahrrad, an dem prall gefüllte Plastiktüten wie Satteltaschen hängen, gerade durch die Unterführung, als Marthe hineingeht.

»Oh! Marthe!«, ruft er. »Schöne Brille, das!«

»Moin, Jürgen!«, murmelt Marthe ein bisschen verlegen und ist schon vorbei.

Jens Detlefsen, der Bahnangestellte, kommt persönlich aus dem Dienstraum, um Marthe von der Verspätung des Zuges in Kenntnis zu setzen. Das tut er für jeden Fahrgast, den er kennt. Das kundenfreundliche Image der Deutschen Bahn liegt ihm am Herzen.

»Fünf Minuten, Marthe!«, ruft er. »Und keine Sekunde später!«

Marthe setzt sich auf die Bank.

Jens bleibt neben ihr stehen, die Mütze korrekt auf dem Bauernschädel, die Kelle im Gürtel seiner Uniform.

Aus dem Dienstraum meldet sich eine scheppernde, metallische Stimme über Funk. »Jens? Bist du da? Abschnitt 321, bitte melden!«

Jens lacht. »Was hab ich gesagt? Keine fünf Minuten Verspätung.«

Er nimmt die Mütze vom Kopf und schlägt sie am Hosenbein aus, während er in seinen Arbeitsraum zurückeilt.

Marthe lauscht auf das Bimmeln der Eisenbahnschranke.

Marthe trägt an diesem Tag eine weinrote Kunstlederjacke, tailliert, wie sie zwei Jahre zuvor modern gewesen war, dazu einen braunrot karierten Rock, hinten geschlitzt, das Knie halb bedeckt.

Marthe nimmt im hinteren Waggon in der letzten Reihe Platz, ohne die Sonnenbrille abzunehmen. Der gegenüberliegende Platz ist leer, was ihr sehr recht ist, und er bleibt auch leer bis zum Hauptbahnhof. Die Deckenlampe flackert, der Waggon ist überheizt.

Im Grunde mag Marthe keine Menschen, die ihre Augen hinter dunklen Augengläsern verstecken. Ganz besonders beunruhigend findet sie es, wenn jemand, dem sie zum ersten Mal begegnet, seine Augen nicht zeigt. So kann man sich unter dem Menschen eigentlich gar nichts vorstellen. Die Brille verschließt ein Gesicht und alles, was in ihm ist, findet Marthe.

Marthe hat diese Sonnenbrille im letzten Sommer gekauft, wegen einer plötzlich auftretenden Lichtempfindlichkeit. Paul war mit ihr an die Nordsee gefahren und von dort mit der

Autofähre nach Norderney. Während der Überfahrt, die sie an der Reling stehend verbrachten, hatte die Sonne ihr direkt in die Augen geschienen. Das glitzernde Meer, der stahlblaue Himmel, die Juli-Sonne, die nicht untergehen wollte – jedenfalls hatte sie zum Arzt gehen müssen.

Der verschrieb ihr Tropfen und dunkle Räume und empfahl eine Brille mit extragroßen Schutzgläsern.

Marthe wäre nie auf den Gedanken gekommen, eine solche Brille als Abwehr neugieriger Blicke aufzusetzen. Sie muss auch keine rot geweinten Augen verstecken. Paul und sie führen eine gute Ehe. Sie trägt die Brille als Zeichen, dass sie von diesem Tag etwas Besonders erwartet.

Am Hauptbahnhof folgt sie dem Strom der Menschen durch die Unterführung und nach einem Slalom vorbei an Auslagen mit bolivianischem Silberschmuck, imitierten Gucci-Taschen, Cyberspace-Spielzeug aus Plastik, Backwaren, Klapptischen, auf denen Unterschriften gegen die Schulreform oder für mehr Arbeitsplätze im öffentlichen Dienst ausgelegt sind, vorbei an Bettlern und Junkies über lautlos gleitende Rolltreppen hinauf ans Tageslicht.

Der Himmel ist blau. Von einer verheißenden, lockenden Klarheit. So viel sie von dem Himmel zwischen den aufragenden Kaufhäusern überhaupt sehen kann. An den Bushaltestellen drängen sich die Menschen, sie haben alle irgendein Ziel, das sieht sie ihnen an. Marthe hat kein Ziel.

Es ist ein Mittwoch, ein normaler Arbeitstag, aber sie hat sich die Freiheit genommen, in die Stadt zu fahren. Sie hat sich die Freiheit genommen, morgens eine Sonnenbrille aufzusetzen und anstatt in die Firma zum Bahnhof zu gehen und nach Hamburg zu fahren. Sie kann ihre Schritte lenken, wohin sie will. Nur weiß sie nicht wirklich, wohin sie will.

Sie bleibt unschlüssig vor den Schaufenstern stehen, sie stellt fest, dass sich seit ihrem letzten Besuch einiges geändert hat. Boutiquen haben zugemacht und an gleicher Stelle andere Boutiquen neu eröffnet. Innen strahlt alles jetzt in Aluminium und Graphit, wo es vorher sonnengelb oder dschungelgrün gewesen ist. Es gibt neue Coffeeshops, aus denen der Geruch von frisch geröstetem Kaffee auf die Straße zieht. Passanten gehen langsamer und schnuppern.

Manche bleiben stehen, überlegen und treten ein, um einen Kaffee Latte, einen Capuccino oder einen Espresso zu trinken, im Stehen oder im Gehen. Das ist jetzt modern. Man setzt sich nicht mehr, um Kaffee zu trinken. Man zerkrümelt dazu Muffins, goldgelb oder schokoladenbraun, oder nimmt sich aus den silbernen Drahtkörben auf dem Tresen einen Croissant. Manche stippen ihren Croissant in den Milchkaffee, wie sie es in Paris gesehen haben. In den Eingängen zu den Banken und Sparkassen flimmern die Monitore und schicken immer neue Aktienkurse in die endlose Schleife aus Thyssen, Glaxosmithkline, Vodaphone und Deutsche Telecom. An diesem Tag hat der Dax wieder einen historischen Tiefstand erreicht. Passanten bleiben stehen, wie aus einem selbstquälerischen Impuls und schütteln ratlos den Kopf.

Marthe versteht von Aktien nichts. Paul hat ein paar Telecom-Aktien gekauft, damals, als man sie noch Volksaktien nannte und als alle angesteckt waren von dem euphorischen Gedanken, zusammen als Aktiengemeinschaft etwas Großartiges aufbauen zu können, etwas, das dem Volke als Gesamtheit zugute kommen und gleichzeitig den einzelnen Bürger reicher machen würde.

Irgendwann hat Paul, als die Aktien nur noch die Hälfte ihres ursprünglichen Wertes hatten, alles verkauft. Und beschlossen, darüber nie wieder ein Wort zu verlieren.

Marthe hält sich daran. Paul und sie haben in den Jahren ihrer Ehe ein Gefühl für das entwickelt, was ungesagt bleiben sollte.

Paul ist mit seinem Schicksal im Reinen, das weiß Marthe. Und er wartet und hofft, dass auch sie irgendwann so mit sich im Reinen ist, dass sie sagen kann: Es ist gut so wie es ist.

Sie schlendert durch die Fußgängerzone, als ihr Blick, rein zufällig, auf die Auslagen eines Sportgeschäftes fällt. Im Glas spiegeln sich Fahrkarten-Automaten und Hinweisschilder der Buslinien, parkende Taxis, ein Imbiss-Stand, das Sonnenlicht.

Aus diesem Licht, das sich in der Schaufensterscheibe spiegelt, tritt er auf sie zu.

Es ist wie eine Fügung, dass sie diese Sonnenbrille trägt, vielleicht hätte Moritz sie sonst erkannt. Auch wenn er gar nicht wissen kann, wie sie aussieht, hätte er sie vielleicht doch irgendwie wahrgenommen, wegen dieses Leuchtens, das Marthes Gesicht überschwemmt. Oder weil ein Sohn seine Mutter immer erkennt, wenn er ihr in die Augen sieht. Marthe jedenfalls weiß in derselben Sekunde, als ihr Blick auf ihn fällt, dass dieser Mann niemand anderer sein kann als ihr Sohn. Er ist genau zwanzig Jahre, zwei Monate und einen Tag alt, als Marthe ihn vormittags, gegen 11 Uhr zwanzig, an einem hellen Frühlingstag, zum ersten Mal sieht. Kein Junge mehr, sondern ein Mann. Sie erkennt ihn sofort. Er hat nicht die geringste Ähnlichkeit mit seinem Bruder Max. Das erste, was sie denkt: Wie unterschiedlich die beiden sind! Er hat tatsächlich – was sie sich immer gewünscht hatte – ihre hohen Wangenknochen geerbt, die ihrem Gesicht etwas Tatarisches geben, dazu die grünen Katzenaugen, weit auseinander stehend. Früher hat man Marthe wegen dieser Augen und dieser hohen Wangenknochen nicht gerade für schön, aber doch für apart gehalten. Moritz hat auch dieses Besondere, aber eben auf eine männliche Art.

Es erfüllt sie mit Glück, dass Moritz ihren Träumen so sehr entspricht. Bis auf den Haaransatz genau ist er so geworden, wie sie sich ihn über die Jahre hinweg immer vorgestellt hat. Er ist auch größer als Max, bestimmt zehn Zentimeter. Sie hat viel über Zwillinge gelesen, eineiige und zweieiige, und wenn sie sich während der Schwangerschaft etwas hätte wünschen können, wäre es das gewesen: eineiige Zwillinge auf die Welt zu bringen. Zwei vollkommen identisch aussehende Personen, zwei Hälften, die dennoch zusammen kein Ganzes geben, zwei voneinander getrennte Persönlichkeiten, jedoch durch unsichtbare Fäden lebenslang miteinander verbunden. Das hätte sie aufregend gefunden, damals.

Jetzt aber ist sie froh, dass es anders gekommen ist. Zwei gleiche Ausgaben von Max hätten keinen Sinn ergeben. Max war seinem Vater mittlerweile ja geradezu erschreckend ähnlich geworden.

Moritz hingegen war ihr Abbild. War ihr Sohn. Fleisch von ihrem Fleisch. In seinem Körper lebte ein Teil ihrer Seele. Davon war sie immer überzeugt gewesen, in all den Jahren, die sie nur von Moritz träumen durfte.

Natürlich ist er schön, aber nicht nur das: er sieht auch kräftig aus, selbstbewusst und zufrieden. Auf eine gewisse Weise sogar arrogant. Oder selbstverliebt, was oft dasselbe ist. Das gefällt ihr. Denn es erhebt ihn über die anderen. Ihr Sohn hat diese Aura, die nur große, besondere Menschen umgibt. Sie musste nicht seine Mutter sein, um das zu spüren. Er weiß es ja selbst. Man sieht es an seinem Gang, an der Art, wie er den Schal um den Jackenkragen geschlagen hat. Es erstaunt sie, dass er an einem hellen Spätsommertag einen Schal um den hochgestellten Jackenkragen trägt. Vielleicht ist er erkältet, oder fürchtet eine Erkältung. Hat er niemanden, der sich um ihn kümmert, der ihm sagt, wie gut Salbeipastillen gegen einem rauen Hals sind und dass warme Wickel mit gekochten Kartoffeln Wunder wirken gegen entzündete Mandeln? Mütter bringen so etwas ihren Kindern bei.

Er kommt, als sie sich vom Schaufenster ab- und ihm zuwendet, direkt auf sie zu. Panische Angst ergreift sie und sie tritt schnell beiseite.

Sie rechnet damit, ohnmächtig zu werden oder dass die Erde sich öffnet. Aber nichts geschieht.

Moritz macht ein paar Schritte nach links und verschwindet in dem Torbogen neben dem Sportgeschäft. Sie sieht noch, dass ein Obdachloser mit einer gehäkelten Rastamütze ihm den Stapel Magazine entgegenstreckt. Dann sieht sie nichts mehr.

Als sie sich wieder fühlen kann, ihre Umgebung wieder wahrnimmt, sitzt sie auf einer Bank am Gerhard-Hauptmann-Platz, allein mit Tauben, die sich am Brunnenrand putzen. Sie hasst Großstadttauben, aber in diesem Moment erscheinen sie ihr sanft, fast zärtlich. Der Platz ist menschenleer. Eben noch waren Kinder mit ihren Skates die Brunnentreppen herunter gerast, hatten junge Familien an den Plastiktischen der Burger King-Terrasse von ihren Tabletts gegessen, auf denen sich Pappbecher, Pommestüten und Wegwerfspielzeug türmten.

Jetzt quillt der aufgeweichte Müll aus den Tonnen rund um den Brunnen, von den hastig verlassenen Tischen tropft das Wasser, unter den Stühlen bilden sich Lachen. Die Menschen, die eben noch die Fußgängerzone bevölkert haben, suchen drängelnd Schutz unter Markisen, in den Eingängen zu den Kaufhäusern. Ein japanischer Kellner, der in der einen Hand ein Sushi-Paket und in der anderen Hand einen Schirm trägt, eilt über den Platz. Für eine Sekunde blickt er Marthe verwundert an. Marthe lächelt, als müsse sie sich für die Frivolität, in einer Großstadt allein auf einem sonst so belebten Platz zu sitzen, bei ihm entschuldigen. Er verzieht keine Miene.

Marthe schaut verwirrt an sich herunter. Wie war es möglich, dass sie den Regen nicht bemerkt hat?

Aus den Haaren läuft das Wasser in ihren Kragen und lässt sie erschauern. Die Kunstlederjacke hat die Regentropfen abperlen lassen, aber der Rock ist nass, die Schuhe. Sie nimmt die Sonnenbrille ab, verstaut sie in ihrem Lederbeutel und läuft zum Bahnhof, wo der Regionalzug abfahrtbereit steht.

Wegen ihres nassen Rockes möchte sie sich nicht setzen. Sie bleibt, mit dem Rücken zu den Fahrgästen, nah bei der Tür stehen. Wenn jemand aussteigen will, tritt sie einen halben Schritt zur Seite. Der Zug ist für die Tageszeit ungewöhnlich voll.

Ein Platzregen prasselt auf das Waggondach. Wasserschlieren ziehen über die Fensterscheiben und alles draußen verschwimmt.

Beim Aussteigen in Moorkaten prallt sie gegen eine Wand aus Schirmen. Ein schwarzer Knirps explodiert geradezu vor ihrem Gesicht, so dass sie aufschreit vor Schreck. Der Mann, ein grauhaariger, kleiner, älterer Herr, entschuldigt sich mit zu vielen Verbeugungen. Wortreich und betrübt erzählt er ihr, dass er zu einer Beerdigung müsse, aber die vorige Bahn wegen eines Oberleitungsschadens ausgefallen sei und er wahrscheinlich zu spät käme, was der Verstorbene ihm sicher nie verzeihen würde. Beim letzten Liebesdienst versagt, murmelt er fassungslos.

Der Taxistand am Bahnhof ist verwaist. Bei den unzähligen Stunden, die ihre Mutter im Taxi am Bahnhof vergeblich auf

Fahrgäste wartet, ist es doch erstaunlich, dass Marthe sie dort nie antrifft.

Andererseits ist Marthe darüber erleichtert. Ihre Mutter hätte sicherlich Fragen gestellt. Ihrer Mutter gelingt es, selbst auf einer Strecke von zwei Kilometern so viele Geschichten zu erzählen, dass Marthe sich am Ende, wenn sie vor ihrem Haus aussteigt, wie betäubt fühlt.

Vielen Taxifahrern sagt man nach, sie seien mufflig, wortkarg, unhöflich. All das trifft auf Marthes Mutter nicht zu. Marthes Mutter ist offen, redselig und hilfsbereit. Sie hat all das, was Marthe nicht hat. Bei Volksfesten und Schützenfesten steigt sie, wenn sie genügend getrunken hat und die Leute sie oft genug gebeten haben, auf den Tisch und tanzt, den Rocksaum wie beim Flamenco fassend, zwischen Brezn und Bierhumpen. Sie dirigiert die Bayerische Blaskapelle, die einmal im Jahr auf dem alten Bahnhofsgelände im Bierzelt aufspielt, sie organisiert Frauentreffs im Rathaus und spielt so gekonnt den Fremdenführer für Durchreisende, dass sie glauben, in Moorkaten ein vergessenes Kleinod gefunden zu haben. Und sie fühlen sich privilegiert, dass sie diese kleine Ortschaft mit ihren vier hölzernen Brücken über die Aue persönlich besuchen dürfen.

Marthe ist daran gewöhnt, dass man von ihrer Mutter schwärmt. Sie lächelt dann höflich und lässt die anderen reden. Insgeheim hofft sie, dass einer mal käme und sagt: Also, deine Mutter. Wie hast du das mit ihr ausgehalten?

Vielleicht würde sie mit einem Wortschwall antworten, sagen, wie schwer es war, als uneheliche Tochter einer Tausendsassamutter, in einem Dorf wie Moorkaten aufzuwachsen. Eine allein erziehende, hundertprozentig berufstätige Mutter zu haben, die öffentlich das große Wort führt, aber insgeheim unter Existenzängsten leidet und nichts mehr fürchtet als die Armut. Deshalb war sie sogar am Heiligabend mitten in der Bescherung bereit, eine Tour anzunehmen. Deshalb stand das Telefon griffbereit neben dem Bett und ihre Kleidung war so zurechtgelegt, dass sie sich im Dunkeln anziehen konnte und Sekunden später schon in ihrem Taxi saß.

Jeden Abend, an den Marthe denken konnte, hatte ihre Mutter ihr aus dem Notizblock vorgelesen, wie viele Fahrten sie gemacht hatte und was unter dem Strich Netto für sie übrig blieb. Jeden Abend. Auch, wenn Marthe mit fiebrigem Kopf im Bett lag. Auch, wenn ihr Mädchenherz überzulaufen drohte von all dem, was sie unbedingt mitteilen und loswerden wollte. Aber dazu kam es nie.

Sie saß in der Küche auf ihrem Stuhl mit dem rotweiß karierten Stoffkissen, aß den Nudelauflauf, den Gurkensalat, was immer ihre Mutter auf den Bast-Sets auftischte, und war ausgeliefert. Der Empörung ihrer Mutter über die Ungerechtigkeit des Lebens, über den Motor, den man im Winter laufen lassen muss, um nicht zu erfrieren, über nutzlose Wartestunden, über die Zeitung, in der einfach nie mehr etwas Anständiges drinstehe. Nichts außer Sex und Verbrechen.

Marthes Mutter seufzte dann plötzlich, besann sich auf ihre Tochter, die mit gesenktem Kopf am Esstisch saß, rief: »Ach, was soll's!«, drückte die Fäuste ins schmerzende Kreuz, lächelte und sagte. »Und jetzt du, Schätzchen. Was hast du heute erlebt? Erzähl.«

Aber da war Marthe vom Zuhören schon so erschöpft, dass ihr nichts mehr einfiel.

Zu Hause hängt sie den nassen Rock an einem Hosenbügel über die Badewanne und geht in die Küche, um sich einen Tee aufzubrühen. Es gibt für ihre diversen Gemütszustände ein breites Angebot an Teesorten: Melisse, Kamille, Fenchel, Roibos, grüner Tee, Jasmin, Hagebutte.

Sie entscheidet sich für Kamille. Kamille beruhigt am besten, hat ihre Mutter immer gesagt und in solchen Dingen hat sie ihrer Mutter immer vertraut.

Sie tut den Beutel in einen Becher und übergießt ihn mit kochendem Wasser. Dann setzt sie sich, beide Hände um den Teebecher, an den Küchentisch.

Sie schiebt den Becher von sich weg und legt die Hände auf den Bauch. Sie wünscht auf einmal, sie hätten eine Katze. Die würde um ihre Beine streichen und maunzen. Es gäbe ein Geräusch in der Stille, ein sanftes, zärtliches Geräusch. Die Katze würde ihr auf den Schoß springen und ihr den Bauch wärmen.

Als Paul zur gewohnten Zeit von der Arbeit nach Hause kommt, hat sie sich, wie sie findet, wieder fabelhaft unter Kontrolle. Sie hat eine tiefgekühlte Lasagne in den Ofen geschoben und mit einer extra Portion Parmesan und gewürzten Tomaten verfeinert.

Als sie die Wohnungstür hört, schichtet sie gerade mit zwei Holzlöffeln den Salat in der Keramikschüssel um. Es ist die Schüssel mit den gelben Margeriten und dem blauen Rand, ein Souvenir, das ihre Mutter ihr einmal aus Alicante mitgebracht hat. Sie war damals das erste Mal in Spanien gewesen, danach in Tunesien, in der Türkei. Seit sie mit Bernd zusammenlebt, kommt sie in der Welt herum.

Die Flasche mit der Salatsauce steht noch auf dem Tisch. Manchmal stellt Marthe sie in den Schrank zurück, um Paul die Illusion zu geben, sie würde die Marinade selber anrühren. Ihr Ehrgeiz ist es nie gewesen, eine gute Köchin zu sein, aber den Schein hält sie gerne aufrecht.

»Na, Schatz«, Paul drückt ihr einen Kuss in den Nacken, er riecht nach Motoröl, »was gibt's Schönes?«

»Lasagne«, sagt Marthe, »und Salat. Wie du siehst.«

»Schon wieder Pasta?« Paul setzt sich und schlägt die Zeitung auf. Die Sportseite spart er sich immer für den Feierabend auf. Morgens ist der Wirtschaftsteil dran, der Automarkt, ein bisschen Politik.

Am Sportteil interessieren ihn eigentlich nur Fußball und Radrennen, und natürlich die Formel-1. Schon berufsbedingt. Jeder zweite Sonntag während der Formel-1-Saison ist heilig. Da sitzt er vor dem Fernseher und darf nicht gestört werden. Marthe liegt dann im Schlafzimmer auf dem Bett und hängt ihren Träumen nach, aber durch diese Träume dröhnen die Motoren der Rennwagen und zerschneiden ihre Traumbilder, so klein, dass sie sie nicht zusammenbringt.

»Wieso schon wieder?« Marthe zieht die Kochhandschuhe an und öffnet die Ofentür. Der Geruch von schmelzendem Käse erfüllt die Luft. »Es hat diese Woche noch keine Nudeln gegeben.«

Paul senkt die Zeitung und zwinkert ihr gutmütig zu. »Wann fängt bei dir die Woche an?«, sagt er. »Wir haben heute erst Dienstag.«

Als Marthe an ihm vorbei um den Tisch herumgeht, streckt er die Hand aus, als wolle er sie um die Taille fassen und auf seinen Schoß ziehen. Marthe weicht ihm geschmeidig aus.

»Sei nicht albern.«

»Na und? Dann sind wir eben albern. Ist doch unser gutes Recht, am Feierabend albern zu sein.«

Sie stellt die Gläser auf den Tisch, Wassergläser, und nimmt eine Flasche Mineralwasser aus dem Kühlschrank. Nie stellt sie aus freien Stücken für Paul ein Bier auf den Tisch. Marthe trinkt hin und wieder ein Glas Wein, aber nie mehr als ein Glas. Wenn es Prosecco gibt – das ist auf den Festen ihrer Kollegen gerade sehr in Mode – dann eben Prosecco, dafür aber danach keinen Wein. Sie hat Angst, sie könnte die Kontrolle verlieren.

Paul hat Glück mit ihr. Auf den Vereinsfesten oder seinen Betriebsfeiern kann er sich immer darauf verlassen, einen nüchternen Chauffeur zu haben.

Marthe setzt sich Paul gegenüber, die Hände flach auf der Tischplatte, die sich kühl anfühlt. Sie sieht nur die obere Hälfte von Pauls Gesicht, seine Stirn, auf der aus der Nasenwurzel drei tiefe Falten wachsen.

In letzter Zeit ist noch eine Falte hinzugekommen, nicht so tief, aber irgendwie irritierend. Sie verläuft von rechts nach links und durchkreuzt die senkrechten Falten. Für sein Alter eigentlich zu früh.

Paul ist im Laufe der Zeit immer attraktiver geworden, ein bisschen kantiger, männlicher auch. Das Älterwerden bekommt ihm. Sein Gesicht hat alles Verschwommene verloren, in seinen Augen steht nicht mehr die Naivität des Jungen. Als Junge hatte man ihn oft nicht ernst genommen. Er hatte jeden Unsinn ausprobieren wollen, er hatte sich zusammen mit anderen Kumpels »die Kante gegeben«, wie er das nannte und erfahren, wie es ist, wenn man morgens mit einem Schädel aufwacht, dreimal so groß wie normal. Er hat später darüber gelacht. Eine Weile hatte er in einer Band Schlagzeug gespielt, aber bald festgestellt, dass seine Fingerfertigkeit nicht reichte.

Er hätte mehr üben und dabei weniger Bier trinken müssen. Sie hatten im Gemeindesaal proben dürfen und einmal, als der Gemeindesaal wegen einer Frauenveranstaltung gesperrt war, durften sie in die Johanniskirche ausweichen. Das war der Tag gewesen, als Paul wusste: Ich werde kein Musiker. Es reicht nicht. Es war ihm peinlich gewesen, vor dem Altar der Kirche, in der er getauft war, so schlecht zu spielen.

Heute gefällt er ihr besser als damals. Er hat das Fordernde, Draufgängerische verloren, das Unbekümmerte, aber dafür an Tiefe gewonnen, an Bedächtigkeit, die man auch mit Nachdenklichkeit umschreiben kann. Jedenfalls findet Marthe das. Und wenn es nur die Tiefe ist, die ihn dazu bringt, sie zu ertragen. Mit ihren Marotten. Wie er das nennt. Paul hätte auch eine andere haben können, eine, mit der es sich einfacher gelebt hätte.

»Bei dir muss ich immer auf der Hut sein«, hat Paul einmal gesagt. Und zärtlich gelacht.

Sie waren glücklich an jenem Sonntag. Sie hatten nachmittags miteinander geschlafen, nach längerer Pause zum ersten Mal wieder. Das hat diese Nähe erzeugt, diesen Wunsch, miteinander wieder mehr und intensiver ins Gespräch zu kommen. Paul hat ihr gestanden, dass er sich oft Gedanken um sie machte. Und sie hat gesagt: Wenn es dich von der Arbeit ablenkt, dann hör doch damit auf.

Da hat er sie angeschaut und lächelnd gesagt: Ist das dein Ernst? Ich soll mir keine Sorgen mehr um dich machen? Willst du damit sagen, ich soll aufhören, dich zu lieben?

Dafür hat sie ihn küssen müssen. Zärtlich. Gerührt und dankbar.

Sie hatten in einem April geheiratet. Da war sie schon im sechsten Monat schwanger gewesen. Sie war damals fast achtzehn, ein junges Mädchen mit mageren Armen, dünnen Beinen und einem Bauch, der jeden Tag etwas größer wurde. Paul war 22 und bereitete sich auf die Meisterprüfung vor. Er war ehrgeizig, er wollte ins Ausland und steckte voller Pläne, wollte in Amerika arbeiten, Detroit, um sich den Wind um die Ohren wehen zu lassen und danach versuchen, in Turin bei

Ferrari einen Fuß in die Tür zu bekommen, als Mechaniker. Nach der Meisterprüfung selbstverständlich. Vorher, sagte er, gucken die einen doch nicht mit dem Hintern an. Die stehen da Schlange, Koreaner, Japaner, Amis, Tommys, Franzosen, dass du aus Deutschland kommst, interessiert die nicht sooo viel, du musst was vorweisen können. Und Paul hatte schon eine Idee. Irgendwas mit einem Auspuff und besonderen Filtern. Sein Meisterstück sollte etwas sein, was den anderen Tränen in die Augen trieb. Na ja.

»Was ist los?«, Paul hat die Zeitung zusammengefaltet und neben seinen Teller gelegt. Er schaut seine Frau an und Marthe wird klar, dass er sie schon eine ganze Weile so beobachtet.

Kann er ihre Gedanken lesen? Wieso fragt er sie jetzt, was los ist?

»Nichts.« Marthe steht sofort auf. Sie wirft einen Blick auf die Eieruhr. Ein Huhn aus Blech, das man aufziehen kann. »Noch acht Minuten, falls du das aushältst.«

»Wieso soll ich das nicht aushalten? Ich hab nicht gesagt, dass ich vor Kohldampf umkomme, oder?« Paul dreht seinen Stuhl um und öffnet, den Oberkörper weit vorgestreckt, die Kühlschranktür. Er bewegt sich nicht unnötig, wenn das zu vermeiden ist. Er nimmt eine Bierflasche heraus, holt aus der Schublade – dazu muss er den Bauch einziehen – den Flaschenöffner. »Im Wiesenweg bauen sie ein Riesen-Fitness-Center«, sagt er, »mit Sauna und Whirlpool. Die sehen mich bestimmt. Ich muss was für mich tun.«

»Merkst du das nicht?«, sagt Marthe. Sie deutet auf die Flasche in seiner Hand, aus der der Schaum heraus quillt und auf die Tischplatte läuft. »Warum holst du dir nicht ein Bierglas.«

»Weil ich dann aufstehen muss«, sagt Paul.

Seufzend nimmt Marthe ein Bierglas aus dem Schrank und stellt es vor ihn hin. Er zwinkert ihr zu. »Danke, Schatz.«

Sie setzt sich wieder wortlos ihm gegenüber. Sie nimmt die edlen Holzlöffel und hebt Salat auf die kleinen Teller neben den großen.

»Also«, Paul wischt mit dem Handrücken den Schaum von

den Lippen, »jetzt raus damit. Irgendwann erfahr ich sowieso, was du hast. Und wenn es nachts um zwei ist, wie neulich. Dann lieber jetzt und wir haben es hinter uns.«

»Wir haben es nie hinter uns, das weißt du doch.«

Marthe lächelt, aber es ist ein resigniertes, fast wehmütiges Lächeln, eins von diesen Lächeln, die junge Frauen plötzlich alt aussehen lassen und eine Ahnung davon geben, wie es später sein wird, in zehn oder zwanzig Jahren, wenn man sich immer noch an diesem Tisch gegenübersitzt …

Paul nimmt wieder das Glas. Er trinkt und schaut ihr dabei in die Augen. Marthe lächelt weiter, fast verkrampft, tapfer irgendwie, sie will Paul nicht erschrecken mit diesem Satz, will keine alten Wunden aufreißen, sie weiß ja, dass sie ihn damit quält. Paul gehört zu den Männern, für die ein Thema irgendwann mal beendet ist. Beendet sein muss.

Das Problem ist nur, dass es ihr anders geht, ganz anders.

Paul formt seine Hand zu einer Faust. Sie sieht das wohl. Und er sieht, dass sie es sieht und spreizt sofort die Finger und dehnt sie und macht Übungen, als habe er Angst, seine Hände könnten steif werden. Er riecht an den Fingern. »Dieses verdammte Schmieröl dringt in alle Poren.«

»Ich habe ihn gesehen«, sagt Marthe nach einer langen Weile, in der sie sich anschauen und schweigen. »Ich hab Moritz gesehen. Er sieht so gut aus!«

Paul holt tief Luft, trinkt einen Schluck, schaut hinüber zum Sichtfenster des Backofens. Räuspert sich.

Marthe wartet.

»Was ist mit der Lasagne?«, fragt er rau. »Die acht Minuten sind doch längst um.«

»Siehst du, du willst es gar nicht wissen.«

Sie steht auf, nimmt die Topflappen, öffnet die Ofenklappe.

»Das mit Moritz ist Blödsinn und das weißt du«, sagt Paul.

»Leg mal ein Brett auf den Tisch«, sagt Marthe.

Er langt, ohne sich von seinem Stuhl zu erheben, in das Regal mit den Holzbrettern und knallt eins auf den Tisch.

»Das ist zu klein, siehst du das nicht?« Marthe spürt schon die Hitze der Schüssel durch die Topflappen. »Mach.«

Er nimmt das größere Brett.

»Wo hast du ihn gesehen?«, fragt Paul. Er tut ihr auf, drei große Löffel.

»Das ist zu viel, soviel esse ich nicht, das weißt du doch«, protestiert sie.

Wortlos tauscht er die Teller.

»In der Stadt.«

Er blickt auf.

»In der Stadt? Was wolltest du in der Stadt?«

»Mir war eben so«, sagt sie. »Ich weiß auch nicht.«

»Du warst nicht in der Firma?«

Sie schüttelt den Kopf.

»Hast du angerufen?«, fragt er. »Und Bescheid gesagt?«

Sie schüttelt den Kopf.

Paul fährt sich durch die Haare. »Das kannst du nicht machen!«

Sie kann nicht antworten, weil der Auflauf so heiß ist, dass sie sich nicht traut, herunterzuschlucken.

»Vorsicht!«, haucht sie. »Heiß!«

»Was glaubst du«, sagt Paul, »warum ich noch nicht angefangen hab.«

Paul ist in allem so viel klüger als sie. So viel praktischer.

Ein Allround-Handwerker, das ist Paul. Er kann nicht nur Lampen montieren oder Wasserleitungen reparieren, o nein, Paul hat oben im Zimmer von Max eigenhändig das Laminat verlegt. Kein staatlich geprüfter Fußbodenleger hätte es besser gemacht.

Den Dachboden hat er allein ausgebaut, isoliert, verschalt, mit Raufasertapete beklebt. Alles er allein.

Das war in dem Sommer gewesen, als ihr Sohn Max das Camp besucht hatte, um sein Englisch aufzubessern.

Max hatte sich in dem Camp in der Nähe von Liverpool, auf einem Bio-Bauernhof, zum ersten Mal in seinem Leben verliebt, natürlich in ein deutsches Mädchen, mit einem englischen hätte er gar nicht erst was angefangen. Denn außer, dass Kuss kiss heißt und Liebe love und Fußball football, hatte er nicht viel mit Englisch im Sinn.

Dieses Mädchen, das Max damals den Kopf verdreht hatte,

hieß Sarah. Seine Englischnote verbesserte sich kein bisschen nach dem England-Aufenthalt, dafür verlor er auch noch das Interesse an Geographie und Biologie und sackte auch dort auf Fünf ab. Die Versetzung, die vor dem England-Aufenthalt schon als gefährdet galt, wurde endgültig verweigert. Marthe und Paul waren gemeinsam beim Klassenlehrer vorstellig geworden, sie hatten bis zuletzt gehofft, dass man ihrem Sohn noch eine Chance geben würde. Aber der Notendurchschnitt von Max war bei 4,8. Marthe hatte, als sie mit der mittleren Reife das Gymnasium verlassen sollte, einen Notendurchschnitt von 2,1. Mehrfach war Marthes Deutschlehrerin bei ihnen zu Hause gewesen, etwas, das Marthe ihrer Lehrerin hoch angerechnet hatte, um ihre Mutter davon zu überzeugen, dass Marthe Abitur machen sollte. Schließlich hatte ihre Mutter die Anmeldung zur Einzelhandelskaufmanns-Lehre zurückgezogen. »Ihre Tochter wird Ihnen das nie vergessen«, hatte die Lehrerin gesagt. Und Marthe glücklich in den Arm genommen.

Ein dreiviertel Jahr später war Marthe schwanger.

Marthe war gern zur Schule gegangen. Sie hatte sich in den Englischlehrer verliebt. Die Vokabeln, die sie damals lernte, wusste sie immer noch. Grammatik war ihr leicht gefallen, sie gewöhnte sich damals an, Agatha-Christie-Krimis auf Englisch zu lesen.

Es gab in Moorkaten keinen Engländer außer ihrem Lehrer, der im Rahmen eines Lehreraustauschprogramms an ihr Gymnasium gekommen war. Marvin Cobbs. Ein schmaler, junger Mann, der bei dem ehemaligen Schuldirektor zur Untermiete wohnte, dessen fetten Spaniel nachmittags spazieren führte, immer mit einem aufgeschlagenen Buch in der Hand. Marthe war ihm manchmal heimlich gefolgt und hatte sogar den Mut aufgebracht, ihm einmal, wie zufällig, entgegen zu treten, als er in der Eisdiele eine Portion Pistazien- und Schokoladeneis kaufte. Mit zwei Waffeln, die eine Waffel bekam der Spaniel.

»Oh, hello, Marthe! Nice to see you!«, hatte er gerufen und gestrahlt. Und ein Glücksgefühl hatte Marthe durchrieselt, als er ihren Namen mit diesem englischen »th« aussprach, dass es klang, wie aus einem Stück von Shakespeare.

Deshalb fühlte Marthe sich persönlich getroffen von dem Unvermögen ihres Sohnes. Sie konnte nicht verstehen, dass er die einfachsten Regeln nicht lernen wollte und unverwechselbare Verben wie to bring und to take immer falsch anwandte. Und dass er überhaupt keinen Ehrgeiz hatte.

Als Sarah eines Tages anrief, um zu sagen, dass sie zu einem Guru nach Indien gehen wollte, bekam Max zu seinem Liebeskummer auch noch den blauen Brief und die Stimmung in der Familie war auf dem Nullpunkt.

»Wir hätten mit ihm üben müssen«, sagte Marthe.

Max hatte sich in seinem Zimmer eingeschlossen und die Verstärker so aufgedreht, dass Marthe die Vibrationen durch das Laminat spürte.

»Wir hätten zum Beispiel sonntags die Regel ausgeben können: es wird nur Englisch geredet.«

»Du bist vielleicht lustig«, hat Paul empört erwidert. »Glaubst du, ich hab Lust, mich an meinem freien Tag in einer Sprache zu unterhalten, die mich zum Idioten macht? Ich hab vier Jahre Englisch gehabt. Und keinen Tag mehr!«

Und dann hat Paul gesagt: »Komm, was ist schon so schlimm daran, wenn Max eine Klasse wiederholt?«

»Ich weiß nicht«, hat Marthe gesagt, »es ist ein verlorenes Jahr für ihn, oder? Er wird zwanzig sein, wenn er Abitur macht.«

»Wer sagt denn, dass er Abitur machen muss?«, beharrte Paul.

»Weil ohne Abi alles nichts ist«, sagte Marthe.

»Aber du hast doch auch kein Abitur!«

Marthe hat ihn angeschaut, tief Luft geholt und gesagt: »Das ist es ja gerade.«

Paul nimmt sich ein zweites Bier. »Du hast also wieder einmal deinen Arbeitgeber um einen ganzen Arbeitstag betrogen. Mensch, Marthe! Die können dich für so was feuern!«

»Ich hab von der Stadt aus angerufen. Also, reg dich nicht auf.«

»Und? Was für eine Ausrede ist dir dieses Mal eingefallen?«

»Es war keine Ausrede. Ich hab gesagt, mir ist nicht gut.«

»Aber dir war doch gut.«

»Nein.«

»Und wieso konntest du dann in die Stadt? Eine Dreiviertelstunde im Zug, wo du doch fremde Menschen um dich herum kaum erträgst?«

Paul verschüttet Bier beim Einschenken. Er wirft ihr einen kurzen Blick zu, aber sie sagt nichts.

»Sie werden dich rausschmeißen«, sagt Paul. »Es ist nur noch eine Frage der Zeit, dann legen sie dir die Kündigung auf den Tisch.«

Marthe lächelt. »Unsinn. Die brauchen mich. Ich mache eine gute Arbeit.«

»Ja, wenn du mal da bist.«

»Ich bin fast immer da.«

»Bis auf die Tage, an denen du morgens aufwachst und merkst, dass du keine Lust hast.«

»Ich habe als Einzige den Durchblick. Glaub ja nicht, dass ein anderer Kollege sich darum reißt, mir meine Arbeit abzunehmen.«

Marthe arbeitet als Sachbearbeiterin bei einem Getränkegroßhändler. Sie muss die Lieferzettel und alle Abrechnungen kontrollieren. Der Großhandel hat zwölf Lastwagen in ständigem Einsatz, mit doppelter Besetzung und Ersatzleuten, genau acht, so genannte Springer, die bei Krankheit und Urlaub Vertretungen machen. Alle werden nach einem bestimmten Honorar-Formelsatz entlohnt. Mit Umsatzbeteiligung. Wenn du willst, sagt Marthe immer, kannst du jeden betrügen. Aber auch jeden. Wenn du es drauf anlegst. Aber ich gehe mal davon aus, sagt sie, dass die Leute nicht so schlecht sind wie immer getan wird.

Weil sie ihre Arbeit so gut macht, nimmt sie sich das Recht, manchmal einfach blau zu machen. Sie hat dabei kein schlechtes Gewissen. Ich betrüg niemanden, sagt sie. Um gar nichts. Höchstens mich selbst. Wenn ich nämlich denke, ich hab einen Tag frei, stimmt das gar nicht. Am nächsten Tag muss ich doppelt so viel machen, doppelt so schnell sein. Denn am Ende des Monats muss die Bilanz stimmen. So einfach ist das.

»Ich hab gewusst, dass heute so was passieren würde«, sagt Paul.

Sie hebt den Kopf. »Wieso? Wie kannst du das wissen?«

»Du hast geredet in der Nacht.«

Sie beugt sich vor. Erschrocken: »Was hab ich gesagt?«

»Ach! Ist doch egal. Waren doch nur Träume.«

»Erzähl doch.«

Er schüttelt den Kopf. »Kannst dir doch denken. Du weißt besser, was du träumst.«

»Weiß ich nicht«, sagt sie ausweichend, »habe ich morgens immer vergessen.« Eine Lüge, das weiß Paul.

Sie schaut zu, wie er trinkt. Sie schaut ihn an, um irgendetwas zu fühlen, etwas wie Wärme. Nur ein Signal zu bekommen, das etwa lautet: Hey, du bist nicht allein. Du gehörst zu einem Menschen, der dich liebt. Der sitzt da und trinkt sein Bier.

»Du hast im Schlaf mit ihm geredet.« Paul zieht mit dem Fuß den Bierkasten zu sich heran und lässt die Flasche in das leere Fach fallen. »Und zwar die halbe Nacht.«

Dann blickt er auf, seine Augen sind kühl, fast abweisend, so, als wolle er sagen: »Ach, lass mich doch in Ruhe.«

»Ich hab mit ihm geredet?«, ruft sie überrascht. »Mit Moritz?« Sie fährt sich mit der Zunge über die Lippen, so dass sie auf einmal glänzen, legt ihre Hände an den Hals, fasst an ihr Ohrläppchen, das ganz heiß ist. »Was hab ich denn gesagt?«

»Was du immer sagst.«

»Wieso?« Sie lacht noch lauter, erregter. »Was ich immer sage?«

Paul steht auf und geht zur Tür. Es ist Zeit für die Tagesschau. Paul verpasst nie eine Tagesschau. Er will wissen, was in der Welt los ist. Und überhaupt.

»Was sage ich denn immer?«, ruft sie ihm hinterher. Er hebt die Hand. Er zeigt ihr nur noch seinen Rücken.

Sie springt auf. »Was sage ich denn immer?«, ruft sie. »Paul! Komm her und antworte mir! Wie rede ich mit ihm?«

Paul kommt tatsächlich zurück. Er bleibt im Türrahmen

stehen, die Hände rechts und links abgestützt. Er trägt das hellblaue Hemd, die Ärmel bis über den Ellenbogen aufgekrempelt. Die neue Brille mit den ovalen Gläsern steht ihm gut. Abends bildet sich ein Schatten um das Kinn, abends sind seine Barthaare schon ein paar Millimeter lang. Das gibt ihm die besondere männliche Note. Marthe weiß, dass die weiblichen Lehrlinge in der Autowerkstatt ihn anhimmeln. Er hat Ähnlichkeit mit Kevin Kostner. Das ist es. Das hat ihr jemand mal erzählt, als sie noch gar nicht wusste, wer Kevin Kostner war. Später hat sie einen Film gesehen, in dem Kevin Kostner einen Knacki spielte, der einen Jungen als Geisel nahm. Kostner spielte einen einfachen Mann, der sich einfach ausdrückte, aber ehrlich war, auf seine Art, obwohl er im Knast gesessen hatte. Es hat ihr gefallen, wie Kevin Kostner den Jungen behandelte. Ihr hat auch die ernste und intensive Art von Kevin Kostner gefallen. Er hat sie tatsächlich an Paul erinnert.

In der Nacht, nach dem Kinobesuch, ist Marthe zu ihm unter die Bettdecke gekrochen und hat ihn gestreichelt, wie früher. So wie Paul es mochte.

»Du solltest öfter ins Kino gehen«, hat Paul gesagt. Und sie haben beide gelacht wie über einen guten Witz.

Sie wartet. Sie hält die Jenaer-Glasschüssel mit dem Rest der Lasagne in der Hand. Er blickt sie an. Er sieht seine Frau, Marthe Brandt, 38 Jahre alt, in hellen Hosen, einem Gürtel, der ihre schlanke Taille betont und einem schwarzen T-Shirt mit spitzem Ausschnitt. Er sieht eine Frau mit braunen Ponyfransen, das sieht er.

»Komm«, sagt sie, »mach es nicht so spannend. Was rede ich immer mit Moritz?«

Er holt tief Luft, schaut sie an, öffnet den Mund, hält eine Sekunde den Atem an, schüttelt den Kopf und wendet sich ab. Sie bleibt einfach so stehen, die Schüssel noch immer in der Hand.

Sekunden später hörte sie den Gong und die Stimme des Nachrichtensprechers. »Hier ist das erste deutsche Fernsehen mit der Tagesschau.«

Da öffnet sie einfach die Hand und lässt die Schüssel fallen.

Marthe spricht

Fünf Wochen nach der Geburt passte ich schon wieder in meine alten Sachen. Vielleicht war es diese Trauer, mit der ich nicht fertig wurde. Ich habe ja praktisch jeden Morgen ein nasses Kopfkissen gehabt. Und mein Magen war oft wie zugesperrt.

Mit Paul habe ich darüber nicht gesprochen. Man kann nicht alle seine Probleme auf den Ehemann abwälzen, mit irgend etwas muss man auch alleine fertig werden. Finden Sie nicht?

Mit meiner Mutter?

Mit meiner Mutter konnte ich darüber überhaupt nicht reden. Meine Mutter ist viel zu realistisch. Bestimmt fand sie das auch traurig, dass es so gekommen ist. Das nehm ich jedenfalls an. Richtig gesagt hat sie es nie. Für mich hatte sie immer nur Durchhalteparolen: Also, nun mal Kopf hoch und: Der Kleine erwartet von dir, dass du ihm hundertprozentig deine Kraft gibst und: Wer weiß, wozu es gut ist. Ihr seid doch noch jung. Du kannst noch viele Babies bekommen. Alles, was sie sagte, hatte Hand und Fuß.

Ich konnte mich gegen diese Art, wie sie mich motivieren wollte nicht wehren. Ich konnte dem nichts entgegensetzen außer meinem Schweigen. Halten Sie davon, was Sie wollen.

Ich war enttäuscht, dass meine eigene Mutter meinen Schmerz und meine Trauer nicht spürte, oder nicht spüren wollte. Sie hätte versuchen müssen, die richtigen Worte für mich zu finden. Ist das vielleicht zuviel verlangt?

Mit Max hat sie sich vom ersten Augenblick an gut verstanden. Wenn sie kam, um Max abzuholen, juchzte er geradezu. So hat er nie gejuchzt, wenn ich mich über sein Bettchen gebeugt hab. Das hat mich getroffen, geb ich gerne zu. Ich hab meine Mutter oft dabei beobachtet, wie sie mit dem Kleinen umgegangen ist, und dann hab ich gedacht: Also, so hat sie das auch mit mir gemacht.

Über Moritz hat sie nie ein Wort verloren. Als habe mein

anderer Sohn, ihr anderer Enkel, nie existiert. Als wäre der nicht genau wie Max neun Monate in meinem Bauch herangewachsen. Als hätte ich dessen kleine Füße nicht gefühlt, wie sie gegen die Bauchdecke geboxt haben. Wenn ich im Bett lag, auf dem Rücken, mein Bauch ganz dick, konnte man förmlich sehen, wie das da hin und herging bei diesen Kämpfen. Vielleicht war Max damals schon kräftiger. Ob sich Max die bessere Position erkämpft hat für das Leben?

Was sagen Sie? So etwas sollte ich nicht denken? Ich habe es aber oft gedacht und es Max spüren lassen. Nur gut, dass ich während der Schwangerschaft nicht geahnt habe, was auf mich zukam. Das Unglück war ja ohnehin schon groß genug. Aus der Traum vom Abitur und der großen Freiheit danach.

Meine Schulfreundinnen haben tagsüber fürs Vorabi gebüffelt und sich abends im Jena Paradies getroffen, das war die neuste Kneipe, eigentlich zu modern für unseren Ort, deshalb ist sie nach zwei Jahren auch eingegangen. Jetzt ist an der Stelle das Blockhouse, das läuft gut. Holzbalken an der Decke und Lampen mit roten, gerüschten Stoffschirmen.

Wenn ich mein Baby gewickelt oder nachts durch die Wohnung getragen habe, dann waren meine Freundinnen im Kino oder beim Sport, telefonierten stundenlang oder knutschten vor dem Jena Paradies auf dem Rücksitz irgendeines Autos. Die hatten alles noch vor sich. Sie hatten ihr Schicksal noch in der Hand, konnten etwas Großartiges aus sich machen.

Bei mir waren die Würfen gefallen. Eine Schwangerschaft mit zwei Babies. Ein Kind lebendig, eines tot. Und von dem toten Kind als einzige Erinnerung nur eine Locke.

Wollen Sie das Pillendöschen sehen?

Ich könnte es holen. Ich habe es immer in der Nähe, seit damals, seit mehr als zwanzig Jahren. In all den Jahren hat sich Moritz' Haar nicht verändert. Die Locke ist immer noch so seidig, so zart und fein.

Max hat all seine ersten Haare verloren, im vierten Monat.

Erst da konnte man sehen, was für große Ohren er hat. Die hat er von Paul. Nur im Nacken sind ihm Haare geblieben, ein kleines schwarzes Schwänzchen, als ihm auf dem Kopf schon blonde nachgewachsen sind. Das hat mich manchmal richtig aus der Fassung gebracht, wenn ich diese Haare angefasst oder gebürstet habe.

Es war wie eine Erinnerung an Moritz, verstehen Sie? So, als hätte er etwas von seinem Bruder behalten, was er nicht hergeben wollte.

Natürlich habe ich damit gerechnet, dass ich irgendwann Mutter sein würde. So was ist doch ganz normal. Besonders für Mädchen, die mit Puppen spielen.

Ich habe nie mit Puppen gespielt. Aber ich hatte auch eine, die hieß Gretchen und war schon ein richtiges vernünftiges Mädchen mit Dirndlkleid und Zöpfen. Ich weiß nicht, wer ihr den Namen gegeben hat. Wie gesagt, diese Puppe mochte ich nicht. Sie erinnerte mich an Susi, aus meiner Klasse. Susi hatte blonde Locken, richtige Schillerlocken, die sich über dem Rücken ringelten und glänzten wie falsches Haar. Susi wuchs bei ihren Großeltern auf. Die Großeltern wohnten in der Beugel-Villa am Aue-Park. Eine dieser Gründerzeitvillen, von denen es vier oder fünf gab in Moorkaten.

Susi wurde von ihrem Großvater jeden Morgen in einem schwarzen großen Auto zur Schule gebracht. Sie verabschiedete sich jeden Morgen mit einem Kuss von ihrem Opa und hüpfte auf die Schule zu als wär sie Alice im Wunderland.

Susi war keine Leuchte. Sie bekam schon in der vierten Klasse Nachhilfeunterricht im Rechnen und im Diktat. Ihre Arbeiten waren immer rot gesprenkelt, wenn die Lehrerin sie nach der Korrektur zurückgab. Und dennoch stand unter den Arbeiten immer ein tröstender, versöhnlicher Satz wie: Susi hat sich sehr viel Mühe gegeben. Deine Schrift hat sich sehr gebessert, Susi!

Unter meinen Arbeiten, die fast kein rotes Gekritzel aufwiesen, stand immer nur die nackte Zensur. Selbst der Eins in meinen Aufsätzen habe ich die Kälte angemerkt, mit der sie hingeschrieben worden war.

Auch wenn ich die besten Aufsätze schrieb, wurde ich nie gebeten, sie vor der Klasse vorzulesen. Wenn die Lehrerin mit dem Stapel der Klassenarbeitshefte hereinkam und wir alle ganz erwartungsvoll oder ängstlich waren, dann schlug mein Herz so laut, dass ich mich erschrocken umgesehen hab.

Wenn wieder einmal mein Heft ganz oben auflag und wir Aufsätze zurückbekamen, dann presste sich mein Herz gegen diesen Ring um die Brust, als wolle es ihn sprengen. Ich weiß, mein Herz ist zu groß für meinen Körper.

Das sage ich nicht, damit Sie darüber lachen. Das sage ich Ihnen, weil es so ist. Ich kenne meinen Körper schließlich besser als jeder dieser Ärzte, die mich untersuchen.

Das Einzige, was ich für Max gewünscht hätte: dass er die breiten Schultern seines Vaters erbt. Diesen athletischen Körperbau. Aber eben nicht diese großen Füße und die breiten Hände. Meine Hände sind eher schmal, die Finger lang. Sehen Sie? Unser Musiklehrer hat einmal im Unterricht meine Hände sehr lange in seinen gehalten und mich angesehen und gesagt: »Das sind die Hände einer Klavierspielerin. Kannst du Klavier spielen?«

Bevor ich antworten konnte, hatte Susi ihre Hände hingestreckt und gerufen: »Ich! Ich kann Klavier spielen! Wir haben zu Hause einen Flügel! In unserem Musikzimmer!!!«

»Ihr habt ein Musikzimmer?« Der Lehrer ließ meine Hände los. Er schaute Susi an. In seinen Augen konnte ich die Sehnsucht erkennen nach einem Haus, in dem es ein Musikzimmer gab und einen Flügel. Ich verstand, dass er so war wie ich. Aber in dem Augenblick hasste ich ihn.

Er wohnte nur in einer Zwei-Zimmer-Wohnung, in einem hellhörigen Neubau. Er spielte, wenn er übte, auf einem Brett mit schwarzweißen Tasten, das er auf den Schreibtisch legte. Das wussten wir alle. Und nun hatte Susi einen Flügel, ein

Musikzimmer! Ja, wenn er sich gut mit Susi stellte ... An dem Tag habe ich Gretchen gegen die Wand geworfen.

Als Mama abends nach Hause kam, sie hatte eine lange Tour nach Delmenhorst, und es war Winter und Raureif auf den Straßen, also eine sehr gefährliche Fahrt in der Dunkelheit, da wartete ich auf sie im Flur.

Und bevor sie überhaupt ihren Schal abbinden und ihre gefütterte Jacke aufhängen und einmal tief durchatmen konnte, habe ich gesagt: »Mama, ich möchte ein Klavier.«

Mama hat gelacht. Sie zog aus der Jackentasche den Notizblock, auf dem sie immer ihre Touren notierte und ging damit in die Küche.

»Ein Klavier?«, wiederholte sie. »Ist das alles?«

»Ja!«, rief ich und folgte ihr in die Küche.

»Mami«, drängte ich, »wenn ich ein Klavier hätte, könnte ich Heiligabend alle Weihnachtslieder spielen, die du so gerne magst.«

Mama streichelte mich. »Und wo sollen wir hier in der Wohnung ein Klavier hinstellen?«, fragte sie.

»Wir könnten deinen Schreibtisch auf den Sperrmüll tun«, schlug ich vor.

Sie lachte. Aber das war kein fröhliches Lachen. »Meinen Schreibtisch auf den Sperrmüll? Sonst noch Wünsche? Da lagert meine ganze Buchführung. Wenn das Finanzamt hier mal antanzt zur Kontrolle, dann habe ich alles da drin. Jede Benzinquittung, jede Autoreparatur, alle Papiere von den Versicherungen, Krankenkasse und so. Wo soll ich das aufbewahren, wenn wir meinen Schreibtisch einfach wegwerfen?«

Ich bin mit Mama durch die Wohnung gegangen. Wir haben uns alles angesehen, so wie Fremde sich eine Wohnung ansehen würden. Mir fiel auf einmal auf, wie schäbig die Möbel waren. Der Schrank zum Beispiel, für Geschirr, Gläser und Bücher.

»Ein Monstrum ist das«, seufzte Mama, »ich wäre froh,

wenn ich das los wär. Aber das ist ein Erbstück von meiner Mutter. Das würde sie mir nie verzeihen.«

»Sie sieht es doch nicht«, sagte ich.

»Weißt du überhaupt, was so ein Klavier kostet? Ich hab ja nicht einmal eine Lammfelljacke, obwohl ich die dringend bräuchte, im kalten Auto.« Da wusste ich, ich werde nie ein Klavier bekommen.

Als Kind hofft man noch. Ich glaube, ich habe das nie verloren, an ein Wunder zu glauben. Auch mit Moritz war das so.

Ich habe ja nie einen wirklichen Beweis erhalten, dass Moritz tot ist. Ich musste es einfach glauben, weil sie es mir sagten.

»Kindchen«, hat die Hebamme zu mir gesagt, als die Wehen stärker wurden und in immer kürzeren Abständen kamen, »Kindchen, du musst dich entspannen. Konzentrier dich auf deine Atmung.«

»Ich kann nicht!«, hab ich immer geschrien. »Ich kann nicht! Es tut so weh.«

»Aber Kindchen«, hat die Hebamme wieder gesagt, und wenn ich manchmal im Bett liege und an diesen Augenblick, in dem noch nichts entschieden war und alles noch möglich, zurückdenke, dann fühle ich noch ihre große, kühle, weiche Hand auf meinem Bauch.

Die Hebamme hatte einen slawischen Nachnamen. Sie rollte das R. Ich fand die deutsche Sprache schön, wenn sie sprach. Das Norddeutsche meiner Leute gefällt mir nicht wirklich. Es ist grob und barsch.

Theophila Wiszarek, so hieß sie. Im Kreissaal wurde die immer nur Fila genannt. Sie war klein und dick. Aber sehr behände und eine Kraft hatte sie! Wie sie sich mit ihrem ganzen Gewicht auf meinen Bauch legte und versuchte, die Babys herauszupressen, immer im Rhythmus der Wehen.

Bei Max hat es ja auch geklappt.

Vielleicht hat sie Moritz die Luft abgedrückt. Sie haben gesagt, dass Moritz tot war, als sie mich aufschnitten, um ihn herauszuholen.

Deshalb hat es auch keine Beerdigung geben. Deshalb habe ich kein Grab. Gar nichts haben wir. Außer der Locke, natürlich.

Niemand in unserer Familie hat Moritz gesehen. Auch Paul nicht, der ja bei der Geburt nicht dabei war. Ich wollte das nicht.

Erst ein paar Wochen nach der Geburt habe ich plötzlich den Wunsch verspürt, mit der Hebamme zu reden. Ich wollte mich bedanken für die Locke. Aber eigentlich wollte ich sie fragen, was mit Moritz geschehen ist. Es stimmt, ich habe die Wahrheit verdrängt. Verdrängen, Doktor, ist wie ein Schlaf, aus dem man nicht geweckt werden möchte. Aber ihr hier reißt einen ohne Gnade aus dem Schlaf.

Landeskrankenhaus Oldenburg
Station 5
Prof. Dr. Philip Casai

Frau
Veronika Massmann
Süderweg 49
Moorkaten

27. 12. 2002

Sehr geehrte Frau Massmann

Ihre Tochter Marthe Brandt ist seit nunmehr vier Wochen bei mir in stationärer Behandlung. Wir haben sie von der geschlossenen in die offene Abteilung verlegen können, da die Suizidgefahr im Augenblick gebannt ist.

Was aber die weitere Arbeit mit Ihrer Tochter betrifft, komme ich nur sehr langsam voran. Sie erlaubt mir bislang keinen Zugang zu ihrer Welt.

Deshalb wende ich mich nun an Sie. In der Hoffnung, dass sich ihre Tochter in einem Familiengespräch mehr öffnen kann, und so eine schnellere Heilung möglich ist.
Auf unserer Station haben wir mit solcher Art Familiengesprächen eine sehr gute Erfahrung gemacht.

Ich wäre Ihnen für eine Nachricht, ob und wann dieses Gespräch stattfinden kann, äußerst dankbar und verbleibe,

hochachtungsvoll
Ihr

gez. Prof. Dr. Philip Casai

Marthe spricht

Ich glaube, es waren die Mückenstiche, die mich geweckt haben. Die mich zurückgeholt haben aus dem Schlafland, in dem ich sechsundzwanzig Stunden leben durfte. Es war ein Gefühl wie Sonnenbrand nach einem Badetag.

Wenn es eine einzige Mücke im Zimmer gab mit hundert Leuten, dann hat sie mich ausgesucht. Dünnhäutig war ich, das hat meine Mutter auch immer gesagt. Im Doppelwortsinn. Das süße Blut können die Mücken durch meine dünne Haut hindurch riechen.

Vorzugsweise stechen die Mücken in meine Finger, oder in die Fußknöchel, wie Flöhe, die stechen ja auch gerne in der Nähe der Gelenke.

Im Halbschlaf war so ein flimmerndes Licht hinter den Lidern. Ein Sommertagslicht, ein Seeuferlicht, beinah konnte ich noch den Bratensaft der Grillwürstchen riechen, und das Reet auf dem Dach. Reetdächer riechen im Sommer ganz wunderbar. Nach vertrocknetem Moos. Und aufgeplatztem Schilf.

Im Sommer träume ich oft von dem Ferienlager, in das man mich geschickt hatte, als ich neun war. Nach Amrum. Man sagt, dass auf den Nordseeinseln nicht so viel Ungeziefer ist. Wegen des Meerwindes, der von der Nordsee kommt, quasi vom Atlantik. Aber in dem Sommer war immerzu Ostwind. Vom Ostwind bekommen die Insulaner Kopfschmerzen. Der macht sie reizbar und aggressiv.

Auch unsere Erzieher ließen sich von der allgemeinen Unruhe anstecken. Nachts schlug der Wind gegen unser Zelt.

Es war eine Fahrt, die von der Kirchengemeinde organisiert wurde. Meine Mutter war sehr gerührt, glaube ich, dass ich mitfahren durfte, obwohl sie im Jahr zuvor aus der Kirche ausgetreten war.

Mama konnte sich die Kirchensteuer nicht mehr leisten. Sie

arbeitete ja sowieso schon sechzehn Stunden. Und machte nie Urlaub.

Schon auf der Busfahrt ins Ferienlager habe ich mich Hals über Kopf in Uli verliebt. Er hatte den Fensterplatz, ich daneben. Ich glaube, er hätte lieber bei den Jungen gesessen, weiter hinten im Bus. Er schaute sich immerzu nach denen um. Die randalierten und rempelten und machten den typischen Jungen-Blödsinn. Und er konnte nicht mitmachen, weil er neben mir saß, am Fenster.

Als ich Mut gefasst hatte und ihn anredete, antwortete er nicht, er zog nur eine Grimasse. Aber danach lächelte er, als wollte er sich für die Grimasse entschuldigen. Ich hatte augenblicklich den wahnsinnigen Wunsch, ihn zu küssen. Auf den Mund. Das war verrückt.

Ich war das Küssen nicht gewöhnt. Wir sind beide spröde, meine Mutter und ich. Wir haben nie gekuschelt, uns selten Küsse gegeben.

Uli war zehn, ein halbes Jahr älter als ich. Er kam aus Friesdorf, ein paar Kilometer südlich von unserer Stadt. Seine Eltern waren das, was wir Kleinbauern nennen. Arme Leute, die neben der Landwirtschaft noch einen anderen Beruf haben. Ulis Vater hat in der Molkerei gearbeitet, seine Mutter bei ALDI. Sie hatten keine Zeit, mit ihm in die Ferien zu fahren, im Sommer war Hochsaison für die Bauern. Ich weiß noch, dass einer der wenigen Sätze, die er zu mir sagte, lautete: »Den Mähdrescher darf nur Vadder vom Hof fahren. Wir Kinder nicht. Und sonst auch keiner. Der Mähdrescher ist sein Ein und Alles.«

Was Uli selbst vom Mähdrescher hielt, weiß ich nicht. Ich war so beglückt über diesen Satz: »Den Mähdrescher darf nur Vadder vom Hof fahren.«

Ich lächelte in mich hinein, bis wir im Lager ankamen.

Die Jungen schliefen in einem Zelt, dreißig Jungen und zwei Erzieher und wir Mädchen, wir waren nur sechzehn Mädchen, im Alter zwischen neun und dreizehn, schliefen mit unseren beiden Erzieherinnen im anderen Zelt.

Morgens vor dem Frühstück haben wir im Meer gebadet, Jungen und Mädchen zusammen.

Ich habe versucht, in der Nähe von Uli zu bleiben. Er war ein sehr guter Schwimmer. Er schwamm immer sofort hinaus und ich kraulte hinterher, bis mir die Luft ausging.

Ich war ganz braungebrannt, hatte richtig schwarze Arme. Ich fand mich zum ersten Mal schön. Meine Augen waren viel heller, die Haare übrigens auch, gebleicht von der Sonne, vom Salz.

Einmal haben Uli und ich uns weggestohlen, vom Lagerfeuer. Da feierten wir unser »Bergfest«. Die Hälfte der Ferien war um. Von da an würde es abwärts gehen, immer der Rückfahrt entgegen. Dem Ende der Verzückung. Sie halten das bestimmt für übertrieben. Ein Kind von neun Jahren. Aber ich war wirklich verzückt. Uli hat so wunderbar gerochen. Seine Haut duftete nach Heu. Vielleicht hat er so viele Nächte seiner Kindheit im Heu verbracht, dass der Geruch in seine Haare gezogen ist, in seine Kleider, seine Haut. Uli roch nach Heu aus trockenen Kräutern, Kamille, Sauerampfer, Klee, Wiesenschaumkraut, und solchen Sachen. Man kann das überhaupt nicht mit dem modrigen Geruch der Heuballen vergleichen, die bei uns im Herbst auf den Feldern liegen. Ulis Haut roch auch nach heißen, trockenen Sommern. Vielleicht nach den Sommern meiner Träume, meiner Sehnsucht.

Wir haben uns vom Lagefeuer weggeschlichen und sind in die Dünen. Haben uns ausgezogen und sind nackt ins Wasser. Der Mond über dem Meer. Wie Magentaschaum rauschten die Wellen ans Ufer, silbern floss das Wasser über den Sand wieder zurück. Und wir mittendrin. Ganz stumm. Wir haben diesen Augenblick beide für magisch gehalten, Uli auch, das weiß ich.

Wir sind untergetaucht und als wir wieder hochkamen, haben unsere Gesichter sich genähert, aber ich erinnere mich nicht, ob wir uns wirklich geküsst haben. Es war auch nicht wichtig. Wichtig war der Eid, dieser Schwur, dass wir niemandem von unserer Nacht erzählten.

Ich kann diese Nacht, als der Mond fett und rund über unserem Zeltlager stand, jeden Augenblick, von meinem Inneren abrufen. Ich tue das manchmal, wenn ich bedrückt bin, oder Angst habe, dass sich diese Kappe aus Niedergeschlagenheit und Mutlosigkeit wieder über meinen Kopf stülpt. Ich sehe dann ganz deutlich, wenn ich die Augen schließe, zwei Kinder, Hand in Hand, auf die Düne zulaufen, hinter ihnen der gelbe Schein des Feuers, das Lachen der anderen, ihr fürchterlich falsches Gesinge. Der Wind in den Dünengräsern, die mondbeschienene Mulde, in der wir uns ausziehen, hastig, aber ohne Scheu. Und wie wir dann nackt in die Wellen gesprungen sind. So glücklich und losgelöst von allem.

Etwas Schöneres kann einem Mädchen in dem Alter, wenn es noch unschuldig ist, gar nicht passieren. Es war dann auch nicht schlimm, dass Uli danach mehr die Gesellschaft der Jungen suchte. Jedenfalls kann ich mich nicht erinnern, dass es mich besonders verletzt oder enttäuscht hätte, wenn er auf einmal so tat, als sehe er mich gar nicht, und manchmal geradezu vor mir weglief. Ich hatte diese Mondnacht einfach in mir. In meiner Seele, verstehen Sie? Ein Schatz, den man mir nie mehr würde wegnehmen können. Ich habe, glaube ich, in den Ferien begriffen, dass es darauf ankommt, in seinem Leben so viele Schätze wie möglich zu sammeln. Auch ganz winzige. Und sie gegen alles zu verteidigen.

Oh ja, das denke ich auch heute noch.

In dieser Zeit hat Mama ihren Bernd kennen gelernt. Ich habe damals keinen Zusammenhang zwischen diesen beiden Dingen gesehen, aber später habe ich gedacht, dass ich vielleicht unbewusst meine Mutter daran gehindert hab, einen Mann kennen zu lernen. Ich musste weg sein, erst dann konnte sie sich auf etwas anderes konzentrieren. Die Liebe oder auf die eigenen Wünsche, zum Beispiel.

Ich hätte die Zeit im Krankenhaus gern zum Nachdenken genutzt. Ich fühlte, dass ich mir dringend über das Leben klar werden musste. Meine Zukunft. Wie ich mit all dem fertig werden konnte. Ein gesundes Baby. Und ein totes. Beides gleichzeitig. Wenn ich mich über Max freute, über sein Lächeln, dass er überhaupt da war, gesund und kräftig, hatte ich sofort ein schlechtes Gewissen wegen Moritz. Es war, als würde Moritz mir verbieten, mich über Max zu freuen. Wenn ich aber um mein totes Kind weinen wollte, hatte ich sofort ein schlechtes Gewissen, weil Max doch eine glückliche, fröhliche Mutter brauchte. Vielleicht wäre ich mit allem besser fertig geworden, wenn ich nicht so jung gewesen wäre.

Max hatte sehr viele, schwarze Haare. Babys, die viele Haare haben, sehen immer hübsch aus. Es ist der einzige Schmuck an so einem kleinen Wesen. Sie sehen fertiger aus irgendwie. Und wenn er diese blauen Augen aufschlug ... das war schon süß.

Aber ich wollte ihn trotzdem nicht an meinem Bett haben, nicht die ganze Zeit.

Ich bekam Panikattacken, wenn ich ihn lange angesehen hatte. Er blickte immer auf eine so intensive Art zurück, dabei nehmen Babys noch gar nichts richtig wahr. Wie Tigerbabys. Die sind die ersten zehn Tage ganz blind. Und vollkommen hilflos.

Für den Kaiserschnitt haben sie mir eine Wundernarkose gegeben. Eine Wahnsinnsdroge: Während sie mich operierten, und noch danach, als sie mich wuschen und in mein Zimmer brachten, war ich in einer anderen Welt. Und komisch, Herr Doktor: diese Welt war mir so vertraut, war so greifbar, hatte Farben und Töne, war klarer und deutlicher als mein wirkliches Leben.

Ich weiß wohl, dass ich das Jucken dieser Mückenstiche schon spürte, aber das war das Einzige aus dem alten Leben, und das konnte ich anpassen an das andere, in dem ich mich befand. Es war großartig.

Ich fühlte mich gut, ich fühlte mich am richtigen Platz, ich war so zufrieden mit mir wie noch nie. Vollkommen im Einklang, im Gleichgewicht. Es jubelte in mir, als riefe immerzu jemand: ja, ja, du bist gut, du bist großartig, Marthe! Du hast ein wunderbares Leben. Du machst alles richtig. Alles.

Während die Ärzte das tote Kind aus mir herausholten, bin ich mit einem Rausch beschenkt worden, mit einem Film von meinem wahren Ich. ich, Marthe, war die Künstlerin, die ich immer sein wollte. Ich spielte Klavier. Meine Hände tanzten über die schwarzweißen Tasten. Ich habe den Applaus gehört und die Bravorufe. Ich habe mich verbeugt, mit Blumen im Arm, und ich wusste, ich bin auf dem richtigen Weg.

Ich musste nur weitergehen.

Als ich ein Kind war, habe ich immer gedacht, dass ich zu etwas Besonderem geboren bin, dass aus mir etwas Großartiges wird. Ich hab so eine Kraft in mir gespürt. Ich hatte den Wunsch, Klavier zu spielen und dann: zu tanzen. Ich habe mit Aquarell gemalt und Tagebuch geschrieben.

Dann und wann auch kleine Geschichten. Gedanken, verstehen Sie. Manchmal nur einen Satz, der mir durch den Kopf gegangen war und von dem ich dachte: der ist es wert, dass man ihn hinschreibt. Sicher, heute, wenn ich ihn noch einmal läse …

Die Tagebücher habe ich irgendwann zum Altpapier gegeben. Nein, nicht verbrannt. Solche dramatischen Gesten passen nicht zu mir. Auch wenn Sie es nicht hören wollen, an mir ist nichts Besonderes. Nichts an mir ist wirklich herausragend. Oder einzigartig. Wer mich einmal kennen gelernt hat, vergisst mich im gleichen Augenblick, wenn er sich abwendet. Ich habe das immer gewusst.

Und dennoch, oder vielleicht gerade deshalb, war da dieser übermächtige Wunsch, dass aus mir eines Tages etwas Großes wird. Eine berühmte Künstlerin, zum Beispiel.

Dann ließ die Wirkung der Narkose nach und ich konnte das Krankenzimmer wahrnehmen, die Schwestern und die Ärzte um mich herum, die dastanden, als hätten sie sechsundzwanzig Stunden meinen Schlaf bewacht.

Es ist wahr, ich habe versucht, zu fliehen. In diesem Hemd,

das hinten offen ist. Im OP-Hemd, barfuss, bin ich durch den Krankenhausflur gelaufen.

Ich sehe noch diese gläsernen Doppeltüren, auf die ich zulief. Dahinter das Licht. Das Tageslicht.

Ich höre sie hinter mir, die Meute, die mich einfangen will.

Aber vorn die Glastür, das Licht, die Freiheit.

Heute noch denke ich, ich hätte es schaffen können. Drei Sekunden mehr Vorsprung und ich wäre durch die Tür und draußen.

Aber diese drei Sekunden hatte ich nicht.

Sie mussten die Wunde neu vernähen.

Die Narbe ist hässlich. Aber macht mir nichts.

Nur, dass diese Narbe mich immer erinnert. Wenn ich morgens ins Bad gehe, wenn ich mich an- oder ausziehe, wenn ich unter der Dusche stehe: immer seh ich diese rote Zickzackwulst quer über meinen Bauch. Und denke: das ist bei der Geburt passiert.

Ich kann meinem Unglück nicht entkommen, Doktor. Ich trage es mit mir herum.

2.

Paul hatte einen halben Tag frei bekommen, um Marthe und Max aus dem Krankenhaus abzuholen. Paul redete und redete, als sie gemeinsam die Nachthemden, die Zeitschriften, das Waschzeug in die Reisetasche packten, als gelte es, die Leere mit irgendetwas zu füllen.

»Der Chef«, sagte Paul, »hatte richtig Tränen der Rührung in den Augen. Er hat sich immer einen Sohn gewünscht. Aber hat nicht geklappt. Von seinen drei Töchtern interessiert sich eine einzige für die Werkstatt.«

»Ist es kalt draußen?«, fragte Marthe. Sie wühlte in den Babysachen. Sie hatten von allem zu viel.

»Soll ich ihm das Mützchen aufsetzen«, fragte Marthe. »Was meinst du?«

Paul protestierte. »Es ist doch Sommer.«

»Aber der Kleine war noch nie an der Luft. Ist doch alles ganz neu. Und was heißt schon Sommer, hier bei uns im Norden.«

Am Morgen, als die Nacht-Säuglingsschwester ihr den Kleinen gebracht hatte, war der Himmel grau verhangen. Aber es regnete nicht. Marthe trug bei der Entlassung aus der Klinik ihre Latzhose und darunter eines von Pauls karierten Hemden. Sie hatte sich während der Schwangerschaft bei Pauls Kleiderschrank bedient. Das hatte ihr besser gefallen als die albernen Schwangerschaftskleider. Sie trug Pauls Monteurhosen, leicht waschbarer, unempfindlicher Jeansstoff, die seitlich geknöpft wurden. Jetzt hing die Latzhose wie ein leerer Sack an ihr herunter.

»Wird Zeit, dass du wieder normale Sachen trägst«, sagte Paul, als sie mit diesem weißen Strickmützchen, auf dem MAX stand, zu ihm trat. Er sagte es zärtlich. Er küsste sie.

Max lag im hellblau-weiß-gestreiften Frotteestrampelanzug mitten auf ihrem Krankenbett und versuchte, mit seinen großen Augen etwas von dem zu erfassen, was um ihn herum geschah.

Vielleicht fühlte er, dass seine Eltern sich umarmten, vielleicht fühlte er das Lächeln, das weiche, ein bisschen traurige, aber auch trotzige Lächeln seines Vaters. Paul hatte heimlich, als Marthe noch im Krankenhaus war, den Doppelkinderwagen gegen einen Solo-Wagen umgetauscht, die Doppelwiege gegen eine Solo-Wiege und die Hälfte der Babysachen war auch zurückgegangen.

»Ich setz ihm lieber doch das Mützchen auf«, entschied Marthe.

Sie verabschiedete sich von dem Arzt und den Schwestern. Von dem Zivi, der nachts heimlich einen Joint rauchte – Marthe hatte es sofort gerochen, aber verriet ihn nicht. Von dem Pförtner, dem Chefarzt, der sie operiert hatte und der Hebamme, die Max ans Licht der Welt geholt hatte.

Die Hebamme gab Marthe das Geschenk.

Es war eine kleine Dose, nichts Besonderes, eine Pillendose, wie die vielleicht von Pharmafirmen an Krankenhausangestellte verteilt wird, als kleine Aufmerksamkeit, Elfenbein mit einem Emblem auf dem Deckel.

»Oh«, sagte Marthe gerührt, »danke! Sie müssen mir doch nichts schenken.«

Marthe wollte die Dose öffnen, aber die Hebamme flüsterte: »Machen Sie es lieber erst auf, wenn Sie allein sind. Wenn Sie hier raus sind. Ich hoffe nur, dass Sie sich freuen.«

»Bestimmt«, sagte Marthe. Und gab der Hebamme zum Abschied einen Kuss.

Draußen wartete der blaue Ford Siesta, den Paul extra noch durch die Waschanlage gejagt hatte.

Auf dem Fahrersitz ein Blumenstrauß, in Zellophan: Gerbera, die Blumen, die besonders lange halten, weil ihr Stil mit Draht umwickelt ist. Orangerot.

»Von meinen Chef«, sagte Paul und half Marthe ins Auto.

Sie hielt Max auf dem Schoß, obgleich der Babysitz hinten mit Sicherheitsgurten vorschriftsmäßig festgeschnallt war.

»Da kann ich ihn ansehen«, sagte sie.

Paul lächelte. »Verstehe.«

Er drückte fast lautlos die Wagentür ins Schloss, sonst knallte er die Tür immer zu.

Marthe schaute ihren Mann an, wie er um den Kühler herumging, energiegeladen und stolz, wie er noch einmal an der Krankenhausfassade emporschaute und mit beiden Händen winkte, als würden sie an den Fenstern stehen und gaffen. Als wäre es etwas Besonderes, wenn eine junge Familie eine Entbindungsstation verlässt. Marthe konnte nicht glauben, wie locker Paul wirkte.

»Ich habe noch glatte zwei Stunden«, sagte er, als er sich ans Steuer setzte. »Wir könnten noch irgendwo ein Eis essen gehen. Wie wär das? Wir drei? Die kleine Familie Brandt bei ihrem ersten Ausflug.« Er beugte sich zu seinem Söhnchen und gab der winzigen Nase einen kleinen Stüber. »Hey, was meinst du, Junior?«

Zwei Stunden später war Marthe allein mit Max in der Wohnung, die sie einen Monat zuvor bezogen hatten. Zweieinhalb Zimmer, Küche, Bad und Balkon.

Marthe trug das Baby von einem Zimmer zum anderen. Sie machte Max mit all den Dingen bekannt, die ihn in den nächsten Jahren umgeben würden. Ihr Herz schlug heftig. Sie fühlte sich unbehaglich, beinah beschämt. Es war ihr, als sähe sie ihr Heim mit den Augen einer Fremden.

Sie drückte mit dem Rücken die Küchentür auf und wandte sich um, hob Max ein bisschen und drehte ihn so, dass er, wenn er wollte, die Küche ganz übersehen konnte.

»Die Küche«, stellte sie vor. »Wir wollten eigentlich lieber alles in Weiß, aber unsere Vormieter hatten das Grün ausgesucht. Keine Ahnung, wie die auf Grün gekommen sind. Die Waschmaschine ist neu. Wegen der vielen Wäsche, die bei Zwillingen anfällt. Jetzt, wo du allein bist, hätte die alte vielleicht auch gereicht. Aber nun haben wir sie eben.«

Marthe hob mit der freien Hand den Topf, in dem noch Reste eines Erbseneintopfes vor sich hin trockneten, in die Spüle und ließ Wasser darüber laufen. Paul hatte den Geschirrspüler nicht benutzt. Er hatte offenbar immer nur einen Teller, einen Kaffeebecher, ein Bierglas und einmal Besteck benutzt und alles vor jeder Mahlzeit gespült. Zu jedem Essen hatte er offenbar Ketchup genommen, die Flasche, fast leer, stand noch auf dem Tisch, neben der Salz- und der Pfeffermühle. Paul liebte seine Mahlzeiten scharf und salzig. Die ausgelesenen Zeitungen lagen gestapelt neben der Küchentür. Auf dem Tisch aufgeschlagen eine Autozeitschrift, daneben ein Block und Kugelschreiber mit ein paar Kritzeleien, die Marthe nicht lesen konnte. Ein Lottoschein, ein paar Briefe, die Rechnung der Wasserwerke, der Elektrizitätswerke, eine Einladung zu einer Bustour in die Schwäbische Alp.

Paul hatte die Mülltüte nach draußen getragen. Und eine neue Wasserkiste besorgt. 12 Liter-Flaschen in einem Metallkasten. Die stand jetzt an der Tür der kleinen Speisekammer, neben dem Bierkasten, der nur halbvoll war. Marthe stand da, mit ihrem Baby im Arm, und schaute nach draußen. Das Schieferdach des Nachbarhauses glänzte vor Nässe. Ein Kampfjet dröhnte über Moorkaten hinweg. Max begann zu weinen.

»Tut mir Leid, mein Kleiner.« Sie küsste seine Stirn. »Ich zeig dir das Wohnzimmer. Das ist gemütlich.«

Das Wohnzimmer wirkte so aufgeräumt und ungelüftet, als habe Paul es während ihrer Abwesenheit überhaupt nicht benutzt, als habe er nur in der Küche, im Schlafzimmer und im Bad gelebt. Die Wohnzeitschrift lag noch genau so, wie Marthe sie an jenem Sonntag, als sie zum Grillen zu Bernd und ihrer Mutter gefahren waren, zurückgelassen hatte. Auf der Zeitschrift ein Foto von einer Villa über dem Meer. Der Blick von einer weißen Terrasse mit blauen Kissen auf der Steinbank, über Terracottatöpfe mit Oleander und Hibiskus auf ein türkisfarbenes Meer, auf dem ein Segelboot schaukelte. Marthe hatte die Zeitschrift immer so gelegt, dass ihr Auge direkt darauf fiel, wenn sie das Zimmer betrat.

»Schau, Max«, sagte sie zärtlich, »unser Reich.«

Die Wohnzimmereinrichtung hatten sie mit einem Kleinkredit finanziert, den Pauls Bank ihnen gewährte. Ein »Einrichtungsdarlehen für junge Familien«.

Auf dem Glastisch ein Strauß roter Rosen. Als Willkommensgruß von Paul. Marthe ließ Max an den Rosenblüten schnuppern.

»Manche Rosen«, sagte sie zu ihm, »haben einen besonderen Duft, weißt du, ganz süß. Aber nur Freilandrosen. Mal sehen.« Marthe steckte ihre Nase tief in einen Rosenkelch. Diese Rosensorte hatte keinen Duft. »Macht nichts.« Sie gab Max einen Kuss. »Trotzdem lieb von Papa, oder?«

Dann zeigte sie Max die neueste Errungenschaft: eine Stereoanlage für Kassetten und CDs. Und den Fernseher mit extragroßem Bildschirm. Sie knipste den Fernseher an, ließ Max einen Augenblick das Bergpanorama hinter einem blondlockigen Sänger betrachten und schaltete schnell wieder aus. »Damit fangen wir gar nicht erst an.« Sie trug ihr Baby ins Schlafzimmer. Max war eingeschlafen. Er konnte die schöne Bettdecke nicht sehen, die Paul etwas linkisch über das Bett gebreitet hatte. Er konnte Pauls schmutzige Wäsche auf dem Bettvorleger nicht sehen. Paul hatte sich also auf dem Bettrand ausgezogen und war einfach so ins Bett gekippt.

Marthe legte Max auf der champagnerfarbenen Steppdecke ab und trug Pauls Wäsche ins Bad. Der Weidenkorb war ein Geschenk ihrer praktischen Mutter. Der Korb war randvoll. Paul hatte in der Woche, die sie im Krankenhaus verbracht hatte, nicht einmal die Waschmaschine laufen lassen.

Aus dem Schlafzimmer kamen fremde, unbekannte Töne. Marthe spürte, wie sich ihr Unterleib zusammenzog. Sie stürzte ins Schlafzimmer. Es war nichts. Nur das Weinen eines Winzlings. Ein feiner, hoher Ton, an den sie sich gewöhnen würde, wie an alles andere. Sie nahm Max und legte ihn in seine Wiege und schaukelte ihn, bis er schlief.

Marthe zog ihre Schuhe aus, setzte sich mit der Handtasche auf das Sofa, nahm das Pillendöschen heraus und hob den Deckel. Im Döschen, fein zusammengerollt und mit einem dünnen goldenen Fädchen zusammengebunden, lag eine schwarze Locke.

Marthes Herz setzte aus, als sie die zarte Locke in die Hand nahm. Darunter war dieser Zettel, auf dem in Druckbuchstaben geschrieben stand: von Moritz.

Und darunter: 25. Juli, sechs Uhr dreißig, 1981.

Marthe spricht

Moritz wurde am 25. Juli 1981 geboren, Punkt sechs Uhr dreißig. Zwei Stunden und vierzehn Minuten, nachdem Max zur Welt gekommen war. Max, der alleine den Weg aus mir herausgefunden hatte, wog bei seiner Geburt 2400 Gramm, er war 48 Zentimeter groß. Eine Bilderbuch-Geburt, sagte die Hebamme. Das war, bevor das eigentliche Drama begann.

Moritz wartete, dass man ihn holte. Er verweigerte sich den Presswehen seiner Mutter, den Massagen der Hebamme. Er wollte aus meinem Bauch herausgehoben werden wie aus einer Wiege. Behutsam und zärtlich. Es war sein Verhängnis, dass man ihm zu lange Zeit gab, sich doch noch zu besinnen. Als sie ihn per Kaiserschnitt ans Licht holten, als die Nabelschnur noch nicht durchtrennt war, soll er schon nicht mehr geatmet haben. So hat man es mir jedenfalls gesagt. Während der Operationsvorbereitungen jedoch sei der Herzschlag des Babys normal gewesen. Keinen Grund zur Beunruhigung habe es gegeben, im Gegenteil.

Man hat mir nicht gesagt, wie schwer Moritz gewesen war und wie groß. Ich weiß bis heute nicht, ob man ihn eigentlich noch gewogen, gewaschen und gemessen hat. Ich habe auch niemanden gefragt. Die Frage wäre mir im Hals stecken geblieben. Ich hätte mir die Ohren zugeklebt, um es nicht zu hören. Ich wollte die Wahrheit nicht wissen, weil ich sie nicht aushalten würde.

Am 24. haben wir noch gegrillt, draußen bei meiner Mutter, in ihrem Wochenendhaus, am Kupferteich. Ich weiß noch, wie die Mücken tief über der Wasseroberfläche ihre komischen Zickzacklinien geflogen sind.

Mücken fliegen ja nicht wirklich geradeaus, auch nicht in schönen Rundungen. Sie werden auch nicht, glaube ich, von Aufwinden getragen, ich weiß nicht, was mit ihnen im Sturm passiert. Ein Sturm müsste diese dünnen Beinchen doch einfach knicken. Müsste ihren Körper auf die Erde schmettern, oder in den Teich, den sie überfliegen. Mücken brauchen das Wasser wie wir Luft zum Atmen. In stehendes Wasser, Brackwasser, legen sie ihre Larven. Das weiß ich von Bernd.

Bernd weiß eine ganze Menge solcher Dinge, und er redet gern darüber, auch wenn niemand sich für seine Reden interessiert. Ich habe immer zugehört, mehr aus Höflichkeit. Ich wollte ihn nicht vor den Kopf stoßen. Er ist schließlich der Lebensgefährte meiner Mutter. Eine Art Stiefvater für mich. Und ich mag ihn. Sogar heute noch, wenn ich es mir recht überlege.

Meine Mutter war Mitte dreißig, als sie ihn kennen lernte. Er war der erste Mann, der ihr gezeigt hat, dass das Leben auch schöne Seiten hat. Nicht nur Arbeit und Kampf. Bernd ist der Typ Mann, der gerne feiert und Witze erzählt und der sich freut, wenn die anderen schon vor der Pointe lachen. Er erzählt keine schweinischen Witze, so einer ist Bernd nicht. Er möchte einfach nur das Lachen seiner Freunde hören.

Meine Mutter konnte es lange nicht fassen, dass es auch Männer wie Bernd gibt. Das hat sie so verwirrt, dass sie ihn oft vor den Kopf gestoßen hat. Wenn er schon anfing, mit dieser Einleitung: »Da fällt mir ein, da gibt es eine komische Geschichte …«, oder: »Kennt ihr den Witz schon …?«

Dann sagte meine Mutter: »Bernd, ich will jetzt nicht lachen. Hör auf.«

»Warum? Warum willst du nicht lachen?«

»Ich kann jetzt nicht. Es ist nicht der Moment.«

»Aber wieso nicht? Du siehst so hübsch aus, wenn du lachst. So jung. Ich hab dich einfach lieber, wenn du fröhlich bist.«

So hat er sie langsam geändert.

Über meinen Vater weiß ich nichts. Als ich klein war, wollte ich auch einen Papa haben, wie alle in meiner Klasse. Da bin ich nach Hause gekommen und hab meine Mutter mit Fragen gelöchert. Aber sie hat nur gesagt: »Du hast keinen Papa, sondern einen Erzeuger. Dein Erzeuger war verheiratet, als du geboren wurdest. Er weiß nicht einmal, dass du auf der Welt bist. Das ist auch gut so. Ich schulde ihm nichts, und du schuldest ihm nichts. Vergiss ihn einfach.«

Es gab Zeiten, da habe ich alle Schränke durchwühlt nach einem Hinweis auf meinen Vater. Aber nicht die kleinste Spur. Auf meiner Geburtsurkunde steht: Vater unbekannt.

So was konnte man damals eintragen lassen.

Ich denke, dass Mama nicht darüber nachgedacht hat, wie es auf ein Kind wirkt, wenn es auf seiner eigenen Geburtsurkunde liest: Vater unbekannt.

Als dann die Phase kam, wo ich jede Woche einen Roman verschlang – ein Leihbuch aus der öffentlichen Bibliothek, für Bücher gaben wir kein Geld aus –, hab ich meinen Vater in allen Geschichten gesucht. Wenn einer gut war, reich, schön, edel oder sanft, dann habe ich gedacht: er ist wie mein Papa.

Mein Papa ist wie dieser Held. Und dieses Buch habe ich abends mit ins Bett genommen. Unter meinem Kopfkissen versteckt, weil ich dachte, ich träume dann von ihm. Ich seh ihn im Traum, meinen Papa.

Es gab sicher auch Zeiten, in denen meine Mutter an ihn dachte. Das war meist so um meinen Geburtstag herum. Da war sie anders. Da küsste sie mich manchmal ganz unmotiviert, so dass ich erschrak, weil Küssen bei uns nicht üblich war. Und dann streichelte sie meine Haare und sagte: »Wie weich die sind«, oder: »Wie hübsch du geworden bist.«

Oder sie sagte manchmal, wenn sie ein oder zwei Gläser Wein getrunken hatte: »Wir haben das gut hingekriegt, was?«

Und wenn ich fragte: »Was denn?« schaute sie in dieses Rotweinglas, drehte es hin und her und sagte: »Es war nicht immer sicher, weißt du, dass wir das hinkriegen. Es hat Leute gegeben, hier in Moorkaten, die hätten darauf gewettet, dass wir es nicht hinkriegen, wir zwei.«

»Bin ich ein bisschen wie mein Vater?«, habe ich einmal gefragt.

Da hat sie mich angesehen, als habe sie die Frage nicht gehört, oder, als sei ich gar nicht da. Als würde sie mich nicht mehr wahrnehmen.

Das hat mir Angst gemacht.

Ich bin ein Wesen, durch das der Blick geht wie durch Luft. Nicht wie durch Glas, das spiegelt ja, das wirft etwas von dem Licht zurück. Ich werfe nichts zurück. Schon gar kein Licht. Das hat, wie ich später merkte, auch sein Gutes.

Dadurch werde ich unsichtbar, besonders in einer größeren Menschenmenge. Ich tauche gern in Menschenmengen unter. Ich bewege mich da wie eine Fee, ganz leicht, als schwebte ich Zentimeter über dem Boden.

Es war einmal ein kleines Mädchen, das hieß Marthe und hatte eine Gänsefeder, schneeweiß, ganz lang. Eine Feder von einem Flügel.

Die kleine Marthe ist mit dieser Feder spazieren gegangen und hat Dinge damit berührt und sie verzaubert. Blütenkelche haben sich geschlossen, Knospen haben sich geöffnet, Katzen haben geschnurrt und ein Igel hat sich zu einer Kugel zusammengerollt. Es war wunderbar. Wenn sie mit der Feder ihrer Mutter über den Arm strich, hat sie gelächelt. Sonst nie, die kleine Marthe aber hatte die Feder in der Hand und ist damit auf sie zugegangen, dann wurde die Stirn der Mutter heller.

Als ich sah, wie gut meiner Mutter die Liebe tut und dass ein Mann da ist, der sie streichelt, der ihr beim Kreuzworträtsel hilft und mit ihr zusammen auf den Klappstühlen vor dem Häuschen am Kupferteich sitzt und den Mücken zusieht, wie sie über dem Wasser ihre Larven ablegen, da wollte ich auch verliebt sein. Von dem Augenblick an habe ich mich auf die Liebe vorbereitet.

Also, der Tag, an dem die Wehen einsetzten, war heiß, sogar ein bisschen schwül. Windstill auf jeden Fall, denn ich erinnere mich an eine Spirale aus Qualm, die sich senkrecht hochschraubte von dem Grill, auf dem Paul die Würste hin- und herdrehte, bis in den Himmel. Ich wollte keine Grillwurst, weil ich mich sowieso schon so dick gefühlt habe mit den Zwillingen im Bauch. Und so schwer. Ich träumte schon von der Zeit, wo ich wieder rank und schlank wäre, ich wollte wieder schicke Klamotten tragen und mich jung fühlen.

Bernd hatte seinen Ghettoblaster mitgebracht, der war auf den lokalen Musiksender eingestellt, 98,9 Megahertz. Meistens senden die ja kitschiges Pop-Zeug. Das mögen wir eigentlich gar nicht so, aber wenn Sommer ist und Grillzeit draußen am See, dann hat man auf einmal einen anderen Musikgeschmack.

Also: ein junges Mädchen, junge Frau, wenn man so will, fast achtzehn und seit drei Monaten verheiratet, sitzt in Männerlatzhosen mit ihrem Paul und ihrer Mutter und dem Lebensgefährten ihrer Mutter auf dem Bootssteg vom Mühlenteich, der zu Bernds Häuschen gehört, das wir immer Casita genannt haben. Casita ist das spanische Wort für Häuschen. Sie ist hochschwanger, jeden Augenblick kann es so weit sein. Sie weiß, dass sie Zwillinge bekommt, und sie weiß, dass es Jungen werden.

Natürlich ist das ein Schock gewesen, am Anfang. Der erste Schock war ja schon die Nachricht, dass ich überhaupt schwanger war. Dass Mädchen heute noch, also auch damals, immer noch so naiv sind, wenn es um das geht, will mir heute nicht in den Kopf. Aber so war es eben. Irgendwie habe ich mir nicht vorstellen können, dass das, was Paul und ich miteinander trieben, in seinem Ford Siesta, auf dem Rücksitz, dass das etwas nach sich ziehen könnte, was über das normale Versteckspiel hinausgeht.

Dass man seine Unterwäsche schnell und heimlich in die Waschmaschine steckt, damit die Mutter nichts sieht. Dass man Ausreden finden muss für die merkwürdigsten Fragen, die einem gestellt werden. An Schwangerschaft habe ich keine Sekunde gedacht, wirklich nicht. Und dann gleich Zwillinge. Und wie viel Mut ich gebraucht hab, um meine Mutter einzuweihen. Und wie sie mich da gemustert hat nach den ersten Schrecksekunden.

»Das kannst du nicht alleine durchstehen«, hat meine Mutter gesagt, »das geht nur mit einem Mann an deiner Seite.«

»Aber ich habe keinen Mann an meiner Seite«, habe ich geschrien. »Ich bin siebzehn! Ich will nicht heiraten! Ich will Abitur machen!«

»Wenn die Zwillinge da sind, bist du achtzehn«, sagte meine Mutter. »Und du wirst keine Minute Zeit haben, für die Schule zu lernen.«

»Aber ich kann das nicht! Ich kann keine Verantwortung für zwei Babys übernehmen! Ich weiß nicht mal, wie man die anfasst.«

»Das kann man lernen«, sagte meine Mutter, »ich hab das auch gelernt.«

Meine Mutter war allerdings 26, als sie mich bekam. Ich finde, das ist ein großer Unterschied.

»Warst du denn glücklich, als du erfahren hast, dass du mit mir schwanger bist?«, hab ich sie gefragt. Diesen Gesichtsausdruck werde ich nie vergessen, nie. Ich weiß seitdem: sie hat mich eigentlich nicht gewollt. Ich bin ein ungewünschtes Kind.

Ich weiß, ich hätte Mama das nicht fragen dürfen, so eine Frage darf ein Kind niemals stellen. Was ist, wenn die Mutter sagt: Ich hätte damals gewünscht, du wärst nicht gekommen. Oder, wenn sie sagt: Ich hab eine Abtreibung versucht, aber es hat nicht funktioniert. Wie soll man mit diesem Wissen fertig werden? Dabei gibt es sicherlich mehr ungewünschte als gewünschte Kinder auf der Welt. Ich glaube überhaupt, dass das meiste Unglück der Menschen daher kommt, dass sie als Kinder nicht genug geliebt wurden. Das ist meine Schuld, die ist nicht wieder gut zu machen. Max meint ja, ich hätte ihn nicht geliebt. Aber das stimmt nicht.

Gerade als Bernd ankündigte, dass die Grillwürste fertig sind und ich aufstehen wollte, um die Pappteller anzureichen, sprang die Furchtblase.

Meine Augen müssen ganz groß geworden sein, und ich

hab gelacht, weil das Fruchtwasser einfach so aus mir rausgelaufen ist, an den Beinen herunter, in das Gras.

»Was machst du da?«, fragte Paul, mit der Ketchupflasche in der Hand. »Marthe! Was soll das?«

»Ich weiß nicht«, sagte ich und kicherte immerzu.

Nur Mama wusste sofort Bescheid. Sie schnappte sich ein Handtuch, presste es mir zwischen die Beine und sagte: »Jungs, sie muss in die Klinik und zwar schnell.« Sie lobte sich, wie schlau es von ihr gewesen war, vorher noch zu tanken. Ihr Tank war nämlich auf Reserve gewesen, als wir zum Grillen fuhren, und wir hatten eigentlich keine Lust, einen Umweg über Rettenbach zu machen.

Mama aber hatte gesagt: »Kinder, macht was ihr wollt. Aber ich fahre tanken. Wenn sie nun ausgerechnet heute ihre Wehen kriegt ...«

»Mama«, hab ich gesagt, »ich krieg heute noch keine Wehen.«

»Und woher willst du das wissen?«

»Ich fühl das«, hab ich gesagt.

Später hat Mama mir erzählt, wie sie mit hundertvierzig über die Schnellstraße gerast ist, auf der nur achtzig erlaubt ist. Sie hätte ihren Führerschein verlieren können. Und ihre Taxi-Lizenz. Aber das war ihr vollkommen egal, hat sie gesagt.

Ich lag hinten, den Kopf in Pauls Schoß und hab gewimmert. Und meine Fingernägel in Pauls Handflächen gedrückt, so dass man den Abdruck noch Tage später gesehen hat.

Mama war fantastisch. Wenn alle um sie herum kurz vor dem Durchdrehen sind, wird sie ganz ruhig. Jedenfalls solange sie das Gefühl hat, sie hält die Fäden in der Hand.

»Ruhig atmen«, rief sie eindringlich, ohne den Kopf nach hinten zu drehen, »in den Bauch atmen. In den Schmerz atmen, genau in den Schmerz, Mäuschen. Das hab ich damals auch gemacht, als du gekommen bist.«

Ich hab's versucht. Ich schwör's. Es ging auch irgendwie gut.

Ich lag, zusammengekrümmt auf dem Rücksitz, den Kopf in Pauls Schoß, ein Frotteetuch zwischen den Schenkeln. Die Wehen kamen zuerst alle fünf Minuten. Aber dann, als Mama plötzlich scharf bremsen musste und rief: »Oh! So ein Mist!«, als klar wurde, dass wir mitten im Stau steckten, da kamen sie schon alle zwei Minuten.

Und alle zwei Minuten, bei jeder Wehe, mussten die Leute vor uns, hinter uns in den Autos mein Gebrüll ertragen. Ich weiß, dass Mama die Fenster hochgedreht hat und ich geschrien hab: »Nein! Ich krieg keine Luft!«

Mama ist dann ausgestiegen und nach vorn gelaufen, ich hab gesehen, wie sie an die Scheiben geklopft hat. Sie wollte wissen, ob zufällig ein Arzt da ist.

Das hätte vielleicht noch alles rumreißen können, das Steuer des Schicksals sozusagen. Aber Mama fand keinen Arzt. Keine Krankenschwester, nur Leute, die sie mit stumpfen Gesichtern anschauten und die Achseln zuckten. Unfassbar, was für eine Lethargie die Leute haben, die auf dem Land leben. Die haben alle schon die Schreie kalbender Kühe gehört. Ich glaube, wenn die hören, da liegt eine Frau in den Wehen, dann sagen sie: Okay. Ist nicht meine Frau, nicht meine Schwester. Wird schon schief gehen.

Sonst ist auf der B 72 nie ein Stau, jedenfalls nicht an einem ganz normalen Nachmittag um 4 Uhr, an einem Juli-Tag.

Ich kann mich nur noch erinnern, dass jemand kam, an unser Fenster klopfte und sagte: »Ein Schweinelaster ist umgekippt. Man wartet auf den Tierarzt. Die Schweine müssen getötet werden. Schlimme Sache.«

Und meine Mutter sagte: »Ist die Polizei schon da? Ich habe hier einen Notfall. Meine Tochter hat Wehen. Die Polizei muss uns durchlotsen.«

Mama hat dann versucht, auf einem frisch gepflügten Maisfeld zu wenden. Das war ein einziger Morast: der torfige Boden und vier Wochen lang fast jeden Tag Gewitter, immerzu schwere Niederschläge. Die Räder drehten durch. Der

Schlamm spritzte in schwarzen Fontänen von den Hinterrädern weg.

Mama hat dann Paul ans Steuer gelassen. Er hat erst die Fußmatten unter die Räder gelegt. Andere Leute sind schließlich ausgestiegen und haben Ratschläge gegeben, die Hände in den Hosentaschen. Ich hinten auf dem Rücksitz, ich hab mir das Frotteetuch gegen den Mund gepresst, ich hab reingebissen, wenn die Wehe kam.

Paul saß verkrampft hinter dem Steuer. Gas, Kupplung, Gas, Rückwärtsgang, Vorwärtsgang, Gas leicht kommen lassen, dem lief der Schweiß in den Nacken.

Ich konnte das sehen. Wir haben den Wagen dann rausgekriegt.

Und da kam auch die Polizei und lotste uns mit Blaulicht durch. Zehn Minuten später waren wir beim Krankenhaus. Paul und Mama, schlammverdreckt und ich mit diesem nassen Kleid und jede Minute eine Wehe.

»Es sind Zwillinge!«, schrie Paul immerzu. »Meine Frau bekommt Zwillinge! Das Fruchtwasser ist schon weg! Das ist ein Notfall!«

Die Krankenschwester nahm endlich den Blick von dem PC-Bildschirm, schaute Paul an und mich, die in seinen Armen hing und sagte: »Ich verstehe Sie auch, wenn Sie nicht so schreien.«

Als ich aus der Narkose aufwachte, standen zwei Ärzte an meinem Bett. Beide sehr ernst. Es gibt einen Ausdruck in den Gesichtern von Ärzten, der den Patienten vorwarnt. Achtung, jetzt tapfer sein.

Ich war tapfer. Ich lächelte. Aber keiner lächelte zurück.

»Es tut mir leid, Frau Brandt«, sagte der Arzt, der sehr müde wirkte. »Wir haben wirklich alles versucht. Aber es hat nicht sein sollen. Ihr Baby wollte nicht leben.«

»Moritz?«, flüsterte ich.

Der Arzt nickte. Ich blickte zu dem anderen Arzt, der nickte auch.

Dann trat hinter ihnen die Krankenschwester hervor und sie hielt lächelnd ein Bündelchen im Arm und streckte es mir hin und sagte: »Aber Sie haben doch ihn. Schauen Sie mal, wie süß, der kleine Max.«

Sie schauten mich an und warteten, dass ich etwas sagte. Etwas tat. Dass ich die Arme nach meinem Baby ausstreckte, dass ich weinte, dass ich irgendetwas machte. Ich drehte mich weg. Und sagte nur: »Ich möchte schlafen.«

Ich hab die Augen zugemacht. Ganz fest, so lange, bis ich gehört hab, wie die Tür leise hinter ihnen zufiel.

Danach bin ich in einen Schlaf gefallen, der sechsundzwanzig Stunden gedauert hat.

3.

Paul ließ sich noch einmal von seinen Kollegen feiern. In Moorkaten wurden Geburten öfter begossen als Beförderungen. Karrieren wurden anderswo gemacht: in Moorkaten machte man Kinder. Sparte auf eine Eigentumswohnung, ein Reihenhaus, träumte von einer Schaukel und einem Planschbecken für die Kinder im Garten. Wenn es nicht um Autos oder Fußball ging, diskutierte man über Heckenscheren, Rasensprenger oder das Gartenhäuschen. Paul hatte für Sekt gesorgt. Der frisch gebackene Vater musste eine Runde ausgeben, und er tat es gern. Die Kollegen wie auch Pauls Chef waren der festen Ansicht, dass er und Marthe schnell über den Tod des Kindes hinweg kämen. Sie hatten ja schließlich einen Sohn, und der war kräftig, schön und gesund. Sie fanden die Worte, die Paul verdiente. Die er brauchte, um getröstet und irgendwie erfrischt an diesem Abend nach Hause zu gehen.

Er hatte Marthe kurz vor Feierabend angerufen, und Marthe hatte ihn noch einmal daran erinnert, dass er aus der neuen Pizzeria in der Breiten Strasse das Abendessen mitbringen wollte. Eine Pizza Quattro Formaggi für Marthe und für ihn das ganze Programm: Anchovis, Schinken, Pilze, Zwiebeln, Thunfisch und Artischocken. Die heißen Pizzen lagen auf dem Beifahrersitz, in Kartons, die allmählich durchfeuchteten, und verbreiteten einen leichten Geruch von Knoblauch und gedünsteten Zwiebeln.

Paul steuerte den Wagen mit einer Hand, die andere hing lässig aus dem offenen Wagenfenster. Er justierte den Seitenspiegel, schaute in den Rückspiegel und summte leise vor sich hin. Ein Song von Rod Steward, »Sailing«, immer noch schön, dröhnte aus dem Radio. Er fühlte sich großartig. Er war Vater geworden. Zu Hause wartete seine junge Frau mit dem Baby, in ihrer schönen Wohnung mit Balkon.

Wie oft in diesem Sommer hatten sich die Wolken am Abend aufgelöst und die Menschen wurden für den grauen Tag mit einem milden Sommerabend entschädigt. Der Himmel war so klar wie frisch geputzte Fenster, die Vögel sangen lauter und der Jasmin duftete süßer als sonst. Die Mädchen hockten in kurzen Kleidern auf den Brückengeländern über der Aue und ließen ihre Beine baumeln, der türkische Gemüsehändler besprühte seine Tomaten, Trauben, Pfirsiche und Äpfel damit sie noch verführerischer lockten, mehr Menschen als sonst waren um die Uhrzeit in der Einkaufszone unterwegs.

Paul überlegte, ob der Balkon groß genug wäre für den Klapptisch, die beiden Gartenstühle und den Kinderwagen. Er stellte sich vor, dass sie zu dritt ihre Pizza essen würden unter freiem Himmel, die erste Pizza in der Kleinfamilie.

Er parkte das Auto in der Garage, nahm die Pizzakartons vom Beifahrersitz und ging mit federnden Schritten auf den Hauseingang zu. Er grüßte einen Nachbarn, der ihm zuwinkte, er holte den Schlüssel aus der Hosentasche und drückte gleichzeitig mit dem Ellenbogen auf den Klingelknopf. Er hörte das stürmische Klingeln im Hausflur, das das laute Gezeter der Spatzen in der Birke vor ihrem Haus für einen Augenblick übertönte, als er die Haustür aufdrückte. Er nahm zwei Stufen auf einmal. Er summte immer noch diesen Song von Rod Steward.

Er rechnete fest damit, dass Marthe ihn auf der Schwelle zu seiner Wohnung erwarten würde, mit seinem Sohn im Arm, mit glänzenden Augen und frisch bemalten Lippen. So musste es sein.

Die Wohnungstür war verschlossen. In der Nische vor der Tür stand der Kinderwagen, dunkelblau. Die Folie war unberührt. Marthe hatte ihn also nicht benutzt. Es fiel ihm plötzlich ein, dass Max schlafen könnte und deshalb klingelte er nicht noch einmal, sondern schloss behutsam die Tür auf. Er hielt im Flur inne und lauschte.

Es war vollkommen still in der Wohnung. Nur durch die

offene Balkontür im Wohnzimmer drang das Gezeter der Spatzen.

»Marthe?«, flüsterte Paul. Er ging in die Küche. Die Küche war aufgeräumt und sauber. Im Wohnzimmer stand die Balkontür weit offen. Aber der Klapptisch lehnte noch an der Wand, die Stühle auch. Es war nichts vorbereitet für das Abendessen. Kein gedeckter Tisch. »Marthe?« Er ging in das Schlafzimmer.

Sie lag im Bett ganz tief unter der Bettdecke, zusammengerollt wie ein kleines Mädchen. Erschrocken trat Paul an das Bett. Marthe lag da mit weit aufgerissenen Augen.

»Was ist los?«, flüsterte Paul. »Was ist passiert?«

»Ich weiß nicht«, sagte Marthe. Sie drehte den Kopf zu ihm. »Ich glaube, gar nichts.«

Paul richtete sich auf. Schweiß brach ihm aus. Er lauschte. Er hörte nichts. »Wo ist Max?«

»In dem Zimmer«, sagte Marthe. Als könne sie das Wort Kinderzimmer nicht aussprechen.

»Ist alles okay?«, fragte Paul. »Geht es ihm gut?«

»Ich glaube …, ich glaube, ja«, sagte Marthe.

»Wieso glaubst du? Wieso weißt du es nicht? Wieso redest du so komisch?«

Paul warf seine Jacke ab und stürmte hinaus.

Die Tür zum Kinderzimmer war geschlossen. Er drückte sanft die Klinke herunter. Es verwirrte ihn, dass Marthe die Tür zugemacht hatte. Aber sie würde ihre Gründe haben. Es gab immer für alles einen guten Grund. Er vertraute Marthe. Sie war die Mutter. Sie würde eine gute Mutter werden, das wusste er. Wenn sie erst einmal über den Schmerz und den Schock hinweg wäre. So wie er auch daran arbeitete, ein guter Vater zu werden.

Das hellblau getünchte Zimmer, die weißen Gardinen, der viel zu große Wickeltisch mit der Auflage aus Schaumstoff auf der lauter kleine, bunte Fische abgebildet waren. Über dem Wickeltisch ein japanisches Mobile, aus buntem Papier gefaltete Rennautos. Paul hatte es auf einem Weihnachtsjulklapp seiner Firma gewonnen und sich wieder daran erinnert, als Max zur Welt gekommen war. Er war extra zu seinen Eltern gefahren, und hatte sich durch vier unausgepackte Umzugskartons gearbeitet, während seine Mutter ihn mit den üblichen Vorwürfen überschüttet hatte. »Diese Frau«, hatte sie gesagt, »wird dir nichts als Unglück bringen. Sie nutzt dich doch aus! Merkst du das nicht? Du bist eben viel zu gutmütig! Du bist einer raffinierten Frau nicht gewachsen!«

»Mama«, hat er gesagt, »Marthe ist meine Frau und ich liebe sie. Und wenn du möchtest, dass ich mich bei euch überhaupt nicht mehr blicken lasse, dann mach nur so weiter!«

Max lag in seinem Körbchen und hatte die Augen weit geöffnet. Seine Lippen machten ein schmatzendes Geräusch. Er zog seine Stirn in Falten, und für einen winzigen Augenblick sah Paul, wie Max als alter Mann aussehen würde. Wie kurz ein Menschenleben ist.

Als er sich über das Körbchen beugte und zärtlich murmelte: »Hallo Junior«, begann Max zu weinen. Es war ein klägliches, hungriges Weinen und Paul nahm den Jungen und trug ihn zu Marthe.

Sie lag immer noch genau so da, mit weit aufgerissenen Augen. »Dein Sohn hat Durst«, sagte Paul. Er sagte es betont fröhlich. Er legte das Kind neben Marthe auf das Kopfkissen. Marthe schaute Max an, aber in ihrem Gesicht regte sich nichts.

Max weinte leise weiter und seine Händchen fassten ins Leere. Da streckte Marthe ihm ihren Zeigefinger hin, sein Händchen umfasste den Finger und hielt ihn fest.

»Er hat Hunger«, sagte Paul. »Wann hat er zuletzt etwas bekommen?«

»Ich weiß nicht mehr«, sagte Marthe. »Schau mal, wie fest er mich hält.«

»Und eine frische Windel?«

»Ich weiß nicht.« Marthe versuchte, ihre Finger wegzuziehen. »Er lässt mich nicht los.«

»Bitte«, sagte Paul, »steh auf. Ich hab Pizza mitgebracht.«

Marthe drehte sich zu ihm um. »Ich bin so traurig. Es tut mir so Leid, Paul. Aber ich bin auf einmal so furchtbar traurig. Ich hab gar keine Kraft.«

Paul setzte sich an den Bettrand. Er nahm sie in den Arm. Er streichelte sie. Er schaute auf sein Kind, seinen Sohn. »Du hast ein Kind, das dich braucht, Marthe«, sagte er eindringlich. »Und einen Mann, der dich liebt. Du darfst nicht traurig sein!«

Marthe suchte Pauls Hand und streichelte sie, fast mechanisch.

»Die Pizza wird kalt, soll ich sie noch mal in den Ofen tun, während du ihn stillst?«

»O ja, bitte«, sagte Marthe. Sie versuchte ein Lächeln. »Du bist lieb.«

Paul ließ sie los und Marthe sackte etwas in sich zusammen, als habe sie allen Halt verloren.

Paul nahm ihr Gesicht in beide Hände und zwang sie, ihm in die Augen zu sehen.

»Ich geh jetzt in die Küche. Und du gibst ihm die Brust, ja?«

»Ja, Paul«, sagte Marthe. Und knöpfte ihre Bluse auf. Er legte ihr Max in den Arm. Er blieb wartend stehen. Marthe nahm das Kind und als es zu trinken begann, schaute Marthe auf. Sie sah Paul in die Augen.

Paul räusperte sich und brachte ein Lächeln zustande.

»Siehst du«, sagte er, »darauf hat er gewartet. Hab ich doch gewusst! Mit Männerdurst kenn ich mich aus.«

Marthe schwieg so beharrlich, dass Paul in die Küche ging und die Pizza aufwärmte.

Er wollte es sich nicht eingestehen, dass er sich diesen Tag anders vorgestellt hatte. Fröhlicher, inniger auch. Ein Tag, an dem eine Familie zusammenwuchs. Er wollte ein Gefühl der Enttäuschung gar nicht erst aufkommen lassen.

Paul nahm zwei Teller und Besteck aus dem Schrank, suchte nach dem passenden Tischtuch und trug alles ins Wohnzimmer. Im Flur blieb er kurz stehen und lauschte. Er wünschte, Marthe würde mit dem Baby sprechen, all dieses närrische Babygeplapper, was er bei anderen jungen Müttern immer so lächerlich fand, genau das hätte ihn in diesem Augenblick wahnsinnig glücklich gemacht.

Paul legte die viereckige Tischdecke akkurat auf den runden Tisch, alle Zipfel gleich lang. Er holte zwei schöne Weingläser aus dem Wohnzimmerschrank, hielt sie gegen das Licht und polierte die matten Stellen mit einem Zipfel seines Hemdes. Er überlegte, welchen Wein Marthe trinken wollte. Rotwein war sicherlich gesünder. Sie durfte natürlich nur ein bisschen. Aber ein Schluck musste einfach sein. Es ärgerte ihn jetzt, dass er keinen Sekt gekauft hatte. Sekt würde den Kreislauf anregen, wäre vielleicht genau das, was Marthe jetzt brauchte. Dass er im Supermarkt heute Morgen nicht daran gedacht hatte!

Er prüfte die Temperatur, schob die Pizza hinein und rief: »Ein Glas Wein trinkst du doch mit?«

Marthe gab keine Antwort. Paul summte den Rod-Steward-Song, um seinen Kummer zu überspielen, dass Marthe ihm nicht antwortete.

Er ließ den Fernseher ohne Ton laufen. Er sah ein paar Werbespots, es gab verhältnismäßig viel Werbung mit kleinen Kindern, mit Babies und mit vielen strahlenden Müttern. Er lächelte und schenkte sich einen Wein ein.

Während er einen Schluck nahm, blickte er in eine bayerische Wohnküche, auf einen Tisch, um den ein Vater, eine Mutter und drei fröhliche, heißhungrige Kinder saßen. Der Vater hatte eine Schöpfkelle in eine Suppenterrine getan und schaute seine Frau an. Seine Frau hielt ihm lächelnd ihren Teller hin.

Paul ging, mit dem Weinglas in der Hand, ins Schlafzimmer.

Marthe stand mit dem Baby am Fenster und klopfte sanft den kleinen Rücken. Sie hatte die Gardine zurückgezogen und sie hielt das Köpfchen von Max so, dass er hinausschauen konnte auf die Straße, in der sie lebten, auf die Bäume, die seine Welt umstellten. Sie hatte ihren Kopf so geneigt, dass beide Köpfe sich sanft berührten. Da konnte Paul seine Tränen nicht mehr zurückhalten. Er war erleichtert, dass Marthe ihn nicht bemerkte.

4.

Im ersten Schneegestöber des Jahres sieht Marthe ihn wieder. Zuerst ist er nur eine hohe, schlanke Gestalt in einer dunkelblauen Jacke, einer Art Seemannsjacke, mit einem Schal, der hinten im Nacken geknotet ist, so dass die beiden Schalenden über den Rücken fallen. Der helle Schal hebt sich vom dunklen Jackenstoff ab. Er trägt keine Mütze, die Schneeflocken fallen auf seine dunklen Locken, bleiben da liegen.

Sie folgt ihm eine Weile, ohne die letzte Sicherheit, ob er wirklich er ist. Sie hat nur wieder dieses sirrende Gefühl in den Schläfen genau wie bei der letzten Begegnung vor mehreren Monaten.

Damals war noch Sommer gewesen und Marthe war die Straße hinunter zum Bahnhof gelaufen. In der Erwartung von etwas, das sie nicht benennen konnte.

Jetzt also Schneeflocken. Der Boden ist wie mit einem zarten Schleier bedeckt, der die Schritte dämpft. Es sind nicht viele Menschen unterwegs.

Ein ganz normaler Dienstag.

Sie ist an diesem Tag in die Stadt gefahren, weil ein Impuls, ein Instinkt sie getrieben hat. Nachts heftige Träume, morgens unruhig aufgewacht, Schweiß auf der Stirn. Eine lange, kalte Dusche, die keine innere Ruhe gebracht hat, ganz im Gegenteil.

Sie hat gezittert, während sie das Frühstück zubereitete und Paul noch im Bad den Rasierapparat reinigte.

Eine Kaffeetasse ist an diesem Morgen zu Bruch gegangen und sie hat sich die Hände verbrannt, als sie die Weißbrotscheibe aus dem glühenden Toaster angeln wollte.

Paul hat von all dem nichts bemerkt, obwohl er durchaus argwöhnisch geworden war in der letzten Zeit. Vielleicht war er aber nur um sie besorgt.

Am Nachmittag sollte dieses Spiel der Champions Leage sein, das er zusammen mit Bernd im Clubhaus des Angelvereins ansehen wollte, deshalb war Paul heiter und aufgeräumt gewesen.

Es war verabredet, dass Bernd Paul aus der Werkstatt abholt und dann direkt mit ihm zum See fuhr. Am frühen Morgen schneite es noch nicht, der Himmel war jedoch wolkenverhangen, und die Kälte zog an.

Die dunkle, männliche Gestalt in der Matrosenjacke fällt ihr sofort auf. Er geht langsamer als sie, sie kommt ihm immer näher. Seine Füße hinterlassen dunkle Abdrücke auf dem leicht verschneiten Gehweg. Er hat für einen Mann seiner Größe erstaunlich kleine Füße.

Marthe versucht, in seinen Fußstapfen zu gehen, zuerst ist es nicht einfach, den Rhythmus zu finden, aber dann, nach zehn oder fünfzehn Schritten, ist es so leicht, als habe sie nie einen anderen Gang gekannt. Sie folgt ihm lange.

An der Ecke Jacobistraße und Riemersplatz bleibt er stehen. Die Fußgängerampel zeigt auf Rot.

Sie ist nur noch vier oder fünf Schritte von ihm entfernt. Ihr Herz schlägt wild. Sie bleibt stehen, als erwarte sie, dass er sich umdrehen und sie erkennen würde. Sie fasst mit der Hand an den Hals. Und wie immer, wenn eine Erkältung im Anzug war, muss sie sich unentwegt räuspern.

Die Ampel springt auf Grün, aber er setzt keinen Fuß vom Bürgersteig, um die Straße zu überqueren, stattdessen wendet er sich um und blickt ihr direkt in die Augen.

Sie erschrickt nicht, als sie erkennt, dass er es wirklich ist.

Er sieht noch großartiger aus als beim letzten Mal. Eine hohe, sehr blasse Stirn über hellen Augen, die von magischer Kraft sind. Seine Schönheit nimmt ihr den Atem. Sie wartet. Sie unterdrückt so krampfhaft das aufsteigende Räuspern in der Kehle, dass sie davon einen roten Kopf bekommt. Auf seinen Haaren hat sich eine weiße Mütze aus Flocken gebildet, auch die Schulterpartie ist weiß, und der hochgeschlagene Kragen.

Er kommt auf sie zu. Er macht genau drei Schritte in ihre

Richtung, weg von der Straße, die er eben noch überqueren wollte, und bleibt vor ihr stehen. Sie sieht nur den leichten Atemhauch vor seinem Mund, als er sie anspricht.

»Darf man fragen«, sagt er, »warum Sie mich verfolgen?«

Marthe ist so überwältigt von seiner Stimme, der Samtheit, der Tiefe, und der darüber schwingenden Arroganz, dass sie nicht antworten kann. Dafür lächelt sie. Dieses Lächeln muss in ihm doch etwas auslösen. Merkt er endlich, dass sie beide dieselben Augen haben? Dieselben Wangenknochen, hoch und breit?

Sie hätte gerne die Hand ausgestreckt, um ihn zu berühren. Aber das wagt sie nicht. Aus Furcht, er könne sie zurückweisen. Sie ist auf alles gefasst, und sie würde alles ertragen. Nur nicht, dass er sich jetzt einfach umdreht und von ihr fortgeht.

»Aber ich verfolge Sie doch gar nicht«, flüstert sie. »Ich gehe doch nur hier diese Straße entlang.«

»Sie haben mich schon einmal beobachtet«, sagt er. »Ich erinnere mich genau!« Seine Stimme ist kühl und trotzdem wie in Samt gebettet. Ihr Herz erwärmt sich beim Wohlklang seiner Stimme. Er moduliert seinen Satz, er beginnt mit einem hohen Ton, lässt die Stimme absinken, um dann wieder anzuheben, und das letzte Wort schweben zu lassen, so als gäbe es nie einen Punkt hinter dem, was er sagt, als würde nach diesem Satz ein weiterer kommen, und noch einer … Sie hätte da stehen bleiben können, in dem Schneegestöber, die hupenden Autos um sie herum, der Radfahrer, dem die Flocken die Sicht nehmen und der Schlangenlinien fährt, die Kellnerin, die die Markise des Cafés einrollt, das alles nimmt sie wahr wie eine Kulisse zu dem Theaterstück, auf das sie ein Leben lang vorbereitet war.

»Ich habe niemanden verfolgt«, sagt Marthe. Sie legt Trotz und Stolz in die Stimme. »Sie müssen sich irren.«

»O nein. Es war im September, ich weiß es genau, denn ich bin nur an diesem einen Tag hier in der Stadt gewesen, weil ich eine Wohnung gesucht habe. Sie haben mein Spiegelbild in den Schaufenstern beobachtet. Keine Sekunde haben Sie mich aus den Augen gelassen. Ich bin in diesen Innenhof geflüchtet, nur um Sie los zu werden.«

»Aber warum sollte ich das tun?«, fragt Marthe. Sie versucht, zu lächeln. Sie schaut in seine magisch hellen Augen und ihr Blick sagt: Erkennst du mich nicht? Aber ich erkenne dich. Du bist Moritz, mein Sohn. Mein wunderschöner Sohn. Ich möchte dich anfassen. Nur einen Moment. Du hast eine Wohnung gesucht? Warum? Wo hast du vorher gewohnt? Was hast du all die Jahre gemacht, in denen ich mich nach dir verzehrt habe?

»Bitte«, sagt er scharf, »fassen Sie mich nicht an.«

Sie zieht ihre Hand sofort schuldbewusst zurück. Sie merkt jetzt, dass sie keine Handschuhe trägt und ihre Finger wie Eis sind. Sie schiebt den Riemen ihrer Handtasche zurecht und steckt die Hände in die Manteltasche. Es ist der Wintermantel, den sie schon im fünften Jahr trägt, braun, mit einem Gürtel und einem Besatz aus Kunstfell. Sie mag den Mantel schon lange nicht mehr. Aber Mäntel, die ihr wirklich gefallen, kann sie nicht bezahlen. Jetzt schämt sie sich, dass sie ihm in einem solchen Mantel gegenüber treten muss.

»Ich gehe jetzt dort hinüber«, sagt er streng und deutet auf den Riemersplatz, mit der bronzenen Reiterstatue, die ebenfalls schneebedeckt ist, »und erwarte, dass Sie mir nicht mehr folgen.«

Marthe spürt, dass sie den Tränen nahe ist.

»Aber ...! Ich ...! Sie ...! Du ...! Bist doch ...!«, stammelt sie. Und bricht hilflos ab. Sie kann es nicht sagen. Nicht wenn er sie so anschaut. So feindselig.

»Wen immer Sie in mir zu sehen meinen«, sagt er, und seine Stimme ist kalt, »ich bin es nicht. Verstehen Sie? Ich bin es nicht! Sie verwechseln mich mit jemandem. Das geschieht tausendmal am Tag auf diesem Planeten. Verstehen Sie?«

Er wendet sich ab und geht einfach fort. Er wartet nicht auf ihre Antwort. Er hätte sich ja auch vorstellen können, seinen Namen, Adresse, seinen Geburtstag nennen. Irgendetwas, das sie beruhigt hätte, oder überzeugt, dass er wirklich nicht ihr Sohn war, sondern ein anderer Mensch, ein Doppelgänger. Man sagt, dass jeder Mensch mindestens einen Doppelgänger hat, weil die Natur gar nicht in der Lage ist, so viele verschiedene Menschen und Charaktere hervorzubringen. Eine kleine Frivolität, ein Spaß, den sich der große Meister da oben vielleicht hin und wieder macht, wenn ihm ein Exemplar besonders gut, oder eben auch besonders wenig gefällt, dann denkt er vielleicht, ach, davon mache ich noch einen. Mal sehen, was passiert. Mal sehen, wie das ist, wenn diese zwei sich vielleicht zufällig begegnen. Wie jetzt. Hier. Auf dem Platz mit dem Reiterstandbild, an einem Tag im Winter, bei leichtem Schneefall, Temperatur nur ein halbes Grad unter dem Gefrierpunkt. Nur ein halbes Grad, und trotzdem verändert es das Aussehen der Welt.

Marthe folgt ihrem Sohn über den Platz. Er dreht sich nicht um, beschleunigt aber seine Schritte. Da gibt Marthe auf.

Vor ihr sehr deutlich die Abdrücke seiner Schuhe. Die Fußspitzen deuten leicht nach außen. Er hat einen raumgreifenden Schritt.

Marthe schiebt die schneenassen Haare aus der Stirn, und lächelt auf einmal. Sie hebt ihren rechten Fuß, und stellt ihn in den Fußabdruck ihres Sohnes. Dann verlagert sie das Körpergewicht auf das rechte Bein, und hebt den linken Fuß. Und stellt den Fuß in den Abdruck seines linken Schuhs. Und so fort.

Und je länger sie das macht, desto leichter fällt es ihr, in seinem Rhythmus zu gehen, immer um das Reiterstandbild herum, immer im Kreis. Der Platz ist menschenleer bis auf diese schmale, vollkommen eingeschneite Gestalt, die immer in ihre eigenen Fußstapfen tritt und dabei ein Lied summt, ein Kinderlied, an das sie seit vielen Jahren nicht mehr gedacht hat.

Als Paul am Abend sehr spät und angeheitert aus dem Clubhaus zurückkommt – seine Mannschaft hatte in einem dramatischen Elfmeterschießen nach der Verlängerung gewonnen – liegt sie hustend und schwitzend im Bett und wimmert, wenn sie schlucken muss, weil ihr Hals so wund ist. Um Mitleid heischend hält sie ihm das Fieberthermometer hin. Es zeigt fast vierzig Grad.

Neun Tage hält eine schwere Grippe sie im Bett.

Paul schickt ihrer Firma das ärztliche Attest. Niemandem bei Petersen & Co. fällt auf, dass Marthe schon einen Tag vor Ausbruch der Krankheit in der Firma gefehlt hat.

An das
Landeskrankenhaus Oldenburg
Neurologie
Chefarzt Prof. Dr. Philip Casai

16. Januar 2003

Sehr geehrter Herr Prof. Dr. Casai,

Sie haben mich in Ihrem Brief vom 27. Dezember 2002 um ein Gespräch über meine Tochter Marthe Brandt gebeten.

Zu einer Begegnung mit meiner Tochter sehe ich mich außerstande. Diese Tragödie hat unsere Familie aus den Fugen gebracht. Deshalb kann ich auch Ihrem Wunsch nicht nachkommen, persönlich mit Ihnen über Marthe zu sprechen.

Ich werde Ihnen aber in absehbarer Zeit ausführlicher schreiben als heute.

Mit freundlichen Grüßen

Veronika Massmann

Marthe spricht

Ich habe meine Mutter sehr lange nicht eingeweiht in meine Angst, ich könnte schwanger sein. Die Angst hab ich für mich behalten, mit der bin ich abends eingeschlafen und morgens wieder mit ihr aufgewacht

In die Schule, beim Sport, bei den Treffen mit den Freunden, immer. Ich denke, meine Angst ist mit diesem Ding in meinem Bauch mit gewachsen. Ich hab immer gesagt: das Ding. Gedacht, das Ding in meinem Bauch wird größer. Das Ding in meinem Bauch tut etwas mit mir. Macht, dass mir morgens übel wird, wenn ich Zahnpasta aus der Tube auf meine Zahnbürste drücke. Oder wenn ich die Waschmaschine aufmachen musste, nach dem Weichspülgang.

Nach außen hin habe ich mir nichts anmerken lassen. Man wundert sich ja überhaupt, was man alles geheim halten kann. Wenn ich mich übergeben musste, ist mir der kalte Schweiß ausgebrochen. Aber ich habe gewartet, zwei, drei Minuten, dann ging die Hitze zurück, ich hab die Haare gekämmt, einen kalten Waschlappen ins Gesicht und mich abgetrocknet, und bin zu meiner Mutter in die Küche, hab mich immer hinter sie gestellt, so dass sie meine Anwesenheit nur ahnte und gesagt: Moin, Mama, wie isses?

Und sie darauf: Bis jetzt gut. Bis jetzt hat noch keiner was von mir gewollt. Oder sie sagte: Schlecht, kein Mensch fährt mehr Taxi. Paul erfuhr von mir auch nichts. Den wollte ich damit nicht belasten. Hatte wohl Angst, dass er mich für hysterisch hält. Oder, dass ihn die Panik überkommt und das schöne leichte Liebesgefühl schon verflogen ist, bevor man es richtig genießen konnte. Wenn man es bedenkt, hatten wir für das, was man die schönste Zeit des Lebens nennt – das Verliebtsein ohne Verantwortung, das Frei-Wie-Ein-Vogel-Gefühl – nur ein paar Wochen Zeit.

Paul hatte sich verändert. Irgendwie hatte der Sex ihn männlicher gemacht, selbstbewusster. Er telefonierte immerzu herum, schickte Bewerbungen los, kaufte sich sogar samstags die Frankfurter Allgemeine, wegen der Stellenanzeigen. Manchmal las er mir etwas vor. Da wurden Jobs angeboten, für die er wahrscheinlich qualifiziert war. Das einzige, was ihm fehlte, waren Fremdsprachen, vor allem Englisch.

Ich könnte nach Detroit, sagte er, nach Chicago. Da machst du viel schneller Karriere als hier, wenn du was kannst.

Paul war auf dem Sprung, das spürte man. Ich beneidete ihn, und ich musste mich beherrschen, damit ich es nicht raus schrie.

Ja, es stimmt. Wir hatten beide unseren Spaß. Ich streite das nicht ab, für mich war der Sex mit Paul das größte denkbare Abenteuer. Bis meine Tage ausblieben.

Kurz vor Weihnachten fragte mich Mama, was ich mir wünsche. Mir fiel nichts ein. Ich hatte nur einen einzigen Wunsch, aber den konnte ich nicht laut sagen: Ich wollte, dass meine Tage endlich einsetzten.

Ich betete sogar vor dem Schlafengehen. Ich dachte, Weihnachten wird der liebe Gott mich nicht im Stich lassen, ob wir nun aus der Kirche ausgetreten sind oder nicht. Weihnachten wird es passieren.

Mama und ich waren in der Mitternachtsmesse. Ich saß in der vierten Reihe, am Gang. Die Heilige Maria von hundert Kerzen angestrahlt und in ihrem Armen das Kind. Der Pastor sprach, die Glocken läuteten, Liederbücher wurden verteilt, der Klingelbeutel ging herum. Die Kirche war besucht wie sonst nie im Jahr.

Paul kam zu spät. Er musste während der Messe stehen. Er hatte mich die ganze Zeit im Blick, sagte er mir später. Und ich die Maria und ihr Kind.

Wir haben nach dem Gottesdienst noch vor der Kirche gestanden, wie alle anderen auch, haben uns erzählt, was wir geschenkt bekommen und was wir gegessen haben. Bei Paul zu Hause gab es Weihnachten traditionell polnische Gans, gefüllt mit Äpfeln und Kastanien.

Mama und ich machten uns Heiligabend immer Karpfen. Dabei mag ich den gar nicht. Er riecht nach brackigem Wasser, nach Moor. Und er ist fett. Ich glaube, Mama mag ihn auch nicht besonders. Aber bei ihren Eltern hatte es immer Karpfen gegeben. Der Karpfen gehörte zu Weihnachten wie die roten Kugeln. Wir haben den Baum immer nur mit roten Kugeln geschmückt und weißen Kerzen.

Pauls Eltern schmückten den Baum mit Holzspielzeug. Sie hatten auch eine Engelkapelle, ein Orchester von 84 Mann. Ganz viele Trompeter. Und einen Engel am Flügel.

Ich hatte nichts gegen Pauls Eltern. Sein Vater war Offizier bei der Bundeswehr. Ein sportlicher Typ. Machte nicht viele Worte. Aber er war freundlich. Immer gleich höflich und aufmerksam. Vielleicht gehört das bei einem Berufssoldaten zur Grundausbildung.

Vor mir hatte Paul eine Freundin, Carola, gehabt, die schon ihr eigenes Geld verdiente, sie war Krankenpflegerin im Außendienst von der Caritas. Für Pauls Eltern waren die beiden schon verlobt. Sie hatten Carola wertvolle Geschenke gemacht, in dem Glauben, dass sie ihre zukünftige Schwiegertochter beschenkten, und alles in der Familie blieb. Aber Carola verliebte sich Hals über Kopf in einen Vertreter für orthopädische Geräte und verschwand mit ihm und der Kamera, der Perlenkette, dem Mokkaservice, der Espressomaschine auf Nimmerwiedersehen.

Paul brauchte fast zwei Jahre, um darüber hinwegzukommen. Ganz Moorkaten litt mit ihm. Alle sagten: Das hat Paul nicht verdient.

Zu mir haben Pauls Eltern von Anfang an Distanz gehalten. Als wollten sie verhindern, noch einmal den gleichen Fehler zu machen. Mir machte das nichts aus. Ich hatte mich in Paul verliebt, nicht in seine Familie. Der große Knall kam, als Pauls Vater zu der Division nach Schweinfurt versetzt wurde und Paul ihm klarmachte, dass er in Moorkaten bleiben würde. Mit mir. Natürlich gab seine Mutter mir die Schuld.

Sie bekam immer ganz schmale Lippen, wenn sie mich sah, und grüßte nur noch mit einem knappen Kopfnicken. Du musst sie verstehen, sagte Paul, sie haben doch nur mich. Und ich sagte: Ich auch. Ich hab auch nur dich.

Heute kann ich besser nachfühlen, wie es Pauls Mutter damals ging. Wie man als Mutter mit leidet, wenn den Kindern etwas passiert. Und wie eine Trennung schmerzt. Ein Verlust. Das habe ich zweimal erlebt. Ganz am Anfang mit Moritz, und später dann mit Max, als er unerreichbar für mich wurde. Ja, Sie haben schon richtig gehört: als Max sich von mir abwandte, war nur Leere in mir, aber ich konnte nichts dagegen tun. Es tut mir leid, dass ich damals nicht mehr Verständnis hatte für Pauls Eltern. Andererseits, dass seine Mutter zu Paul gesagt hat, diese Frau wird dich noch unglücklicher machen als die andere: das war schon hart. Paul hat das zwar weggelacht, aber ich habe genau gespürt, wie erschrocken er gewesen war. Wenn ich mich jetzt so sehe, hier, dann hat sie ja Recht behalten. Mit einer anderen Frau wäre Paul das alles nicht passiert.

Ende Februar hatte ich immer noch nicht meine Tage. Aber mein Bauch war flach wie immer. Ich aß fast nichts mehr.

Einmal bin ich mitten in der Nacht aufgewacht, weil irgendwo bei uns im Haus ein Baby ganz jämmerlich schrie. Ich hab senkrecht im Bett gesessen, ich hatte eine Gänsehaut vor Angst, denn in unserem Haus hatte keiner ein Baby.

Das hätten wir gewusst.

Aber in der Nacht weinte ein kleines, neugeborenes Baby und steigerte sich in dieses Weinen, das kennt man ja. Die können nicht aufhören. Holen falsch Luft, und weil sie falsch Luft holen, steigert sich bei ihnen die Panik und sie schreien noch mehr.

In der Nacht bin ich auf Zehenspitzen durch den Flur zur Wohnungstür.

Ich bin ins Treppenhaus, hab mich am Geländer festgehalten, weil ich so zitterte. Ich hab gelauscht. Aber alles war still.

Das ist für mich immer noch unfassbar, dass ich mir dieses Babyweinen einfach nur ausgedacht haben soll. Es war so realistisch, so nah, so lebendig, wissen Sie.

Ich hab die Wohnungstür offen gelassen und bin zurück in mein Bett. Hab mich zusammengerollt und ganz lange die Luft angehalten, um besser zu lauschen. Aber die Stille hat mich noch mehr geängstigt. Ich wusste, ich muss was machen, irgendwas. Ich muss zur Apotheke, einen Schwangerschaftstest machen. Oder zum Arzt.

Aber zum Frauenarzt in Moorkaten wollte ich auf keinen Fall. Moorkaten mit seinen elftausend Einwohnern ist einfach zu klein. Alles spricht sich sofort rum.

Ich wusste, ich muss in die Stadt fahren.

Am Morgen musste ich zum ersten Mal nicht mehr würgen beim Geruch der Zahnpasta. Aber das hat mich nicht beruhigt. Das hat es irgendwie noch schlimmer gemacht. Denn soviel wusste ich inzwischen: Die Übelkeit in der Schwangerschaft hört nach den ersten drei, vier Monaten auf. Danach fühlt man sich großartig.

Als ich den Test verlangte, muss ich ganz weiß und krank ausgesehen haben. Die Apothekerin fragte, ob ich wüsste, wie man das macht.

Ich schüttelte den Kopf.

Soll ich dir dabei helfen?, fragte sie. Sie hatte so einen warmen, mütterlichen, irgendwie verstehenden Blick, dass ich sofort in Tränen ausbrach.

Komisch, Tränen, die man so lange zurückgehalten hat, wollen plötzlich alle auf einmal raus. Ein Sturzbach. Geschäftsleute kamen und schöne Büromädchen, die nur irgendwelche Mittelchen brauchten. Und ich hielt auf dem Schoß etwas, das über meine Zukunft entscheiden würde. Ich wäre am liebsten einfach vom Stuhl gerutscht und auf dem Fußboden liegen geblieben in der Hoffnung, dass die freundliche Apothekerin mich mit zu sich nach Hause nimmt und sagt: Ich bring das in Ordnung.

Ich weiß nicht mehr, wie lange ich warten musste. Der Tester sollte sich verfärben. Von grün auf rosa. Wir hatten es auf die Ablage über dem Waschbecken gelegt, auf ihrer privaten Toilette hinter dem Laden mit dem schönen alten Holzschatullen ringsherum. Daneben war ihr Büro mit alten, braunen Ledersesseln und einem geschnitzten Schreibtisch.

An den Wänden Kupferstiche mit alten Stadtansichten von Hamburg. Auf dem Schreibtisch lagen Papierstapel, wahrscheinlich Prospekte von irgendwelchen Pharmafirmen und Ärztezeitschriften.

Ich hörte die Apothekerin mit den Kunden sprechen. Ach ja, und diese Standuhr. Wie das Pendel von rechts nach links ging, tickte. Eine Schicksalsuhr. Ich hatte unglaubliche Angst. Meine Beine waren ganz weich.

Die Apothekerin sah nach dem Teststreifen. Er war rosa verfärbt. Richtig rosa. Keine Zweifel möglich.

Du bist schwanger, sagte sie.

Ich war nicht überrascht. Meine Augen tellergroß, fixierten die silbernen Durchsteckknöpfe an ihrem Kittel. Der war korrekt gebügelt und ihre rotbraunen Locken kringelten sich über dem Stehkragen.

Weißt du denn, von wem du schwanger bist?, fragte sie.

Ich nickte. Ich konnte nicht sprechen. Meine Lippen waren zugeklebt.

Willst du mit mir darüber reden?, fragte sie.

Ich schüttelte den Kopf.

Aber du hast jemanden, mit dem du reden kannst?

Ich schaute von den silbernen Knöpfen auf ihren Mund.

Du bist doch selber noch ein Kind, sagte die Apothekerin. Ganz sanft sagte sie das. Aber auch erschrocken.

Und weil sie erschrocken war, erschrak ich auch. Ich dachte, es stimmt ja. Ich bin selber noch ein Kind! Also geht es gar nicht.

Also kann ich das Baby gar nicht bekommen. Also muss man mir helfen. Es wegmachen. Muss etwas tun.

Man muss etwas tun, sagte ich schließlich.

Ich glaube, ich lächelte erleichtert bei dem Gedanken.

Wie alt bist du?, fragte die Apothekerin.

Siebzehn, sagte ich.

Sie schaute mich an, ging zum Schreibtisch, kritzelte etwas auf einen kleinen Block und gab mir den Zettel.

Die Ärztin ist eine gute Freundin von mir. Eine Frauenärztin. Sie hat ihre Praxis ganz in der Nähe. Wenn du willst, rufe ich an. Und sag, dass du kommst.

Ich nickte. Ich war unglaublich erleichtert.

Bald, ganz bald war alles vorbei, der ganze Spuk.

Ich verstand auf einmal überhaupt nicht mehr, wieso ich nicht früher auf die Idee gekommen war, die Schule zu schwänzen und in die Stadt zu fahren, um mir von dieser freundlichen Apothekerin mit den braunen Locken helfen zu lassen.

Die Ärztin war freundlich. Eine Frau mit kurzem grauen Haar und einer Stimme wie ein Mann, etwas spröde, ohne Sentimentalität. Aber ich mochte sie.

Sie stellte mir eine Menge Fragen, die ich alle beantwortet habe, so gut es ging. Über Schule, Elternhaus, Paul.

Ich ließ mich von ihr untersuchen. Sie schaute mir dabei immer in die Augen.

Ich hätte lieber weggesehen.

Ich weiß nicht mehr, was ich dachte. Vielleicht: sie macht es mir gleich weg. Ich hielt die Luft an.

Dann sagte sie: Ende vierter Monat. Zu spät.

Zu spät wofür?, fragte ich. Ich verstand einfach nicht.

Du kannst dich wieder anziehen, sagte sie.

5.

Marthe hatte mit ihrer Mutter nie über Sex gesprochen. Alles, was Marthe über Sex und die Männer wusste, hatte sie sich aus Jugendzeitschriften zusammengelesen.

Marthe trug an dem Abend, an dem sie beschloss, Pauls Drängen endlich nachzugeben, ein dottergelbes Sweatshirt mit spitzem Ausschnitt, einen Minirock, der vorne aufzuknöpfen war und Turnschuhe. Keine Strümpfe. Sie war für die Jahreszeit zu dünn gekleidet, aber das kümmerte sie nicht.

Es war Mitte Oktober, die Bäume schon kahl und im Deutschunterricht nahmen sie das Rilke-Gedicht durch: Wer jetzt kein Haus hat, baut sich keines mehr.

Der Wind ging durch kahle Alleen und zerriss die Nebelschleier über dem Moor in lange Fetzen. Ab Mittag waren die Tage dann jedoch oft warm und golden. Alle Mädchen aus Marthes Klasse zogen sich für die Jahreszeit zu dünn an und träumten von der Liebe.

Marthe kuschelte sich schon während der Fahrt zum Freilichtkino an ihn, und genoss es, dass Paul jedes Mal, wenn er den Schaltknüppel bedienen wollte, erst sanft ihr Knie zur Seite schieben musste. Unterwegs hörten sie die Hitparade der Popmusik und sangen alle Songs, die sie kannten, lauthals mit.

An einer Tankstelle kauften sie Lakritzschnecken und die Bild-Zeitung. Paul wollte alle Fußballergebnisse wissen. Während Marthe vorlas, steuerte er den Wagen mit der linken Hand, der Ellenbogen lehnte lässig im offenen Fenster. Seine rechte Hand streichelte Marthes Knie, und wanderte schließlich bis zu ihrem Rocksaum. Marthe hielt die Zeitung so, dass sie Pauls Hand nicht sehen musste, und las weiter Tore und Elfmeter vor von den Vereinen, die ihr nichts sagten, und auf 98,3 spielten sie True Love. Das alles zusammen ermutigte Paul, mit den Fingern zu immer unbekannteren Zonen ihres Körpers vorzudringen. Er nahm den Fuß vom Gas und ließ die anderen überholen, zum ersten Mal machte es ihm nichts aus, dass ein Opel Kadett schneller vorankam als sein Ford Fiesta. Erst als ein Lastwagen neben ihnen fuhr und der Fahrer ihnen durch das offene Fenster eindeutige Handzeichen machte, schob Marthe den Rocksaum wieder herunter und setze sich zurecht, mit sittsam geschlossenen Knien. Der Fahrtwind kühlte ihr glühendes Gesicht.

Bei MacDonalds gab Paul weltmännisch in die Sprechanlage die Bestellung auf: Pommes mittelgroß, Big Mac, eine große Cola.

An der Autokino-Kasse saß in eine Wolldecke gehüllt ein älterer Mann, der ständig hüstelte. Marthe strich den Rock über die Schenkel und blickte stur geradeaus. Der Parkplatz war nur spärlich besucht. Sie wählten einen Platz am Rand.

Sie sahen einen James-Bond-Film mit Sean Connery und aßen die Pommes. Das Salz klebte an ihren Fingern, sie leckten die Finger ab, lächelten sich dabei kokett an, tranken abwechselnd von der Cola und dann kuschelte Marthe sich wieder in diese Kuhle von Pauls Kopf und Schulter. Sie schob ihre Hand unter den Gürtel seiner Jeans.

Paul hielt die Luft an, als Marthe die Gürtelschnalle öffnete. Sie hörte sein Herz. Er war zu aufgeregt, um sie zu streicheln, er wartete einfach ab, zitternd und reglos.

Marthe hatte das, was sie sich für den Abend vorgenommen hatte, vorher noch nie gemacht. Sie staunte, wie leicht es war, immer das Richtige zu tun, im richtigen Moment, nicht zu schnell, nicht zu langsam. Auf der Leinwand lieferten sie sich Wettrennen in Motoryachten, tranken Champagner aus Magnumflaschen und feuerten beidhändig aus silberbeschlagenen Revolvern. Es war verrückt. Marthe hatte sich noch nie so großartig gefühlt, noch nie so begehrenswert.

Sie hatten die Sitze umgeklappt und lagen nebeneinander, ihr Rock bis zur Taille hochgeschoben, das T-Shirt wie ein Schal um ihren Hals, aber sie trug noch ihren Slip und er seine lange

Hose. Mit offenem Gürtel und heruntergezogenem Reißverschluss.

Der Film war so jäh und unerwartet zu Ende, dass sie plötzlich in aufgeblendete Scheinwerfer blinzelten, um sie herum aufheulende Motoren.

Sie krochen auf ihre Plätze zurück, ohne ein Wort zu wechseln. Paul steuerte den Wagen mehr oder weniger sicher vom Parkplatz herunter auf einen Feldweg, der irgendwann vor einem Birkenwäldchen endete. Er würgte, was ihm vorher noch niemals passiert war, den Motor ab, stieß die Wagentür auf, strampelte aus seiner Hose, drückte die Rücklehne zurück und warf sich stöhnend auf Marthe, die sekundenschnell ihr T-Shirt und den Rock auszog. Überließ ihm aber unerwartet die letzte rituelle, heilige Handlung: das Abstreifen des Slips.

Marthe fand nachher, dass sie guten Sex gehabt hatten, obwohl ihr der Vergleich fehlte. Aber sie hatte eindeutig etwas gefühlt, etwas Heißes, Auflodierndes in ihrem Innern und es hatte ihr eine echte Lust gemacht, Pauls Zunge in ihrem Mund zu spüren. Als er dann in sie drang, zog sie instinktiv im richtigen Augenblick die Beine an den Bauch und spreizte die Schenkel, um ihn tief in sich aufzunehmen. Sie hatte praktisch keinen Schmerz gespürt. Oder anders: sie hatte diesen Schmerz so lustvoll herbeigesehnt, dass er als Antwort auf ihre geheimsten Wünsche kam.

Danach blieben sie eine Weile wortlos liegen und teilten sich Pauls letzte Zigarette. Er hatte die Scheiben heruntergekurbelt, der Nachtwind war kühl und feucht und es roch ein bisschen nach Gülle, fast wie in Moorkaten.

»Dafür sind wir nun vierzig Kilometer gefahren«, sagte Marthe, »dass es hier genau so stinkt.«

»Aber du riechst gut«, sagte Paul.

Sie mussten lachen. Sie küssten sich. Es war in Ordnung. Es gab keine Scham zwischen ihnen, keine Reue, nur die Zufriedenheit, endlich etwas zu Ende gebracht zu haben, was lange anstand.

Sie kam gegen Mitternacht nach Hause. Ihre Mutter war schon ins Bett gegangen. Marthe wagte dennoch nicht, Badewasser einlaufen zu lassen. Davon wäre ihre Mutter aufgewacht. Hätte womöglich Fragen gestellt.

Sie wusch sich also vor dem Waschbecken, ohne sich im Spiegel anzusehen. Das war auch nicht nötig. Sie wusste, dass sie lächelte. Vielleicht war es kein Lächeln, das man sehen konnte, aber eines, das sie fühlte wie ein warmes Licht von innen.

Im Bett presste sie ihren Teddy an den Bauch und schlief sofort ein.

Am Morgen beim Frühstück wirkte Marthe ein bisschen verschlafen, aber es war Sonntag und es spielte keine Rolle, dass sie noch im Schlafanzug war. Nach dem Frühstück schloss Marthe sich im Bad ein, drückte eine ganze Tube Badeöl in das warme Wasser und glitt in die Wanne wie in einen Traum, aus dem sie nur kurz einmal aufgewacht war.

Abends kam Paul. Er brachte ihr Blumen, heimlich abgeschnittene Rosen aus dem Vorgarten seiner Eltern. Sie guckten zu dritt den Sonntagskrimi, dann verschwanden Marthe und Paul in Marthes Zimmer. Sie hatten beide große Lust, sich noch einmal zu lieben und hofften darauf, dass das Telefon klingeln würde und Marthes Mutter zu einer Tour fahren musste, aber an dem Tag wollte keiner irgendwohin.

Erst am nächsten Wochenende ergab sich wieder eine Gelegenheit.

Ein Hoch erstreckte sich vom Ärmelkanal bis nach Polen, blauer Himmel leuchtete Tag für Tag über Moorkaten.

Paul wollte zu einer Autoschau nach Wolfsburg und er wollte Marthe mitnehmen. Ein Tagesausflug. Ihre Mutter hatte nichts einzuwenden. Warum auch? Marthe war siebzehn.

Sie fanden auf dem Weg nach Wolfsburg eine sonnendurchflutete Waldlichtung, auf der Paul seine karierte Schwimmbadwolldecke ausbreitete. Marthe trug an diesem Tag Jeans, was sich als unpraktisch erwies und viel Zeit forderte. Auf dem Rückweg von der Autoschau schliefen sie noch einmal miteinander, auf dem Rücksitz des Ford Fiesta, und Marthe fand, sie bewegten sich bereits geschickter.

»Wir passen einfach gut zusammen«, stellte Paul fest. Marthe küsste ihn. Paul hatte Recht.

In den folgenden Wochen dachte sie ausschließlich an Sex. Sie streichelte ihre Brustwarzen und genoss es, wie sie sich zusammenzogen. Sie rasierte die Haare unter den Achseln und schnupperte an den Achselhöhlen. Paul hatte gesagt: Du riechst so gut.

Sie wollte sich jetzt auch selber überall riechen. Steckte ihre Finger in die Scheide und hielt sie an die Nase. Sie trug Röcke, weil es die Erregung steigerte, beim Gehen, wenn die Innenseiten der Schenkel gegeneinander rieben.

Wenn Paul sie abends nach Feierabend abholte, begrüßte sie ihn mit einem langen feuchten Kuss. Paul hatte es wirklich gut mit ihr. Gut und leicht. Sie genossen Sex wie ein Abenteuer. Es war ein ewiges Herzklopfen, ein Glücksgefühl. Zum ersten Mal fühlte Marthe sich nicht mehr einsam. Und verlassen. Sie hatte keine Kopfschmerzen mehr und nachts quälten sie keine Alpträume.

Ja, alles ließ sich aushalten, wenn es etwas gab, auf das sie sich freuen konnte.

Wenn sie den Leuten, die ihr entgegenkamen in der Breiten Straße, ein Lächeln schenkte, lächelten die zurück. Eine neue Erfahrung. Bei der Hausarbeit oder auf dem Fahrrad pfiff sie jetzt oft leise vor sich hin.

Marthe war in diesen Wochen wunschlos glücklich. Und das war ein ganz unbekanntes Gefühl.

Sie wäre nicht im Traum auf die Idee gekommen, dass sie schwanger war. Nachts schlief sie immer noch mit ihrem Teddy im Arm.

Vielleicht bemerkte Veronika deshalb nichts. Es kam ihr nicht der geringste Verdacht. Später konnte sie es selbst kaum fassen, wie gutgläubig, ja geradezu naiv sie die Freundschaft zwischen Paul und ihrer Marthe beobachtet hatte. Marthe war für sie immer noch das kleine Mädchen, das mit dem Teddy schlief.

Sie hätten etwas unternehmen können, wenn Marthe sich ihrer Mutter rechtzeitig anvertraut hätte. Im dritten Monat der Schwangerschaft hätte man noch etwas tun können.

Aber Marthe sagte nichts. Marthe ging weiter täglich zur Schule, kam nie zu spät, machte ihre Schularbeiten, kaufte ein, putzte Küche und Bad, hörte abends ihrer Mutter zu, die von neuen Taxigebühren, Kfz-Steuern oder Leerfahrten erzählte, traf sich mit Paul, küsste ihn, schlief mit ihm, lachte mit ihm, gewann im Vorlesewettbewerb der Schule den zweiten Preis und wartete zuversichtlich auf den Tag, an dem ihre Blutung wieder einsetzen würde.

An das
Landeskrankenhaus Oldenburg
Neurologie
Chefarzt Prof. Dr. Philip Casai

12. Februar 2003

Sehr geehrter Herr Prof. Dr. Casai,

hier nun – mit einiger Verspätung mein angekündigter Brief.

Ich habe so lange gezögert, weil die Beschäftigung mit dieser Tragödie mir nicht gut tut. Aber ich bin auch der Meinung, wie viele Menschen hier in der Umgebung, dass man versuchen muss, herauszufinden, wie es so weit kommen konnte mit meiner Tochter. Warum das niemand hat kommen sehen.

Sie wissen vielleicht nicht, dass ich mein Geld als Taxifahrerin verdiene. Seit genau vierunddreißig Jahren sitze ich, mit Ausnahme einiger Feiertage, oder wenn ich krank bin, hinter dem Steuer. Ich habe nicht nur die Verantwortung für mein Leben, sondern auch für das meiner Fahrgäste. Man vertraut mir. Ich habe mir im Laufe der Zeit einen Ruf als unfallfreie Fahrerin erworben. Von der Versicherung bekomme ich regelmäßig einen gewissen Prozentsatz zurück, da ich die Versicherung noch nie in Anspruch nehmen musste.

Ich sage immer, man muss nicht nur mit der eigenen Unzuverlässigkeit rechnen, sondern auch mit der Dummheit oder der Unwachsamkeit der anderen Verkehrsteilnehmer. Das ist für mich oberstes Gebot.

Warum ich als Mutter versagt habe, kann ich selbst nicht beantworten. Ich stehe vor einem Rätsel. Ich weiß, ich hätte etwas spüren müssen. Aber vielleicht wollte ich nicht wahrhaben, dass mit Marthe etwas nicht in Ordnung ist?

Hier in Moorkaten haben sie jahrelang darauf gewartet, dass ich einen Fehler mache. Allein erziehende Mutter, in der Provinz. Was glauben Sie, was für ein Spießroutenlaufen das manchmal für mich war mit dem Kind? Alle haben sich das Maul zerrissen.

Aber ich hatte großes Glück mit Marthe: sie hat von Anfang an praktisch jede Nacht durchgeschlafen. War nie krank. Ich habe sie gestillt bis zum 18. Monat. Vielleicht war das gut. Damals glaubte man, dass die Firma Nestle bessere Dinge herstellen konnte in ihren Labors als Mütter in ihren Brüsten.

Egal was Marthe über mich sagt, ich habe immer versucht, eine gute Mutter zu sein. Ich hab mich aufgeopfert für das Kind. Habe meine Interessen immer zurückgestellt.

Ja, ich habe nicht einmal mehr einen Freund in die Wohnung geholt, weil Marthe so eifersüchtig wurde. Schon wenn ich mit einem Mann gesprochen hab, ist sie wie eine Furie dazwischen.

Es war nicht immer einfach mit ihr, weil man nicht in ihr Inneres sehen konnte. Sie war verschlossen.

Immer sucht man die Schuld bei der Mutter. Sie hat die falschen Weichen gestellt. Hat das Kind nicht richtig erzogen. Ein Vater, heißt es immer, ist für das Kind vielleicht ein Trauma, die Beziehung zur Mutter aber ist die Tragödie. Was immer wir tun: es kann nur falsch sein. Und deshalb wehre ich mich auch gegen Ihre Fragen. Soll ich denn vielleicht an Marthes Unglück schuld sein?

Gibt es eine größere Ungerechtigkeit?

Ich liebe Marthe. Und ich habe ihr soviel Liebe gegeben, wie ich zu geben hatte. Zu mehr hat meine Kraft nicht gereicht. Verstehen Sie das? Kein Mensch kann über seine Kraft hinaus gut sein. Die Ungerechtigkeit liegt ja darin, dass der eine mit mehr Energie ausgestattet ist als der andere. Und dass man den Maßstab falsch anlegt.

Möglich, dass wir wirklich zu wenig geredet haben. Es ist eben das Los allein erziehender Mütter, dass sie so vieles auf einmal sein müssen.

Ich war der Ernährer unseres Zwei-Personen-Haushaltes, und es war mein Ehrgeiz, dass meine Tochter auf nichts verzichten sollte. Darauf habe ich geachtet.

Schon damals wurden Kinder ausgelacht, wenn sie nicht die richtigen Sachen anhatten. Man durfte nicht arm sein: das war wie ein Makel.

Ich habe immer versucht, mein Kind zu beschützen. Marthe war eher ein schweigsames Kind. Ich dachte, es ist in Ordnung, wie es ist mit uns. Wir tragen unser Herz nicht auf der Zunge. Sie nicht und ich auch nicht.

Sie wollen wissen, wie Marthes Verhältnis zu ihrem Vater war? Ich sage Ihnen: es gab gar kein Verhältnis. Dieser Mensch, der meine Tochter gezeugt hat, hat keine Spuren bei ihr hinterlassen, bei mir übrigens auch nicht. Es war eine Faschingsbekanntschaft.

Manchmal entdeckte ich Seiten bei Marthe, da dachte ich, das hat sie nicht von mir. Als sie auf einmal mit diesem Wunsch kam, dass sie ein Klavier wollte, musste ich den Wunsch ausschlagen. Wissen Sie, wie viel Platz so ein Klavier braucht? Dafür ist der soziale Wohnungsbau nicht geeignet.

Als ich versuchte, ihr das zu erklären, wurde sie wütend, hat geweint, geschrien, hat mich beschimpft, ich weiß nicht, was mit ihr los war zu der Zeit. Alles, was ich machte, war falsch.

Damals bohrte sie immer, wer ist mein Vater, wo wohnt er, wieso sagst du mir nicht einmal, wie er heißt, warum ist sein Name nicht in meiner Geburtsurkunde eingetragen, ich möchte meinen Vater kennen lernen, er ist bestimmt viel netter als du.

So etwas habe ich mir anhören müssen. Tagelang, nächtelang. Und wie sie geweint hat. Aus Trotz. Und auch aus Verzweiflung, glaube ich. Aber ich konnte ihr immer nur sagen: Vergiss deinen Vater. Du hast keinen Vater. Du hast mich. Ich bin Vater für dich und Mutter. Und alles. Ich liebe dich mehr als mein Leben.

Und wissen sie, was Marthe darauf geantwortet hat?

Das ist mir nicht genug! Alle Kinder haben einen Vater! Ich will auch einen Vater haben! Einen, den ich anfassen kann! Den ich ansehen kann! Verstehst du das nicht?

Verstanden habe ich es schon. Aber ich konnte ihr nicht helfen.

Dieser Mann wusste doch gar nicht, dass er Vater geworden war.

Besser wurde es zwischen Marthe und mir, als ich meinen jetzigen Lebensgefährten kennen lernte. Da war Marthe 10. Sie war in diesem Ferienlager an der Nordsee, daran erinnert sie sich wahrscheinlich gar nicht mehr. In der Zeit konnte ich auch mal ein bisschen an mich denken. Ausgehen, ohne ein schlechtes Gewissen zu haben. Marthe mochte Bernd auf Anhieb. Das war eine große Erleichterung für mich.

Ich dachte, jetzt wird alles gut.

Ich habe immer gedacht, ich hab ein glückliches Mädchen großgezogen. Und dann das: die Katastrophe. Und ganz Moorkaten schaut zu.

Ich hoffe, dieser Brief ist Ihnen eine kleine Hilfe.

Mit freundlichen Grüßen

Veronika Massmann

Marthe spricht

Max war anders als andere Kinder. Man wusste bei ihm nie, woran man war. Kinder weinen doch, wenn sie sich wehtun – Max hat den Schmerz immer weggelacht. Ich wusste als Mutter oft nicht, wie ich mich verhalten sollte. Wie kann man ein Kind trösten, das über den eigenen Schmerz lacht?

Wenn Max sich ängstigte, begann er zu pfeifen. Ja, ich weiß schon: Das Pfeifen im Walde. Er summte vor sich hin, wenn er in den Keller gehen und etwas aus dem Werkzeugschrank holen musste, für seinen Papa. Er wollte damit die Mäuse warnen, sagte er. Schon als Dreijähriger werkelte Max gern mit seinem Papa herum. Immer neue Regale bauen für die Küche, das Bad, das Kinderzimmer, dübeln, schrauben, kitten: das gefiel ihm schon als Dreikäsehoch. »Black & Decker« war eines seiner ersten Worte. Er sagte: Bleckendecker. Er hockte auf dem Boden und starrte auf diese Maschine, und ich immer in Angst, dass Paul vergessen hatte, den Stecker herauszuziehen. Aber Paul war ein guter Vater, fürsorglich und verantwortungsvoll. Es ist nie etwas passiert.

Für Katastrophen war ich zuständig. Einmal ist Max, als ich eine Plastikwanne voller Einkaufskram nach Hause trug, die Treppe runtergefallen. Die ganze Steintreppe. Ich konnte ihn nicht sehen, die Wanne verdeckte mir die Sicht.

Er lag unten und rührte sich nicht.

Ich hab gedacht, o Gott. Mir ist ganz schlecht geworden vor Angst. Er war zwei, zweieinhalb Jahre alt, glaube ich.

Ich bin zu ihm, hab mich neben ihn gekniet, ihn leise gerufen: Max, bitte, bitte! Sag etwas! Ich hab dich so lieb! Oh Gott!

Da hat er die Augen weit aufgemacht, mich angesehen, lange. Und dann hat er gelacht.

Erst nachher, als ich ihn ausgezogen hab, sah ich die blauen Flecken. Er hat nicht einmal geweint. Es war mir irgendwie unheimlich.

Aber Paul hat es mit Stolz erfüllt.

»Der Max ist ein Indianer«, hat er gesagt. Sie wissen ja: Indianerherz kennt keinen Schmerz. Paul hat ihn hochgehoben und über seinen Kopf gehalten, und Max hat vor Freude gejuchzt.

Oder als er beim Entenfüttern in die Aue gefallen ist. Es war April, ein eiskalter Tag. Er wollte immer, dass die Enten ihm das Brot aus der Hand picken.

Er beugte sich weit zu ihnen hinunter. Ich hatte mich mit einer Freundin unterhalten. Sie schwärmte mir von einer neuen Diskothek in Delmenhorst vor. Und ich weiß nicht: vielleicht hab ich in dem Augenblick vergessen, dass ich Mutter war. Dass ich auf mein Kind aufpassen musste. Vielleicht war ich in dem Augenblick wieder die Marthe von früher, die gern tanzen ging. Jedenfalls tauchte auf einmal die Pudelmütze mitten in der Aue auf. Da erst holte mich die Wirklichkeit ein, und ich begriff: Oh Gott! Mein Sohn ertrinkt!

Die Aue ist nicht tief. Er hätte stehen können. Aber der Arzt erklärte mir später, dass Kinder, wenn sie sich auf einmal unter Wasser finden, niemals richtig reagieren.

Ich habe ihn aus dem Wasser gezogen. Pudelnass und schlotternd. Ich hab ihm an Ort und Stelle die Sachen ausgezogen, ihn in meinen Mantel gehüllt und den Schal um seinen Kopf gewickelt wie einen Turban. Und so habe ich ihn nach Hause getragen.

Das war eines der wenigen Male, wo Max geweint hat. Er hat geschluchzt, ganz fürchterlich. Und ich wusste gar nicht, wie ich ihn beruhigen sollte.

Ich habe ihn in eine schöne warme Badewanne gesetzt und nachher bekam er heiße Milch mit Honig und dann haben wir Bilderbücher angeguckt und er hat sich schließlich an mich geschmiegt und ist ganz ruhig geworden. Als ob er sich diese Nähe sonst verboten hätte.

Als Paul abends kam und ich ihm sagte: »Wollen wir Papa erzählen, was heute passiert ist?«, hat er nur den Kopf geschüttelt und ist aus dem Zimmer gegangen. Ein kleiner, großer Mann. Tapfer und einsam.

Dann kam der Mittwoch. Ich brachte Max wie üblich zu meiner Mutter, aber ich erzählte nichts von der Sache.

Doch Max hat es ihr erzählt. Seiner Oma hat er immer mehr erzählt als mir. Als sie ihn abends wieder zurückbrachte, schaute Mama mich an und sagte: »Ist das wirklich wahr? Max hat in der Aue gebadet? Um diese Jahreszeit?«

»Er hat da nicht gebadet, er ist reingefallen«, sagte ich.

»Und wo warst du?«

»Ich habe daneben gestanden«, sagte ich. »Und wenn du jetzt noch etwas sagen willst: ja, ich bin eine schlechte Mutter.«

Mama sah mich nur an. Max hat ihr durch das Treppengeländer nachgeschaut, bis die Haustür zufiel. Dann ist er zu mir gekommen und hat gefragt: »Wer bringt mich morgen in den Kindergarten?«

Als ich sagte: »Ich kann das machen«, hat er den Kopf geschüttelt und gerufen: »Ich will aber, dass Papa mich jetzt immer bringt!«

»Und warum?«

»Weil es mit Papa schöner ist!«, hat er gesagt.

Das hat mich tief verletzt. Ein Schnitt in mein Fleisch. Diesen Schmerz, ich spüre ihn, als sei es gestern gewesen.

Das ist es, was mich nachts nicht schlafen lässt.

Ich bin todmüde und finde keinen Schlaf. Meine Seele hat sich wund gelegen, glaube ich. Wenn ich aber hellwach bin, tagsüber, und keine Erinnerungen mich peinigen, dann würde ich gerne schlafen gehen. Aber das versteht ihr nicht. Da wollt ihr, dass ich die Zeit nutze. Weiter an mir arbeite. Ja, vielleicht hat das an dem Tag angefangen, dass ich dachte: Ich bin keine gute Mutter.

Paul und ich hatten an dem Abend einen furchtbaren Streit. Er behauptete allen Ernstes, einer guten Mutter wäre das nicht passiert. Das hab ich ihm übel genommen. Zwei Tage haben wir nicht miteinander geredet. Von da an hat Paul Max in den Kindergarten gebracht und wieder abgeholt. Als wollte er mir zeigen, dass man mir keine Verantwortung übertragen konnte.

In solchen Augenblicken war das andere Kind da. Ein Wesen aus Wärme und Licht. Moritz, der andere Sohn. Nicht der zweite Sohn: der andere, verstehen Sie? Alles, was ich bei Max vermisste, hätte ich bei Moritz gefunden. Verstehen Sie? Bei diesem Kind, das nicht die Treppe herunterfällt, um mir zu zeigen, wie unfähig ich bin. Das nicht vor meinen Augen ins kalte Wasser rutscht und mich bloßstellt.

Moritz, ein sanftes, dunkellockiges Kind, das in mir lebte. Aber das wollte niemand wissen.

6.

Am Sonntagmorgen, zwei Tage vor seiner Einschulung, stand Max frühmorgens vor Marthes Bett und rüttelte sie wach. Er hatte sich alleine angezogen. Hatte sich frische Wäsche aus dem Schrank genommen, ein sauberes T-Shirt und seinen Cowboygürtel durch die Schlaufen der neuen Jeans gezogen. Mit einem nassen Kamm hatte er sich einen korrekten Mittelscheitel gezogen.

Sie richtete sich auf, erschrocken, weil sie nicht gehört hatte, wie er hereingekommen war. Marthe und Paul machten abends die Schlafzimmertür immer zu. Seit einem Jahr wollte auch Max bei geschlossener Tür schlafen. Ein Zeichen, dass er ein großer mutiger Junge sein wollte.

Die Schlafzimmertür knarrte, wenn man sie aufstieß und Marthe wachte sonst immer von diesem Knarren auf. Früher war Max oft in ihr Zimmer gekommen, mitten in der Nacht, weil er schlecht geträumt hatte, oder weil ihm etwas eingefallen war, oder weil sein Kopf sich heiß anfühlte. Marthe wachte eigentlich schon auf, bevor die Tür zu knarren begann. Und war hellwach, wenn Max vor ihrem Bett stand.

Dieses Mal musste er sie rütteln. Er hatte offenbar herausgefunden, wie er sich in der Wohnung geräuschlos bewegen konnte. Marthe fragte sich, wie er im Bad gewesen sein konnte, ohne dass sie das Geringste gehört hatte. Oder die Schubladen an seinem Schrank aufgezogen haben konnte, zum Beispiel, das hörte sie immer. Denn der Schrank war nur durch die dünne Wand von dem Kopfende des Ehebetts getrennt. Max machte einen ernsten konzentrierten Eindruck. Marthe bemerkte fast erschrocken, dass er nicht mehr diese runden Backen hatte, dieses Kindergesicht. Er war schmal geworden, quasi über Nacht.

»Ich muss mit euch sprechen«, sagte Max. Er hatte sich vorher zweimal geräuspert. Er wollte, dass seine Stimme klar und sicher klang. Marthe starrte ihn an.

»Du hast ja eine neue Frisur«, sagte Marthe. Und lächelte. Sie setzte sich auf und klopfte auf die Bettdecke. Sie lud ihn ein, näher zu kommen. Aber er stand am Fußende, er hatte die Hände in die Hosentaschen gesteckt. Das Kinn war weiß vor Anspannung.

»Ich muss mit euch reden«, seine Stimme war rau.

»Papa schläft noch, das hörst du doch«, sagte Marthe.

»Dann weck ihn auf«, sagte Max.

»Hat das nicht Zeit bis später?«

»Nein«, sagte Max.

Marthe schob die Haare aus der Stirn. Wenn sie schlecht geschlafen hatte, waren ihre Haare immer elektrisch aufgeladen und legten sich über ihr Gesicht. Es war unangenehm, die Haare gegen den Strich zurückzuschieben.

»Was ist denn passiert?«, fragte Marthe und berührte Pauls Schultern. Sein Schnarchen setzte für einen Atemzug aus.

»Das will ich ja gerade von euch wissen«, sagte Max.

Marthe lächelte. »Max, du redest so komisch. So kenn ich dich ja überhaupt nicht.«

Max schwieg. Er nahm die Hände aus den Hosentaschen und ging vor dem Fußende des Bettes auf und ab. Seine neuen Lederschuhe knarrten. Er hatte sich sogar schon Schuhe angezogen. Er blieb stehen und musterte sie. Seine Augen waren groß und klar. Aber unter den Augen sah sie dunkle Schatten.

Die Grübchen waren tiefer geworden, kleine Höhlen in seinem Gesicht. Seit er den ersten Zahn verloren hatte, presste er immer die Lippen zusammen. Und weigerte sich, zu lachen. Selbst, wenn Bernd es darauf anlegte. Die Zahnlücke war ihm peinlich. Dabei hatte er den Zahn so stolz präsentiert!

Sie schaute auf die Uhr. Es war erst halb acht. Sie schliefen sonntags immer bis neun. Frühstück gab es nicht vor halb zehn. Max wusste das. Wenn er früher wach wurde, blieb er in seinem Zimmer, legte ein Puzzle, oder malte, oder spielte mit seiner Eisenbahn.

Aber so, dass er sie nicht störte. Wenn er eine Kassette hörte, setzte er Kopfhörer auf. Ab neun Uhr hörte man dann den Wasserhahn und die Klospülung und wenig später rumorte es dann so laut nebenan, dass Marthe und Paul wach wurden.

»Es ist doch noch so früh!« Marthe versuchte einen schwachen Protest. »Heute ist Sonntag.«

»Weiß ich doch.«

»Es ist wegen der Schule, oder? Du kannst nicht schlafen, du bist aufgeregt wegen der Schule.«

Er schüttelte den Kopf.

Marthe rüttelte sanft an Pauls Schulter. Paul knurrte und rollte sich auf die andere Seite. »Paul«, sagte Marthe leise, »wach auf. Paul.«

Es war, als hielte Paul die Luft an, als wartete er auf ein weiteres Wort, irgendetwas. Aber dann setzte sein gleichmäßiges Schnarchen wieder ein. Max schaute zum Fenster, weil er nicht sprechen konnte, wenn er seine Mutter dabei ansah. Das war Marthe klar, als sie dieses kleine Jungenprofil, das tapfer hochgereckte Kinn, fixierte. Und es wurde ihr klar, dass sie sich auf einen Schmerz vorbereiten musste, etwas Unabwendbares, vor dem sie sich immer gefürchtet hatte.

»Ich weiß, dass ich einen Bruder habe«, sagte Max, »und ich will wissen, wo er ist.«

Max hatte die Arme fest an den Körper gepresst, überhaupt war in seiner Haltung etwas Starres, Verkrampftes. Aber das lag vielleicht daran, dass er schon sehr lange und sehr häufig, den Wunsch verspürt hatte, das auszusprechen.

Er wartete auf ihre Antwort, aber sie konnte nicht sprechen. Verstört schaute sie diesen kleinen Kerl an ihrem Bett an. In ihren Ohren ein hoher unangenehmer Ton. Ihr Mund trocken. Das Einzige, was sie denken konnte, war: Unsere Welt stürzt ein, aber mein Mann schnarcht.

Max wartete, lange. Als sie nichts sagte, drehte er sich um und mit diesen verkrampften fast eckigen Bewegungen verließ er das Schlafzimmer.

Er schloss nicht die Tür hinter sich, die Arme waren immer noch wie festgeklebt an seinen Körper. Sie sah ihn davongehen, eine kleine Gestalt mit neuen Jeans und einer Mittelscheitelfrisur. Den Kopf hoch erhoben. Sie hörte, wie die Wohnungstür zufiel.

Sie rüttelte Paul, schüttelte ihn, bis er endlich wach war. Er hatte am Abend mit seinen Skatfreunden an einem Turnier teilgenommen. Er hatte viel getrunken, das konnte man immer noch riechen. Aber Paul war nicht einer von denen, die unangenehm wurden, wenn sie etwas über den Durst getrunken hatten. Im Gegenteil. Er wurde dann schmusig und anhänglich und kuschelig wie ein Teddybär.

»Max war eben hier«, sagte Marthe.

»Aha, und?« Paul rieb sich den Schlaf aus den Augen. »Wieso sagst du das in so einem Ton? Darf er das nicht?«

»Er hat hier gestanden, ich weiß nicht wie lange.«

Paul schaute an sich herunter. »Ja, und?«, sagte er schließlich, offenbar erleichtert, dass sein Anblick nichts Anstößiges hatte. »Was findest du daran so schlimm?«

»Nichts«, sagte Marthe. »Aber was er gesagt hat.«

»Was hat er denn gesagt?«

»Er hat gesagt: Ich weiß, dass ich einen Bruder habe.«

Paul wandte den Kopf und schaute seine Frau an.

Marthe verspürte plötzlich einen Schmerz im Herzen. An einer Stelle, die sie vorher nie wahrgenommen hatte. Als hätte es in ihrem Herzen eine Stelle gegeben, die immer betäubt war.

Sie legte sich wieder hin und zog die Decke über den Kopf. Er tastete nach ihr, als wollte er sich vergewissern, dass es sie noch gab.

»Wie kommt er darauf?«, fragte Paul. »Wir haben doch nie davon gesprochen.«

Marthe antwortete nicht. Sie lag unter der Decke, mit angehaltenem Atem und konzentrierte sich auf den neuen Schmerz.

Sie hörte, wie Paul aufstand, wie er nach seinen Hausschuhen tastete, wie er das Zimmer verließ.

Hörte, wie er nach seinem Sohn rief. »Max! Max! Nun komm schon! Wo bist du?«

Die Badezimmertür wurde aufgestoßen und wieder zugeschlagen, die Küchentür. Sie hörte, wie er ins Wohnzimmer ging und die Gardinen zurückzog. Dann das Quietschen der

Balkontür. Der Balkon lief über die ganze Wohnungsfront, ein Südbalkon.

»Max!«, rief Paul. »Wohin willst du?«

Marthe schob die Decke zurück und stand auf.

Paul stand draußen auf dem Balkon, nur mit einer Pyjamajacke bekleidet, die Hände auf der Balkonbrüstung.

Er hatte seine Hände in die Blumenkästen gesteckt, als er sich über die Brüstung beugte, um mit seinem Sohn zu reden.

Als er sich zu Marthe umdrehte und die Hände hob, waren sie schwarz von der feuchten Blumenerde.

»Er ist mit dem Fahrrad weg«, rief Paul.

Sie fanden ihn schließlich am Seeufer. Er war durch das offene Fenster in Bernds Casita eingestiegen, hatte sich die Angelrute genommen und an den See gesetzt. Er hatte die Angel geworfen, ohne einen Köder am Haken zu befestigen. Dabei wusste er genau, wie es geht. Bernd hatte es ihm oft genug gezeigt. Er saß da, auf dem Klappstuhl, die Angel mit beiden Händen umklammernd und starrte auf das Wasser. Der See war vollkommen ruhig, was in diesem Sommer selten vorgekommen war.

Marthe und Paul zogen ihre Schuhe aus, als sie den Holzsteg betraten.

Sie wollten ihn nicht erschrecken, oder die Fische. Diese Geste hatte etwas Ehrfürchtiges, etwas von der Fremdheit, die Marthe ihrem Sohn Max gegenüber immer gespürt hatte, war plötzlich auch auf Paul übergegangen. Das war das Sonderbare.

Max muss die Schwingungen der Holzbohlen gespürt haben, seine Schultern hoben sich, als sie näher kamen, aber er schaute sich nicht um.

»Hier bist du ja, mein Großer.« Paul wollte seine Hand auf Max Schulter legen, aber Max machte eine Bewegung, die das verhinderte. Er blickte stur geradeaus, seine Lippen fest zusammengepresst.

Marthe hockte sich im Schneidersitz neben ihren Sohn.

Sie betrachtete die Füße ihres Jungen. Selbst seine Zehen waren identisch mit denen von Paul. Der zweite Zeh so groß, dass er weit vorstand, der kleine Zeh nur ein runder Knubbel, ohne Nagel.

»Beißen sie denn?«, fragte Marthe.

Max schüttelte wortlos den Kopf.

»Welchen Köder hast du genommen?« Paul schaute sich um zwischen den Utensilien, die Max um seinen Angelstuhl herum aufgebaut hatte. Er hob eine Dose hoch. »Die ist leer«, sagte er.

»Weiß ich doch.«

»Du bist so schnell weg vorhin«, Marthe versuchte es andersherum, »dass ich gar keine Chance hatte, mit dir zu reden.«

»War ja auch nicht nötig«, sagte Max. Endlich sprach er.

»Doch, es war nötig.« Marthe protestierte, fast leidenschaftlich. »Du hast mich doch etwas gefragt.«

»Ja«, sagte Max, »stimmt. Ich habe etwas gefragt. Aber es war nicht wichtig. Kann ich jetzt hier weitermachen?«

»Wir können jederzeit darüber reden«, sagte Paul.

»Über was denn?«, fragte Max. Seine Schultern spannten sich. Und sein Kinn wurde spitz.

Marthe streichelte seinen Rücken.

Er machte eine Bewegung, als wollte er dieser Berührung entkommen. Marthe zog ihre Hand zurück.

»Es geht mich ja nichts an«, sagte Max. »Ich wollte es bloß mal wissen.«

»Wir haben auch eine Frage.« Paul schaute über das Wasser in das flimmernde Morgenlicht und musste blinzeln. Er räusperte sich zweimal. »Wie kommst du darauf, dass du einen Bruder hast?«

Jetzt drehte Max sich um. Aber er schaute nicht seinen Vater an, der ihm die Frage gestellt hatte, sondern Marthe.

»Ich weiß es schon lange«, sagte Max.

»Und warum hast du dann nicht vorher etwas gesagt?«, fragte Paul.

Max schaute immer noch seine Mutter an. Marthe spürte eine Kälte in den Gliedern, als würden ihre Beine gleich taub werden.

»Stimmt es denn etwa nicht?«, fragte Max.

»Sag uns doch bitte«, flüsterte Marthe, »wie du darauf

kommst. Von uns hast du das nicht. Das weiß ich genau. Ich habe nie darüber gesprochen, Papa auch nicht, oder?«

»So was weiß man eben«, sagte Max.

Paul und Marthe warfen sich einen Blick zu. Paul hockte sich neben den Klappstuhl. »Wie wär's, wenn du die verdammte Rute mal aus dem Wasser holst?«, sagte er, immer noch sehr sanft. »Wenn wir uns über ein schweres Thema wie dieses unterhalten?«

Widerstrebend spulte Max die Leine auf. Dann verschränkte er die Arme und starrte auf das Wasser.

Marthe schluckte. Sie hätte ihren Sohn jetzt gerne in den Arm genommen. Sie hätte gern an einem anderen Ort, zu einer anderen Zeit, die sie selbst bestimmen könnte, mit ihm darüber geredet. Aber dazu war es zu spät. Sie hatte viele Chancen gehabt und sie vertan. Jetzt hatte Max die Initiative ergriffen. Nun bestimmte er den Verlauf der Dinge.

»Als ich schwanger war«, begann Marthe, »und zum Arzt ging, machte der eine Ultraschalluntersuchung. Und sagte: Oh, da sind ja zwei! Sie bekommen Zwillinge, Frau Brandt.«

Max schaute seine Mutter an. Marthe lächelte, aber Max lächelte nicht. Paul verschränkte die Arme hinter dem Kopf und marschierte auf seinen Socken auf und ab. Drei Schritte hin, drei zurück.

»Zwillinge?«, wiederholte Max.

»Ja, zwei kleine Babys«, sagte Paul, »jedes in einer eigenen Hülle.«

»Ich war also nicht allein in deinem Bauch?«

»Nein, du warst zusammen mit deinem Bruder. Wir wollten euch Max und Moritz nennen.«

»Und wer sollte Max sein und wer Moritz?«

Eine Pause. Marthe blickte hilfesuchend zu Paul. Der lächelte.

»Wir haben uns das so überlegt«, sagte er, während er Max Hand nahm und sie zwischen seine Hände legte.

»Wer zuerst herauskommt, aus dem Bauch deiner Mama, der soll Max heißen. Und der zweite Moritz.«

»Aha«, Max zog seine Hand zurück, drehte sich um.

Marthe konnte sein Gesicht nicht sehen, aber aus der Art,

wie er seine Arme wieder vor der Brust verschränkte, erahnte sie das ganze Ausmaß seiner Einsamkeit.

Am Abend saßen sie in der Küche. Marthe rollte Pizzateig aus, Max schnitt Tomaten und Paul rieb den Käse. Max hatte sich Pizza gewünscht, sein Lieblingsessen.

»Wie soll ich die Tomaten schneiden?«, fragte Max. »In Scheiben? Oder Viertel?«

»Lieber in Scheiben«, sagte Marthe.

Sie arbeiteten schweigend. Max half ihr gern in der Küche, besonders beim Pizza-Backen. Er hatte geschickte Hände. Er ließ nie etwas fallen und wenn er einen Teig rührte, rührte er geduldig, so lange, bis der Teig geschmeidig vom Rührlöffel glitt. Er präsentierte seinen schönen Teig dann immer ganz stolz.

»Ich war so erschrocken heute Morgen«, sagte Marthe, »als du vor unserem Bett gestanden hast.«

»Dicke Scheiben oder dünne?«, fragte Max.

»So wie du sie hinkriegst.«

»Ich krieg sie dick hin und dünn. Du musst nur sagen, was du willst.«

Marthe wischte die Hände an dem Geschirrtuch, das sie in den Rockbund gestopft hatte und schaute ihren Sohn an. Dieses ernste Gesicht, diese Konzentration. Wieder sah er nicht aus wie ein Kind, sondern wie ein kleiner Erwachsener. Das ihr das vorher nie aufgefallen war.

»Hast du dir die ganze Nacht überlegt, uns das heute Morgen zu fragen?«

»Die Nacht und die Nacht davor und die davor.«

»So lange?«

»Und die Woche davor und den Monat davor.«

»Und wir hatten keine Ahnung!«, rief Paul bestürzt.

Marthe zog mit dem Fuß einen Küchenstuhl heran und setzte sich. Sie versuchte, ihrem Sohn in die Augen zu schauen, aber er sah nur auf das Holzbrett, auf dem die Tomate lag. Er setzte das Messer an, sehr geschickt.

»Du machst das prima«, sagte Marthe. »Also, warum hast du das so lange mit dir rumgetragen?«

»Ich dachte, vielleicht lacht ihr mich aus.«

»Aber das hätten wir nie getan.«

»Und woher sollte ich das wissen? Ihr lacht mich doch oft aus!«

Max Gesicht flammte auf. Er warf ihr einen Blick zu. Marthe erschrak vor dem zornigen Flackern in seinen Augen.

»Wir lachen dich nicht aus, Max, nie«, sagte Paul eindringlich.

Max schnitt wortlos die Tomate in Scheiben und legte sie auf den Teller. Dann nahm er die zweite Tomate.

»Du hast immer noch nicht gesagt, wie du auf die Idee gekommen bist, dass du einen Bruder hast«, sagte Marthe, nach einem kurzen Blickwechsel mit Paul. Paul klopfte den geriebenen Parmesan aus der Reibe.

»Weil ich oft von ihm träume«, sagte Max. »Wie viele Tomaten brauchen wir?«

»Fünf«, sagte Marthe aufs Geradewohl. »Und was träumst du von ihm?«

»Dass wir zusammen spielen«, sagte Max. »Und so Streiche machen und so. Manchmal sagt er auch was.«

Paul legte schnell seine Hand auf Marthes Arm. Marthe zitterte. Sie presste die Lippen aufeinander. Sie konnte nicht sprechen. Ihre Augen füllten sich mit Tränen.

»Was ...«, Paul räusperte sich, »was ... sagt er denn?«

»Wie es ihm geht. Und was er gerade so macht«, sagte Max. Er schob die Tomatenscheiben mit dem Messer auf den Teller.

»Und ... wie ... geht es ihm?«, flüsterte Marthe. Sie presste eine Hand an die Kehle. Pauls Hand streichelte ihren Arm.

»Manchmal gut, manchmal schlecht«, sagte Max. »Ganz normal eben.«

Er nahm eine dritte Tomate und drehte sie in der Hand. »Aber manchmal denke ich dann auch, ich denke mir das bloß aus. Aber jetzt weiß ich ja, dass ich mir das nicht ausgedacht habe. Und kann mir vielleicht jemand mal sagen, wo mein Bruder jetzt ist?«

Seine Stimme war brüchig geworden, als könnte sie jeden Augenblick reißen wie ein Faden, den man zu sehr dehnt. Sein Kinn zitterte. Er musste auch das Messer weglegen, weil er nicht mehr sicher in seinen Handbewegungen war.

Marthes Herz zog sich zusammen. Sie konnte die Augen nicht von ihrem Jungen wenden. Es war ihr, als habe sie ihn ganz lange nicht wirklich gesehen. Und die Schuld und der Schmerz darüber schnürten ihr die Luft ab.

Paul ließ Marthe los, er ging um den Tisch herum, legte seine Hände auf Max Schultern und drehte ihn zu sich herum.

»Schau mich an, Kleiner.«

Max hob seinen Blick. Er sah seinen Vater so an, als existierten in diesem Augenblick nur sie beide in dem Raum.

»Was ist passiert, als ich aus Mamis Bauch heraus war?«

»Da haben wir uns gefreut«, sagte Paul.

Marthe schwieg.

»Und dann?«, fragte Max.

»Dann hat der Arzt deiner Mama eine Spritze gegeben, eine Narkose, da merkt man nichts.«

»Warum sollte Mama nichts merken?«, fragte Max.

»Weil sie deiner Mama den Bauch aufschneiden mussten.«

Max Bewegungen erstarren. Der Fruchtsaft der Tomaten lief an seinen Fingern herunter. Marthe riss ein Blatt von der Küchenrolle ab und gab es ihm.

»Den Bauch aufschneiden?«, wiederholte Max. Er rieb seine Finger mit dem Krepp-Papier.

»Ja, hast du noch nie die Narbe an Mamas Bauch gesehen? Dein Bruder wollte von alleine nicht heraus.«

»Er wollte bei mir bleiben«, sagte Marthe leise.

»Komm, nicht so was«, raunte Paul. Extra laut ließ er den Verschluss der Bierflasche hochschnellen.

»Und dann?« fragte Max.

»Dein Bruder ist gestorben, als sie ihn aus dem Bauch holen wollten«, sagte Paul. »Aber vielleicht war er auch schon vorher tot.«

Max hob den Kopf, schaute seinen Vater an. Durch seine Mutter schaute er hindurch. Vielleicht schämte er sich, vielleicht könnte er das Ausmaß ihres Schmerzes fühlen, ihrer Scham. Vielleicht war es Liebe, die ihn darin hinderte, seine Mutter anzusehen.

Marthe schob das Pizzablech in den vorgeheizten Ofen, schloss sanft die Ofentür und stellte die Uhr ein. 12 Minuten. Manchmal dauerte es auch vierzehn, je nach der Dicke des Belags. Dieses Mal hatten sie den Teig besonders reichhaltig belegt, weil Max getröstet werden musste.

Der Tisch war im Esszimmer gedeckt. Mit dem guten Porzellan. Der Kerzenständer, umgeben von einem Kranz aus Seidenrosen, mitten auf dem Tisch. Es sah aus, als wollten sie ein Fest feiern, zwei Tage vor der Einschulung von Max. Ein Fest zum Abschied von seiner Kindheit.

»War er richtig tot?«, fragte Max.

Marthe schüttelte den Kopf. »Nein«, flüsterte sie, »nicht richtig.«

»Wieso nicht richtig?«

»Weil nur der richtig tot ist«, sagte Marthe, »der von niemandem mehr vermisst wird.«

Max Augen waren groß und voller Trotz. Das konnte sie sehen. Und den Stolz, der es ihm verbot, um eine Zärtlichkeit zu betteln.

Ihre Unfähigkeit, dem kleinen Sohn zu geben, was er ersehnte, lähmte sie. Es gab Momente in ihrem Leben, in denen sie alles verstand, in denen sie alle Zusammenhänge erkannte, alle Tragödien und Katastrophen ihres Lebens und das, was darauf folgen würde.

Aber diese Augenblicke der Erkenntnis dauerten nie länger als den Bruchteil einer Sekunde. Danach war sie immer noch Marthe. Das war der größte Schmerz. Als Paul und Max die Pizza aus dem Ofen holten, die verbrannten Ränder sorgsam abschnitten, den Rest in handliche Stücke teilten und auf dem Porzellanteller drapierten, lag sie schon im Bett, um Moritz zu umarmen.

7.

Für Paul und Marthe war der erste Schultag von Max ein Feiertag.

Er ging zwischen ihnen, ein ernsthafter kleiner Mann in neuen Khaki Hosen und weißem Hemd, mit dem Schulranzen, in dem das Federmäppchen und die zwei leeren Hefte, eines mit Linien und eines mit Karos, hin- und herrutschten. Die Zuckertüte sollte er erst auf dem Heimweg bekommen.

Paul wollte nicht, dass Max sich mehr für die Süßigkeiten als für den feierlichen Augenblick interessierte. Aber die Furcht war umsonst, denn Max zählte schon seit Wochen die Tage. Wie oft noch schlafen?, hatte er Marthe immer wieder gefragt.

Paul trug seinen Standesamt-Anzug und Marthe ein gelbes Kleid. Es war der vierte September, fast noch ein Hochsommertag.

Sie gingen zu Fuß, damit Max sich gleich an den Schulweg gewöhnte, und auch wegen der schwierigen Parkplatzsituation an der Grundschule, neben der ein Sportkomplex hochgezogen wurde. Darum hatte es in der Bürgerschaft jahrelang ein Hickhack gegeben, zweimal mussten die Pläne korrigiert und die Finanzen nachgebessert werden und jetzt, wo die Bagger anrollten, hatten auf einmal alle das Gefühl, dass diese ganze Sportarena für sie eine Nummer zu groß sei. Der Handballverein, der ihre Stadt einmal berühmt gemacht hatte, war abgestiegen in die Kreisliga. Ein Kapitel, an das man nicht gerne rührte. Aber jetzt, wo die Erdhaufen sich türmten, und schlammige Schlieren bei Regen die Asphaltstraßen in Rutschbahnen verwandelten und man überall Worte wie Korruption und Größenwahn hörte, kam die Wehmut bei manchen zurück.

Paul verachtete Politiker. Er weigerte sich, bei Kommunalwahlen seine Stimme abzugeben, weil er der Überzeugung war, es sei vollkommen egal, ob die Roten, die Schwarzen, die Gelben oder die Grünen gewinnen. Am Ende, sagte er immer, setzten sie sich im Ratskeller um einen Tisch und kungeln neue Schweinereien aus. Egal, was sie sich vorher alles an den Kopf geworfen hatten. Schieben sich Posten und Aufträge zu, gehen hier mit heuchlerischen Mienen zum Sonntagsgottesdienst und lassen im Urlaub in Thailand oder sonst wo die Sau raus.

Die Grundschule war ein Bau aus der Jahrhundertwende, wilhelminischer Barock, Ziegelstein, mit einer imposanten Freitreppe und einem Schulportal aus Sandstein, das damals von einem der reichen Tuchfabrikanten gestiftet worden war. Die Kastanien, die den Schulhof beschatteten, hatten einen Mäzen, ebenso wie die Aula, die bei feierlichen Anlässen wie diesem einen würdigen Rahmen bot.

Paul und Marthe saßen in der vierten Reihe, neben ihnen andere Eltern, Großeltern auch, oder ältere Geschwister der Erstklässler.

Der Direktor der Schule erhob den Tag der Einschulung immer zu einem Festtag, ein Familienereignis sollte es sein, sagte er, für alle, jung und alt.

Während der Direktor sprach, heftete Marthe ihren Blick auf Max, Zweiter von links. Max war fast einen halben Kopf größer als der rothaarige Junge neben ihm. Er blickte ernst und stolz, die Hände vor der Brust verschränkt. Seine Fußspitzen in den neuen Mokassins zeigten nach außen, die Knie waren durchgedrückt. Er regte sich nicht während der vierzehn Minuten, die der Direktor seine Rede vom Blatt las. Marthe argwöhnte, dass es dieselbe Rede war, die er schon im vorigen und im Jahr davor gehalten hatte. Aber warum auch nicht.

Paul bat sie flüsternd um ein Taschentuch. Da erst sah sie, dass er Tränen in den Augen hatte.

Das brachte sie für einen Augenblick auch aus der Fassung. Sie griff nach seiner Hand und sie lächelten sich an.

Ich liebe dich, sagten Pauls Augen.

Nacheinander mussten die Kinder vortreten und den Direktor und dann das ganze Lehrerkollegium begrüßen, das oben auf dem Podest, der so genannten Bühne der Aula, Aufstellung genommen hatte, Max war der vorletzte der siebenundvierzig Kinder.

Er trat vor, gab jedem die Hand, schaute jedem fest in die Augen und machte einen Diener.

Marthe hielt vor Verblüffung den Atem an. Wo hatte ihr Sohn das gelernt? Wann hatte er sich überlegt, einen Diener zu machen? Kein anderer Junge machte so etwas. Sie sah, dass die Lehrer gerührt lächelten, manche legten Max sekundenlang die Hand auf die Schulter, der Direktor tätschelte ihm den Kopf.

Das gefiel Max offenbar nicht. Als er zurückging in die Reihe, sah Marthe, dass er wütend war über die gut gemeinte Geste des Direktors. Seine Stirn zog sich zusammen. Genau wie bei Paul bildete sich bereits über der Nasenwurzel eine kleine zornige Falte. Paul lachte, er sah das auch. Er amüsierte sich über den selbstbewussten Auftritt seines Sohnes.

Anschließend wurden die Kinder von ihren Klassenlehrern in die Klassenräume geführt, im Pulk folgten die Eltern. Alle drängten nach vorn, jeder wollte sein Kind beobachten.

Max hatte seinen Platz sofort gefunden. Die Tische waren in drei Reihen aufgestellt, er hatte die mittlere Reihe, den Tisch, der direkt dem Lehrerpult gegenüber war.

Er stellte den Schulranzen auf den Boden, wie die Lehrerin es empfohlen hatte, legte die Hände auf den Tisch und faltete sie.

Er schenkte Marthe und Paul keinen einzigen Blick. Er war jetzt in der Schule, und dass die Eltern sich da an der Tür drängten, war ihm sichtlich unangenehm.

Schließlich hatten alle Kinder ihren Platz gefunden, alle Stühle waren aufgestellt, die Kärtchen richtig gefaltet, die Schultaschen lehnten an den Tischbeinen, und die Lehrerin nickte zufrieden und sagte: »Das habt ihr gut gemacht. Jetzt soll jeder seinen Nachbarn begrüßen und ihm sagen, wie er heißt.«

Max saß allein an diesem Tisch, der für zwei Schüler gedacht war, neben ihm der Stuhl blieb leer.

Marthe sah die Enttäuschung, die Max überfiel. Er blickte sich um, sah, dass alle anderen Kinder einen Partner hatten und senkte den Kopf über den gefalteten Händen.

Es brach Marthe fast das Herz. Sie flüsterte Paul zu: »Wieso hat Max keinen Nebenmann?«

»Weiß ich doch nicht!«, flüsterte Paul zurück. »Frag sie doch!«

»Wen?«

»Na, die Lehrerin. Frag sie, warum unser Sohn alleine sitzen muss!

Vielleicht kommt ja noch einer. Vielleicht ist derjenige heute krank«, flüsterte Paul.

»Dann kann sie doch etwas sagen! Sie darf doch Max nicht einfach so dasitzen lassen!«

Paul rührte sich nicht, er war verlegen. Einen Augenblick glaubte Marthe, den Schulbuben Paul zu sehen, ein Kind, das nicht gut lernte, das ängstlich war, oder unaufmerksam, das sich nicht für die Schule interessierte und froh war, wenn er unsichtbar bleiben konnte, keine Aufmerksamkeit auf sich lenkte. So war sie nie gewesen.

Marthe fasste sich ein Herz und trat vor. Sie deutete auf Max, der seine Augen zusammenzog als er sah, dass seine Mutter mit der Lehrerin sprechen wollte.

»Mein Sohn Max«, sagte Marthe, »sitzt ganz allein in der Bank.«

Die Lehrerin lächelte. »Ja, weil wir eine ungerade Zahl von Schülern haben, dreiundzwanzig, da musste ich einen allein an den Tisch setzen.«

Max blickte der Lehrerin in die Augen. Die Lehrerin lächelte ihm zu. Aber er lächelte nicht zurück.

»Das verstehe ich. Aber kann man nicht eine andere Lösung …«

»Mama«, sagte Max trotzig, »ist doch egal.«

»Nein«, widersprach Marthe, immer heftiger, sie spürte jetzt eine innere Hitze, eine Aufregung, die ihr Herz unregelmäßig schlagen ließ, »ich finde nicht, dass es egal ist. Werden Sie denn immer mal ein anderes Kind allein am Tisch sitzen lassen?«

»Nein«, sagte die Lehrerin, »das habe ich nicht vor. So wie diese Tischordnung jetzt gemacht ist, so soll sie bleiben. Glauben Sie mir«, sie lächelte Marthe an, »ich habe mir viele Gedanken über die Kinder gemacht.«

»Aber wohl nicht über Max«, rief Marthe. Ihre Stimme wurde schrill, »sonst hätten sie nicht ausgerechnet meinen Sohn ...«

Max krümmte sich vor Verzweiflung.

»Hör auf, bitte!«

Aber Marthe konnte nicht aufhören. Sie sah, dass die anderen Eltern sich flüsternd über sie unterhielten, aber in diesem Augenblick, sechs Jahre nach der Geburt ihres Sohnes, fühlte Marthe auf einmal, dass sie für Max kämpfen müsste. Für seine Rechte, für mehr Glück, mehr Aufmerksamkeit, dass sie mit diesem Kampf ihrem Sohn zeigen müsste, wie sehr sie ihn liebte.

»Das gehört doch dazu«, rief sie hitzig, »dass Kinder einen Tischnachbarn haben, mit dem sie sich mal zwischendurch unterhalten, kleine Zettelchen schreiben, dass sie sich helfen bei den Schularbeiten, beim Diktat ...«

»Oh«, die Lehrerin hob amüsiert den Kopf, »was haben Sie denn für eine Vorstellung vom Unterricht? Bei uns wird in den Stunden nicht geplappert, da konzentriert sich jeder auf seine Arbeit, wir machen Spaß, ja, wir wollen auch singen und tanzen, aber auf seinem Platz ist jeder für sich. Und da spielt es keine Rolle, ob er einen Nebenmann hat oder eine Nebenfrau oder niemanden.«

Die Kinder kicherten. Das Wort »Nebenfrau« gefiel ihnen.

»Max hat zu Hause schon niemanden zum Spielen und zum Reden!«, rief Marthe, die immer noch glaubte, sie könnte diesen Kampf gewinnen. »Und jetzt in der Schule, auf die er sich so gefreut hat, soll das weitergehen ...«

»Ja, aber, spielen und reden Sie denn nicht mit ihrem Kind?«, fragte die Lehrerin.

Max blickte seine Mutter zornig an. Voller Panik, sie würde noch einmal den Mund aufmachen und noch einmal etwas sagen, was ihm peinlich wäre.

Er durchbohrte sie mit seinen Blicken. Er schob sie mit der Kraft seines Blickes zurück zur Tür, hinter die anderen Eltern, in die Nähe von Paul, der flüsterte: »Was habe ich dir gesagt, du machst dich nur unbeliebt. Nachher muss Max das alles ausbaden.«

8.

Max veränderte sich in den ersten Schuljahren. Er wurde selbstbewusster und gleichzeitig einsilbiger. Er suchte nicht mehr so oft die Nähe seiner Eltern, wenn überhaupt, kuschelte er sich eher an seinen Vater. Zu seiner Mutter hielt er Distanz. Seit sie ihm von Moritz erzählt hat, war seine Mutter für ihn das Wesen, in deren Bauch sich Unerhörtes ereignet hatte.

Er schaute ihr fast nie mehr in die Augen. Beim Frühstück, wenn sie sich gegenübersaßen, heftete er den Blick auf seinen Teller, oder auf die Rückseite der Zeitung, die sein Vater las. Manchmal legte er neben den Teller sein Schreibheft, als präge er sich die neu gelernten Worte ein. Oft war es so, dass Marthe Paul fragen musste: und was erzählt Max?

Weil sie das Gefühl hatte, er erzählte ihr nichts.

Sie war weder zu streng mit ihm noch zu nachsichtig. Sie versuchte, eine gute Mutter zu sein. Vielleicht war das einzige Problem, dass es für sie wie eine Fleißaufgabe war, ein ständiges Bemühen, keine Selbstverständlichkeit. Sie legte über ihr Tun immer zu Rechenschaft ab, so als gäbe es Noten für mütterliches Betragen.

Als Max acht Jahre alt war, brachte er zum ersten Mal einen Freund mit nach Hause. Sigi war einen halben Kopf kleiner als Max, strubbelhaarig und kurzsichtig. Er hatte Sommersprossen nicht nur im Gesicht, auch auf den Armen, den Handrücken. Max schien geradezu verliebt in Sigis Sommersprossen. Marthe ertappte ihn einmal im Bad, wie er sich mit ihrem Augenbrauenstift kleine Punkte auf die Arme malte. Überhaupt war Max ganz hingerissen von seinem Freund.

Er konnte den Kopf in die Armbeuge legen und Sigi endlos

lange dabei zuschauen, wie er ein Ei pellte – manchmal schlief Sigi auch bei ihnen und frühstückte dann mit der ganzen Familie –, wie er Dinosaurier malte, wie er sich die Zähne putze, wie er seine Schuhe zuband, mit einer Doppelschleife, oder Regenwürmer im Garten ausgrub, als Köder für die Angeln, die Bernd ihnen geschenkt hatte. Was immer Sigi tat: Max bewunderte und liebte ihn dafür.

Max und Sigi wurden unzertrennlich. Als Sigi krank wurde, Pfeiffersches Drüsenfieber, das hochansteckend ist, so dass er auf die Isolierstation kam, war Max auch krank. Er hatte zwar den Virus nicht bekommen, er war kerngesund und konnte auch zur Schule gehen, aber kaum war er zu Hause, legte er sich ins Bett und war für Marthe oder Paul nicht mehr sprechen.

Einmal am Tag telefonierte er mit Sigis Mutter, um sich zu erkundigen. Er war dann ernsthaft und verständnisvoll wie ein Erwachsener.

Wenn es hieß: es geht Sigi heute viel besser, war Max so erleichtert, dass er beim Abendessen gutgelaunt Faxen machte und über die Witze seines Vaters lachen konnte. Wenn Sigi jedoch einen Rückfall erlitt und wieder einen Fieberschub hatte, konnten Marthe und Paul das schon an seiner Miene erkennen, sie mussten gar nicht mehr fragen.

Max schrieb Sigi jeden Tag einen Brief ins Krankenhaus. Abends, im Schlafanzug, saß er an seinem Schreibtisch und malte eifrig die Buchstaben, einen nach den anderen, ein ganzes Blatt voll. Manchmal fragte er sie, wie ein bestimmtes Wort geschrieben wird, aber wenn Marthe sich über den Brief beugte, verdeckte er ihn mit seinem ganzen Oberkörper. Dann steckte er den Bogen in einen Umschlag, adressierte ihn und bat seinen Vater um eine Briefmarke. Morgens machte er einen Umweg zum Postamt, um den Brief einzuwerfen. Den normalen Briefkästen, die irgendwo an Straßenkreuzungen angebracht waren, misstraute er.

Marthe erkannte, dass Max in Sigi einen Ersatzbruder gefunden hatte. Seine andere Hälfte. Sie versuchte zu verstehen, dass Sigi für Max wichtiger war, als irgendeine andere Person auf der Welt, auch als seine Mutter. Oder Paul. Sie versuchte, nicht eifersüchtig auf diesen kurzsichtigen Jungen zu sein, der vergaß, zu grüßen oder danke zu sagen, wenn er mit ihnen gegessen hatte oder mit ihnen sonntags einen Ausflug in den Tierpark machte.

Im Sommer saßen sie gemeinsam auf der kleinen Kinderschaukel, die Bernd auf dem Seegrundstück in eine alte Buche gehängt hatte, und redeten. Sie sprachen leise und intensiv miteinander und machten große Gesten, und Marthe, die weiter entfernt auf der Bank saß und in einem Buch las, hob von Zeit zu Zeit den Kopf und beobachtete die beiden.

Ihre nackten Beine in den kurzen Hosen, wie die Füße hin- und herbaumelten, wie sich jeder mit einer Hand am Strick festhielt und sie manchmal, aber immer im Gleichklang, sich mit den Füßen neuen Schwung gaben. Sie lachten nie miteinander, wenn sie spielten, aber sie lächelten immer, wenn sie sich sahen.

Sie rauften nie. Sie kämpften nicht miteinander, sie spielten alle diese Spiele nicht, die andere Jungen in ihrem Alter spielten. Indianer, oder Ritter. Sie machten zusammen Schularbeiten, redeten über etwas, das nur sie beide anging, spielten mit ihren Gameboys, bäuchlings auf dem Fußboden im Wohnzimmer, oder waren mit dem Fahrrad unterwegs. Oft stundenlang.

Manchmal machte Marthe sich Sorgen, wenn sie abends aus der Firma kam und Max immer noch nicht zu Hause war. Dann rief sie bei Sigis Mutter an. Sigis Mutter war eine sorglose, fröhliche Person.

»Ach«, sagte sie unbekümmert, »die beiden kommen schon zurück. Denen passiert nichts.«

Sie hatte recht, Max kam immer zurück, hatte oft rote Backen und leuchtende Augen, aber wenn Marthe freundlich fragte: »Na, war es schön heute?«, nickte er nur und ging in sein Zimmer. Wenn sie ihm folgte, blieb sie im Türrahmen stehen, weil sie irgendwie spürte, dass Max sie nicht in seinem Zimmer haben wollte: »Erzähl doch mal, was habt ihr gemacht?«

Max hob seinen Blick, schaute ihr aber nicht in die Augen und sagte: »Ist doch egal, was wir gemacht haben, oder? Wir sind rumgefahren.«

»Immer nur rumgefahren?«, fragte Marthe.

»Ja«, knurrte Max, »immer nur rumgefahren. Kann ich jetzt meine Schularbeiten machen, bitte?«

So ließ sie ihn allein.

Als Max und Sigi in die vierte Klasse versetzt wurden, verlor Sigis Vater seinen Job.

Es dauerte mehr als ein halbes Jahr – Max und Sigi wechselten inzwischen ins Gymnasium – bis Sigis Vater eine neue Arbeit gefunden hatte, in Augsburg, von dort waren sie ursprünglich gekommen.

An dem Tag, als der Möbelwagen vor Sigis Haus stand, sprach Max zu seinen Eltern kein einziges Wort. Er fuhr nicht in die Schule. Er beobachtete von der anderen Straßenseite die Arbeit der Möbelpacker. Sigi hatte keine Zeit für ihn, er musste seine Spielsachen, seine Bücher, seine Sportgeräte einpacken und ihren Transport zum Auto überwachen. Er war sehr beschäftigt und aufgeregt, auch stolz. Niemand in seiner Straße war bislang mit so einem großen Möbelwagen umgezogen. Wenn er, zum Beispiel, mit dem Goldfischglas in der Hand aus der Haustür trat, schaute er kurz zu Max rüber. Max hob den Arm, er nickte. Oder als er mit zusammengerolltem Schlafsack oder dem Schuhkarton mit den Musikkassetten aus der Haustür trat: Ein Blick, ein Nicken. Mehr passierte nicht. Stück für Stück trugen sie Sigis Welt aus der Wohnung, um sie in eine andere Wohnung, von der Max nichts wusste und nie viel erfahren würde, wieder aufzubauen.

Zum Abschied umarmten sie sich kurz. Max schämte sich nicht, seine Tränen zu zeigen. Sigi lachte: »Hey, Mann, du heulst ja.«

»Ich bin traurig«, sagte Max.

»Oh, Mann, komm, wieso denn? Augsburg ist doch nicht aus der Welt.«

»Wir werden uns nicht wieder sehen, das spür ich«, sagte Max.

Aber Sigi wollte das in diesem Augenblick nicht glauben. Er wollte sich auf die Zukunft freuen, offen für das Neue sein.

»Na klar sehen wir uns wieder. Pass mal auf, irgendwann

kommst du aus der Schule und wer steht da, in einem dicken Mercedes und winkt dir zu? Na? Wer?«

»Du nicht«, sagte Max und drehte sich um. Sigi fasste ihn an den Schultern.

»Was ist denn los, Mann. Können wir uns nicht richtig verabschieden?«

»Haben wir doch schon«, sagte Max.

»Nee, haben wir nicht. Oder hast du mir vielleicht eine gute Reise gewünscht?«

»Gute Reise«, sagte Max.

»Danke«, sagte Sigi, »werde ich haben und dir auch viel Glück.«

»Wobei?«, fragte Max.

»Weiß nicht«, sagte Sigi, »wobei willst du denn Glück haben?«

Max schaute Sigi an.

Sigi schaute immer wieder zu dem Möbeltransporter. Er war im Geist schon weg. Schon unterwegs. Aber Max wollte ihm noch etwas sagen, was er noch keinem gesagt hatte.

»Weißt du: Ich hatte einen Bruder«, sagte Max. »Der ist gestorben bei der Geburt. Ich war sechs Jahre unglücklich. Ich war immer unglücklich und wusste nicht wieso. Bis meine Eltern mir erzählt haben, dass ich zusammen mit meinem Bruder Moritz die ersten neuen Monate des Lebens verbracht habe. Ganz eng, weißt du? Ganz eng umeinander haben wir gelegen.«

»Hey, du erzählst Scheiße.« Sigi schaute zurück. Die Möbelpacker schleppten das Sofa aus dem Haus.

»Im Bauch meiner Mutter im Fruchtwasser, du Idiot«, sagte Max, »so wie alle Babys das machen.«

»Okay, verstehe.« Die Möbelpacker brachten die Sessel. »Und dann?«

»Sag ich doch. Bei der Geburt ist er gestorben. Und ich war nur die Hälfte von irgendwas, verstehst du?«

»Nein«, sagte Sigi. Jetzt wurden die schweren Sachen aus der Küche verladen. Kühlschrank, Spülmaschine.

»Aber dann, als wir Freunde wurden, da war das vorbei. Verstehst du?«

»Ja«, sagte Sigi. »Du, ich glaube, die brauchen mich da.«

Max schaute zu dem Möbelwagen, den er für ein paar Sekunden vergessen hatte.

»Klar«, sagte er, »klar, also mach's gut.«

»Ja«, murmelte Sigi, ein bisschen hilflos, »du auch.«

Marthe spricht

Sie wollen also mit mir über das Schulkonzert sprechen. Was versprechen Sie sich davon. Immerzu soll ich von meiner Schulzeit reden, mich erinnern. Aber das tut weh. Lassen Sie mich doch einfach in Ruhe.

Das hilft mir nicht? Das ist kein Weg? Wieso nicht? Das einzige, was ich noch will, ist der Weg zu Max. Max hat das Besondere meiner Liebe nicht verstanden, nicht verstehen können, wie auch. Dazu hätte er sich in meine Welt denken müssen, aber das ist zu viel verlangt. Er war doch ein Kind, das ganz selbstverständlich die ungeteilte Liebe der Mutter erwartet. Rein äußerlich hat es ihm an nichts gefehlt. Aber er hat gespürt, dass es etwas gab, von dem er ausgeschlossen war. Und dabei dachte ich immer, meine Liebe zu ihm ist groß genug, dass er zufrieden sein muss.

Später dann hatte ich zu viel Respekt vor seinen Gefühlen, auch Angst, weil ich mich schuldig fühlte. Ich war so in mir selbst gefangen. Das werfe ich mir jetzt vor, wie weh es Max getan haben muss, dass ich nicht um sein Liebe gekämpft habe. Dass ich das Schweigen zwischen uns einfach so hingenommen habe. Das beschäftigt mich in der letzten Zeit sehr. Ja, diese Schuld sitzt in meinem Kopf und rumort, wie ein Kobold, der sich nicht mehr vertreiben lässt. Vielleicht dachte Max manchmal, ich hätte gewünscht, er wäre anders herum gekommen: er, Max tot. Und Moritz lebend.

Das Konzert, also gut. Ich glaube, ich war dreizehn. Ich hab Variationen von Clementi und die Mondscheinsonate gespielt, nicht sehr gut, weil ich eben an dem Tag nicht gut war.

Nichts ist, wie Max immer sagt, monokausal. Es gibt nie nur eine Ursache für eine Tragödie. Manches ist offensichtlich, anderes begreift man erst sehr viel später, das meiste jedoch, davon bin ich überzeugt, bleibt für immer im Verborgenen. Die wirklichen Ursachen für die großen Unglücke der Menschheit, oder einzelner Menschen, werden nie restlos geklärt.

Das Schulkonzert fand einmal im Jahr statt, vor den Osterferien. Die Eltern wurden eingeladen, der Beirat und die Fördermitglieder der Schule, natürlich auch der Stadtrat, die zuständigen Leute eben.

Die meisten Schüler gingen lieber zu Popkonzerten, oder zu den Theater-Abenden, die auch an der Schule veranstaltet wurden. Wir haben sogar Musicals aufgeführt. Unser Musiklehrer verstand es, die Schüler mitzureißen.

Er wollte, dass wir alle ein Instrument lernen.

Mir gab er sogar seinen Schlüssel für den Musiksaal. Das war die größte Auszeichnung für mich. Ich habe ihn um den Hals getragen, an einem dünnen Lederband, unter den Kleidern. Niemand hat den Schlüssel je gesehen. Meine Mutter auch nicht. Sie wusste nicht, dass ich mich frühmorgens, kurz nachdem sie das Haus verlassen hatte, auf den Weg machte. Ich habe oft zwei Stunden, manchmal auch drei, vor der Schule am Klavier gesessen und geübt.

Im Winter, wenn der Musiksaal nicht geheizt war, habe ich die Finger meiner Strickhandschuhe angeschnitten und mit Handschuhen gespielt. Meine Mutter wäre außer sich gewesen, wenn sie das gewusst hätte.

Sie dachte, sie wüsste schon, was gut für mich ist. Ich glaube, ihre schönste Vorstellung von meiner Zukunft war, ich wäre eine Beamtin im Stadtrat geworden. Am besten im Gewerbeamt. Da hätte ich ihr helfen können, eine Lizenz für ein eigenes Taxiunternehmen zu bekommen. Sie war ja immer nur angestellt. Aber für ein eigenes Unternehmen brauchte man Kapital. Sie müssen zwei Wagen haben, mindestens. Wissen Sie, was ein Mercedes heute kostet?

Nein, ich lenke nicht ab. Ich weiß genau, was ich erzählen will.

Lange Zeit wünschte ich, ich wäre nicht das Kind meiner Mutter, das Kind von Veronika Massmann.

Ich wollte eine andere Mutter, schöner, eleganter, intelligenter, mit einem Beruf, um den andere sie beneiden könnten.

Vielleicht Ballettlehrerin. Oder Kinderärztin. Anwältin. Die Leute auf der Straße hätten vor ihr Respekt und vor mir auch, der Tochter dieser wunderbaren, erfolgreichen und klugen Frau.

Aber meine Mutter wollte nie, wie man so schön sagt, höher hinaus.

Ihre Vorstellung von Glück ist dieser Schrebergarten am See mit einer Hollywoodschaukel und dem gemauerten Grill, auf dem sie Koteletts wenden kann. Und Bernd natürlich.

Ich glaube, es hat meine Mutter gar nicht interessiert, dass mich mein Lehrer für begabt hielt. Jedenfalls hat sie kein wirkliches Interesse gezeigt. Vielleicht, weil diese Leidenschaft sie an meinen Vater erinnerte, weil sie merkte, dass ich auch etwas von ihm hatte, den sie nie erwähnte? Sie wollte, dass ich nur ihr Kind bin. Bei allem, was an mir auffiel, sagte sie immer, das hast du von mir. Aber wenn ich vom Klavierspiel schwärmte, versteinerte sie. Ich hab nachmittags als Babysitter gearbeitet, um die Klavierstunden zu bezahlen. Unser Musiklehrer hat mir den Kontakt zu einer alten Dame vermittelt, die vor ihrer Pensionierung als Lehrerin gearbeitet hatte, in einem Musiktherapie-Zentrum. Sie wohnte im Nachbardorf, aber nur zweimal am Tag fuhr ein Bus dahin, morgens und abends. Ich bin also per Anhalter gefahren. Wenn meine Mutter mich fragte, was ich mit dem Geld vorhabe, hab ich gelogen, hab gesagt: Ich spar es, für eine Überraschung. Da hat sie gelächelt und mir einen Kuss gegeben.

Ich habe ihr die Einladung am Sonntag vor dem Konzert morgens auf den Frühstücksteller gelegt. Sie schaute die Karte an und dann das Musikprogramm, das ich auf ein weißes Blatt Papier getippt hatte. »Was ist das?«

»Ein Schulkonzert«, sagte ich. »Das ist deine Eintrittskarte.«

»Aber da gehen wir doch nicht hin!«, sagte sie. »Wir sind doch nie zu Schulkonzerten gegangen.«

Sie nahm das Blatt einfach nicht noch einmal in die Hand.

Dabei stand mein Name drauf. Ich sollte die Mondscheinsonate spielen. Mein Name stand unter dem Namen von Beethoven! Und sie sah es einfach nicht!

»Das Konzert ist am Mittwoch«, begann ich noch einmal.

»Das ist doch gut.«

»Und wieso ist das gut?« Sie schloss die Augen.

»Weil mittwochs immer wenig los ist. Sagst du doch selbst.«

»Na, diesen Mittwoch werde ich ja wohl die halbe Prominenz in die Schule fahren müssen«, sagte meine Mutter.

»Ich weiß überhaupt nicht, was ich anziehen soll«, sagte ich.

Meine Mutter stöhnte. »Also komm, du hast so viele schicke Sachen.«

»Aber kein Korsagenkleid aus Samt«, bettelte ich, »mit Taftrock.«

Ich wollte sagen, dass ich so ein Kleid in der Boutique gesehen hatte.

Aber Mama drehte sich zu mir um und begann zu lachen. »Eine Samtkorsage? Mit Taft?« Ihr Lachen wurde immer lauter. »Für ein Schulkonzert? Wo man heute in Jeans in die Oper geht? Ist das ein Witz?«

Ich bin rausgelaufen und hab mich in meinem Zimmer eingeschlossen. Ich hatte alles falsch gemacht. Die große Überraschung, der Stolz und die Freude meiner Mutter über ihr begabtes Kind – alles vertan und vorbei.

Meine Mutter kam später in mein Zimmer. Sie nahm mich in den Arm und sagte, wie leid es ihr tue. Sicher wollte ich sie überraschen und nun habe sie alles verpatzt. Aber sie habe solche Kopfschmerzen gehabt und gar nicht ruhig lesen können. Und erst jetzt gesehen, dass ich ja auch vorspielen sollte.

Ich hatte verquollene Augen und war vollkommen deprimiert.

»Kommst du nun also?«, fragte ich schniefend.

Sie küsste mich. »Wenn du mir vorher erzählst, wo du Klavierspielen gelernt hast. Bernd fragt sich das auch. Wir verstehen beide nicht, warum du daraus ein Geheimnis gemacht hast. Hattest du etwa Angst, ich würde es dir verbieten?«

Meine Mutter hat das als Vertrauensbruch empfunden. Sie konnte sich über das Konzert nicht mehr freuen, das wusste ich. Etwas Fremdes war von da an zwischen uns. Bis heute weiß ich nicht, ob mein Vater eigentlich musikalisch war.

In der ersten Reihe blieb nur ein Stuhl leer. Mamas Stuhl. Alle anderen Eltern waren gekommen. Während ich spielte, sah ich immer diesen leeren Stuhl. Ich spielte gegen ihn an, der ein einziger Vorwurf war. Ich konnte mich der Musik nicht hingeben, dem Rausch, endlich vor einem Publikum zu spielen. Davon hatte ich geträumt, dass die hellen Gesichter der Zuschauer gebannt auf mich gerichtet sind, während meine Finger über die Tasten gleiten. Ich konnte das Stück auswendig, ich brauchte niemanden, der mir die Seiten umblätterte, aber mein Musiklehrer hatte gesagt, es wäre ihm eine Ehre. Er hatte gesagt, Marthe, von allen Schülern, die ich je unterrichtet habe, bist du die Beste. Er stand also neben mir, aber so, dass ich immer diesen leeren Stuhl sehen konnte. Er hätte nur einen halben Schritt zurücktreten müssen, um mich zu retten. Aber das wusste er nicht.

Nach dem Spiel gab es Applaus. Aber ich bin einfach von der Bühne geflüchtet. An dem anschließenden Empfang habe ich auch nicht mehr teilgenommen. Im Grunde habe ich den ganzen Abend aus meinem Gedächtnis gestrichen, komplett weggelegt. Abgelegt sozusagen unter Irrtümer. Ich habe eine Schublade dafür. Die ist bis zum Rand gefüllt.

Aber an etwas erinnere ich mich doch: die Nacht nach dem Konzert.

Natürlich habe ich geweint.

Ich habe versucht, eine Erklärung für mein Unglück zu finden. Für das schreckliche Schicksal, das Kind einer solchen Mutter zu sein. Ich hielt mich damals für das unglücklichste Mädchen der Welt.

In der Nacht jedenfalls kam mir auf einmal ein Gedanke. Was, wenn sie gar nicht meine wirkliche Mutter ist?

Man hört doch, dass Kinder bei der Geburt vertauscht werden. Aus Versehen. Man verwechselt einfach nur die Bändchen, auf denen die Namen stehen. Und schon wird das Mädchen, das eigentlich zu der jungen Frau aus der Parkallee gehört, der jungen Mutter aus der Siedlung Fahlendamm in die Arme gelegt.

Das ist ein Gift, das sich im Körper ausbreitet: dieser Gedanke, man gehöre in ein anderes Haus. In eines wie das, in dem Susi lebte. Parkallee 56. Mit hohen Räumen, mit Erkern und Schindeln auf dem Turmdach, mit Glasmalereien an den schräg hoch laufenden Fenstern, buntes Glas, das abends in die Nacht leuchtet.

Oh, ich weiß, wovon ich rede, wenn ich von diesem Gift spreche, Doktor. Es hat eine Zeit gegeben, da bin ich mit dem Gedanken an dieses Haus eingeschlafen und wieder aufgewacht.

Ich fing an meine Mutter dafür zu hassen, dass wir nicht so lebten wie Susi.

Susi flog in den Sommerferien nach Florida, und im Winter zum Skifahren nach St. Moritz. Meine Mutter und ich fuhren in die Heide, oder an die Nordsee. Immer nur für einen Tag. Wir haben nie in einem Hotel gewohnt, nie woanders gefrühstückt als an diesem Küchentisch. Susi ritt in der Wüste auf einem Kamel und flog in einem Fesselballon über die Serengeti. Wir sammelten Muscheln am Meer, wuschen sie zu Hause in der Badewanne, füllten sie in Gläser und stellten sie auf das Fensterbrett.

Manchmal nahm meine Mutter eine Muschel, legte sie auf den Tisch und sagte: »Was die wohl schon alles erlebt hat.«

Und dann schwiegen wir, schauten auf die Muschel und stellten uns irgendetwas vor.

Heute, Doktor, schäme ich mich, dass ich damals so unzufrieden war. So undankbar. Dass ich meiner Mutter ihr dürftiges Leben vorgeworfen hab. Was ich noch weiß: Jeden Abend, vor dem Einschlafen, habe ich gebetet, dass die Zeit schnell herumgeht. Dass ich ganz schnell eine Woche, einen Monat, ein Jahr älter werde. Ich dachte, ich würde für diese Kindheit entschädigt. Ich konnte den Moment kaum erwarten. Einmal wirst du gefeiert werden. Alle Scheinwerfer werden auf dich gerichtet sein. Man wird dich auf der Straße erkennen. Und dir zulächeln. Dachte ich.

Landeskrankenhaus Oldenburg
Station 5
Prof. Dr. Philip Casai

25. Februar 2003

Sehr geehrter Kollege Casai,

mein Name ist Friedbert Runge. Ich bin praktischer Arzt in Moorkaten. Ich habe erfahren, dass Marthe Brandt bei Ihnen in stationärer Behandlung ist, und möchte Ihnen von einem Vorfall erzählen, der für Sie interessant sein könnte.

Im Dezember 1991 bat mich Herr Brandt um einen Hausbesuch, seine Frau habe hohes Fieber. Die Patientin hatte eine Grippe, die sich zu einer veritablen Bronchopneumonie ausgewachsen hatte. Ich verschrieb die üblichen Medikamente, sprach mit dem Ehemann und stellte eine Krankschreibung über 14 Tage aus.

Nachdem ich mich verabschiedet hatte, folgte mir der 10-jährige Sohn Max durch das Treppenhaus auf die Straße. Er stand neben mir, als ich das Auto aufschloss.

»Du hast noch eine Frage?«, sagte ich zu ihm.

Er brauchte lange, bevor er antworten konnte. »Wird Mama wieder ganz gesund?«

»Aber bestimmt«, sagte ich.

Er schien nicht erleichtert. »Ich meine: GANZ gesund«, wiederholte er.

Ich erinnere mich, dass ich die Wagentür aufmachte, mich auf den Fahrersitz niederließ und zu dem Jungen sagte: »Was genau meinst du damit: ganz gesund?«

Er zögerte. Ein Kind, dachte ich, dass nicht unbekümmert ist. Das genau überlegt, bevor es spricht. Ein introvertiertes Kind. Hübscher Junge, keine Frage.

»Sie soll so sein wie die Mutter von Sigi«, sagte er. Ich glaube, dass er diesen Namen nannte.

»Und was macht die Mutter von Sigi anders?«, fragte ich.

Er presste die Lippen zusammen und starrte auf den Boden.

Dann sagte Max etwas, was mich irritierte.

»Mama liebt meinen Bruder mehr als mich«, sagte er.

Ich wusste mit Sicherheit, dass Max ein Einzelkind war.

»Erzähl mir etwas von deinem Bruder«, sagte ich. Ich erinnere mich, dass wir beide in dem Moment zum Haus hinschauten und sahen, wie die Gardine sich im ersten Stock bewegte. Das musste nichts bedeuten. Aber Max lief einfach weg. Zurück ins Haus.

Bei meinem Besuch am folgenden Tag geschah etwas Merkwürdiges. Ich kam zu einer Zeit, als Marthe allein im Haus war. Marthe Brandt öffnete mir auf mein Klingeln die Tür. Sie trug nur ein Nachthemd.

»Ich mache gerade Abendbrot«, sagte sie. »Kommen Sie rein.«

»Aber Frau Brandt! Sie sollten im Bett liegen. Sie haben Fieber!«, sagte ich und folgte ihr in die Küche. Sie hatte den Tisch gedeckt für vier Personen. Sie nahm eine Schüssel in die Hand und hielt den Rührquirl hinein. »Es gibt Pfannkuchen«, sagte sie. »Moritz hat sich Pfannkuchen gewünscht. Dünn wie Palatschinken, wissen Sie.«

»Wer ist Moritz?«, fragte ich.

Sie schaute mich an.

»Das ist mein Sohn«, sagte sie. »Mein anderer Sohn.«

Es war, als legte dieses Fieber etwas von ihrem Inneren bloß.

»Moritz sitzt immer da. Er kommt heute aus dem Internat.«

»Ah«, sagte ich, »deshalb kenne ich nur den anderen Jungen, Max.«

Sie schaute mich wieder an, und etwas in ihrem Blick veränderte sich, ich konnte nicht genau sagen, was.

»Es sind Zwillinge«, sagte sie. »Aber sie sehen sich überhaupt nicht ähnlich. Max sieht aus wie sein Vater. Und Moritz kommt ganz nach mir.«

Dann wurde die Wohnungstür geöffnet, Max stürmte herein, gefolgt von seinem Vater. Sie standen beide in der Tür. Beide schauten auf den Tisch.

Ich sah, wie Max ganz bleich wurde und sich an seinem Vater vorbei aus der Tür schlängelte. Paul räusperte sich. »Ah, der Doktor bleibt zum Abendessen?«, fragte er. »Das ist nett. Aber muss Marthe nicht ins Bett?«

»Natürlich muss sie ins Bett«, sagte ich. »Und zwar dringend. Ich versuche gerade, ihr das zu erklären.«

Paul ging zu seiner Frau, nahm sie in seine Arme und ich sah, wie ihr Körper zitterte. »Komm, ins Bett mit dir. Du willst doch wieder gesund werden.«

Als er sie über den Flur zurückführte, hörte ich, wie sie sagte: »Aber Moritz kommt doch gleich!«

In dem Moment begriff ich, dass sich in diesem Haus eine Tragödie anbahnte.

Ich bot Paul Brandt an, in meine Sprechstunden zu kommen.

»Vielleicht gibt es etwas«, sagte ich zu ihm, »über das Sie gerne mit mir reden wollen.«

Aber er schüttelte den Kopf. »Es gibt nichts, Doktor«, sagte er. »Machen Sie meine Frau schnell wieder gesund. Um das andere kümmere ich mich schon.«

Immer, wenn ich in den folgenden Tagen zu Frau Brandt ging, öffnete mir Paul die Tür. Immer war er sehr freundlich. Marthe erholte sich. Den anderen Sohn erwähnte sie nie mehr.

Mit kollegialem Gruß,
Ihr

Friedbert Runge

9.

Dass Max sich im Sommer 1996 an dem Wettbewerb JUGEND FORSCHT beteiligt hatte, erfuhren Marthe und Paul erst, als ein Brief der Jury zwischen all den anderen Briefen und Drucksachen, die wegen des Poststreiks liegen geblieben waren, lag.

Marthe war um vier Uhr aus der Firma nach Hause gekommen, weil sich diese undefinierbaren Kopfschmerzen angekündigt hatten und sie es nicht darauf ankommen lassen wollte. Die Monatsaufstellung hatte sie noch fertig bekommen, und auch ein Farbdiagramm über die Umsatzzahlen der letzten drei Quartale im Vergleich. Eine mühselige Arbeit.

Sie riss den Brief auf, ohne den Umschlag genau anzusehen. Erst später sah sie, dass er ausdrücklich an Max Brandt gerichtet war.

Lieber Max,
wir bedauern, Dir mitteilen zu müssen, dass Du mit Deinem Projekt »tragbarer Brutkasten« nicht in die letzte Auswahlrunde gekommen bist.

Dennoch wünschen wir Dir weiterhin bei Deiner Arbeit Erfolg ...

Marthe saß am Küchentisch, und drehte den Briefumschlag in ihrem Schoß. Sie hatte den Brief wieder zusammengefaltet, ihn in den Umschlag gesteckt und so gut wie möglich zuklebt. Aber es war nicht zu übersehen, dass jemand diesen Brief geöffnet hatte.

Sie schämte sich. Es war das erste Mal, dass ihr so etwas passierte. Und ausgerechnet mit einem Brief wie diesem. Dann wurde ihr auf einmal etwas anderes klar, und diese Erkenntnis traf sie wie ein Schock:

Max tat und plante Dinge hinter ihrem Rücken!

Dass ihr Sohn zu so etwas überhaupt fähig wäre, war ihr im Traum nicht eingefallen. Sie träumte ja auch nie von Max. Max gehörte zu ihrem Alltag, zu der Realität, Kinder die sich bewegten.

Die Träume gehörten Moritz. Und nur ihm.

Es war kurz nach halb fünf, jeden Augenblick würde Max, der mittwochs immer Handball spielte, zu Hause sein.

Marthe erhob sich, steckte den Brief in ihre Handtasche, zog die Jacke über und verließ die Wohnung.

Während der ganzen Jahre, die sie nun mit Paul verheiratet gewesen war, hatte sie ihren Mann nur vier oder fünfmal in der Werkstatt besucht.

Nicht, dass man sie nicht willkommen geheißen hätte. In der Werkstatt herrschte ein fast familiärer Teamgeist. Marthe kannte alle Arbeitskollegen, von den Betriebsfeiern, den Weihnachtsfesten, dem Jahresausflug, der immer nach Helgoland ging, mit der Fähre von Hamburg aus.

Paul stand in seinem weißen Kittel und dem roten Käppi an der Warenausgabe. Die Warenausgabe war die Domäne der roten Rita, einer vollbusigen Vorstadtschönheit, deren Pullis immer zwei Nummern zu klein waren. Bei der Warenausgabe unterliefen den Kollegen die meisten Fehler, sagte Paul immer, weil sie auf Ritas Dekolleté starrten und nicht auf den Bestellzettel in ihrer Hand. Er verzog spöttisch das Gesicht, wenn er das erzählte, als wäre er immun gegen solche Anfechtungen.

Paul lehnte an dem Tresen, und auf der anderen Seite lehnte Rita. Ihr Busen lagerte auf den Unterarmen, sie hatte den Kopf zur Seite geneigt und kaute an einer Locke ihrer gefärbten Haare. Vor ihnen standen Cola-Becher von MacDonalds. Paul warf den Kopf zurück, lächelte schelmisch, fand Marthe, und begann zu sprechen. Rita hing an seinen Lippen. Obwohl sie keine Eifersucht verspürte, schlug ihr Herz heftiger. Dass er sie immer noch nicht bemerkt hatte! Sie trat hinter ihren Mann, und da erst bemerkte Rita sie. Er drehte sich um. Als er sie sah, zögerte er nur den Bruchteil einer Sekunde, bevor er lächelte. Seine Augen lächelten nicht. In seinen Augen sah sie Alarm. Er hatte immer Angst, dass etwas war. Etwas mit ihr. Etwas mit der Wohnung. Mit ihrem Job. »Mensch, hast du mich erschreckt!«, sagte Paul und nahm sie in den Arm.

Rita lächelte, nahm die Haarlocke aus dem Mund und schob den Cola-Becher zur Seite, als wäre er ein Indiz für irgendetwas.

»Hallo, Marthe«, sagte sie. Und zu Paul: »Ich such dir die Wischer raus. Aber meiner Meinung nach haben wir keine Doppelten für die Heckscheibe mehr auf Lager.«

»Dann müssen wir eben welche bestellen«, sagte Paul. Er sagte das mehr zu Marthe als zu Rita. Er zog sie vom Tresen weg in die Verkaufsecke mit den schwarzen Kunstlederstühlen und dem Tisch aus grünem Glas, auf dem die Prospekte der Neuwagen dekorativ ausgelegt waren.

»Das ist aber ein seltener Besuch.« Paul sagte es so, als freue er sich.

Wortlos legte Marthe den Brief auf den Tisch. Paul studierte den Umschlag, ohne den Brief anzufassen.

»Der ist an Max adressiert.«

»Das weiß ich auch«, sagte Marthe. »Ich hab ihn geöffnet, aus Versehen.«

Paul kniff die Augen argwöhnisch zu.

»Wie kann so etwas passieren?«

»Keine Ahnung. Ich war in Gedanken. Max bekommt doch fast nie Post. Ich dachte, der Brief wär für uns.«

Paul nickte bedächtig. Marthe war nicht sicher, ob er ihr glaubte.

Paul nahm den Brief und studierte den Absender. G&J Hamburg, Gruner & Jahr Verlag.

»Hey«, sagte Paul, »was wollen die von Max? Ihm ein Geo-Abo verkaufen?«

»Lies erst mal«, sagte Marthe.

Paul lachte und legte den Brief wieder hin. »Aber ich lese doch nicht die Post meines Kindes!«

»Wenn er doch schon offen ist«, bettelte Marthe.

»Damit du nicht alleine Schuld bist, oder? Wenn du ihn schon gelesen hast …, was steht drin?«

»Ich kann das nicht sagen. Lies.«

Paul schaute sich um. Im Eingangsbereich stand ein Monteur mit einem Kunden, und deutete auf die Warenausgabe.

»Wenn du nicht willst, les' ich es dir eben vor.« Marthe zog den Bogen aus dem Umschlag, faltete ihn auseinander, räusperte sich zweimal und las:

»Lieber Max, wir bedauern, Dir mitteilen zu müssen, dass Du mit deinem Projekt ›tragbarer Brutkasten …‹«

»Was?«, rief Paul. »Gib her?«

Marthe streckte ihrem Mann den Brief hin.

»Ich versteh das nicht«, murmelte Paul, nachdem er zu Ende gelesen hatte, »das muss ein Irrtum sein, da hat jemand etwas verwechselt.«

»Aber es steht sein Name auf dem Umschlag.«

»Trotzdem, das muss eine Verwechslung sein.« Paul schwitzte plötzlich. »Ein tragbarer Brutkasten. Wie um alles in der Welt …« Er suchte nach einem Taschentuch, fand aber keins.

Marthe öffnete stumm die Handtasche und zog aus einem Päckchen ein Papiertuch heraus, schlug es auseinander und gab es ihm.

»Hast du eine Ahnung gehabt, dass Max an so etwas arbeitet?«, fragte sie.

Paul schüttelte den Kopf.

Paul runzelte die Stirn, schüttelte den Kopf, wischte sich mit dem Tuch über die Stirn und dann über den Nacken. Er studierte den Brief ein zweites Mal.

»JUGEND FORSCHT«, sagte er gedehnt, »das ist was ganz Besonderes. Ein wichtiger Preis. Der Bundespräsident überreicht immer die Preise.«

Paul lächelte plötzlich, ein feines, fast sentimentales Lächeln. »Ich hab da auch mal mitmachen wollen, früher, als Junge. Ich war ein bisschen älter als Max. Ich war schon in der Lehre. Ich wollte neue Bremsen erfinden.« Er lachte wieder. »Die Idee war gut, aber irgendwie hat es doch nicht geklappt.«

»Du hast so was gemacht?«, fragte Marthe. Ihr war schwindlig. Sie nahm den Brief, fast trotzig, beleidigt, und steckte ihn in die Handtasche zurück. »Und wieso hast du das nie erzählt?«

Paul zuckte mit den Schultern. »War ja nichts, womit man angeben kann.«

Marthe stand auf. »Kannst du früher Schluss machen?«

»Ich? Wieso?«

Der Raum hatte sich plötzlich mit Menschen gefüllt. Es summte von Stimmen. Das Telefon klingelte. Rita war wieder da und winkte mit einem schmalen, braunen Paket. »Noch einer da!«, rief sie.

»Na, Gott sei Dank«, sagte Paul.

Er gab Marthe einen Kuss auf die Stirn. »In einer Stunde ist hier sowieso Schluss.«

»Aber, was sage ich ihm?«

»Wem?«

»Max! Was sage ich ihm, warum der Brief geöffnet ist?«

»Sag doch, wie es war. Du hast ihn aus Versehen geöffnet.«

Marthe schaute Paul fast flehend an. Paul ging darüber hinweg und schob sie sanft, aber nachdrücklich zur Tür. Die Tür war aus Glas. Und öffnete sich automatisch, sobald sich ihr jemand auf achtzig Zentimeter näherte.

»Paul«, murmelte Marthe, während sie mit gesenktem Kopf vor ihrem Mann hergeschoben wurde, »ich kann das nicht. Ich kann nicht mit ihm reden.«

»Natürlich kannst du das. Du bist seine Mutter. Wenn irgendein Mensch jetzt mit ihm reden und ihn trösten kann, dann du.«

Max tobte.

»Warum hast du das getan? Mama! Warum hast du das getan? Ich will überhaupt nicht mit dir reden, ich will nur wissen: warum hast du meinen Brief aufgemacht? Der war für mich! Hier! Siehst du nicht? Da steht: An Max Brandt! Das bin ich! Weißt du nicht mal, dass es in dieser Wohnung einen Jungen gibt, der Max heißt? Ich hasse dich! Ich hasse dich!«

Max stand vor ihr, ein schlaksiger Junge mit zu großen Füßen und zu großen Händen. In der letzten Zeit war er hoch aufgeschossen, so, dass sie ihm alle drei, vier Monate Geld für neue Jeans geben mussten, etwas anderes als Jeans wollte er nicht tragen, nie, etwas anderes als T-Shirts auch nicht. Max hasste es, wenn Marthe für ihn in der Herrenabteilung des Kaufhauses herumstöberte und dann mit irgendeiner Scheußlichkeit nach Hause kam. Dann musste er das gute Stück im Wohnzimmer anprobieren, riss es sich danach aber gleich wieder vom Leib.

Seit einem Jahr kaufte Max seine Anziehsachen selbst, im Jeans Store, einem Laden, der im Keller eines ehemaligen Fabrikgebäudes untergebracht war, mehr eine Lagerhalle, innen hohes Mauerwerk und die Leitungen nicht unter Putz, aber so etwas war jetzt modern, die Lampen, mit denen der Laden erleuchtet wurde, hätte Marthe höchstens in die Vorratskammer oder auf den Speicher gehängt. Die Verkäufer liefen alle in schwarz herum, alle bleich, als fehlten ihnen hundert Stunden Schlaf.

Einmal, als Max klein war, hatte er Blumen streuen dürfen, auf der Hochzeit eines Kollegen von Paul. Da hatte sie ihm eine dunkelblaue Hose angezogen, und ein Hemd mit Rüschen, und eine kleine, dunkelblaue Fliege hatte sie ihm um den Hals gebunden. Max hatte getan, als würde er an der Fliege ersticken, und er war über die Spitzen der harten Lackschuhe gestolpert wie ein Tölpel, er hatte sich Tomatensaft auf das weiße Hemd geschüttet noch bevor die Hochzeitstafel überhaupt eröffnet war. Aus Protest. Alle hatten gesagt: Wie ein Engel siehst du aus. Mit deinen blonden Locken.

Er war Marthes Engel, der durch die Mitte des Kirchenschiffs schritt mit dem Blumenkörbchen in der Hand, voller Rosenblütenblätter. Sie wollte, dass die Hochzeitsgäste bei seinem Anblick die Luft anhielten und dass ihnen die Tränen kamen vor Rührung. Aber Max hatte auf halbem Weg das Körbchen hingeworfen und war aus der Kirche gelaufen.

Als das junge Paar mit dem Auto in den Dolomiten verunglückte, brachte es keiner über die Lippen. Aber Paul und Marthe wussten, was alle dachten: Max hat Unglück über die beiden gebracht. Max hat es heraufbeschworen, dieses Unglück in der Serpentinenkurve, wo ein Steinschlag herunterging, und die Windschutzscheibe durchbrach, so dass der Bräutigam die Kontrolle über den Wagen verlor.

Das alles ging Marthe durch den Kopf, als Max vor ihr stand, hochrot und zornig. Den Brief hatte er vor Wut zerknüllt, jetzt glättete er ihn vor seinem Bauch, ohne aufzuhören, weiterzuschreien, ein wütendes Schreien, das aber auch ein Weinen war, ein verzweifeltes Schluchzen.

Marthe weinte. Wenn sie nicht weiter wusste, wenn ein Unglück wie dieses über ihr zusammenbrach, wusste sie sich auch nicht anders zu helfen als mit Tränen.

»Junge, hör doch zu!«

»Nein! Ich will nicht! Ich will nicht zuhören! Du hast alles kaputt gemacht! Du machst immer alles kaputt! Alles! Immer!«

Er hatte den Brief gelesen, und wieder zusammengefaltet, zurückgesteckt, er hatte mindestens fünf Minuten gebraucht, um mit der Nachricht des Briefes fertig zu werden. Ein kleiner Mann, der sein Innerstes vor ihr verbergen musste, der das alles aushalten musste, die Niederlage, die Schmach, unter den Augen seiner Mutter. Sie spürte, dass es falsch war, ihn nicht allein zu lassen, sie hätte ihm den Brief geben und ihn damit in sein Zimmer schicken sollen. Damit er alleine diese erste große Niederlage verarbeiten konnte. Ganz für sich. Jetzt zerriss er den Brief.

»Jetzt hast du ihn kaputt gemacht«, sagte Marthe leise.

»Ja! Ich mache ihn kaputt! Na und? Ist das wichtig? Interessiert dich das?«

Sie gab keine Antwort. Was sollte sie auch sagen. Sie ging zur Balkontür, drückte den Hebel der Kippvorrichtung herunter, zog die Gardinen zurück und öffnete die Tür. Die Luft roch nach Feuchtigkeit und Schwefel. Der Ostwind brachte manchmal diesen Geruch von den Raffinerien, die acht Kilometer von der Siedlung entfernt waren. Paul behauptete, es könne gar nicht nach Schwefel riechen, eine Raffinerie produziere doch keinen Schwefel. Aber Marthe beharrte darauf, dass ihre Kopfschmerzen, diese plötzlichen Attacken auch von den Raffinerieanlagen kämen. Der Rauch, der aus den schmalen, hohen Schornsteinen entwich, war manchmal schwefelgelb. Dann presste sie ein Taschentuch vor den Mund und versuchte, so lange wie möglich, den Atem anzuhalten.

Sie schloss die Balkontür wieder. Max hatte den Brief in winzige kleine Fetzen zerrissen und streute sie auf den Boden. Wie damals die Blüten. Mit dem gleichen Trotz. Der gleichen störrischen Widerborstigkeit.

»Der Brief«, sagte Marthe sanft, »kann doch nichts dafür.«

Er schaute sie an. »Für was?«

»Für deine Wut.«

»Ich bin wütend auf dich!«, schrie Max.

»Das weiß ich doch. Du hast ja auch Recht. Aber ich habe es dir doch schon erklärt, dass es aus Versehen passiert ist.«

»Wie kann man aus Versehen einen Brief öffnen, der an einen anderen Menschen andressiert ist? Das geht nicht in meinen Kopf!«

»Max, sei bitte einmal vernünftig. Du bekommst ganz selten Post, stimmt es? Die meiste Post ist für Papa oder mich.«

»Na und?«, schrie Max. »Was soll das? Klar kriege ich weniger Post! Post ist was für alte Leute, oder diese Scheißer von JUGEND FORSCHT! Ich hab doch meinen Computer. Ich kann mailen.«

Paul hatte ihm den Computer zu Weihnachten geschenkt. Und Max hatte Zeitungen ausgetragen und auf dem Wochenmarkt Crêpes Suzette gebacken, um von dem Geld Zusatzteile für den Computer zu kaufen. Sein Zimmer bestand nur noch aus Technik. Marthe fragte sich, wie er bei der ganzen Zeit, die er mit dem Computer verbrachte, auch noch Zeit haben konnte, diese Erfindung anzumelden, sich zu beteiligen an JUGEND FORSCHT.

»Wie bist du überhaupt auf diese Sache gekommen?«, fragte Marthe. Sie setzte sich an den Küchentisch, die Hände flach auf der Platte. Sie betrachtete ihre Fingernägel. Jeden Tag feilte sie ihre Nägel, die eine schöne ovale Form aufwiesen. Als Kind hatte sie die Nägel abgekaut. »Das geht dich überhaupt nichts an«, fauchte Max.

»Ein Brutkasten, Junge! Weißt du nicht, was das für ein kompliziertes System ist?«

»Klar weiß ich das. Ich bin doch nicht blöd. Meinst du, ich hab mich nicht informiert?«

»Aber dafür muss man etwas von Medizin verstehen.«

»Na und?«

»Und von Physik!«

»Ja, klar, weiß ich.« Immer noch dieser Trotz in seiner Stimme.

»Max, du gehst auf die Realschule. Das ist etwas für Jungen, die Abitur machen und studieren wollen. Die können Physik studieren, oder Medizin.«

Max starrte seine Mutter an. »Wirfst du mir das jetzt auch noch vor?«, presste er heraus. »Dass ich nur auf die Realschule gehe?«

Marthe schüttelte verzweifelt den Kopf. »Ich werfe dir überhaupt nichts vor. Wir reden doch über diesen Brutkasten. Mein Gott. Ein Brutkasten! Wie kommt ein Junge auf so eine Idee?«

Sie hob den Kopf, schaute Max in die Augen. Er hatte diese langen Wimpern von Paul geerbt. Diese schönen Mädchen-Wimpern, die wie Fremdkörper waren in seinem groben, kantigen Gesicht. Diese Wimpern hatten früher, als er noch ein Baby war, sie so gerührt, dass sie hätte weinen mögen. Die Wimpern waren früher dunkel gewesen, jetzt wurden sie immer heller. Dadurch veränderten sich seine Augen, veränderte sich sein Blick.

»Kapierst du das nicht?«, fragte Max. »Warum ich das getan habe?«

»Nein«, sagte Marthe, »nein.« Aber sie schluckte, und spürte diesen Kloß in ihrem Hals. Es tat weh, wenn sie schluckte.

»Ich hab es für dich getan«, schrie Max. »Für dich! Kapierst du das nicht?«

Er stürmte aus der Küche, kam zurück, schaute sie noch einmal an, aber nur, um mit einem extra lauten Knall die Tür noch einmal zuzuschlagen.

Früher hätte sie ihm nachgerufen: »Du sollst nicht mit den Türen schlagen.« An diesem Tag unterließ sie es.

Der Schlag, dieser Knall der zufallenden Tür, hallte in ihrem Kopf. Sie presste die Hände gegen die Schläfen und legte ihren Kopf auf die Tischplatte. Sie schloss die Augen.

Ich muss jetzt zu ihm gehen, dachte sie. Ich muss ihn in den Arm nehmen und ihn trösten. Ich muss es tun, auch wenn er mich aus dem Zimmer wirft, auch wenn er mich anschreit. Ich bin seine Mutter. Er wartet auf mich.

Aber sie konnte es nicht.

Ihr Kopf war schwer wie Blei. Ihre Füße festgeschweißt an den Boden. Sie konnte sie nicht einen Zentimeter bewegen.

Marthe spricht

An dem Tag, als die Sache mit dem Brief passiert war, habe ich Max endgültig verloren. Er war ja sowieso immer mehr Pauls Kind als meins.

Paul liebte Max von Anfang an mit einer Zärtlichkeit, die man einem Mann gar nicht zutraut. Wenn seine Freunde zu Fußballspielen gingen, blieb er zu Hause. Ich weiß nicht mal, für welchen Club Paul eigentlich schwärmte. Ich war sowieso immer für die Schwächeren.

Damals, gegen Kroatien – wann war das? Als wir gegen Kroatien verloren haben?

Da bin ich aufgesprungen, im Wohnzimmer, von meinem Sessel, und habe »Bravo!« gerufen, »Bravo!«

Der Blick, den mir Paul zugeworfen hat, den habe ich so schnell nicht vergessen. Max, der mit seinem Vater dieses Spiel angesehen hat, ist wortlos aufgestanden und in sein Zimmer gegangen. Er hat mich nicht eines Blickes gewürdigt. Aber ich wusste, was er dachte: Mama ist immer auf der falschen Seite.

Ich weiß, was Sie mir wieder sagen wollen. Das ist mein Dilemma mit Max. Dass ich immer auf Moritz' Seite war. Aber ich habe Moritz nicht den Sieg gewünscht. Ich habe gewünscht, dass von den Zwillingen der eine so ist wie sein Vater und der andere so wie ich. Das wär doch wunderbar, wenn sich die Eltern in beiden Kindern wieder gefunden hätten.

Moritz ist in unserer Familie aufgewachsen, nicht sichtbar für Paul und Max, aber für mich war er immer da. Ich habe sein Weinen gehört und manchmal, wenn es lustig war bei uns, auch sein Lachen. Manchmal habe ich mich dabei ertappt, dass ich für Moritz mitgedeckt habe. Wenn ich vorher, vielleicht allein bei der Küchenarbeit, mich lange und intensiv mit ihm im Geist unterhalten hatte, dann habe ich sogar direkt zu ihm gesagt: Lass mich mal vorbei, Schatz, ich muss an den

Kühlschrank. Oder: Geh mal da rüber, ja? Hier muss ich jetzt den Tisch decken. Und dann war das so intensiv, dass auf einmal vier Teller auf dem Tisch standen, und vier Wassergläser.

Einmal hat Max das gesehen und gesagt: »Kommt Besuch?«

Ich war wie in Trance. Ich habe ihn angesehen und gesagt: Nein. Wieso?

»Weil du für vier gedeckt hast.«

Aber wir sind doch vier, habe ich gesagt, und erst, als seine Augen so dunkel wurden, so anders, bin ich zu mir gekommen, aufgewacht, wenn Sie so wollen.

Da habe ich versucht, das zu überspielen, und gelacht, und gesagt: Deine Mutter ist ganz schön verrückt, was?

Aber er hat nicht gelacht. Wie immer hat er sich stumm und wortlos abgewandt.

Max hat es immer gewusst, dass Moritz für mich nicht tot ist. Das hat er gespürt.

Es war so eine Intensität in unserem Leben, so etwas Merkwürdiges, vor dem andere Menschen zurückgewichen sind. Wahrscheinlich liegt es an mir. Wahrscheinlich hab ich es ausgestrahlt. Mein dunkles Geheimnis. Meinen Schmerz.

An Wochenenden waren wir nur hin und wieder mit irgendwelchen Kollegen von Paul oder aus meiner Firma unterwegs, selten haben wir bei Schützenfesten und anderen Stadtfesten richtig mitgefeiert. Wohl sind wir über den Markt gebummelt und haben die Kirmes besucht, meist nur wir drei, manchmal waren meine Mutter und Bernd dabei. Aber wir waren uns auf eine besondere Weise genug.

Max war als Junge, in der Schule, meine ich, ein sehr wortkarges, verschlossenes Kind. Die Lehrer sind schlecht an ihn herangekommen, manchmal gab es Klagen. Ja, ich habe mir keine großen Gedanken darüber gemacht. Es gibt nun einmal verschlossene und weniger verschlossene Menschen. Das musste man respektieren. Und Max und Paul waren sich so ähnlich. Hätte ich das manipulieren sollen wie meine Mutter mich manipuliert hat? Das wollte ich nicht.

Für Mädchen war er offenbar genau der richtige Typ. Ich erinnere mich gut, dass später oft Mädchen bei uns anriefen, und ihn sprechen wollten.

Manchmal, aber nur manchmal, ist er dann aus dem Haus gegangen, und ich wusste, jetzt hat er ein Rendezvous. Wenn wir ihn abends fragten, ganz freundlich: Na, war's schön?, hat er uns aber nie etwas erzählt. Doch das ist normal in dem Alter.

Mädchen spielten für ihn keine so große Rolle. Er hatte andere Dinge im Kopf. Diese verrückten Erfindungen. Der tragbare Brutkasten war der erste Versuch. Die erste Niederlage.

Später hat er an anderen Sachen rumgeknobelt. Aber das waren keine Geschenke mehr für mich. Keine Liebeserklärungen mehr an seine Mutter. Damit war es mit dem Tag vorbei.

In der Nacht nach unserem Streit wegen der JUGEND FORSCHT-Geschichte ist er erst spät nach Hause gekommen. Paul und ich haben vor Sorge kein Auge zugemacht. Gegen drei Uhr morgens ging die Wohnungstür.

Paul ist aufgestanden, hat mit ihm geredet, halblaut, die Schlafzimmertür war angelehnt, ich hab nur den Lichtschein gesehen und dieses Stimmengemurmel gehört.

Es war ein kurzes Gespräch. Als Paul zurück ins Bett gekommen ist, habe ich gefragt: Und?

»Ich weiß nicht«, hat Paul gesagt. »Ich weiß nicht.«

»Soll ich zu ihm gehen?«, habe ich gefragt.

»Vielleicht«, hat Paul gesagt, »vielleicht wäre das gut.«

Max war im Bad.

Ich habe vor seiner Pinwand gestanden und die Dinge betrachtet, die für ihn irgendeinen Wert hatten. Konzertkarten, Fußball-Buttons, Mathe-Formeln, Fotos von Rennwagen, von Musik-Bands, von Sigi. Die hingen da immer noch. In dieser Nacht habe ich entdeckt, dass es kein Foto von seiner Mutter mehr gab. Früher gab es da viele Fotos von uns, Schnappschüsse von Max und mir, einmal auf der Achterbahn, wir mit aufgerissenen Mündern. Oder beim Geburtstag von Bernd, im Wochenendhaus, am Kupfersee. Wir haben zusammen Lampions aufgehängt. Max die Sonne und ich den Mond. Oder, wie ich einmal seinen Karpfen halten durfte, der so glitschig war, dass ich das Gesicht verzerrt hab, wirklich, zu einer Grimasse, ganz komisch.

Ob er die Fotos zerrissen, verbrannt, oder in die Schublade geworfen hat, ich weiß es nicht. Das hat mir wehgetan, verstehen Sie.

Er stand in der Tür, in seiner Hose, ohne Hemd, und hat sich den Oberkörper abgetrocknet.

»Was willst du?«, hat er gefragt.

Ich hab gelächelt, ich habe die Arme ausgebreitet und gesagt: »Es tut mir so Leid, Max. Ich wollte dir nicht wehtun.«

Er ging an mir vorbei und setzte sich auf das Bett. »Und warum tust du es dann immerzu?«

»Max«, habe ich gesagt, »Max, bitte, guck mich an.«

Aber er tat es nicht. Er konnte es wohl auch nicht.

»Dir passieren doch auch manchmal Dinge«, sagte ich flehend, »die du nicht gewollt hast, die einfach nicht mehr rückgängig zu machen sind.«

»Nein!«, sagte Max, »die passieren immer nur dir.«

Mir war, als ob man mir den Boden unter den Füßen wegzog. Ich streckte meine Hand nach ihm aus. »Das meinst du nicht im Ernst«, sagte ich. Mir schossen die Tränen in die Augen. Mein Leben, all meine Ziele, alles, was einmal klar und fest und sicher war, glitt von mir weg. Ich wusste, ich würde meinen Sohn verlieren. Für immer.

Max stand auf und stellte sich ans Fenster.

Er hatte schon Schultern wie ein Mann. Manchmal, wenn ich nachts in sein Zimmer ging, um ihn zuzudecken, weil ich das all die Jahre gemacht hatte, wenn ich mich dann über ihn beugte, beschlich mich das Gefühl, kein Kind mehr zuzudecken.

Ich suchte nach irgendwelchen Worten. Ich wollte das Gespräch nicht abreißen lassen.

»Du hast früher andere Fotos an der Pinwand gehabt«, sagte ich.

Er zuckte mit den Schultern. »Man verändert sich eben«, sagte Max.

»Klar«, sagte ich, »du bist kein Kind mehr.«

»Schön, dass du das auch schon bemerkst«, sagte Max.

Sein Ton verletzte mich. Seine Stimme klang hart. Ich wollte nicht, dass er so mit mir spricht, mit seiner Mutter.

»Ich werde nie wieder einen Brief öffnen, der an dich gerichtet ist«, sagte ich. »Das schwör ich hoch und heilig.«

»Musst du nicht«, sagte Max.

»Ich will es aber. Schau her.« Ich hob die Hand.

Er drehte sich nicht um.

»Du wirst keine Gelegenheit mehr dazu haben«, sagte Max.

Ich verstand nicht sofort.

»Es werden keine Briefe mehr für mich nach Hause kommen«, sagte er, während er sich wieder anzog.

Er ging an mir vorbei aus dem Zimmer, holte im Vorbeigehen noch einen dicken Pulli aus dem Schrank.

In der Nacht ist er nicht zurück nach Hause gekommen. Bis heute weiß ich nicht, wo er war, was er gemacht hat. Ich hab auch nie gefragt.

Vielleicht hat er es seinem Vater erzählt, am Sonntag, als die beiden nach Bremen auf den Automarkt fuhren, um den Jaguar zu kaufen. Ein XJ-S-Coupé, aus der Serie, die nur zwischen 1976 und 1981 gefertigt wurde. Pauls absolutes Traumauto. Eigentlich sollte es ein Familienausflug werden. Auf dem Rückweg wollten wir alle drei im Forsthaus Kleinhagen den Kauf mit einem festlichen Essen krönen. Die sind weit über Bremens Grenzen berühmt für ihren Sauerbraten. Und die rote Grütze aus frischen Früchten. Paul hatte den Tag in allen Einzelheiten geplant. Auch Max hatte sich darauf gefreut.

Bis die Sache mit dem Brief passierte.

Paul meinte, es wäre besser, wenn er mit Max alleine die

Tour machte. Auf der Bahnfahrt nach Bremen, wollte er die Sache zwischen mir und Max wieder gerade biegen. »Lass mich das mal machen«, hat er gesagt. Er hat sich bestimmt bemüht. Aber gut ist es zwischen Max und mir nie wieder geworden.

Ich sage Ihnen noch was: wenn ich heute einen ungeöffneten Brief irgendwo liegen sehe, zum Beispiel hier, am Empfang auf der Station, da liegen die Briefe auf dem Tresen in einer Schale. Ich sehe die Briefe, und sofort, aber wirklich sofort, kommt bei mir die Erinnerung an damals. Und ich spüre wieder diesen Schmerz. Und jedes Mal fällt mir ein, dass Max und ich dieses Gespräch nie zu Ende geführt haben.

9.

Es ist sieben Uhr morgens, ein schöner Junitag kündigt sich an, und Paul ist dabei, das Haus zu verlassen, als Marthe ihn an der Wohnungstür aufhält.

Sie küsst diese Stelle fünf Zentimeter unter seinem rechten Ohr, den Leberfleck. Wenn sie ihn erregen will, muss sie nur ihre Zungenspitze über diesen leicht erhabenen Punkt gleiten lassen, in Richtung Ohrläppchen. Es funktioniert immer. Auch jetzt noch, nach zwanzig Ehejahren.

»Darf ich heute den Jaguar haben?«, murmelt sie in sein Ohr.

Er lächelt, weil er gar nicht anders kann, wenn sie ihn an jener Stelle so zärtlich küsst. »Was ist mit dir los, Schatz?«, fragt er gutmütig und versucht, sie ein bisschen auf Abstand zu halten. Paul ist immer noch begeistert von seiner Frau. Er liebt Sex und er liebt jede Art von Erregung, die er im Körper spürt. Aber nicht unbedingt morgens, um vier Minuten nach sieben, wenn er bereits vor sich die wartenden Kunden sieht in einer Schlange vor seinem Schreibtisch links an der Glasfront.

»Wozu brauchst du den Jaguar?«, fragt er.

»Nur so, ein bisschen herumfahren«, sagt Marthe. »Ich hab heute frci.«

»Und wieso erfahr ich das erst jetzt? Wieso hast du frei?«

»Überstunden abbummeln.« Marthe gräbt ihre Hände in Pauls Jackentasche. Paul trägt den Lederblouson, schwarzes Nappaleder, dazu hellbeige Sommerhosen aus Popeline. Er riecht nach dem neuen Aftershave, das sie ihm zum Vatertag geschenkt hat. Es ist herb, fast ein bisschen beißend, wenn man zu viel davon nimmt. Aber es riecht männlich.

Als sie den Schlüssel fühlt, spürt sie gleichzeitig Pauls Finger, die ihr Handgelenk umschließen.

»Hey, Schatz«, sagt er amüsiert, »klaust du deinem Mann den Schlüssel aus der Tasche?«

»Nur wenn du ihn mir nicht selber gibst«, sagt Marthe. Und sie küsst ihn wieder.

»Und wieso gerade heute?« Paul wirft über Marthes Kopf hinweg einen Blick auf die Küchenuhr, die er durch die halb offene Tür sehen kann.

»Ich muss los, Marthe, wirklich. Ich komm schon zu spät. Wie soll ich in die Firma kommen, wenn du das Auto willst?«

»Ich kann dich bringen«, bettelt Marthe. Sie hat jetzt den Schlüssel und lässt ihn vor seinen Augen baumeln.

Paul schaut seine Frau an. Sie trägt einen Herrenpyjama. Eines seiner abgelegten Modelle. Sie ist barfuss.

»So willst du mich in die Firma bringen?«, fragt Paul.

»Sieht mich doch keiner«, schmeichelt Marthe. »Ich bleib im Auto sitzen.«

»Und dann? Wenn du mich abgesetzt hast? Was machst du dann?«

»Mal sehen.« Marthes Blick wandert an der Türfassung entlang. Sie lächelt. »Keine Ahnung. Fällt mir schon irgendwas ein.«

»Willst du Max besuchen?«, fragt Paul.

Bei der Frage verändert sich Marthes Gesicht, ihre Augen werden schmaler, die Lippen dünner. Sie schüttelt den Kopf. »Nein, nein, nicht zu Max.«

»Aber das wäre vielleicht eine gute Idee«, sagt Paul, »wenn du heute frei hast, einfach mal hinfahren, schauen, wie es ihm so geht in seiner neuen Bude. Was er so macht. Unser Herr Sohn, in einer Bude in Hannover.« Paul lächelt stolz. Sein Sohn, der es geschafft hatte, ohne die Hilfe der Eltern, ohne die Beziehungen seines Vaters, in Hannover eine Lehrstelle zu bekommen, und zwar direkt nach dem Realschul-Abschluss. Eine begehrte Lehrstelle in einem Turbinenwerk, das als Zulieferbetrieb für Airbus fungiert. 160 Schulabgänger hatten sich beworben, manche mit einem Abitur in der Tasche, aber Max hatte eine von den zwölf offenen Stellen bekommen. Er hatte ihnen damals nicht erzählt, wie er es geschafft hat, zwei Vorstellungstermine, ein Prüftag, schriftliche und mündliche

Prüfungen auf allen möglichen unerwarteten Gebieten: Am Ende hatte er die Lehrstelle in der Tasche. Und da erst hat er es seinen Eltern erzählt. Hat sie, fast wie damals, als er sich an dem JUGEND FORSCHT Projekt beteiligt hat, vor vollendete Tatsachen gestellt. Er brauchte offenbar keine Eltern, die mit ihm zitterten und bangten, für ihn Daumen drückten, ihm Hindernisse aus dem Weg räumten. Er wollte wohl nur das erstaunte verblüffte Aufleuchten im Gesicht seiner Eltern sehen. Dass er vor sie hintreten und sagen konnte: Hier. Das habe ich ganz alleine geschafft. Und eine Wohnung hab ich auch. Ein Zimmer in einer WG. Zwei Frauen, zwei Männer. Eine Angestellte der Hannover Messe AG, eine angehende Gartenarchitektin, ein Lehrling in einem Betrieb für orthopädische Geräte, und er, Max. Er hat seinen Eltern die neue Wohnung beschrieben, Namen und Alter seiner Mitbewohner genannt, so dass sie jetzt eine vage Vorstellung haben vom Leben ihres Sohnes in Hannover. Sie wissen, dass sein Zimmer auf den Hinterhof hinaus geht und dunkler ist, als die anderen, die zur Straßenseite liegen, dafür aber fast doppelt so groß. Sie wissen, dass er die Geräusche aus dem Bad hören kann, die Waschmaschine in der Küche, denn auch Küche und Bad gehen auf den Hinterhof hinaus. Vor der Küche ist ein kleiner Balkon, ein Abstellplatz, hat ihnen Max erklärt. Nicht so gemütlich – und spießig wie bei ihnen, mit den Geranien, Sonnenschirm und Klappstühlen mit karierten Leinenkissen. Jetzt, vier Jahre später, wohnt er immer noch da. Hat wahrscheinlich längst seine Möbel auf den Sperrmüll gegeben und sich andere gekauft, die seinem Geschmack entsprechen. Die Wohnung haben sie immer noch nicht gesehen. Seine Lehre hat er inzwischen beendet und sofort einen Anschlussvertrag bei der Firma unterzeichnet. Er verdient jetzt sein eigenes Geld – wie viel, das erzählt er den Eltern nicht, und sie fragen ihn auch nicht danach. Macht euch keine Sorgen, sagt er nur. Jedenfalls müssen sie ihn finanziell nicht mehr unterstützen.

Max hat seine Mutter noch nie aufgefordert, ihn in Hannover zu besuchen. Und ohne ausdrückliche Einladung, sagt Marthe, fährt sie nicht hin. Als sie mit den Kollegen aus der Firma zur EXPO fahren wollte, hat sie einen vorsichtigen Versuch gestartet. Sie hat Max am Telefon erzählt, dass sie Karten hätten für die EXPO. Und Max hat erwidert: Klasse. Lohnt sich echt. Aber ein Tag reicht nicht. Mehr hatte er nicht gesagt, und Marthe hatte auch ihren Stolz. Paul jedoch kennt die Wohnung von Max. Er war schon mehrfach dort, hat sich von Max zu einem Syrer ausführen lassen, der so scharfes Essen serviert, dass Pauls Mundhöhle, wie er nachher sagte, in Flammen stand. Worüber sie geredet hätten, hatte Marthe nachher gefragt. Oh, über alles, Fußball, seinen Chef, die Auftragslage, meinen Ärger mit dem neuen Verkaufsleiter, na ja, was man so redet. Als Marthe schwieg, sagte Paul: ich soll dich natürlich herzlich grüßen.

Danke, sagte Marthe. Und als Paul das nächste Mal nach Hannover fuhr, und sie aufforderte mitzukommen, brachte sie es wieder nicht über sich. Sie wollte eingeladen werden, ersehnt sein, und nicht einfach nur geduldet, das verstand Paul schließlich. Oder verstand er es nicht. Jedenfalls konnte er Max nicht dazu überreden, das Verhältnis zu seiner Mutter noch einmal zu überdenken.

Marthe setzt Paul vor der Firma ab, lässt sich von ihm noch einmal erklären, dass das Getriebe beleidigt reagiert, falls sie zu rabiat den Rückwärtsgang einlegt, dass sie prüfen solle, ob alle Knöpfe eingezogen seien, wenn sie abgeschlossen habe. Manchmal funktioniere die Automatik nicht. »Wenn wir alt sind«, sagt Paul augenzwinkernd, »funktionieren bei uns auch ein paar Sachen nicht. Da muss man halt Rücksicht nehmen. Behandel ihn gut, ja? Und«, er schaut ihr in die Augen, »mach keine Dummheiten, nein?«

Um zwei Uhr nachmittags, als Marthe an der Kasse des Haupteingangs, zwischen zwei Säulen mit den bronzenen Elefantenköpfen, elf Euro für eine Eintrittskarte bezahlt, ist der Himmel immer noch verhangen, obwohl die Temperatur steigt. Die schwarzen Wolken haben einem Dunstschleier Platz gemacht, der allen Farben das Leuchten nimmt und sich wie eine Glocke auf das Tierparkgelände legt. Die Warteschlange an der Kasse ist nicht lang, aber es geht Marthe nicht schnell genug. Es ist schwül und die Tiere in ihren Gehegen bewegen sich lustlos. Das Bärengehege neben dem Eingang wirkt wie verlassen. Die Bären haben sich in die Tiefe ihrer Steinhöhle zurückgezogen. Nur wer genau hinschaut, kann eine träge herabhängende Pfote erkennen, die Krallen eingezogen.

Früher, als Max kleiner war, ist sie mit ihm mindestens einmal im Jahr nach Hagenbeck gefahren, meistens im Frühjahr, wenn die Tiere aus ihren Wintergehegen gelassen wurden, und wenn der erste Nachwuchs zu besichtigen war. Der Nachwuchs wird immer als großer Triumph der Zoobesitzer und Wärter gefeiert. Wenn Affen oder Löwen, Delphine oder Zebras in der Gefangenschaft Nachwuchs bekommen, gilt das als Beweis dafür, dass Tiere auch in der Gefangenschaft ein würdiges, angenehmes, langes Leben führen können.

Max hat sich für die Tiere nie besonders interessiert. Was sie ihm über das Leben der Tiere in Freiheit erzählte, angelesene Geschichten, interessierten ihn noch weniger. Er konnte sich das nicht vorstellen. Tiere waren überhaupt nicht seine Sache. Tiere bewegten sich irrational, ihre Motive waren nicht zu durchschauen, und man konnte nie vorhersehen, wie sie auf dieses oder jenes reagieren würden. Max zog Autos vor, Motoren, das Technische, das, was man vorausberechnen und vorhersagen konnte. Tiere erschreckten ihn oft.

Marthe kennt sich in Hagenbeck gut genug aus, um zu wissen, wo das Tigergehege ist. Sibirische Tiger. Ein Männchen und ein Weibchen. Das Weibchen heißt Saskia, ist sieben Jahre alt und hat Zwillinge zur Welt gebracht. Das an sich wäre nichts Besonderes. Diese Tigerin jedoch hat diese beiden Babies in ihrem Bauch vor allen verheimlicht. Außer vielleicht ihrem Mann, der während der Monate ihrer Schwangerschaft noch unruhiger im Gehege auf- und abgegangen sein soll. Niemand hat etwas geahnt. Die Wärter nicht, die dem Tigerpaar jeden Tag das Futter bringen und das Gehege säubern, der Tierarzt nicht, der routinemäßig alle Tiere immer wieder untersucht, ihm war nichts aufgefallen, als Inventur gemacht wurde, der Direktor ahnte nichts, obwohl er so tat, als wisse er immer alles über seine Tiere, und die Besucher, die in langen Menschenkolonnen an diesem Gehege vorbeidefilierten, schon gar nicht. Sie sahen die Büsche, Brennnesseln, Sträucher, abgenagte Baumstämme des Geheges, sie sahen Metalltüren, die automatisch bewegt werden können, eine Wasserstelle und einen Graben, der genau so breit war, dass kein Tiger, auch nicht ein sibirischer, besonders kräftiger, ihn ohne Anlauf überspringen konnte. Die Zuschauer waren in Sicherheit. Der Tiger ging auf lautlosen Pfoten hin und her. Und hinten, verborgen in Büschen und Steinmulden, lag Saskia. Bis zu dem Tag, an dem sie sich auf einmal vollkommen zurückzog.

Sie hat ihre Kinder im hintersten dunkelsten Winkel des Geheges geboren, Zwillinge, zwei Babys, die auf den ersten Blick identisch aussehen, bei genauerer Betrachtung aber bereits eine vollkommen andere Musterung ihres Felles aufweisen. Die Tigerin hat sie alle genarrt, all die, die sich so gerne bei der Geburt wichtig gemacht hätten.

Eines morgens, als die Pfleger die beiden Tiger hinter den Stahltüren wegsperren wollten, um das Gehege zu reinigen, lagen zwei winzige, blinde, kleine Tigerbabys neben der Mutter. Und die Mutter war nicht bereit, die Pfleger auch nur auf zehn Meter an sich heranzulassen. Man musste die Mutter mit ihrem Wurf mit Finten und Raffinessen in den Mutter-und-Kind-Bereich lotsen, in eine Höhle, die vollkommen abgeschirmt ist gegen neugierige Blicke, gegen Unruhe, Lärm, gegen alle Zudringlichkeit, die eine junge Mutter eben nicht ertragen kann. Auch dem Vater war der Zutritt verboten.

In dieser Höhle gibt es eine Überwachungskamera, die ständig Bilder von der Mutter, einer wunderschönen Tigerin, und den zwei Babys, klein wie Stofftiere, nach draußen überträgt. Vor dem Gehege ist ein Bildschirm aufgestellt worden.

Manchmal leckt die Tigerin zärtlich das Fell der beiden, manchmal krabbeln sie übereinander, suchen blind eine bessere Position an den Zitzen, manchmal schließt die Mutter die Augen, manchmal vertreibt sie Fliegen durch das Schlagen ihrer Schwanzrute. Manchmal hebt sie den Kopf, wenn der Vater der Kinder brüllt, und dann antwortet sie leise, um die Babies nicht zu erschrecken. Der Vater, hieß es in den Zeitungen, wird noch lange nicht zu seiner Frau und den Kindern dürfen,

Tigerväter sind unberechenbar. Sie können die kleinen zerdrücken, oder zertreten, sie können im Affekt, und vor Übermut, oder aus einer Wut, die mit menschlicher Vernunft nicht zu erklären ist, ihre Kinder einfach auffressen.

Die Tigermutter weiß das. Deshalb fühlt sie sich in dieser Höhle wohl. Sie ist bei sich. Sie ist bei den Kindern.

Sie zieht Zwillinge auf, die sie allein und ohne Mithilfe irgendeines anderen Wesens zur Welt gebracht hat und sie kann, ganz alleine, und ohne dass irgendjemand zuschauen oder etwas bemerken könnte, diese Babys beobachten, sie miteinander vergleichen. Das Gemeinsame herausfinden und das, was diese beiden für immer trennen, sie für immer unterscheidbar machen wird. Vielleicht das Muster des Felles, vielleicht die etwas andere Stellung ihrer Pfoten, andere Schnurrbarthaare, anders gespitzte Ohren. Vielleicht wird das eine Baby temperamentvoll, das andere träge und anschmiegsam, vielleicht ist das eine ganz schnell auf Abenteuer aus und versucht herauszukommen aus dem Mutter-und-Kind-Gehege, und das andere will nichts als nur bei seiner Mutter bleiben, im Schutz ihrer Wärme und ihrer Kraft die Welt Stück für Stück erforschen. Vielleicht singt sie dem einen, dem zärtlichen, ein Schlaflied, während das andere mit den Pfoten gegen die Metalltür schlägt, oder kratzt oder maunzt. Vielleicht hat sie das eine schon mehr in ihr Herz geschlossen als das andere. Marthe hat in der Zeitung alles über die Tigermutter gelesen. Sie war fasziniert.

Sie will wissen, ob diese Tigerin, wenn sie sie sieht, ihr irgendetwas mitzuteilen hat. Eine geheime Botschaft, die Marthe in den gelben Tigeraugen lesen könnte.

Marthe steht allein vor dem Monitor.

Aber sie kann der Tigerin nicht direkt in die Augen sehen.

Und es kommen immer wieder Leute vorbei. Selbst wenn sie nur sekundenlang verharren, ist es ihr unmöglich, mit der Tigerin irgendwie in Kontakt zu kommen. Es fällt ihr auf einmal auf, wie ruhig es um sie herum geworden ist. Es weht nicht einmal ein Wind. Wo in Hamburg sonst immer Wind weht. Und über den Tierpark hinweg die Düsenjets beim

Start- oder Landeanflug einen dröhnenden Klangteppich legen.

Es ist überhaupt sehr still. Als Marthe auf die Uhr schaut, ist es halb vier. Eine ganze Stunde und länger hat sie hier gestanden, aber es hat nichts geholfen. Sie wird jetzt sofort in ihr Auto steigen und nach Hause zurückfahren.

Als sie sich umdreht, steht er vor ihr. Nicht in dieser dunklen Matrosenjacke, sondern in heller Leinenhose, ein Sakko lose um die Schultern. Ein dunkelblaues Polohemd. Im lockigen Haar die Sonnenbrille. Er ist elegant gekleidet, fast weltmännisch. Er hält eine zusammengerollte Zeitung unter dem Arm.

Sie erschrickt so, dass sie ihre Tasche fallen lässt. Er bückt sich nicht nach der Tasche. Im Gegenteil: er weicht einen Schritt zurück. Marthe bückt sich mit hochrotem Kopf.

Das letzte Mal, als sie sich trafen, hat er sie beschimpft. Sie hat versucht, das zu vergessen. Sie könnte nicht noch einmal ertragen, dass ihr Sohn so mit ihr umgeht. Das hat sie nicht verdient.

Als sie wieder aufschaut, geht ihr Puls ruhiger. Er steht da, die Hände in den Hosentaschen, die Zeitung unter dem Arm. Er liest das Hamburger Abendblatt.

»Ich bin Ihnen nicht gefolgt«, murmelt Marthe, bevor er etwas sagen kann. »Ich habe Sie nicht einmal gesehen!«

»Habe ich das behauptet?« Er hebt spöttisch die Augenbrauen.

Sie schüttelt den Kopf. Was für eine irrsinnige Situation.

»Ich wollte gerade gehen«, sagt Marthe hastig. »Es ist spät.«

»Ich hindere Sie nicht«, sagt er, die Hände immer noch in den Taschen.

»Das habe ich auch nicht gesagt.« Sie schaut sich irritiert um.

»Was suchen Sie? Den Ausgang?«, fragt Moritz

Sie nickt, blickt ihn vorsichtig, fast ängstlich an. Seine Augen sind heute so mild, denkt sie. Freundlich. Ganz anders als damals, im Schnee.

»Ich bin mit dem Auto gekommen«, sagt Marthe. »Es steht

auf dem Parkplatz am Hauptausgang. Ich glaube, ich muss nach links gehen.«

»Dann kommen Sie nie zum Gazellenkamp«, sagt Moritz, »oder sehr viel später. Wenn Sie hingegen rechts gehen, vorbei an dem Lamagehege und dem Papageiengehege, können Sie den Ausgang ganz schnell erreichen.«

»Das Papageiengehege ist aber bei den Elefanten«, sagt Marthe, »und die sind rechts.«

»Nein«, sagt er, »links. Rechts sind die Kamele.«

Sie muss lachen. Nicht aus Freude, nicht aus Glück, dass sie ihn wieder gefunden hat, sondern über die unsinnige Unterhaltung, die sie führen.

»Sie können ja lachen«, sagt er.

Sie hört auf zu lachen. Sie fasst sich an das Gesicht, als müsse sie es festhalten, damit es nicht mehr lacht. »Ja«, sagt sie. Und schweigt.

Er holt mit der rechten Hand die zusammengelegte Zeitung unter dem linken Arm hervor.

»Sie haben es also auch gelesen«, sagt er.

»Was?«, fragt sie.

»Das mit den Zwillingen. Sibirische Tiger, Äußerst selten, das so etwas in der Gefangenschaft klappt, interessante Geschichte.«

Ihr Herz schlägt schneller.

»Ja«, sagt sie. »Finde ich auch.«

»Aber ich wusste nicht«, sagt er, »dass man die Tigerbabys nur über diesen Monitor anschauen kann.«

»Ich wollte die Mutter sehen«, sagt Marthe. »Mich hat die Mutter interessiert. Sie hat ihre Babys heimlich bekommen.«

Er nickt. »Ja, bemerkenswert. Andererseits hat es auch immer schon Arbeitslager gegeben, Gefängnisse, in denen Frauen schwanger geworden sind, ohne dass es auffiel, bis zuletzt. Es gehört wohl zum Instinkt, zur Natur des Weiblichen, im Ernstfall die Kinder zu schützen.«

Wie er redet, denkt sie, wie er die Worte wählt. Er hat bestimmt studiert. Er ist belesen, denkt sie voller Stolz, und lächelt.

»Sie lächeln schon wieder«, sagt er.

»Ach ja?« Erschrocken will sie wieder die Hand an die Wange legen, da streicht er mit der zusammengerollten Zeitung leicht über ihren Handrücken und sagt: »Lassen Sie das Lächeln doch da. »

Und sie nimmt die Hand wieder artig herunter.

Eine Kindergruppe, geführt von zwei Frauen, lärmt vorbei. Marthe und Moritz treten zurück, schauen die Kinder an, lächeln, warten, bis wieder Stille ist.

»Ich hatte eigentlich vor, noch einen Kaffee zu trinken«, sagt er, nach einem Blick auf seine Uhr. »Ich wohne hier ganz in der Nähe. Ich habe ein Jahresabo. Meine Wohnung ist im Sommer sehr heiß. Ich wohne unter dem Dach. Die Zeitung lese ich lieber hier.«

Sie nickt. Er hat den Weg nach links eingeschlagen. Sie geht neben ihm her, ihre Tasche jetzt über der Schulter, sie hält ihre Handtasche fest. Wo ist mein Autoschlüssel, denkt sie, was mache ich hier überhaupt, wie lange brauche ich bis nach Hause, ich muss Paul anrufen, wenn ich später komme, denkt sie.

Sonst denkt sie nichts, bis sie das kleine Café erreicht haben, mit der Aussichtsterrasse, die geöffnet ist.

»Ein Wunder«, Moritz lacht, »draußen bedienen sie selten. Zu wenig Personal. Was nehmen Sie? Ich nehm einen Milchkaffee, mit geschäumter Milch. Sie auch?«

»Ja, gerne«, sagt Marthe, obwohl sie nie Milchkaffee trinkt, und schon gar nicht mit geschäumter Milch.

»Hier?«, fragt er. Sie stehen vor einem Tisch, der genau so aussieht wie alle anderen.

Es gibt keine Tischtücher, keine Polster für die Plastikstühle.

»Also«, sagt er, »Sie laufen nicht weg? Jetzt, nach der dritten Begegnung der seltsamen Art will ich doch endlich erfahren, was dahinter steckt.«

Er lacht. Er geht. Ihr Gesicht glüht, als sie ihm verstohlen hinterher blickt. Sein Gang ist ihr schon vertraut. Hat sich bereits eingeprägt. In der hellen Sommerhose wirkt er geradezu bohemehaft lässig. Als sei es ihm egal, was andere von ihm denken. Das gefällt ihr.

Als er zurückkommt, mit zwei Kaffeetassen, bis zum Rand

mit aufgeschäumter Milch, rutscht ihm das Sakko von den Schultern. Er lacht nur, schaut sie an, als wolle er sagen, nicht aufstehen. Ich mach das schon. Er stellt die Tassen hin, geht zurück, hebt das Sakko auf, sie sieht, dass in der Innentasche Papiere stecken. Er legt das Sakko zusammen, faltet es einmal und legt es über den dritten, freien Stuhl an ihrem Tisch.

»Zucker?«, fragt er und zaubert wie ein Varieté-Künstler vier Stückchen eingepackten Würfelzucker aus dem Ärmelaufschlag.

Sie trinkt ihren Kaffee ohne Zucker. Er nimmt zwei Stück.

Sie schaut auf seine Hand, als er den Zucker einrührt, er hat schöne schmale Hände. Gepflegte Nägel, das fällt sofort auf. Die Hände eines Menschen, der sich nicht schmutzig machen muss.

»Also«, er lehnt sich zurück, »was wollen Sie mir sagen?«

»Ich weiß nicht«, sagt sie lieber einmal zu viel, »ich weiß nicht«, als vorschnell etwas preiszugeben. Davor hat sie am meisten Angst. Aber vor allem anderen auch.

»Damals, im Winter, als wir uns getroffen haben«, beginnt Moritz, »war ich mir sicher, dass Sie mich verwechseln mit irgendeiner anderen Person, wissen Sie noch? Ich glaube, ich war sehr grob.«

»Nein«, sagt sie hastig, »nein, nein, das war schon in Ordnung so.« Sie trinkt vorsichtig.

»Sie haben Schaum an der Lippe.« Er zieht sein Taschentuch heraus. Ein sauberes Stofftaschentuch. Er kann nicht wissen, wie diese Geste sie überwältigt, aber sie tupft damit ihre Lippen ab. Er steckt das Taschentuch wieder ein.

»Und? Haben Sie meinen Doppelgänger gefunden?«

Marthe schüttelt den Kopf. »Ich hab ihn auch nicht gesucht.«

»Ach!«

Weil ich dich doch gefunden habe!, möchte sie rufen. Aber sie schweigt.

Sie sollte jetzt schnell diesen Kaffee austrinken und gehen. Paul wartet auf sie, es sind noch achtzig Kilometer zu fahren. Andererseits? Aber ein Andererseits darf sie nicht zulassen.

»Ich muss gehen«, sagt sie. »Ich habe das Auto auf dem Parkplatz Gazellenkamp.«

»Ich weiß.«

Sie schaut ihn verblüfft an. »Woher? Woher wissen Sie das?«

Er lacht. »Weil Sie es eben gesagt haben.«

Ah. Sie versteht. Sie hat es also gesagt. Aber daran kann sie sich nicht erinnern. Was hat sie noch gesagt? Sie versucht ein wichtiges Gesicht zu machen, um ihre Verwirrung zu verbergen.

Sie trinken ihren Kaffee.

Moritz erzählt von einem neuen Tempel, der auf dem Zoogelände gebaut wird, ein Göttertempel für die thailändische Bevölkerung von Hamburg, gestiftet von einem Hamburger Kaufmann, der nicht genannt werden möchte, alles in Containern aus Thailand herangebracht, die hölzernen Balken mit Blattgold belegt, eine Kostbarkeit sondergleichen, sagt Moritz. Schade nur, dass Hamburg mit seinen Mäzenen immer so schmählich umgeht. Er habe schon versucht, mit ihm in Kontakt zu kommen, aber vergeblich.

»Warum wollten Sie mit ihm in Kontakt kommen?«, fragt Marthe.

Er lacht. Er löffelt den Schaum aus der Tiefe der Kaffeetasse.

»Mich interessieren Menschen, die Geld haben und spendabel sind. So einfach.«

Sie überlegt. Zögert. »Geht es Ihnen gut?«

Er lacht. »Aber ja. Warum?«

»Nur so. Sie sind zufrieden im Leben?«

»Oh …, ich glaube …, das heißt …, wer ist schon zufrieden? Man möchte immer mehr als man hat, oder?«

Sie nickt. Sie schaut auf ihre Hände, die die Tasse umfassen. »Ich würde Sie gerne nach Ihrer Kindheit fragen.«

Pause. Vögel zwitschern. Eine Autohupe. Die Kellnerin klimpert mit dem Schlüssel, sie möchte offenbar, dass die Gäste sich trollen.

»Meine Kindheit?«, fragt Moritz verblüfft.

»Nein, nein, schon gut. Vergessen Sie es.«

»Sie wollen wissen, wie meine Kindheit gewesen ist? Warum?«

Marthe ist gezwungen, den Kopf zu heben. Sein Blick verlangt es. Seine Stimme verlangt es.

Also tut sie es. Sie hebt den Kopf und sieht ihn an.

»Vergessen Sie es einfach. Es war eine dumme Frage.«

»Nein! Nein! War es überhaupt nicht! Es war im Gegenteil eine sehr kluge Frage. Aber ich kann diese Frage nicht beantworten, verstehen Sie? Ich kann es nicht. Aus vielen Gründen.«

Marthe nickt. Sie versteht. »Ich verstehe«, sagt sie.

»Nein!«, ruft Moritz. »Sie verstehen nicht. Sie können das gar nicht verstehen! Niemand kann das verstehen!«

Marthe steht auf. Ihre Knie sind weich, aber geben nicht nach, ihre Hände zittern, sie umkrallt die Riemen ihrer Handtasche, die sie wieder über die Schulter schiebt.

»Vielen Dank für den Kaffee«, murmelt sie. »Es war sehr nett. Verzeihen Sie.«

Er springt auf. Er nimmt ihren Ellenbogen, galant wie ein, ja, wie ein was?

Ihr Herz schlägt heftig.

»Ich bringe Sie noch zu Ihrem Auto«, sagt Moritz.

So gehen sie gemeinsam durch das Tor, vorbei an dem Wärter, dem Kassenhäuschen, zwischen den beiden Säulen mit den Elefantenköpfen. Marthe versucht, sich Moritz Schritten anzupassen. Moritz hat einen tänzelnden, eleganten Gang, das fällt ihr immer wieder auf. Vielleicht, weil Paul und Max einen ganz anderen, schweren Gang haben. Sie errötet bei dem Gedanken, dass ihr alles an Moritz so gefällt, sogar das Geräusch, das seine Sohlen auf dem Kies machen. Ein vornehmes Geräusch, wie Kies überhaupt vornehme Geräusche produziert. Das hat sie immer schon empfunden. Sie macht ihre Schritte neben seinen ganz leicht.

Die Gedanken laufen ihr davon. Ihr Atem geht schnell. Moritz sagt etwas. Aber sie versteht ihn nicht. Oder ist das nur der Wind in den hohen Kastanien, sind das nur die Stimmen der anderen Besucher, die auch zum Parkplatz wollen? Das Rufen, das Lachen, das muntere Erzählen …

Sie stolpert über einen Bordstein, und Moritz greift instinktiv nach ihrem Arm, um sie zu stützen. »Hoppla! Nicht träumen.«

Sie schaut ihn sekundenlang an, dann wieder weg. Es beschämt sie, ihren Sohn so intensiv anzusehen, weil sie ahnt, dass ihr Blick etwas Gieriges hat, Schamloses. Es ist, als wolle sie ihn mit der Kraft ihres Blickes einfangen, wieder zurückholen in ihren Bauch, noch einmal von vorn anfangen. Ein heller, hoher Ton ist plötzlich in ihrem Kopf, ein Ton von Glas, das zerbricht. Ein hohes, helles Knacken. Danach kann sie wieder freier atmen. Und lächeln.

»Alles gut«, sagt sie.

»Wirklich?« Er klingt jetzt besorgt. Diese Besorgnis rührt sie.

»Ja, wirklich. Alles gut«, wiederholt sie. Und deutet lächelnd auf das Auto, das in der dritten Reihe parkt.

Vorher hat neben dem Jaguar ein dunkelblauer Ford Transit gestanden, mit einem verrücken Terrier, der immerzu gegen die Fenster gesprungen ist. Jetzt ist der Platz frei.

Moritz starrt auf den Jaguar. »Das ist Ihr Auto?«

Marthe nickt. »Ein bisschen alt. Aber er funktioniert noch gut.«

»Ein bisschen alt?« Moritz wirft den Kopf zurück. »Dieses Auto ist ein Traum!« Er beschleunigt seine Schritte, er geht wie magisch angezogen von dem burgunderfarbenen Wagen mit dem blitzenden Chrom, wendet sich im Gehen ihr zu und ruft: »Was für ein Wagen! Oh, mein Gott!«

Marthe hat den Autoschlüssel aus der Tasche geholt. Der silberne Anhänger blitzt auf, als ein letzter Sonnenstrahl sich zwischen den Wolkenbänken hindurchzwängt. Paul hat in den Wagen auch eine automatische Türverriegelung eingebaut. Damals gab es so etwas noch nicht.

Die kleinen schwarzen Knöpfe schnellen hoch und Moritz strahlt. Wie ein kleiner Junge. Ihr Herz möchte zerspringen.

Er wartet bis Marthe neben ihm ist. Seine Hände gleiten zärtlich über die Kühlerhaube. »Ha! Das nenne ich Design! Welch eine vollendete Form! Schauen Sie«, er macht eine ausholende Geste und zeigt auf alle anderen Autos. »Was sind das dagegen für plumpe vulgäre Monster! Darf ich mich einmal reinsetzen? Nur für eine Sekunde?« Er lacht. »Wissen Sie, als Kind habe ich schon von diesem Wagen geträumt. Und wahrscheinlich werde ich mir im Leben niemals so ein Auto leisten können.«

Marthe öffnet die Fahrertür, hält ihm den Schlüssel hin.

Aber Moritz hebt verstört die Hände. »Oh nein! Ich will nicht fahren, bewahre! Nur der Beifahrersitz.«

Marthe lächelt. Sie kennt zwei Männer, die in dieses Auto verliebt sind: Paul. Und Max.

Dass Moritz sich in diesem Punkt nicht von Paul und Max unterscheidet, enttäuscht sie keine Sekunde. Beweist es doch nur einmal mehr, dass dieser wunderbare, elegante und gut aussehende junge Mann ihr Sohn sein muss! Irgendetwas, wenn nicht das Aussehen, müssen diese drei Männer – ihre Männer – doch gemeinsam haben. Etwas muss er doch auch von Paul geerbt haben. Warum nicht die Liebe zu einem Jaguar, Baujahr 1981?

Er blickt sie über das Coupé-Dach an. »Ihr Ernst? Sie bringen mich nach Hause?«

»Ich könnte doch gar nicht mehr nein sagen«, sagt Marthe, »wenn ich den Glanz in diesen Augen sehe.«

»Die haben lange nicht so geglänzt«, sagt Moritz.

Das Blut rauscht in Marthes Schläfen. Ihre Kehle ist wie ausgetrocknet. Der Glanz in den Augen ihres Sohnes ist mehr als sie ertragen kann. Aber sie weiß auch, dass sie nicht mehr ohne diesen Glanz sein will. Sie weiß es, als Moritz Lockenkopf ins Wageninnere taucht.

»Ah! Ist das ein Leder!« Seine Finger streicheln das Leder, das immer noch wie neu wirkt. Paul bearbeitet es einmal im Jahr mit einer besonderen Flüssigkeit, die er sich aus England kommen lässt. Irgendwie wird das alte Leder zu neuem Leben erweckt und riecht auf einmal wie das Fell einer Gazelle.

»Also«, sagt Marthe, als sie den Schlüssel ins Schloss steckt, »wo wohnen Sie? Ich hab gesagt, ich bringe Sie nach Hause.«

Moritz lächelt, die Augen halb geschlossen, die Hände streichen über den Sitz. »Okay, fahren Sie mich nach Hause, Lady. Ich wohne auf dem Mond.«

Er lacht, als er ihre Verwirrung spürt. Er legt ganz kurz

seine Hand auf ihr Knie und lacht wieder, als sie zusammenzuckt. »Es ist ganz in der Nähe.«

Marthe lässt den Motor an und steuert den Wagen rückwärts aus der Parklücke.

»Da vorne müssen Sie sich rechts halten und bei der Ampel noch einmal rechts.«

Sie nickt. Sie konzentriert sich auf das Fahren und sieht gleichzeitig, dass er Schnürschuhe trägt und dass seine Schuhe glänzen. Sie sieht seine gepflegten Hände. Sie versucht, seinen Geruch einzuatmen, aber er hat keinen Geruch. Er riecht nach gar nichts.

»Sie sind reich«, sagt Moritz plötzlich. Und Marthes Gesicht wird heiß. Sie schüttelt heftig den Kopf.

Aber jetzt wünschte sie, sie wäre reich, eine Millionärin mit Sommerhaus in Südfrankreich oder Portugal, auf den Klippen, mit einer Terrasse, die über das Meer hinausragt. Sie könnte ihn belügen. Sie könnte ihn mit Details aus einem fremden geträumten Leben eine Weile in ihren Bann zu ziehen. Er würde neben ihr sitzen und ihr zuhören, wenn sie von dem Haus in Südfrankreich erzählt und der Motoryacht unten im Hafen.

»Wie reich?«, fragt Moritz. Er lacht dabei und sie lacht auch.

»Überhaupt nicht reich«, sagt sie. »Leider.«

»Oh«, sagt er, »Reichtum ist relativ! Leuten, die richtig viel Geld haben, ist es oft peinlich. Das ist doch sympathisch, sehr sympathisch. Manch Reicher fühlt sich arm. Und ich ahne, was dieser Jaguar heute wert ist, ungefähr jedenfalls. Wissen Sie, dass es im Internet eine Fan-Gemeinde alter Jaguars gibt mit einem eigenen Chatroom? Da klicke ich mich manchmal ein. Herrlich! Und informiere mich über Auktionen. Höchstgebote und so weiter.« Er seufzt. »Es hat mal eine Zeit gegeben, da habe ich genau von so einem Auto geträumt. Burgunderrot ausgerechnet.« Er strahlt sie an, als wäre sie Jackie Onassis.

Marthe stellt sich vor, wie es wäre, wenn Moritz sie in ihrem Zuhause besuchte. Wie es wäre, wenn er in ihre Straße käme, wenn er sehen könnte, wie sie lebt, wenn er die Klinkerbauten sähe, diese zweistöckigen Häuser, von denen es ein halbes Dutzend gibt, mit je acht Wohnungen. Alle mit einem großen Wohnzimmer und einem kleinen Küchenbalkon. Die Haustür überdacht mit gelblichem Plexiglas, das an den Ecken Moos angesetzt hat. Im Vorgarten ein Rasen, auf dem der Löwenzahn sich breit gemacht hat, und hin und wieder ein Zierstrauch, der den Unrat sammelt, den der Wind durch die Straßen wirbelt.

Gut, dass Moritz das nicht weiß. Nicht daran denken.

Wenn Moritz so neben ihr sitzt und schweigt, kann sie sich einreden, alles Ungesagte sei längst gesagt, sie seien ganz selbstverständlich Mutter und Sohn. Ein Paar, das sich mag und das schweigt im vollständigem Einvernehmen. Sie kann sich einreden, dass sie immer schon so durch die Städte gefahren sind, Mutter und Sohn, auf Straßenschilder geschaut, über Alltägliches geredet und dann wieder lange Strecken schweigend nebeneinander gesessen haben.

So ist Moritz herangewachsen zu diesem großartigen, attraktiven jungen Mann in weiten, hellen Leinenhosen, der wie ein Filmheld die Beine übereinander schlägt und den Ellenbogen gegen den Fensterrahmen lehnt. Den Kragen des Sackos hat er hochgeschlagen, weil die Mode das gerade verlangt. Ebenso der Kragen des Polohemdes. Ein Lacoste-Hemd. Sie hat alles sofort gesehen. Ihr Sohn ist ein Mensch, der Äußerlichkeiten genießt, dem schöne Dinge gefallen, der mehr sein möchte als er ist.

Aber ist sie nicht genau so? Liegen nicht bei ihr auf dem Couchtisch auch Stapel von Schöner-Wohnen-Zeitschriften? Und versucht sie nicht, mit der neuesten Mode mitzugehen? Steht sie nicht immer prüfend vor dem Spiegel, bevor sie das Haus verlässt? Rasiert sie nicht einmal in der Woche in der Badewanne ihre Beine? Lackiert sie nicht ihre Fußnägel? Färbt sich die Wimpern? Warum tut sie das alles?

Vielleicht aus dem gleichen Grund, aus dem Moritz den Kragen seines Polo-Hemdes hochschlägt.

Sie versucht, sich an Augenblicke zu erinnern, als sie so allein mit Max durch die Stadt gefahren ist. Aber es fällt ihr keine einzige Gelegenheit ein. Sie waren immer zu dritt, Paul am Steuer, sie auf dem Beifahrersitz, Max hinten. Später, als Max älter wurde, hat er vorn gesessen, neben seinem Vater, und sie auf dem Rücksitz. Für sie war es weniger unbequem. Max war ein Sitzriese wie sein Vater. Ein besonders langer Oberkörper. Eigentlich ist ein Coupé ein Auto für zwei Personen. Vielleicht sind Paul und Max deshalb später immer so gern allein unterwegs gewesen.

Aber jetzt sitzt sie am Steuer, und ihr Sohn ist bei ihr. Sie kann die Hand ausstrecken und ihn anfassen, könnte sein Knie berühren, seinen Arm, sein Haar.

Natürlich wird sie das nicht tun. Sie will ihn nicht erschrecken. Eine Mutter von erwachsenen Söhnen zeigt keine Zärtlichkeit mehr. Erwachsene Söhne wollen sich von allen Menschen berühren lassen, aber nicht von ihrer Mutter. Das hat sie einmal irgendwo gelesen. Und daraus eine Art Trost geschöpft, als sie und Max sich immer mehr voneinander entfernten. Vielleicht ist das normal, hat sie gedacht, der natürliche Abnabelungsprozess von Mutter und Sohn. Und dabei doch im Innersten gewusst, dass nichts normal war zwischen ihr und Max. Nichts selbstverständlich.

So wie jetzt mit Moritz. Wie entspannt er wirkt. Wenn sie flüchtig zur Seite schaut, sieht sie den hochgezogenen Mundwinkel und winzige Lachfältchen im Augenwinkel. Er genießt diese Fahrt ebenso. Das ist wunderbar. Sie wünschte, sie könnten weiterfahren, immer schneller, bei geöffneten Fenstern den Fahrtwind spüren. Auf eine Straße, die schnurgerade auf einen Horizont zuläuft, darüber eine Sonne, strahlend und groß. Verheißungsvoll.

Das Leuchten einer anderen Zukunft, eines anderen Lebens. Sie spürt, wie die Ungeduld, die irrwitzige Sehnsucht nach diesem anderen Leben ihr fast die Luft nimmt.

»Der Wagen hat so einen angenehmen Geruch«, sagt Moritz.

»Ach ja?« Sie riecht das nicht mehr.

»Das Leder riecht wie neu.«

»Ist es aber nicht.«

»Nächste Ampel rechts.«

Marthe betätigt den Blinker. Dann schweigen sie wieder.

Paul und sie haben in dem Fach unter der Mittelkonsole eine kleine Sammlung Disketten, von Bruce Springsteen und Herbert Grönemeyer, Madonna und Phil Collins. Sie könnte ihm das alles zeigen. Aber sie tut es nicht. Sie kennt seinen Geschmack nicht. Und möchte für ihren Geschmack nicht ausgelacht werden. Nicht von ihm.

Er weist ihr den Weg. Es sind höchstens zehn Minuten. Das Haus, vor dem sie schließlich halten, macht keinen besonderen Eindruck. Ein Mietshaus, 50er Jahre, ohne Schnörkel, ein Nutzbau ohne Schönheit, ohne Dekor.

Moritz deutet nach oben. »Da oben, unter dem Dach, das ist meine Mansarde«, sagt er. Sie sieht ein schmales Dachfenster, aus dem eine Plastiktüte hängt. Sie lächelt.

»Danke«, sagt er. »wirklich ein Erlebnis.« Er steigt aus, beugt sich noch einmal zu ihr und lächelt. »Und ich meine nicht das Auto«, sagt Moritz.

Er schaut sie an, als wolle er genau prüfen, wie rot sie wird. Er streicht sanft, aber nicht aufdringlich über ihren Handrücken.

»Würde mich freuen, wenn der Zufall uns noch ein weiteres Mal zusammenführt. Er ist auf unserer Seite, oder?«

Landeskrankenhaus Oldenburg
Station 5
Prof. Dr. Philip Casai

3. März 2003

Sehr geehrter Herr Prof. Dr. Casai,

ich habe lange hin und her überlegt, ob ich den Schritt tun und Ihnen schreiben soll. Aber ich denke, je mehr Fakten Sie wissen, desto besser in diesem tragischen Fall.

Ich habe gesehen, wie meine Lebensgefährtin sich geplagt hat, bevor Sie Ihnen antworten konnte. Da ist vieles noch nicht bewältigt, und wie auch?

Ich möchte Ihnen nur von dem Tag berichten, an dem wir beide, Veronika und ich, zum ersten Mal von der Existenz einer gewissen Person erfuhren. Ich nenne sie Moritz.

Es war im Juni, ein Sommerabend, und Veronika und ich saßen vor meinem Häuschen auf dem Bootssteg.

Da hörten wir den Jaguar. Mein Schwiegersohn Paul ist ja ein Autonarr. Er hat immer das ganze Geld in Autos gesteckt. Auch in diesen Jaguar, Baujahr 81, glaube ich. Den Motor konnte man meilenweit von allen anderen Autos, die in der Gegend unterwegs waren, unterscheiden.

Marthe kam also mit diesem Auto angefahren und wirkte irgendwie anders. Sie lachte auf so eine merkwürdige Art. Und ich dachte sofort, es ist etwas passiert. Es ist mit Marthe etwas passiert. Wir wussten natürlich beide, wie sehr Marthe unter dem Tod des Kindes gelitten hat, dass ihr immer etwas gefehlt hat. Dass sie diesem Moritz – er sollte Moritz heißen, Max und Moritz, aber das wissen Sie ja alles – so viel Platz einräumte im Alltag. Und in ihren Gedanken.

Paul hat uns einmal ins Vertrauen gezogen. Wir waren erschüttert, als er erzählte, dass Marthe manchmal Selbstgespräche führt, und er dabei immer den Verdacht habe, sie redet mit dem totgeborenen Kind. Aber noch gruseliger fand Veronika, dass Marthe manchmal ganz in Gedanken den Tisch für vier Personen deckt, als erwarte sie außer Paul und

Max noch jemanden. Paul hat uns gefragt, was man da machen kann.

Abwarten, hat Veronika immer gemeint, das verwächst sich. Sie wird darüber hinwegkommen, dabei waren damals schon fünfzehn Jahre vergangen.

Mir hat Max immer Leid getan. Der Junge, der sich so nach der Liebe seiner Mutter sehnte! Und der sich irgendwie nicht erlaubt hat, diese Sehnsucht zu zeigen, aus Angst, sie könnte ihn zurückweisen. Max hat immer geglaubt, dass Marthe Moritz mehr geliebt hätte, wenn er auf die Welt gekommen wäre. Und trotzdem hat Max sich gewünscht, diesen Zwillingsbruder zu haben. Dann hätte er mit ihm raufen können, sich streiten, sich schlagen, um die Liebe seiner Eltern kämpfen, mit ihm in Konkurrenz treten. Aber mit einem Phantom? Das ist wie Schattenboxen. Aber zu diesem Abend im Juni:

Irgendetwas ist anders, hab ich sofort gedacht, als Marthe aus dem Auto stieg und auf uns zukam. Ihr Gang war anders. Weicher. Weiblicher, Tänzelnder.

Marthe ging wie eine Frau, die eben eine Eroberung gemacht hat. Das war mir sofort sonnenklar. Verstehen Sie mich nicht falsch. Ich habe kein sexuelles Interesse an meiner Stieftochter gehabt, nie. Ich will nur erklären, dass Marthe auf einmal etwas Sinnliches, Lustbetontes hat, das man vorher nie an ihr gesehen hat. Deshalb habe ich sie so angestarrt.

Und in diesem Augenblick habe ich gewusst: es ist etwas passiert. Etwas mit Marthe ist passiert. Von jetzt an wird nichts mehr sein wie es war.

Und wissen Sie, was ich in diesen Sekunden noch dachte? Ich dachte: ist das nun gut oder ist das schlecht für Paul? Denn wir haben den Schwiegersohn immer gemocht.

Marthe hat sich ein Bier genommen und aus der Flasche getrunken, obwohl sie nie aus der Flasche trinkt.

Wir haben nichts gesagt. Veronika hat auch genau gespürt, dass da eine Spannung war. Marthe hat über den See geguckt, die Mücken flogen sehr tief, ich glaube, sie hat das auch gesagt, gut zum Karpfenangeln heute Nacht, hat sie gesagt.

Irgendetwas kommt, haben wir gedacht, irgendetwas hat sie auf dem Herzen. Aber sie kam nicht raus damit.

Sie ist aufgestanden, als wolle sie gehen.

Da hat Marthe sich besonnen, hat ihre Mutter angefasst und gesagt: »Ich habe ihn gesehen, Mama.«

»Wen?«

Ich bin sicher, Veronika wusste sofort Bescheid.

»Du weißt schon«, hat Marthe gesagt.

»Nein, weiß ich nicht.«

»Doch«, hat Marthe gesagt, »Moritz.«

Veronika und ich haben uns angesehen. Veronika hat geseufzt, und zu Marthe gesagt: »Ach, hör doch auf. In was spinnst du dich da wieder rein! Ich hab keine Lust, mir den Blödsinn anzuhören!«

Ich hab gesehen, wie Marthes Lächeln verschwand, wie weggewischt war es.

Sie hat die Flasche vorsichtig auf den Boden gestellt, hat sich die Haare mit beiden Händen so aus der Stirn geschoben, wie sie das immer tut, und dann den Kopf in den Nacken geworfen. Trotzig wie ein Kind. Und dann ist sie einfach weggegangen.

Veronika und ich haben Paul von diesem Besuch nie erzählt. Ein oder zwei Tage später sagte Veronika: »Das Mädchen ist wirklich verrückt.«

Ich hab darauf irgendetwas geantwortet, etwas wie: »Ach komm, das wird schon wieder.« Und Veronika hat genickt und geseufzt und gesagt: »Ja, irgendwann wird es vielleicht wieder. Aber wann? Der arme Paul tut mir leid.«

»Und mir tut Max leid«, hab ich gesagt.

Herr Prof. Casai, Sie werden uns vielleicht eine Mitschuld geben wollen an der Tragödie. Schuld durch Nichtstun. Weggesehen. Weghören. Glauben Sie nicht, dass ich mir keine Gedanken darüber mache.

Aber in unseren Kreisen spricht man über solche Dinge nicht. Man hatte eine Scheu vor diesen seelischen Komplikationen, verstehen Sie?

Wir hofften, dass die Zeit alles heilen würde.

Ich weiß heute, dass das nicht geht.

Hochachtungsvoll
Ihr Bernd Vogelsang

10.

Marthe weiß jetzt, wo Moritz wohnt. Sie hat seine Adresse: Rentzestraße 39. Dort hat er ein Zimmer in der Mansarde. Er hängt Sachen in einer Plastiktüte aus dem Kippfenster.

Sonst weiß sie nichts von ihm, nicht einmal seinen Nachnamen. Auch nicht, was er tut, wenn er nicht im Tierpark sitzt und liest.

Sie hätte ihm viele Fragen stellen können und sie hat ihm keine einzige gestellt.

Oh doch: Sind Sie glücklich?, hat sie gefragt.

Wie lächerlich sie sich gemacht hat mit dieser Frage. Was soll ein junger Mann denken, der von einer Frau angesprochen wird, die seine Mutter sein könnte? Und die als erstes fragt: Sind Sie glücklich?

Er muss denken, sie ist verrückt.

Sie hebt die Hände und legt sie an das feuerheiße Gesicht.

Sie muss wieder zu Verstand kommen, wieder ruhig werden, drei Nächte hat sie kein Auge zugetan. Drei Tage hat sie in der Firma ihren Dienst nur abgesessen. Sie weiß nicht, was sie in den Computer getippt, was sie auf Anrufe erwidert, was sie in Bilanzen eingetragen hat. Sie hofft nur, dass die Routine ihr geholfen hat, keine Fehler zu machen, jedenfalls keine großen Fehler.

Nach dem Wochenende will sie sich alle Vorgänge noch einmal vornehmen, falls sie die Zeit dazu hat.

Paul ahnt nichts. Mit ihm kann sie nicht darüber reden. Paul hat, als sie so spät zurückkam, ihr nur einen Blick zugeworfen, den sie einfach ignoriert hat.

»Ah«, hat er nur gesagt, »kommst du auch noch einmal nach Hause?«

»Ja«, hat sie erwidert und zaghaft gelächelt.

Später hat er gefragt, was es zu essen gibt, und sie hat geantwortet: »Der Tiefkühler ist voll. Wir können was aussuchen.«

»Und wenn ich keine Lust auf Mikrowellenfraß habe?«, hat er gesagt, nein gebrüllt, was ungewöhnlich für den sonst so sanften Paul ist. Und ist an ihr vorbei aus der Wohnung gestürmt.

Sie hat langsam ihre Tasche zu Boden sinken lassen und ist einfach so stehen geblieben, einen halben Meter vom Garderobenschrank und dem Spiegel entfernt, aber doch so, dass sie ihr Gesicht sehen konnte. Ihr weißes Gesicht. Und den fiebrigen Glanz in den Augen. Die hohen Wangenknochen. Der flammende Rand der Oberlippe. Vor dieses Gesicht hat sich das von Moritz geschoben, wie bei einer Computersimulation. So sind sie eins geworden in dem Garderobenspiegel.

Paul kam zurück, und er wirkte friedlicher. Er hat sich vergewissert, ob Marthe den Wagen richtig eingeparkt hat. Und vor allen Dingen, ob er keinen Schaden genommen hatte. Irgendwie hatte er wohl den ganzen Tag über ein schlechtes Gefühl gehabt. Und das nicht mit Marthe, sondern mit dem Jaguar in Zusammenhang gebracht. Er war, als Marthe nicht rechtzeitig nach Hause gekommen war, überzeugt gewesen, dass ihr mit dem Wagen irgendetwas passiert sei. Jetzt war er beruhigt. Er hat sie in den Arm genommen und sie geküsst, als sie ihm Mexikanische Tortillas vorgeschlagen hat. Die konnte sie gut.

In der Nacht haben sie miteinander geschlafen. Er war so erregt wie früher, wenn sie für ein paar Tage getrennt gewesen waren.

Das Fortsein hat einen Reiz. Das Wiederkommen erhöht die Lust. Etwas Fremdes ist inzwischen geschehen, und dieses Fremde erweckt die Begierde. Darüber dachte Marthe nach, während Paul versuchte, sie zum Orgasmus zu bringen. Paul gehörte nicht zu den Männern, die nur an die eigene Befriedigung dachten. Er zögerte den Samenerguss immer so lange hinaus, bis er ihre Feuchtigkeit spürte, ihren kürzeren Atem, ihr heiseres Seufzen hörte.

Marthe brauchte dieses Mal länger. Und eigentlich funktionierte es erst, als sie sich noch einmal Moritz vorstellte, wie er über die Kühlerhaube des Jaguars streichelte. Da stieß sie einen spitzen kleinen Schrei aus und drückte ihre Fingernägel in Pauls Fleisch und weinte, als er sich in kräftigen Stößen in sie ergoss.

Am Samstag wollen sie rausfahren zu Veronika und Bernd wie verabredet. Marthe will einen Salat mit Thunfisch, Eiern, Bohnen und Chicorée vorbereiten, das hat sie so mit ihrer Mutter abgesprochen. Und vielleicht ein Tiramisu. »Bernd ist ein Süßer«, sagt Veronika immer.

Der Kupferteich ist noch kalt, er hat keine 20 Grad. Aber sie kennt ihre Mutter: die ist imstande und jagt sie alle ins Wasser, als Erfrischung, und weil es so gesund ist, wenn man sich abhärtet. Marthe hat deshalb in den Korb schon zwei Handtücher, Pauls Badehose und ihren Badeanzug gelegt.

Im Flur neben der Wohnungstür liegt das Paket mit den gewaschenen Gardinen. Marthe hat sich angeboten, die Gardinen aus der Casita zu Hause zu waschen und zu bügeln. Der Reinigung trauen sie beide nicht. Die Gardinen sind frisch und duftend, fast wie neu. Marthe hat Seidenpapier zwischen die einzelnen Lagen gelegt. Damit keine Falten und Knicke entstehen.

Sie kann also, wenn die anderen schwimmen gehen, die Gardinen aufhängen, dann hat sie etwas zu tun, ist aus der Schusslinie. In ihr wühlt die Angst, Veronika könnte auf den Mittwoch zu sprechen kommen. Auf ihren Ausflug nach Hagenbeck.

Sie nimmt ein frisches Geschirrtuch aus dem Schrank, hält es unter kaltes Wasser, wringt es aus und presst es gegen die Schläfen. Ihr Puls ist schnell und ihre Gedanken blitzen auf wie Bilder auf dem Fernsehschirm.

Sie greift nach dem Telefon, wirft sich in einen Sessel und wählt die Handynummer ihrer Mutter.

»Mama? Ich bin's. Stör ich?«

»Überhaupt nicht, Schatz. Ich stehe vor dem Bahnhof. Der Zug aus Münster hat acht Minuten Verspätung. Man sitzt hier wieder seine Zeit ab. Ihr kommt doch morgen? Wir hatten doch Samstag gesagt?«

»Ja. Morgen.«

»Schönes Wetter, oder? Hab ich doch gesagt: das Hoch kommt so sicher wie das Amen in der Kirche.«

»Mama …?«

»Oh, jetzt passiert da vorne was. Er lässt die Schranke runter. Sag bloß, der Zug kommt doch pünktlich. Wär ja ganz was Neues.«

»Mama, das wegen neulich … wegen vorgestern … Abend …, du weißt schon …«

»Ja, ich weiß. Was ist damit?«

»Ich wollte nur …, wäre nett …, ich meine …, wir müssen nicht darüber reden. Oder?«

Sie lauscht. Ihr Herz rast.

»Also, Schatz, ICH muss nie über den Unsinn reden, das weißt du. Ich würde nicht im Traum dran denken, das Thema anzuschneiden.«

»Ich hab nämlich Paul nicht erzählt, dass ich Moritz getroffen habe.«

Wieder eine lange Pause. Dann ein Räuspern, ein irritiertes Räuspern. Marthe kennt das bei ihrer Mutter und sie weiß, dass dem Räuspern gleich ein Wutausbruch folgen kannn. »Marthe: du hast Moritz nicht gesehen! Du hast nur behauptet, dass du ihn gesehen hast. Das ist ein Unterschied.«

»Ja, stimmt, ich hab's behauptet.«

»Also, wir vergessen das sofort.«

»Ja, bitte, vergiss es.«

»Gut, abgemacht. Und du redest nie wieder so einen Unsinn.«

»Ist gut, Mama, versprochen. Ich belästige euch damit nicht mehr, ich rede nicht mehr darüber.«

Wieder eine Pause. Marthe hört durch das Telefon, wie ihre Mutter ungeduldig auf die Hupe drückt. »Der Schorsch vor mir, der schläft mal wieder. Der sieht nicht, dass da vorn ein Fahrgast winkt, Also, Schatz, wir reden nicht mehr darüber und du denkst nicht mehr solchen Blödsinn! Denn es ist hanebüchener Unsinn! Hörst du?«

Marthe schweigt und legt auf.

Bernd und Paul sind noch einmal im Wasser. Marthes Mutter deckt auf der Veranda den Tisch. Die Sonne steht noch hoch, obwohl es schon nach neun Uhr abends ist.

Nach dem Bad wollen Paul und Bernd eine heiße Dusche nehmen. Es gibt jetzt fließend heißes und kaltes Wasser. Es hat sich in der Casita ohnehin eine ganze Menge verändert. Bernd hat, seit er im April in Rente gegangen ist, fast seine ganze freie Zeit mit Basteln und Bauen verbracht. Die Veranda hat es vorher auch nicht gegeben. Und einen Vorraum vor der Küche. Auf die Genehmigung für Veranda und Vorraum wartet Bernd immer noch. »Aber wenn ich warte«, sagt Bernd, »kommt die vielleicht zusammen mit meinem Totenschein.« Die Wände neu tapeziert, der Fußboden mit Laminat belegt.

Die Steckerlfische auf dem Grill, die Bernd mit Olivenöl von innen und außen bestrichen und mit einem Thymiansträußchen gefüllt hat, haben schon eine knusprige Haut.

»Genug!«, ruft Veronika, »kommt wieder raus, ihr Walrösser!«

»O Mann, Leute«, Bernd lässt sich auf seinen Campingstuhl fallen, »wir haben es verdammt gut, oder? Gibt es im Augenblick«, er streckt die Hand nach Marthe aus, »Marthe, sag mir, gibt es im Augenblick irgendeinen Platz auf der Welt, an dem du lieber wärst als hier?«

Marthe lächelt. Sie schlägt in seine ausgestreckte Hand ein und setzt sich dann ihm gegenüber, mit dem Rücken zum See.

»Sag was, Marthe.«

»Was hast du denn gefragt?« Marthe arrangiert die Salatschüssel, Salz und Pfeffer, rollt die Papierservietten zusammen.

»Ob es auf der Welt«, Bernd schenkt ihr Weißwein ein, ein honiggelber Wein, der sicherlich zu viele Prozente hat und ein bisschen zu süß ist, weil er die Weißweine so liebt, »einen verdammt noch mal schöneren Platz gibt, als dieses kleine Angelparadies am Kupferteich?« Er schenkt sich ein, stellt die Flasche weg und prostet Marthe zu. »Wie das Wort Paradies ja schon sagt.«

Marthe lächelt, prostet zurück, trinkt.

»Na?«, fragt Bernd. »Ich höre nichts.«

»Nein«, sagt Marthe, »gibt es nicht.« Sie hört, wie Paul und Veronika in der Küche leise miteinander sprechen. Sie strengt sich an, irgendein Wort herauszuhören, aber nichts, nichts. So lange Bernd redet wie ein Wasserfall, kann sie ohnehin nichts anderes verstehen.

Dann schaut Bernd sie an, lehnt sich zurück, dreht sein Glas in der Hand. »Weißt du was, Mädchen«, sagt er, »ich hab dich immer gemocht. Ich hab dich gemocht wie meine eigene Tochter.«

»Du hast doch gar keine eigenen Kinder«, sagt Marthe.

»Eben. Und darauf stoßen wir jetzt an.«

»Mama und ich haben ganz schön viel Glück mit dir gehabt«, sagt Marthe. Sie sagt es genau in dem Augenblick, als sie das Lachen von Paul und Veronika aus der Küche hört. Beide schauen unwillkürlich in die Richtung.

»Lachen die über uns?«, fragt Bernd augenzwinkernd.

Marthe schüttelt den Kopf. »Über uns gibt es nichts zu lachen«, sagt sie. »Wir sind doch nicht lächerlich, oder?«

»Nein«, sagt Bernd. Paul »Wir sind allesamt ganz wunderbare Menschen. Schade nur, dass Max nicht da ist.«

Marthe steht auf und geht zum Feuer, nimmt einen Spieß, dreht ihn in der Hand.

»Die Fische vertrocknen«, ruft sie. »Mama! Paul! Wo bleibt ihr denn?« Sie legt den Spieß wieder zurück.

»Schade, dass du gleich so abweisend reagierst, wenn die Rede auf Max kommt«, sagt Bernd, bevor Paul und Veronika aus der Küche kommen.

»Ich hab doch gar nichts gesagt.«

Bernd schaut sie an, eindringlich. »Das ist es ja gerade«, sagt er leise. »Genau das.«

»Redet ihr über Max?«, sagt Veronika. »Wie geht es ihm?«

»Gut!«, sagt Paul.

»Ist er noch in Hannover?«

»Und wie. Die können ohne Max doch einpacken in der Firma.«

Bernd lächelt. »Die haben ihn also behalten?«

»Was heißt behalten! Die haben ihm auf einem silbernen Tablett einen neuen Vertrag überreicht!«

»Das freut mich«, sagt Bernd. »Mann, wie mich das freut. Max der Flugzeugbauer.«

»Genau«, sagt Paul. »Sie schicken ihn nächsten Monat für ein halbes Jahr nach Dresden, ins Airbus-Werk.«

»Whow«, sagt Bernd. »Das ist Klasse. Max ist ein prima Kerl. Ihr habt wirklich einen tollen Sohn.« Er wirft Marthe, die wortlos zugehört hat, einen langen Blick zu.

»Und du«, fragt er schließlich. »Wie kommst du damit zurecht?«

»Gut«, sagt Marthe. »Womit eigentlich?«

»Na, wenn der Max jetzt nach Dresden geht, werdet ihr ihn eine Weile nicht sehen.«

»Das ist okay«, sagt Marthe.

Alle warten, ob sie noch etwas sagen wird. Aber sie hat schon alles gesagt.

Paul atmet tapfer durch. »Ja. Früher ist er ja noch alle vier Wochen nach Hause gekommen, um seine alten Freunde zu treffen. Aber die sind ja inzwischen auch in alle Winde verteilt. Da hat er nun keinen Grund mehr zu kommen.«

Bernds Augen ruhen immer noch auf Marthe. Das ist ihr unangenehm, sie dreht ihren Stuhl ein wenig zur Seite und schaut auf die glatte Wasseroberfläche des Teichs. Marthes Mutter zieht ihren Stuhl näher an den von Bernd. »Schöner Abend, was?« Ihre Stimme klingt zärtlich, fast glücklich.

Marthe muss ihre Mutter immer anschauen, wenn sie so mit Bernd schmust. Sie kann sich an den Anblick nicht gewöhnen, obwohl ihre Mutter und Bernd nun schon seit fast dreißig Jahren zusammen sind. Vielleicht gerade deshalb. Dass eine Zärtlichkeit so lange anhalten kann, das findet sie schön. Vielleicht schaffen Paul und sie das ja auch. »Max geht für die Firma nach Dresden«, sagt Bernd. »Hast du das gewusst?«

»Nein«, sagt Veronika. »Keine Ahnung. Wann denn?«

»Jetzt, im Juli«, sagt Paul.

Bernd trinkt, wischt den Schaum von den Lippen, schaut Marthe an. »Der Junge hat mir manchmal richtig leid getan«, sagt er, »der ist in seinem Leben zu kurz gekommen.«

Schweigen. Die Mücken schwirren.

»Ach«, sagt Veronika leichthin, »da gibt es Schlimmeres.«

»Ja? Ich weiß nicht«, sagt Bernd. Und hebt wieder sein Glas.

Sie schweigen. Paul erschlägt eine Mücke auf seinem Arm.

Marthe steht auf, geht ans Ufer, verschränkt die Arme vor der Brust, starrt auf das Wasser. Manchmal springt ein Fisch. Sie hört nicht, was die anderen sagen. Sie haben ihre Stimmen gedämpft. Aber sie ahnt, dass es immer noch um Max geht. Und also auch um sie. Niemand wird es aussprechen, aber möglicherweise denken es alle: dass sie eine schlechte Mutter war. Dass sie Max nicht genug Liebe gegeben hat, nicht genug Aufmerksamkeit. Aber was, wenn Max das gar nicht wollte? Wenn er sich dagegen gesperrt hat?

Wer ist denn am Wochenende immer mit Max losgefahren, ohne sie?

Das war doch Paul! Wer hat den Max jeden Abend in den Hobbyraum gelockt, um mit ihm stundenlang zu basteln und zu schrauben und zu löten? Das war doch Paul!

Was hat eine Mutter dem entgegenzusetzen?

Soll sie jetzt vielleicht zurückgehen und ihnen von den Blicken erzählen, die Max ihr zugeworfen hat, über den Tisch hinweg, beim Abendessen? Wie ihr da das Blut gefroren ist? Wie sie am liebsten aufgestanden und weggelaufen wäre?

Weil sie die Kälte in diesem Blick nicht ertragen hat? Weil sie heute noch dieses Eis in ihren Gliedern spürt?

Paul steht plötzlich neben ihr, legt seinen Arm um sie, zieht sie zu sich heran.

»Na«, raunt Paul ihr ins Ohr, »alles gut?«

»Ja«, lügt Marthe.

»Schöner Abend, was?«

»Ja.«

»Und wird noch schöner, wenn wir erstmal zu Hause sind.«

»Ja«, sagt Marthe.

11.

In Hamburg an der Ecke Rentze- und Rudolfstraße unweit einer Metro-Bus-Haltestelle steht ein Imbisswagen. Vor dem Wagen zwei Stehtische mit roten Kunststoffdecken. Auf jedem Stehtisch ein Marlboro-Aschenbecher, sonst nichts.

Marthe ist heute das dritte Mal da.

Sie trinkt wie immer einen Kaffee mit viel Milch, und isst dazu einen gezuckerten Donut. Sie leckt den Zucker von den Fingern. Sie trägt ihre Sonnenbrille, obwohl es ein fast stürmischer Juli-Tag ist. Wenn sie die Rentzestraße hinunterschaut, sieht sie abgerissene, trockene Äste im Rinnstein und Blätter, die der Wind über die Gehsteige wirbelt.

Marthe ist um halb zehn gekommen. Jetzt ist es elf.

Aus dem Haus Nr. 39 ist bisher nur ein Mensch herausgekommen, eine ältere Dame in einem hellen Popelinemantel. Um zehn Minuten vor elf kam der Briefträger. Sonst passiert nichts. Marthe wartet.

Von Zeit zu Zeit schiebt sie ihre Sonnenbrille ins Haar. So sieht sie das Haus Nr. 39 deutlicher, es strahlt dann heller. Am Fensterbügel des Mansardenfensters, hinter dem Moritz wohnt, hängt kein Plastikbeutel mehr und es ist leicht geöffnet. Marthe weiß nicht, ob Moritz in der Wohnung ist. Sie weiß auch nicht, wie sie das herausfinden soll. Sie hat sich vorgenommen, heute zur Haustür zu gehen und die Namensschilder abzuschreiben. Sie kennt weder den Vornamen, noch Nachnamen, unter dem Moritz lebt. Aber vielleicht kann sie den anhand der Klingeltafel ermitteln. Immerhin weiß sie, dass er in der Mansardenwohnung oben rechts wohnt.

Marthe trägt den Teller mit den Zuckerkrümeln und ihren Kaffeebecher zurück zum Wagen.

Der Betreiber nickt ihr zu. »War's gut?«, fragt er.
»Ganz lecker«, sagt Marthe. Sie holt ihr Portemonnaie heraus. »Was macht es? Ich habe es vergessen.«
»Immer noch das Gleiche wie letzte Woche«, sagt der Betreiber und stellt Teller und Becher in die Spüle. »Drei Euro zehn.«
Marthe legt das Geld hin. Sie schiebt den Riemen ihrer Tasche über die Schulter und lächelt.

Wie ausgestorben ist die Straße jetzt.
Marthe stellt sich vor, wie in dieser Gegend die Leute morgens früh das Haus verlassen, um zur Arbeit zu fahren und abends wieder von der Arbeit zurückkommen. Dazwischen geschieht nichts. Einige wenige Autos parken am Straßenrand. Marthe ist mit dem Zug gekommen. Bahnhof Sternschanze ist sie umgestiegen in die U-Bahn, bis Niendorf Nord. Von da zu Fuß, circa acht Minuten Fußweg.
Sie schaut sich nach dem Postboten um. Sein Fahrrad steht vor einem anderen Haus.
Der Betreiber des Imbisswagens wischt die Stehtische sauber. Ein weißer Lieferwagen hält am Bürgersteig, der Fahrer dreht die Fensterscheibe herunter.
Niemand achtet auf Marthe, als sie auf das Haus Nr. 39 zugeht, zwischen einer fast mannshohen Buchenhecke. Die Haustür ist halb geöffnet. Jemand hat einen Holzkeil unter die Tür geschoben. Vielleicht, um frische Luft ins Treppenhaus zu lassen, vielleicht, weil jemand auf eine Lieferung wartet. Marthe hört das Geräusch eines Staubsaugers. Dann schläft eine Wohnungstür zu, und wieder Stille.

Marthe nimmt einen Notizblock heraus, starrt auf die Namen neben den Klingeln. Alles verschwimmt. In ihren Schläfen ein nervöses Surren. Sie kritzelt schreibt, fast unleserlich, die Namen in den Block. Sie hört wieder eine Tür schlagen.
Marthe kritzelt mit zitternder Hand: Zimmermann, Hellwege, Jürgens, Montez, Hernandez, Ihlenbrook. Ganz oben gibt es zwei Klingeln.
Links Lore Holtz. Das klingt wie der Name einer alten Dame. Vielleicht war es die im Taxi.

Sie hört Stimmen, eine männliche und eine weibliche Stimme. Die Stimmen kommen näher.

Marthe sieht sich verzweifelt um. Der Eingang zwischen diesen hohen Heckenwänden ist wie ein Tunnel, in dem man gefangen ist. Sie fragt sich, wie viele Schritte sie braucht bis zur Straße, und schon die Frage hat sie wieder eine rettende Sekunde gekostet.

Sie flüchtet ins Treppenhaus, enteckt die Tür zum Keller. Sie stürzt zu der Tür, während die Schritte im Treppenhaus widerhallen. Die beiden sprechen nicht mehr, nur hin und wieder lacht die Frau auf, als erinnere sie sich an etwas Lustiges.

Die Kellertür ist nicht verschlossen. Sie fällt in dem Augenblick, als sie einen polierten, ledernen Herrenschuh auf dem letzten Treppenabsatz aufblitzen sieht, hinter Marthe ins Schloss. Marthe ist in der Finsternis gefangen. Sie lauscht.

Die Schritte entfernen sich. Sie hört, wie die Haustür ins Schloss schnappt. Sie lehnt die schmerzende Schläfe an die Wand, die nach nassem Kalk riecht.

Marthe ist so erschöpft von der Aufregung, dass sie die Tür eine Weile nicht öffnen mag. Sie bleibt im Dunkeln und wartet, bis ihr Herzschlag sich beruhigt hat. Dann erst drückt sie vorsichtig die Klinke herunter.

Sie lauscht. Sie hält eine Weile die Luft an.

Aus irgendeiner Wohnung kommt Musik. Beatmusik. Bricht plötzlich ab, setzt wieder ein. Das ist alles.

Marthe geht auf Zehenspitzen zurück zur Haustür. Der Holzkeil liegt jetzt achtlos im Weg. Sie schiebt ihn vorsichtig beiseite, zieht die Tür auf, tritt hinaus. Niemand zu sehen.

Neben der Klingel rechts oben steht Kluge, der Anfangsbuchstabe des Vornamens: ein J. Marthe notiert ihn halb blind vor Scham.

12.

Marthe sitzt im Büro und blättert im Hamburger Telefonbuch. Es ist Mittagspause. Sie ist allein. Auf Seite 1062 findet sie die Eintragungen unter dem Nachnamen Kluge. Beginnend mit Kluge, Adelheid und endend mit Kluge, Wolfgang. Fast eine ganze Seite. Jan, Jara, Jutta, Jürgen, John und zwei, die auch wieder nur ihren Anfangsbuchstaben angegeben haben. Aber nur einer von ihnen wohnt in der Rentzestraße Nr. 39.

Marthe tippt die Nummer ein. Sie zittert so, dass sie sich zweimal verwählt.

Beim dritten Mal hört sie das Freizeichen. Noch ein Klingeln, dann springt ein Anrufbeantworter an. Marthe umklammert mit feuchten Händen den Hörer. Sie lauscht seiner Stimme. Hört, wie Moritz sagt:

»Hallo und guten Tag. Wenn sie mit Jonas Kluge reden wollten, haben Sie richtig gewählt, aber trotzdem Pech. Jonas geht seiner geregelten Arbeit nach (Lachen). Nette Nachrichten also bitte aufs Band. Ich rufe gegebenenfalls zurück.«

Marthe wartet noch, obwohl das Band längst abgelaufen ist. Sie sagt nichts. Sie achtet darauf, dass ihr Atem flach und leise geht. Erst als sie den Piepton hört, legt sie auf.

Sie hat seine Stimme gehört. Solche Worte benutzt er: gegebenenfalls.

Moritz nennt sich also Jonas. Jonas Kluge. Marthe trägt die Nummer in ihr Notizbuch ein und verstaut es in der Tasche.

Am Vormittag hatte sie eine Aussprache mit ihrem Chef. Offenbar war ihm doch aufgefallen, dass Marthe öfter mal einen Tag frei nimmt, oder sich krank meldet.

»Ganz ehrlich, Marthe«, hat Ole gesagt und seine Stimme ist um eine Nuance schärfer geworden, wenn er auch immer noch sanft und verständnisvoll gelächelt hat, »wir können uns diese Ausfälle an einem so wichtigen Platz wie deinem nicht leisten. Ich sag mal kurz, was am letzten Donnerstag, als du unpässlich warst (wie er es schaffte, diesem Wort alle Glaubwürdigkeit zu nehmen!), hier alles schief gelaufen ist.«

Und er hat es ihr aufgezählt, nicht in aller Kürze, sondern ausschweifend und vorwurfsvoll. Als er fast fertig war, hat sie eingeworfen: »Wenn ich mir das so anhöre, dann müsste ich eigentlich eine Gehaltserhöhung verlangen. So wichtig wie ich bin.«

Ole ist kein Spielverderber. Er hat gelächelt und mit dem Zeigefinger auf die Tür gezeigt, die sein Büro vom Vorzimmer trennt, und mit sanftem Nachdruck einfach nur »raus!« gesagt. Aber das war ein freundliches RAUS, ein Wir-verstehen-uns-schon-raus.

Als sie gerade die Tür hinter sich zuziehen wollte, hat Ole sie noch einmal zurückgerufen.

»Ich mein's ernst, Marthe«, hat er gesagt, »wenn der Laden hier nur zwei Prozent mehr abwerfen würde, hättest du längst eine Gehaltserhöhung.

»Bis dahin gilt natürlich auch, dass wir uns hundertprozentig auf dich verlassen können.«

»Klar«, hat Marthe erwidert, »logisch.«

Als sie mit einen Arm voller Leitzordner an ihren Arbeitsplatz zurückkehrt, klingelt das Telefon. Marthe lässt die Ordner fallen und drückt auf SPRECHEN.

»Marthe Brandt, guten Tag.«

Einen Augenblick herrscht am anderen Ende Schweigen.

Dann hört Marthe ein Räuspern, ein männliches Räuspern, und da erst schaut sie auf ihr Display und sieht, dass sie mit einer Hamburger Nummer verbunden ist, und sie schafft es gerade noch auf ihren Schreibtischstuhl.

»Marthe Brandt?«, fragt Moritz. »War das richtig: Marthe Brandt?«

»Ja«, flüstert Marthe, »richtig.«

Die Kollegen kommen aus der Mittagspause zurück. Das Türenschlagen, das Lachen, ein letzter Scherz vor der nächsten

Runde. Jemand schlägt mit der Faust gegen die Kaffeemaschine. Marthe könnte ihm sagen, dass das auch nichts nützt.

Sie dreht hastig ihren Stuhl zum Fenster. Sie will niemanden sehen, wenn sie mit Moritz spricht.

»Könnte ich Sie kennen?«, fragt Moritz gedehnt, fast lauernd. Aber in seiner Stimme ist diese Grundfreundlichkeit, diese gewisse Offenheit, die ihr so gut tut. Sie muss keine Angst haben, mit ihm zu reden. »Wir haben uns neulich getroffen«, sagt Marthe unsicher. Sie denkt: er muss doch meine Stimme erkennen. So lange ist es doch noch nicht her, zehn Tage. »Geben Sie mir einen Tipp«, sagt Moritz. Marthe zögert. Sie schaut auf das Eternitdach der Lagerhalle. Zwei Möwen hocken in geduckter Haltung, mit eingezogenen Hälsen, oben auf dem Dachfrist. Beide schauen in die gleiche Richtung. Sie sehen aus wie Attrappen. Sie unterscheiden sich in gar nichts. Die gleiche Zeichnung der Brust, die gleiche Färbung der Deckfedern. Ein identisches Rot des Schnabels. Ganz starr sitzen sie und blicken nach Süden.

»Sie haben angerufen«, sagt Moritz, als Marthe immer noch schweigt ... »Ich hatte Ihre Nummer auf dem Display, deshalb hab ich gedacht, mal schauen, wer das ist.«

»Stichwort Hagenbeck«, murmelt Marthe, nachdem sie sich geräuspert hat, »der Tierpark.«

Eine kleine Pause. Dann ein Lachen. Fast erleichtert. »Der Jaguar!«, ruft Moritz. »Au Mann! Wie konnte ich das vergessen! Na klar, jetzt erkenne ich Ihre Stimme. Toll, dass Sie anrufen! Wie geht es Ihnen?«

»Danke«, flüstert Marthe. »Gut.«

»Und woher haben Sie meine Nummer?«, fragt Moritz.

»Aus dem Telefonbuch.«

Moritz fragt nicht weiter und Marthe errötet vor Scham.

»Marthe Brandt«, wiederholt Moritz als könne er sich besser erinnern, wenn er ihren Namen ganz langsam auf der Zunge abrollen lässt. Er betont den Vornamen auf beiden Silben. Das T von Brandt spricht er so aus, dass es wie ein kleiner Trompetenton in der Luft nachhängt. Marthe lächelt und hofft, er würde es noch einmal tun.

»Das war eine geile Autofahrt«, sagt Moritz. »Sind Sie gut

wieder zurückgekommen? Was ist das überhaupt für ein Nest, mit dem ich telefoniere?«

»Moorkaten.« Marthe spricht gedämpft, hält die Hand schützend an die Sprechmuschel. »Ich muss jetzt aufhören.«

»Aber warten Sie! Warten Sie! Warum haben Sie angerufen? Sie wollten mir bestimmt etwas sagen! Marthe Brandt?«

»Ja. Vielleicht. Ich weiß nicht mehr«, stottert Marthe. Sie schaut über die Schulter zurück und sieht, dass jemand in ihrem Büro steht, und sie anstarrt.

Ein Kunde. Ein Geschäftspartner. Irgendein Mensch mit einem zu engen Cordsakko, das sich über einem karierten Baumwollhemd spannt. Dem rötliche Haare aus den Ohren wachsen und der sich verlegen die Hände reibt.

»Aber … nur ein Wort … Warum haben Sie angerufen?«

»Vielleicht wollte ich nur Ihre Stimme hören«, sagt Marthe. Und legt auf.

Mit hochrotem Gesicht dreht sie den Schreibtischstuhl. Atmet zweimal tief durch, bevor sie anfängt zusprechen.

»Kann ich irgendetwas für Sie tun?«

Der Mann nickt. Er lächelt. Er kommt näher. Er holt aus der Innentasche seines Sakkos eine Rechnung. Er faltet sie auseinander und streicht sie auf den Leitzordner glatt. »Ich habe hier eine Rechnung«, sagt er. »Damit stimmt etwas nicht. Sie schreiben, dass ich mit zweieinhalb Millionen Euro im Rückstand bin. Ich dachte, bevor ich damit zu Ihrem Chef gehe, komme ich mal vorbei und frage, was mit Ihnen los war, als Sie die Rechnung abgeschickt haben. Ich hab in meinem ganzen Leben höchstens für zweitausend Euro bei Ihnen eingekauft.«

Am 8. August hat Marthe Geburtstag. Sie wird 39. Sie wünscht sich ein Handy. Paul fragt: »Wieso auf einmal? Du hast nie ein Handy haben wollen. Du hast gesagt, du brauchst das nicht.«

»Ich habe meine Meinung eben geändert.«

»Und wieso?«

»Du hast mich gefragt, was ich mir zum Geburtstag wünsche und ich habe gesagt: ein Handy. Aber wenn du nicht willst.«

»Hab ich gesagt, ich will nicht? Ich frage nur: wieso auf einmal? Eine Weile hab ich es dir angeboten wie Sauerbier. Da wolltest du es nicht.«

»Da siehst du, dass selbst ein Mensch wie ich entwicklungsfähig ist.« Sie lächelt versöhnlich, aber Paul reagiert gereizt.

»Du weißt, dass das verdammt ins Geld gehen kann. Das ist wie eine Sucht. Man speichert Nummern ein, und weil es so praktisch ist, wählt man die Leute übers Handy an, auch wenn das Gespräch übers normale Telefon zum Ortstarif ein Viertel kosten würde. Also jedes Telefonat ein Ferngespräch.«

»Ich kann mir ein Handy auch von meinem eigenen Geld kaufen«, sagt Marthe. »Ich dachte nur, weil du mich gefragt hast, was ich mir zum Geburtstag wünsche. Aber vergiss es einfach. Bitte, vergiss es.«

Zwei Tage später kauft Marthe in dem neuen Telecom-Laden in der Breiten Straße ein Handy. Später setzt sie sich in den Auepark auf eine Bank am Ententeich und studiert die Bedienungsanleitung und programmiert Telefonnummern. Pauls Nummer auf der Arbeit, Pauls Handynummer (er hat natürlich ein Handy), die Nummer von Max Wohnung, seine Handy-Nummer (er hat auch eins), ihrer Mutter, Bernd, zwei ihrer Kolleginnen. Jonas Kluge. Sie drückt EINTRAGUNGEN ÄNDERN: Sie löscht den Namen Jonas. Und gibt dafür den Namen Moritz ein. Moritz Kluge. Sie drückt die Taste »Wählen«. Nimmt das Telefon an ihr Ohr und schaut auf die Enten. Köpfchen in das Wasser, Schwänzchen in die Höh.

»Hallo?«, ruft Moritz.

Marthes Herz schlägt. Sie fährt mit der Zunge über die Lippen.

»Hallo, ich bin's, Marthe.«

»Oh!«, ruft er. »Hallo!«

Sie kann nicht hören, ob er sich freut oder ob er sich wundert. Max freut sich nie, wenn sie anruft. Max ruft auch immer: »Oh! Hallo Mutter!« Und sie weiß nicht: ist das ein guter Moment? Oder störe ich ihn? Hat er vielleicht eine Freundin bei sich? Paukt er Fachliteratur über Flugzeugbau? Sie weiß nichts über Max. Und wenn sie fragt: »Stör ich? Was machst du gerade«, erwidert Max nur: »Ist doch egal. Du störst nicht. Erzähl. Was hast du auf dem Herzen?«

Und dann weiß sie es schon nicht mehr.

Vielleicht stört sie Moritz auch. Vielleicht will er sie gar nicht sehen. Interessiert sich gar nicht für sie. Sie will schon wieder auflegen, da sagt er: »Heute rufen Sie aber von woanders an.«

»Ja«, sagt sie, »vom Handy. Ich hab seit heute ein Handy.«

»Der Fortschritt hat Moorkaten erreicht«, sagt Moritz. Er hat wirklich eine freundliche Stimme. »Und jetzt wollen Sie sehen, ob das Handy bis Hamburg reicht.«

Er hält mich für eine Idiotin, denkt Marthe. Aber nein. Nicht wahr. Er ist nett. Er hat das als Scherz gemeint.

»Ich hab mich auch wie wild über mein erstes Handy gefreut«, sagt Moritz. »Heute gehört es zur Grundausstattung, wie der PC. Wie geht es dem Jaguar?«

»Gut«, sagt Marthe.

»Sitzen Sie im Auto?«

»Ja«, lügt Marthe. Und weiß im selben Augenblick, warum sie das gesagt hat.

»Und? Fasst sich das Leder gut an?«, fragt Moritz. »Das ist Conolly-Leder. Wissen Sie das? Etwas ganz Exklusives.«

»Ja, weiß ich.«

Es entsteht eine Pause. Plötzlich hört Marthe, wie sie sagt: »Vielleicht bin ich bald wieder in Hamburg. Vielleicht komm ich einfach mal bei Ihnen vorbei.«

Pause. Moritz räuspert sich, aber dann lacht er. »Ja, super«, sagt er. »Aber vorher anrufen, ja? Ich bin selten zu Hause. Nicht, dass ich Sie verpasse.«

»Ich ruf vorher an«, sagt Marthe. »Wir könnten mit dem Jaguar eine kleine Spritztour machen.«

»Zum Beispiel.« Moritz dehnt die beiden Worte ins Unendliche. Und Marthe wird ein bisschen rot.

»Tschüß«, sagt sie hastig und drückt auf den roten Knopf. Sie lässt das Handy in die seidengefütterte Innentasche ihrer weinroten Kunstlederjacke gleiten. Sie zieht die Jacke über der Brust zusammen als wolle sie für immer das, was sie da über dem Herzen trägt, beschützen. Sie lächelt.

Landeskrankenhaus Oldenburg
Station 5
Prof. Dr. Casai

16. März 2003

Sehr geehrter Herr Prof. Dr. Casai,

Ich wende mich heute noch einmal an Sie, weil mir die ganze Sache keine Ruhe lässt, und ich nicht möchte, dass Sie mich missverstehen. Ich schrieb Ihnen bereits, dass meine Tochter Marthe und ich keinen Kontakt mehr miteinander haben. Aber Ihr Brief hat mich sehr aufgewühlt. Ich weiß jetzt also, dass es Menschen gibt, die sich für Marthes Leben interessieren. Und versuchen zu verstehen, was passiert ist.

Ich habe diesen Versuch lange aufgegeben. Es klingt sicher hart, wenn eine Mutter sagt: ich verstehe mein Kind nicht mehr. Marthe ist erwachsen, ich fühle mich nicht mehr verantwortlich. Ich muss auch mein eigenes Leben leben. Sicher hat Marthe Ihnen erzählt, wie wichtig mir mein Beruf war und ist. Auch wenn Sie jetzt denken, nur eine Taxifahrerin.

Ich kann nicht leugnen, dass Marthe vielleicht als Kind das eine oder andere Mal zu kurz gekommen ist. Ich musste allein für unseren Lebensunterhalt sorgen, bis ich meinen jetzigen Lebenspartner kennen kernte. Doch als die Sache mit den Zwillingen passierte, habe ich mich von Anfang an sehr um Max gekümmert. So weit es mit meinem Beruf vereinbar war. Ich habe mir einmal in der Woche einen Nachmittag frei genommen, das war jeweils der Mittwoch. Mittwochs ist in meiner Branche der ruhigste Tag.

Ich hatte es Marthe schon vor der Geburt angeboten, dass ich mich einen Nachmittag in der Woche als Oma zur Verfügung stellen wollte.

Da kannst du dann machen, wozu du Lust hast, habe ich gesagt.

Ich weiß nicht, ob Marthe am Anfang überhaupt erkannt hat, was für ein Geschenk das von mir war. Denn ehrlicher-

weise hatte ich auch Angst vor der Verantwortung. Wir haben ja mit Zwillingen gerechnet.

Ich freute mich auf die Zwillinge. Ich freute mich auch auf meine Rolle als Großmutter. Das Zimmer von Marthe habe ich zurückverwandelt in ein Kinderzimmer. Mein Lebensgefährte hat es tapeziert. Wir sind extra nach Bremerhafen gefahren, weil es dort im Baumarkt viel mehr Tapeten gibt. Wir haben uns für eine Tapete mit Schmetterlingen entschieden. Bernd hat sogar Moskitonetze bei IKEA besorgt, die kamen da gerade in Mode. Er sagte, hier auf dem Land, die ganzen Mücken und die Mistfliegen, da schlafen die kleinen Prinzen viel ruhiger.

Als dann der kleine Moritz tot auf die Welt kam und Paul so verzweifelt war und wir erst einmal schnell alles umtauschen mussten, Doppelkinderwagen, Doppelbabybetten, etc., war ich auch überfordert.

Möglich, dass ich nicht immer die richtigen Worte gefunden habe. Es war für uns alle ein Schock. Für mich gibt es immer noch etwas Ungeklärtes in der ganzen Geschichte. Wieso macht man einen Kaiserschnitt, wenn das Baby schon tot ist?

Insofern kann ich heute Marthe in gewisser Weise verstehen, dass sie den Tod von Moritz nicht wirklich begreifen konnte. Sie hat mich oft gefragt, gleich nach der Geburt, ob ich Moritz gesehen habe. Ich musste das verneinen. Man hat ihn uns nicht gezeigt, niemandem von uns. Vielleicht war er ja nicht ganz gesund. Vielleicht wollte man uns das ersparen.

Heute mache ich mir Vorwürfe, dass ich Marthes Misstrauen nicht zerstreut habe. Ich hätte etwas erfinden müssen. Ich hätte sagen müssen: Ja, man hat ihn mir gezeigt. Der Kleine sah süß aus, ganz friedlich. Als würde er schlafen. Stattdessen hab ich gesagt: Ich hätte ihn auch gerne noch einmal gesehen. Ich fand das auch komisch, wie wortkarg die Ärzte waren.

Das war ganz falsch.

Aber nachher ist man immer klüger. Nachher kann man leicht den Besserwisser spielen.

Also: diesen Vorwurf lasse gelten.

Aber andere Vorwürfe nicht.

Ich bin jeden Mittwoch pünktlich um zwei Uhr zu Hause

gewesen und habe Max in Empfang genommen. Um sechs Uhr habe ich ihn wieder zu meiner Tochter und zu Paul zurückgebracht.

Merkwürdigerweise hat sie nie erzählt, was sie in der Zeit gemacht hat. Ob sie beim Friseur war? Sich mit einer Freundin getroffen hat? Oder einfach nur geschlafen hat? Junge Mütter haben ja ein ständiges Schlafdefizit. Und Max war kein pflegeleichtes Baby wie Marthe eins gewesen ist. Er hat oft geschrien und hat keine langen Schlafperioden gehabt. Ein unruhiges Kind. Ich war nach den vier Stunden Babysitten manchmal schweißgebadet. Das besserte sich aber, als Max ein Jahr war. Da konnte ich mit ihm Späße machen, rumalbern. Wir beide haben auf dem Fußboden herumgetollt. Mit Marthe habe ich nie so unbekümmert spielen können.

In der ganzen Zeit, die drei Jahre, bis Max in den Kindergarten kam, ist nicht ein einziges Mal etwas vorgefallen. Er war immer gesund und munter und frisch gewickelt, wenn ich ihn zurückbrachte. Und wenn ich dann zum Abschied gesagt hab: Kriegt Ömchen noch einen Kuss?, dann hat er seine Ärmchen um mich geschlungen und mir einen Schmatzer auf den Mund gegeben.

Und wenn ich dann weggehen wollte, rief er immer: »Nicht weggehen! Dableiben!«

Von Marthe kam nie ein Wort des Dankes. Oder dass sie mal gesagt hätte, was sie so macht, ohne Kind. Ich hätte mich gefreut, zu hören, dass sie es genießt, wenn ihr einer mal die Arbeit abnimmt. Ich wollte ihr ja auch ein bisschen Freiheit schenken. Aber das verstand sie wohl nicht.

Hochachtungsvoll
Veronika Massmann

PS: Ich möchte Sie bitten, die letzten Sätze nicht als Vorwurf an meine Tochter zu verstehen. Ich werfe meiner Tochter nichts vor. Ich versuche nur, zu begreifen, was passiert ist. Genau so wie Sie.

Für Sie ist es aber nicht so schmerzlich. Sie sind ihr Arzt. Ich bin ihre Mutter.

13.

Hundstage in Moorkaten. Wie überall in Deutschland.

Die Bild-Zeitung jubelt: Danke Petrus!

Selbst die Bauern beschweren sich nicht: der Weizen ist geerntet, das Heu in den Scheunen, und in der Schule lernen sie verstehen, was Rilke meinte, als er schrieb: Der Sommer war sehr groß.

Durch die Siedlung zieht bimmelnd ein Eiswagen aus früheren Zeiten.

Die Kinder tollen halbnackt herum und bauen aus Gartenschläuchen raffinierte Fontänen. Überall wird gegrillt, gelacht, gefeiert.

Es ist ein Samstag. Veronika, Bernd, Marthe und Paul sitzen auf dem Balkon, Paul hat die beiden anderen Klappstühle aus dem Keller geholt, wenn sie ein bisschen zusammenrücken, geht es. Paul hat Schwitzflecken unter den Achseln und am Rücken, aber es kümmert ihn nicht. Veronika zupft welke Blüten aus Marthes Geraniendolden, weil sie niemals untätig sein kann. Bernd hebt die Tischdecke, um herauszufinden, warum der Tisch wackelt. »Habt Ihr einen Holzkeil?«, fragt er.

Marthe schneidet den Kuchen auf, den ihre Mutter mitgebracht hat. Rhabarberkuchen. Ohne Streusel, aber mit einer raffinierten Quarkvanillefüllung. Auf dem Tisch ist kaum Platz für alles.

Das Milchkännchen und die Zuckerdose balancieren auf dem Balkongeländer zwischen den Margeriten.

»Kinder!«, ruft Veronika, »ist es nicht herrlich! Ach, im Sommer ist man doch ein anderer Mensch!« Sie beugt sich unter den Tisch.

»Willst du deinen Kuchen da unten, Schatz?«, fragt sie kichernd.

Marthe zwängt sich an Paul vorbei durch die Balkontür ins Wohnzimmer und flüchtet ins Bad. Das Bad hat kein Fenster. Die Kacheln schwitzen. Sie lässt kaltes Wasser ins Becken, legt die Arme hinein. Dabei blickt sie sich im Spiegel an. Ihre Haare kleben an der Stirn und im Nacken. Sie dreht ein wenig den Kopf.

Sie stellt sich vor, was Moritz über dieses Gesicht denken mag. Hat er auf Anhieb all die Fehler entdeckt, die sie nur zu gut kennt? Das zu lange Kinn, die Schlupflider? Aber: hat er auch gesehen, dass sie schöne geschwungene Augenbrauen hat und lange, wenn auch farblose Wimpern? Und die Ähnlichkeit zwischen ihnen beiden? Ist ihm die aufgefallen?

Sie greift nach dem Handtuch. Langsam, fast feierlich trocknet sie ihre Hände, die Unterarme, die Oberarme, reibt über den Ellenbogen. Dabei schaut sie sich im Spiegel zu. Sie öffnet zwei Knöpfe ihres Kleides. Jetzt kann man die Spitze ihres BHs erkennen, schneeweiße Spitze auf der Haut, die von der Hitze gerötet ist. Sie betrachtet ihren Busen von der Seite, schiebt die Bluse ein wenig weiter zurück, streicht mit der Hand über den Hals, zum Busen. Sie ist jetzt 39. Sie spürt ein leichtes Beben, ein Zittern der Haut.

Ihre Pupillen werden groß. Sie schaut in diese Pupillen. Es ist ihr, als blicke eine Fremde sie an.

Nachts hat diese Fremde wilde Träume. Diese Person, die sich vor dem eigenen Spiegel, im eigenen Bad entblößt, um sich am eigenen Körper zu berauschen, muss sich nachts die Decke vom Körper strampeln, weil sie die Hitze nicht erträgt, die aus diesem Körper aufsteigt. Sie weiß nicht, wie ihr geschieht. Plötzlich ist ihr, als müsse sie ersticken. Die Luft, die schließlich nach qualvollen Sekunden in ihre Lungen dringt, ist wie glühende Lava. Sie krümmt sich nachts unter Schmerzen, presst ihre Hände zwischen die Beine, vergräbt das Gesicht in dem Kissen, damit Paul nichts merkt, damit er nicht aufwacht, das Licht anknipst und sie fragt: »Was ist los?«

Das weiß sie doch selber nicht! Sie hat keine Ahnung!

Wie kann sie wissen, was mit ihr los ist?

Alles, alles ist aus dem Lot. Nichts ist mehr sicher, nichts mehr so wie früher.

Sie hat ihn wieder gefunden. Ihren Moritz, ihren Sohn, von dem sie immer gewusst hat, dass er nicht tot ist.

Sie hat ihn wieder gefunden, und er ist schöner, strahlender, liebenswerter und charmanter als in ihren kühnsten Vorstellungen. Die Frauen drehen sich auf der Straße nach ihm um, da ist sie sicher. Er ist es gewöhnt, von Frauen umschwärmt zu werden, das spürt sie. So einen Sohn hat sie. So einen Helden, einen strahlenden.

»Marthe? Alles in Ordnung?«

Das ist ihre Mutter. Sie steht draußen im Flur, sie lauscht vielleicht, schaut womöglich durchs Schlüsselloch.

»Ich komme!«, ruft Marthe.

Hastig schiebt sie ihr Kleid zurecht, knöpft es zu, bürstet die Haare, zieht die Lippen mit einem Fettstift nach.

Als sie aus dem Bad tritt, ist ihre Mutter schon in der Küche. Veronika trägt einen weißen, hautengen Rock, der sich über den Hüften hochschiebt, wenn sie geht. Dazu ein Top mit Spaghettiträgern. Sie wirkt vital und apart.

An ihrem Hals glänzt ein goldenes Kettchen. Nur wer genau hinsieht, entdeckt Altersflecken und Verdickungen der Haut, besonders im Schulterbereich.

Marthe lehnt an der Küchentür. Sie schließt die Augen. Sie versucht, sich das Gesicht von Moritz in Erinnerung zu rufen, seine Stimme.

Was hatte er zuerst gesagt, als er sie ansprach? Wie genau waren seine Worte gewesen?

Sie spürt heißen Atem in ihrem Gesicht. Sie öffnet die Augen. Ihre Mutter schaut sie aus ganz kurzer Entfernung an. »Was ist mit dir los?«, fragt Veronika leise, eindringlich. »Ich denk schon die ganze Zeit: irgendwas hat das Mädel.«

»Das Mädel hat nichts«, sagt Marthe schroff. Sie schiebt sich an ihrer Mutter vorbei in die Küche. »Es ist nur ein bisschen heiß, findest du nicht?«

»Mir kann es nicht heiß genug sein, weißt du doch.« Veronika geht wieder zur Kaffeemaschine. Beide schauen zu, wie der Kaffee durch den Filter läuft. Aus dem Wohnzimmer, vom

Balkon hören sie das heisere Lachen von Paul. Und Bernds Kichern.

»Ist was in der Firma?«, fragt Veronika vorsichtig.

Marthe schüttelt den Kopf. »Ich hab nichts, Mama.«

»Und mit Paul? Alles in Ordnung?«

»Alles bestens«, sagt Marthe. »Alles wie immer.«

»Und Max?«, fragt Veronika.

Marthe holt tief Luft, hebt die Schultern und sagt: »Es geht ihm gut. Glaube ich jedenfalls. Er hat neulich mit Paul telefoniert. Paul sagt, es geht ihm gut. Paul und er machen schon Pläne für Weihnachten. Max will kommen, und die beiden wollen ein Fahrertraining mitmachen, bei VW in Wolfsburg.«

»Ah, kenn ich.« Veronika nickt. »Da lernt man, wie man bei Glatteis wendet und solche Sachen. Für Paul und Max genau das Richtige. Das schweißt die beiden noch mehr zusammen.«

»Ja«, sagt Marthe, »glaube ich auch. Der Kaffee ist jetzt durch.«

»Und du?«, fragt Veronika. »Hast du auch irgendwelche Pläne?«

»Was denn für Pläne?«, fragt Marthe.

»Ich weiß nicht. Irgendwas mit Max, damit ihr euch wieder ein bisschen näher kommt.« Marthe zieht die Kanne unter dem Filter heraus. »Ich kann bei dieser Hitze wirklich noch nicht an Weihnachten denken«, sagt sie. Kommst du wieder mit raus?«

»Du bist immer gleich so abweisend, wenn ich Max erwähne«, sagt Veronika sanft. Sie folgt Marthe durch das Wohnzimmer. Paul und Bernd stehen am Balkongeländer und schauen nach unten.

Paul dreht sich als Erster um. Sein Blick ruht forschend und eindringlich auf Marthe.

Marthe sieht, dass Paul trotz der Hitze sehr blass ist. Sie sieht die Schweißperlen auf seiner Stirn. Und diese Falte, die sich immer tiefer senkrecht in seine Stirn gräbt.

»Alles in Ordnung?«, fragt Paul.

Marthe lächelt, sie hebt die Kaffeekanne wie eine Trophäe. »Aber klar. Wer will Kaffee?«

Marthe spürt, während sie da sitzt, auf den nackten Knien

ihren Kuchenteller balanciert und hin und wieder ein Stück zum Mund führt, Pauls eindringliche Blicke. Manchmal fragt sie sich, ob er was ahnt. Ob er einen Verdacht hat.

Andererseits, wie könnte er. Seit dem Abend, als Marthe bei ihrer Mutter und Bernd am See war und erzählt hat, dass sie Moritz getroffen habe, ist sein Name nie wieder gefallen. Sie weiß hundertprozentig, dass ihre Mutter Paul gegenüber nichts erwähnt hat. Sonst hätte Paul längst eine seiner Bemerkungen gemacht. Vielleicht haben Veronika und Bernd den Vorfall lange vergessen. Oder es nicht ernst genommen, in seiner Bedeutung nicht erkannt. Das wäre das Beste. Marthe möchte nicht mehr, dass irgendjemand weiß, was gerade mit ihr und Moritz passiert. Das ist für sie selber alles noch zu neu, zu aufregend.

Sie könnte es auch nicht ertragen, Moritz, kaum dass sie ihn wieder gefunden hat, gleich mit der ganzen Familie zu teilen. Wie Veronika ihn herzen würde! Diesen schönen jungen Mann. Wie sie um ihn herumstreichen würde, seine Schultern, seine Arme streicheln, ihre Finger in seinem Gesicht, ihre Lippen nah an seinem Mund, seinen Ohren, so wie das ihre Art ist.

Oh, das hielte sie nicht aus. Und Paul, der ihn in Männergespräche verwickeln würde und ihn aus ihrer Welt in seine herüberziehen würde, so wie er es mit Max getan hat. Es würde ihm gelingen, ihr auch Moritz zu entfremden, das spürt sie. Sie muss auch verhindern, dass irgendjemand in der Familie Moritz mir der ganzen Vergangenheit belästigt. Er muss gar nicht wissen, wie alles gewesen ist, wie sie Max erzogen hat, wie Max aufgewachsen ist, was man ihm alles geschenkt und Gutes getan hat. Das darf Moritz gar nicht wissen, das würde ihn vergiften. Sie wird versuchen, alles wieder gutzumachen, sie wird das alles ausgleichen.

Moritz hat ein Recht darauf. Aber sie will es auf ihre Art tun. Ohne irgendjemandem darüber Rechenschaft abzulegen, denn es gibt keine Instanz, die darüber richten könnte, ob es so oder so besser ist für Mutter und Sohn.

Manchmal weiß Marthe nicht, wohin mit so lange verdrängter, ungelebter Liebe und Zärtlichkeit. Wie sie damit umgehen soll, dass er noch ahnungslos ist. Dass er gar nichts weiß. Falls er nicht doch etwas fühlt, tief in seinem Innern. Sie wird viel Geduld haben müssen. Wird sehr langsam eine Beziehung zu ihm aufbauen, wird ihm immer näher, immer länger nahe sein. Bis er ihre Zärtlichkeit zulässt. Bis er bereit ist für ihre Liebe.

14.

Der Jaguar schnurrt mit 140 km/h über die A7 in Richtung Hamburg. Marthe hat alle Fenster geöffnet, um den Hals ein Seidentuch, das sie neulich in einem hinteren Winkel ihres Kleiderschrankes entdeckt hat. Das Seidentuch ist ein Geschenk ihrer Mutter gewesen zu einer Zeit, als junge Mädchen keine Seidentücher trugen. Jetzt wird es wieder modern. Mit zehnjähriger Verspätung freut sie sich über das Geschenk.

Sie trägt Jeans und eine weiße Bluse. Der Gürtel ist aus geflochtenem Leder, dazu Sandalen. Ihre Fußnägel sind rot lackiert.

Auf dem Beifahrersitz eine Strickjacke, die Handtasche und ein kleines Geschenk für Moritz, in blauem Geschenkpapier, mit silbernem Bändchen, es sieht elegant und teuer aus. Es ist auch elegant und teuer.

Marthe dreht das Radio lauter. Lateinamerikanische Musik. Die Sonne scheint. Es ist ein wunderbarer Tag, findet Marthe.

»Ich bin ziemlich beschäftigt«, hat Moritz gesagt, als sie am Telefon vorschlug, ihn zu besuchen. Das klang ein bisschen, als wolle er sie abwimmeln, aber Marthe hatte hastig gesagt: »Ich bleib nur ganz kurz. Ich hab eine kleine Überraschung.«

Da hat er nachgegeben.

Sie sind für vier Uhr verabredet. Marthe war vormittags beim Friseur, zehn Zentimeter ihrer Haare sind ab. Die Friseuse, die Marthes Haare seit Jahren schneidet, war ganz verblüfft über die Wirkung. »Glatte zehn Jahre jünger«, hat sie begeistert gesagt, als sie mit dem kleinen Handspiegel um Marthe herum gegangen ist. »Glatte zehn Jahre.«

Paul hat Marthe mit der neuen Frisur noch nicht gesehen. Das hebt sie sich für den Abend auf. Bevor er fragen kann, wo sie gewesen ist, wird sie ihn mit der neuen Frisur überraschen. Das wird ihm den Wind aus den Segeln nehmen. Er wird vergessen, was er fragen wollte, sie kennt ihren Paul.

Moritz drückt sofort auf den Summer. Marthe hat nicht einmal ihren Namen in die Sprechanlage sagen müssen. Im Flur ist es ihr, als habe sie hier schon hundertmal gestanden. Alles kommt ihr vertraut vor. Die Tür, auf der KELLER steht, die Metallbriefkästen, die Packen von Werbebroschüren auf der ersten Treppenstufe, der Kinderwagen in der Nische, blau mit weißen Tupfen und weißen Streifen.

Sie geht die Stufen hinauf. Steinstufen. Ihre Sandalen haben eine Gummisohle und machen kein Geräusch. Über der Schulter ihre Tasche, in der Tasche liegt das blaue Päckchen.

Als sie oben ist, reißt Moritz die Tür auf und breitet die Arme aus zu einem strahlenden Willkommensgruß.

»Ich hab's nicht geglaubt«, ruft er. »Kommen Sie rein.«

Es ist ein kleiner Flur. Sie berühren einander flüchtig, als Marthe an ihm vorbeigeht. Linoleumboden, stumpf, eine Kokosmatte, orangefarbene Wände, Wischtechnik, Leuchtstrahler an der Decke, an den Wänden Plakate von Filmstars. James Dean, Marlon Brando, Humphrey Bogart. Marthe möchte alles auf einmal in sich aufnehmen. Es gibt zwei Türen. Aus beiden fällt Licht in den kleinen Flur. Auf Gummimatten ungeputzte Schuhe.

»Was haben Sie nicht geglaubt?«, fragt Marthe.

»Dass Sie wirklich kommen!«

»Sie haben das nicht geglaubt? Aber wir waren doch fest verabredet.«

»Ach«, sagt Moritz leichthin, »ich bin auch schon mit anderen Leuten fest verabredet gewesen. Und die sind auch nicht gekommen. Macht nichts.«

Er schaut sie aufmerksam an. »Das ist eine neue Frisur, oder?«

Marthe errötet.

»Gefällt mir«, sagt Moritz. Er deutet auf die linke Tür. »Mein so genanntes Wohn-/Schlafzimmer«, sagt er. »Bitte einzutreten.«

Das Oberlicht wirft einen viereckigen Lichtstrahl auf eine riesige Matratze, die mit einem afrikanischen Tuch abgedeckt ist. Neben dem Bett zwei Sitzkissen, dazwischen ein marokkanisches Tischchen, rund, mit einer Messingplatte. In der Ecke der Schreibtisch. Auf dem Schreitisch ein PC. An der Wand Bücherregale. Bücher, Papiere, alles ungeordnet durcheinander.

Marthe verschlingt mit den Augen alles, und schämt sich, weil ihr Blick so gierig, so unverhohlen neugierig ist.

Moritz ist in der Tür stehen geblieben, die Arme vor der Brust verschränkt. »Und? Genehmigt?«

Marthe dreht sich zu ihm um, sie lächelt. Sie ist atemlos vor Aufregung und Scham. »Schön.«

»Also, es gefällt Ihnen.« Moritz kommt näher.

»Ja«, sagt Marthe, »es gefällt mir.«

»Gut, dann bin ich zufrieden. Dann hätten wir das auch abgehakt.«

Marthe versteht nicht, was er meint. Er sieht sie an. Sein Blick dringt tief in ihr Innerstes und sie fängt an zu zittern. »Sie wollen aus irgendeinem Grunde alles über mich wissen«, sagt Moritz langsam. »Ich weiß nur nicht, warum.«

Marthe lächelt. Sie fleht fast mit diesem Lächeln. »Bitte, nicht jetzt, nicht heute. Es ist noch zu frisch, und ich bin ein bisschen aufgeregt. Ich habe auf diesen Tag so lange gewartet, verstehen Sie?«

»Nein«, sagt Moritz.

Marthe nimmt aus ihrer Handtasche das Päckchen. Sie legt es auf den Tisch.

Argwohn in Moritz Augen. »Was ist das?«

Auf einmal kann sie es sich selber nicht erklären, hebt hilflos die Achseln, warum sie so etwas tut, ein Geschenk kaufen, es schön verpacken, es überreichen, an jemanden, der ... – sie will nicht weiter denken.

»Was ist das?« Moritz wartet immer noch auf eine Antwort.

»Machen Sie es auf«, sagt Marthe. »Das heißt, wenn Sie wollen. Wenn nicht: macht es auch nichts. Ich wollte Ihnen nur gerne eine kleine Freude machen.«

»Warum wollen Sie mir eine Freude machen?«

Dieses Lauernde in seinen Fragen erträgt Marthe kaum. Sie möchte aufspringen, ihm um den Hals fallen und sagen: »Weil du mein Sohn bist! Weil ich deine Mutter bin!«

Das ist unmöglich. Vollkommen unmöglich. Sie hat sich das verboten. Auf der Fahrt hierher hat sie sich selber ausdrücklich alles verboten, was ihn erschrecken und von ihr fortbringen könnte. Sie weiß ja nichts über ihn. Über das Leben, das er geführt hat. Wie er aufgewachsen ist. Bei wem. Und wo. Nichts weiß sie.

Moritz hat das Päckchen genommen, er dreht es in seinen Händen. Er hat blasse Hände, lange, schlanke Finger. Man könnte meinen, dass Moritz sehr viel Pflege auf seine Hände verwendet. So wie ein Pianist das tut. Marthe wird ganz heiß. Er zieht das Band auf, wickelt das Päckchen aus, ohne das Papier zu zerreißen, löst behutsam und vorsichtig das Klebeband, schält das kleine Schmuckkästchen heraus. Seine Augen werden schmal. »Was ist das?«, fragt er. Lauernd.

»Eine Dummheit, mehr nicht. Es sieht teurer aus als es ist«, sagt Marthe hastig.

Er lässt das Kästchen aufschnappen. Auf blauem Samt liegt ein silberner Schlüsselanhänger, ein Jaguar. Moritz pfeift durch die Zähne. Er nimmt den Anhänger und lässt ihn vor seinen Augen hin und her baumeln.

Marthe hat einen roten Kopf. Sie kann nichts dagegen tun. Sie schämt sich, weil sie sich so freut.

»Und das Auto?«, fragt Moritz und wirbelt den Jaguar um den Zeigefinger.

Marthe spürt einen Stich, als habe man ihr ein Messer in den Rücken gestoßen. Ihr wird schwarz vor Augen. »Das Auto?«, flüstert sie.

»Ja, der Jaguar, gibt es den dazu?« Er lacht, herausfordernd.

Marthe kann nicht sprechen. Sie hat einen trockenen Hals. Ihre Hände zittern. Sie schüttelt fast entschuldigend den Kopf. »Das Auto gehört meinem Mann.«

»Ihrem Mann!«

»Ja. Er heißt Paul.«

Da lacht Moritz. Lässt den Schlüsselanhänger fallen, geht

zu ihr, legt seine Hände auf ihre Schultern und küsst sie. Küsst sie! Moritz!

Mit seinen warmen, trockenen Lippen erst auf ihrer rechten und dann auf die linke Wange. Sie kann nichts mehr denken. Nichts mehr sagen. Ihre Knie geben nach. Sie sucht einen Halt.

Moritz ruft: »Hoppla, was ist?«

»Mir ist auf einmal so schwindlig«, flüstert Marthe. Sie ringt sich ein tapferes Lächeln ab. »Ich weiß nicht, was das ist. Auf einmal …, so merkwürdig.«

»Wasser!«, ruft Moritz, »ich hole Wasser.«

Marthe lässt sich auf ein Kissen fallen, stützt die Arme auf und atmet tief und konzentriert. Sie hört, wie Moritz in der Küche hantiert. Er kommt zurück, hält ihr ein Glas hin, in dem Mineralwasser sprudelt. »Hier«, sagt er, »Selters. Schön kalt. Trinken Sie.«

Er führt das Glas an ihre Lippen, Marthe umfasst seine Finger, als sie nach dem Glas tastet. Sie schaut ihm in die Augen, während sie trinkt. Für einen Augenblick fühlt sie sich wie eine alte Frau, eine Greisin, der von ihrem Sohn die Hand geführt wird. Eine hilflose, gebrechliche Frau, die auf die Gnade ihres Kindes angewiesen ist. Sie stößt das Glas zurück. »Geht schon, danke.«

Moritz nickt. »Das mit dem Auto war nur ein Scherz«, sagt er. »Das wissen Sie doch.«

»Ja«, sagt Marthe. Plötzlich hat sie das Gefühl, dass es ein Fehler war, hierher zu kommen. Etwas stimmt nicht, etwas ist verkehrt, aber sie weiß nicht, was. Vielleicht fällt es ihr ein, wenn sie wieder zu Hause ist, in ihren eigenen sicheren vier Wänden, bei Paul. Wenn sie bei Paul ist, wird es ihr einfallen.

»Ich muss gehen«, sagt sie schwach.

Moritz protestiert: »Ich lasse Sie doch so nicht weg! Sie tauchen hier als lebendes Rätsel bei mir auf, machen seltsame Geschenke und gehen einfach? Sind Sie Knecht Ruprecht, der sich im Sommer langweilt? Oder was?«

Marthe kann nicht sprechen.

»Also: Sie lauern mir auf«, sagt Moritz. »Sie verwenden große Einfallskraft, um meine Adresse und meinen Namen herauszufinden, Sie besuchen mich, Sie bringen mir ein Geschenk mit. Und dann wollen Sie Hals über Kopf wieder gehen. Wovor haben Sie Angst?«

Marthe schaut auf. Ihre Blicke begegnen ich. Marthe hat noch nie in schönere, tiefere, klügere und sanftere Augen geblickt. Sie ist vollkommen überwältigt von diesem Blick. Er zwingt sie, einfach sitzen zu bleiben. Sie will ja nicht wirklich fort, sie will ja eigentlich hier bleiben. Bei ihm. Bei ihm, den sie so lange entbehrt hat. Wie kann sie das aufholen? All die Monate, Jahre, Tage, Nächte, die sie ohne ihn leben musste. Geizig war sie mit ihrer Liebe gewesen für andere, für Paul, für Max, ihre Mutter, alles immer nur für Moritz bewahrt, für ihn, den Wunderbaren, Einzigartigen.

»Was ist nur mit Ihnen los?« Moritz beugt sich vor, fasst ihre Hand.

»Sie zittern ja. Sie sind doch eine erwachsene Frau!«

»Ja«, flüstert Marthe. »Es tut mir Leid.«

Moritz lacht. »Das macht nichts. Das kommt vor. Ist es das erste Mal?«

Marthe versteht nicht. »Was?«

»Das erste Mal, dass Sie so etwas machen?«, fragt er sanft, fast geheimnisvoll, als wisse er die Antwort.

Marthe schließt die Augen und legt ihre Hand auf seine Hand. »Ich muss los. Es ist schon spät.«

»Kommt überhaupt nicht in Frage!«, ruft Moritz. »Soll ich einen Kaffee machen? Oder Tee?«

»Zuhause trinke ich immer nur Kräutertee«, sagt Marthe. »Ich hab eine ganze Sammlung.« Sie lächelt jetzt, die Farbe kommt in ihr Gesicht zurück. Sie fühlt sich sicherer.

»Kräutertee?« Moritz springt auf. Er kommt zurück mit einer ganzen Auswahl. »Ich bin ein Junkie in Sachen Kräutertee. Ich hab auch jede Menge grüne Tees, Jasmin, Morgentau, Glückstee, hier.« Er hebt ein Päckchen hoch. »Glückstee aus Java. Wollen wir den versuchen?«

Marthe nickt. Moritz verschwindet in die Küche, die nicht mehr als eine Zelle mit Kochplatte und Kühlschrank ist. Er ist nur ein paar Schritte von ihr entfernt, es gibt keine Tür zwischen Wohn-/Schlafzimmer und Küche. Marthe erhebt sich vorsichtig. Sie fühlt sich wie eine Kranke, die zu lange im Bett gelegen hat. Wie eine Genesende, die alles erst wieder lernen muss. Das Atmen, das Gehen.

Moritz hat einen Wasserkocher eingeschaltet. Auf der Arbeitsfläche stehen zwei Becher mit unterschiedlichen Motiven, in jeden gibt er einen Teebeutel.

Marthe lehnt in der Tür und schaut ihm zu.

»Tut mir Leid, dass Sie nun Umstände haben«, sagt sie.

Er lacht. »Für eine schöne Frau tu ich doch alles«, sagt er.

Marthe errötet. »Schöne Frau«, wiederholt sie, lehnt den Kopf, den schweren, gegen den Türrahmen.

Er holt eine Zuckerdose aus dem Regal. »Warum sagen Sie das so zynisch? Sie sind doch schön. Sie sind eine attraktive Frau. Das wissen Sie.«

»Aber alt«, sagt Marthe.

»Unsinn. Wie heißt das so schön: Jeder ist so alt wie er sich fühlt. Und? Wie fühlen Sie sich?«

Marthes Hände gleiten an dem Türrahmen entlang. »Ich könnte ihre Mutter sein«, sagt sie leise.

Er lacht. Er hat ein tiefes schönes Lachen, wenn er will. Jetzt will er offenbar. »O Gott! Was wollen Sie jetzt hören?«

Marthe schweigt.

»Nehmen Sie Zucker?«, Marthe schüttelt den Kopf.

»Wie alt sind Sie denn?«, fragt Marthe. Ihr Blut rauscht in den Schläfen. Ihr Mund ist trocken. Moritz schüttelt Würfelzucker in ein Porzellanschälchen.

»Ich? Raten Sie.«

Marthe möchte nicht raten. Sie möchte lieber, dass er es ihr sagt. Aber gut, wenn er es so will: »Sie sind einundzwanzig«, sagt sie.

Er wirft ihr einen überraschten Blick zu. »Hallo! Stimmt genau!«

Der Wasserkocher schaltet sich aus. »Sie sind ziemlich gut im Raten«, sagt er.

Marthe schweigt. Sie folgt ihm ins Wohnzimmer. Er stellt die beiden Becher und das Zuckerschälchen auf den marokkanischen Tisch. Er macht eine einladende Bewegung. »Passen Sie auf, dass Sie sich nicht die Zunge verbrennen.«

Marthe lächelt. Sie nimmt wieder auf dem marokkanischen Kissen Platz. »Das hab ich schon.«

Er schaut sie an. Er versteht nicht. Aber es macht nichts. Sie pusten in die Becher, schauen sich an, und dann wieder nach oben zum Oberlicht. Der Himmel dahinter jetzt strahlend blau. Sie trinken. Und schweigen.

Marthe wünscht sich, dass dieser Augenblick nie vorbeigeht. So schweigend, in geheimem Einverständnis mit ihm zu sitzen, Tee zu trinken. Die Vorstellung, dass er Kräutertee liebt wie sie! Braucht es noch einen anderen Beweis, dass er ihr Sohn ist?

Das Telefon klingelt. Moritz entschuldigt sich, sucht nach seinem Handy, sagt kurz: »Ja?« und dann: »Einen Augenblick.« Er lächelt ihr zu, macht eine entschuldigende Geste und geht mit dem Handy nach draußen, verlässt die Wohnung, zieht sogar die Wohnungstür hinter sich zu, aber lässt sie nicht ins Schloss schnappen. Marthe kann nichts hören. Obwohl sie sich so anstrengt, dass sie davon Kopfschmerzen bekommt. Das Telefongespräch dauert nur ein paar Sekunden. Er kommt zurück, legt das Handy achtlos ins Bücherregal, setzt sich im Schneidesitz vor sie hin, lächelt.

»Also«, sagt er, »ich habe noch genau eine Stunde Zeit. Wenn Sie bereit sind …«, er breitet die Arme aus, »bin ich es auch.«

Marthe erhebt sich hastig, sucht nach ihrer Handtasche, nach dem Autoschlüssel, ihrer Jacke.

»Nein, nein«, sagt sie, »ich muss nach Hause. Ich muss heim.«

»Zu Paul.« Moritz rührt sich nicht, schaut zu ihr hoch. Registriert alles, dessen ist sie sicher, ihre Verlegenheit, ihre Nervosität und Unsicherheit. Versucht, sich einen Reim darauf zu machen.

»Bleibt noch die Frage«, sagt er, »warum Sie überhaupt gekommen sind.«

»Ja«, Marthe schaut auf den Boden, »ja, die bleibt.«

»Aber Sie wissen, warum Sie hier sind?«

Marthe blickt auf. »Ja, ich weiß, warum ich hier bin.«

Er beugt sich vor, schiebt seine Hände zwischen die Knie. »Und?«, fragt er. »Wollen Sie es nicht sagen?«

Sie wartet, blickt ihn an. Mit diesen Augen, die nichts verraten und doch alles preisgeben sollen. Mit diesen Augen, in denen die Zärtlichkeit zu Hause ist, die Sehnsucht, der Wunsch, all ihre aufgestaute Liebe auf einmal zu geben. »Wenn Sie es nicht fühlen«, sagt Marthe, »dann kann ich es auch nicht sagen.«

»Ah«, Moritz lehnt sich zurück. »Ich soll es also raten, gut.« Er atmet tief durch die Nase ein, schaut sie an, breitet die Arme aus. »Um ehrlich zu sein, ich weiß es nicht. Ich habe aber einen Verdacht.«

Ihr Herzklopfen, ihr glühender Kopf. »Ja?«

»Nun, ich habe den Verdacht. Und den hatte ich schon, als Sie mir das erste Mal nachgelaufen sind, und der wurde immer stärker, jedes Mal, wenn wir uns sahen …« Er sieht jetzt aus wie ein Quizmaster im Fernsehen, der seinem Gegenüber eine Hilfestellung geben möchte, wenngleich das eigentlich nicht erlaubt ist.

»Ich denke«, sagt Moritz, »dass ich Ihnen gefalle. Liege ich richtig?«

Marthe räuspert sich. »Ich bin nur gekommen, weil ich Sie etwas fragen wollte.«

»Gut«, Moritz breitet einladend die Arme aus, »fragen Sie.«

»Warum heißen Sie Jonas?«

Moritz reißt verwirrt die Augen auf, lacht kurz, wird wieder ernst, als er Marthes glühendes Gesicht mustert. »Warum ich Jonas heiße?«

Sie nickt, schaut an ihm vorbei auf die Wand.

»Das kann ich nur mit einer Gegenfrage beantworten: Warum heißen sie Marthe?«

»Weil meine Mutter mich so getauft hat«, sagt Marthe. Und atmet tief, mit geschlossenen Augen. »Und ich heiße mit Nachnamen Brandt, weil ich mit einem Paul Brandt verheiratet bin.«

»Ah«, sagt Moritz sanft, »Ihr Ehemann – Paul, ja? Paul – ist nett, aber langweilig. Sie wohnen, wie ich inzwischen weiß, in einer Kleinstadt, die ebenfalls nett, aber langweilig ist. Nun haben Sie auf einmal Lust auf ein Abenteuer.«

»Nein«, murmelt Marthe, »nein.«

»Nein?«

»Sie haben meine Frage nicht beantwortet«, sagt Marthe.

»Richtig.« Moritz steht auf, geht in dem Zimmer herum.

Marthe schaut auf den Saum seiner Hosenbeine, die um die Fesseln schlagen bei jedem Schritt.

»Sie fragen, warum ich Jonas heiße, ja? Das war Ihre Frage?«

Marthe nickt, atmet tief ein und aus. Moritz bleibt stehen.

»Ich nehme an, aus dem gleichen Grund, aus dem Sie Marthe heißen: weil meine Mutter mir den Namen gegeben hat.«

Marthe schaut auf, blickt ihn an.

»Ihnen gefällt der Name Jonas nicht?«

Sein unbekümmertes Lachen verursacht einen ziehenden Schmerz in ihrem Bauch.

»Darum geht es nicht«, flüstert Marthe. Sie will gehen.

Er hält sie fest. »Also, worum dann?«

»Und wie kommen Sie auf den Namen Kluge?«, fragt Marthe, als er sie losgelassen und seinen Gang durch das Zimmer wieder aufgenommen hat.

Moritz verschränkt seine Arme im Nacken. Mit dem Fuß schiebt er behutsam ein indisches Seidenkissen zur Seite, das ihr vorher nicht aufgefallen war, gelb und orange, mit Goldfäden.

Weil Moritz schweigt, fasst Marthe Mut, noch etwas hinzuzufügen. »Als ich Sie das erste Mal traf, Sie erinnern sich, in der Spitalerstraße, da habe ich gedacht, dass Sie anders heißen.«

Moritz bleibt stehen, mustert sie. Die Brauen hochgezogen. Marthe errötet, spricht aber weiter. »Ich dachte, Sie könnten vielleicht Moritz heißen.«

»Moritz?« Moritz zieht das marokkanische Kissen heran, setzt sich und schaut sie an. »Warum sollte ich ausgerechnet Moritz heißen?«

»Das ist ein schöner Name, finde ich«, sagt Marthe.

»Mir gefällt Jonas besser. Wenn ich es mir aussuchen könnte«, sagt Moritz, »ob ich Moritz oder Jonas heißen sollte, würde ich mich für Jonas entscheiden.«

»Verstehe.« Marthe spürt einen Stich im Herzen.

»Moritz«, sagt Moritz, während er gegen die schräge Zimmerdecke schaut, »das hat so etwas Unernstes, Kindisches. Kein Name für einen Erwachsenen.«

»Darüber habe ich noch nicht nachgedacht«, sagt Marthe.

Moritz lacht. »Bei Moritz denke ich sofort an Max.«

Marthe erschrickt so, dass sie beinahe das Gleichgewicht verliert.

Moritz beugt sich vor, um sie festzuhalten. »Max und Moritz, diese beiden …«, sagt Moritz und lacht wieder, »wie geht noch diese Geschichte von Wilhelm Busch?«

»Hab ich vergessen«, flüstert Marthe. »Darf ich …, kann ich … noch etwas trinken?«

»Aber klar, kein Problem.« Moritz springt auf, greift die beiden leeren Becher und geht in die Küche. Marthe legt die Hände vor das Gesicht. Sie hört, wie Moritz versucht, sich die Reime von Max und Moritz in Erinnerung zu rufen.

»Ich krieg's nicht mehr zusammen«, sagt er schließlich, als er mit den beiden Bechern zurückkommt. »Aber irgendwie kann man sich Max nicht ohne Moritz vorstellen, und Moritz nicht ohne Max, oder?« Er lacht. »Da sieht man, was Wilhelm Busch in unseren Köpfen angerichtet hat. Phänomenal.«

Er lacht wieder, pustet behutsam in seinen Teebecher. »Max und Moritz, diese beiden …«

Marthe fühlt sich beinah zu schwach, den Teebecher zu halten, beim Trinken verbrennt sie sich die Zunge. Dann den Gaumen. Moritz merkt nichts. Er steht wieder auf, geht zum Schreibtisch, öffnet die Schublade, holt etwas heraus und legt es in ihren Schoß.

Ein rotes, kleines Büchlein, auf dem steht: EUROPÄISCHE GEMEINSCHAFT BUNDESREPUBLIK DEUTSCHLAND und unter dem Bundesadler, goldgeprägt: REISEPASS.

Marthe schaut verwirrt auf. Moritz nickt. »Schauen Sie nach.«

»Warum?« Marthe will den Pass nicht anfassen, nicht öffnen. Er brennt wie Feuer auf ihren Schenkeln.

»Schauen Sie nach, da steht alles drin. Vorname, Nachname, Geburtsort, Datum. Alles.« Moritz lacht. »Ich habe keine Geheimnisse, mein Leben ist ein offenes Buch. Für jeden, auch für Sie. Auch für Leute, die lieber möchten, dass ich Moritz heiße. Hätten Sie auch einen anderen Nachnamen für mich? Einen besseren Namen als Kluge?«

»Ja«, sagt Marthe. Im gleichen Augenblick schießt ihr das Blut ins Gesicht. Sie springt auf, greift nach der Tasche, der Jacke, der Pass fällt zu Boden, sie will sich danach bücken, will in ihrer Verlegenheit und Scham auch das Schmuckkästchen wieder einpacken, besinnt sich, errötet noch tiefer, stürzt auf die Wohnungstür zu.

Moritz erhebt sich. Gegen ihre Hast wirken seine Bewegungen in ihrer Sanftheit wie eine Provokation.

»Ich muss gehen«, sagt Marthe, »ich muss heim.«

Er lächelt, er zwingt sie, ihn anzusehen. Er legt seine Hand an ihr Gesicht. An ihre Wange. Ihr Ohr. Seine Hand brennt auf ihrer Haut.

»Zu Paul«, sagt er weich. »Weil er Ihnen vertraut ist.«

Sie zittert. Sie will nicht, dass er sie so anfasst. Will nicht, dass er sie überhaupt anfasst. Es ist etwas Unverschämtes in dieser Geste, etwas, dass sie nicht einordnen kann. Dass ihr Angst macht.

»Bitte nicht!« Sie schiebt seine Hand weg. Und bereut im gleichen Augenblick diese Geste. So darf sie doch mit ihm nicht umgehen! Doch nicht jetzt, nachdem sie ihn endlich wieder gefunden hat! Sie darf ihm doch nichts verwehren, nichts verübeln. Später wird sie diese Berührung vielleicht als Geschenk empfinden, sich danach sehnen, dass er sie wiederholen möge. Seine weichen, zarten Fingerkuppen, die über ihre Wangenknochen streichen. Auch er hat diese hohen Wangenknochen. Fällt ihm denn die Ähnlichkeit zwischen ihnen nicht auf?

»Gut.« Er lässt seufzend die Arme sinken. »Ich halte Sie nicht auf. Werden Sie wieder kommen?«

Marthe nickt. »Ja, vielleicht. Wenn Sie wollen, wenn ich darf.«

»Aber ich bitte Sie«, sagt Moritz. »Sie haben mir dieses wunderbare Geschenk gemacht.« Er lacht. »Und eigentlich hatten Sie mir auch eine Ausfahrt im Jaguar versprochen.«

Warum wird sie nur immer und immer wieder rot? »Oh ja. Das stimmt. Ganz vergessen.«

»Also, nächstes Mal.« Er will ihre Schulter berühren. Besinnt sich aber. »Sie haben zu viel Skrupel«, sagt er sanft, fast eindringlich, »das ist nicht nötig! Wir sind erwachsene Menschen, nicht wahr? Wovor schämen Sie sich?«

Die Wohnungstür ist geöffnet. Vor ihr das Treppenhaus. Der Steinfußboden. Das Treppengeländer aus blau lackiertem Metall. Die gegenüberliegende Wohnungstür verschlossen. Davor ein paar rote Damenstiefel. Ihre Augen saugen sich an diesen roten Damenstiefeln mit Stillettoabsätzen fest.

»Es ist wahr«, flüstert Marthe, »ich schäme mich.« Sie fasst ihre Handtasche fester, klemmt die Jacke unter den Arm. Und schaut ihn noch einmal an. So intensiv, so eindringlich, als sähe sie ihn zum letzten Mal.

Moritz legt seine zwei Finger an die Lippen, als wolle er sie küssen. Und als traue er sich nur nicht.

»Sie sind eine faszinierende Frau. Marthe Brandt aus Moorkaten. Ich glaube, unter dieser schönen glatten und ein bisschen zu braven Oberfläche schlummert ein Vulkan.«

Marthe spricht

Ich bin ganz sicher keine besonders faszinierende Person, Doktor. In mir schlummert auch kein Vulkan. Sie müssen nicht glauben, dass mich dieser Satz von Moritz besonders beeindruckt hätte. Es war vielmehr diese Gesamtheit von Eindrücken und Aufregungen, alles zusammen, verstehen Sie, das mich durcheinander gebracht hat.

Ich konnte jetzt also damit beginnen, mir das Leben meines Sohnes zusammenzusetzen, jetzt hatte ich Fakten und Informationen. Wenig zwar, aber immerhin.

Ich wusste, er studierte. Er hatte Abitur gemacht hat.

Er bekam Bafög, aber das reichte nicht. Er arbeitete nebenbei, aber er sagte nicht was.

Natürlich hab ich begriffen, dass er mich für eine von diesen Frauen hielt, die einsam waren, verstehen Sie? Frauen mit so einer gewissen Sehnsucht. Ich wusste es. Ich wusste, er dachte, ich hätte mich in ihn verliebt, ich wollte bei ihm sein. Weil ich mich nach Wärme sehnte, nach Berührung.

Das hat mir den Hals zugeschnürt, seine Gedanken zu erahnen und ihm nicht sagen zu können, das ist falsch, falsch, falsch!

Jahrelang hatte ich diese Liebe für den anderen Sohn in mir verschlossen. Und dann auf einmal musste ich sie nicht mehr verheimlichen, Doktor! Ich hätte es auch nicht mehr gekonnt, selbst wenn ich es gewollt hätte. Das war wie eine Naturgewalt, nicht zu bremsen.

Ich weiß nicht, wie ich nach Hause gefunden hab. Sie haben im Verkehrsfunk etwas von Baustellen auf der Autobahn, von Umleitungen erzählt, als ich schon längst daran vorbei war. Und wissen Sie was? Ich hatte die Umleitung nicht einmal bemerkt. Ich hätte schwören können, dass es keine Umleitung gegeben hat. So bin ich Auto gefahren, so hab ich in diesem Jaguar gesessen, ohne etwas wahrzunehmen. Ein Wunder, dass ich keinen Unfall gebaut hab, in diesem Zustand. Ich war so erfüllt, und gleichzeitig wie betäubt.

Er war in mir, und ich war in ihm. Sie lächeln. Warum lächeln Sie jetzt? Können Sie nicht verstehen, was dieser Nachmittag mit mir, mit meinem Körper, meinem Geist gemacht hat? Nein, Sie können es nicht.

Weil Sie ein Mann sind. Warum hat man mir keine Ärztin zugewiesen? Eine, die selbst Kinder hat, oder doch weiß, wie man sich als Mutteer fühlt. Die versteht, dass dieses Baby, das sie mir nie in den Arm gelegt haben, mich nie verlassen hat! Es gibt eine Stelle in meinem Körper, Doktor, da ist nichts als ein schwarzes Loch. Mit diesem Loch lebe ich seit 21 Jahren!!

Ich verlange eine Ärztin! Ich muss mit einem Menschen reden, der Mitgefühl hat! Sie sind kalt wie ein Fisch.

Ich sitze da vor Ihnen und sage Ihnen, dass ich mein Kind nie vergessen konnte, nicht eine Minute, keinen Tag, keine Stunde. Und Sie?

Ich weine vor Ihnen, weil ich verzweifelt bin.

Und Sie?

Ich kann nicht mehr mit Ihnen reden.

Sie sitzen seit Monaten da und hören mir zu. Sie fassen mich nicht an, Sie trösten mich nicht. Sie sind kalt wie ein Fisch. Sie hören einfach nur zu. Ohne die Miene zu verziehen. Ich weiß nie, was Sie denken, ich weiß nicht, was für Notizen Sie sich machen.

Ich komme mir vor wie eine Spinne mit zehn Beinen, die man unter dem Mikroskop betrachtet. Mit ein bisschen Ekel, und ganz viel Neugier.

Ich soll reden! Reden! Reden!

Sie schauen mich an. Hören zu. Und ich weiß nicht, was Sie denken.

Ich kann das nicht mehr!

Ich sage kein Wort mehr. Nie mehr!

Ich möchte in mein Zimmer.

Bringt mich endlich jemand in mein Zimmer?

Ich bin so traurig, Doktor.
Ich möchte in mein Zimmer, um zu weinen.
Ich habe nicht mehr geweint, seit der Geburt meiner Söhne.
Haben Sie das notiert? Das sollten Sie aber notieren.
Die Tränen sind alle noch hier drin.

Ich will endlich in mein Zimmer.
Um zu weinen. Lange, ewig. Einfach nur weinen.

Herrn
Max Brandt
Klopstockstraße 12

Dresden

25. März 2003

Sehr geehrter Herr Brandt,

Ich bin vom Schwurgericht in Bremen beauftragt, ein psychiatrisches Gutachten über Ihre Mutter, Frau Marthe Brandt, zu erstellen.

Mir ist bekannt, dass Sie den Kontakt zu Ihrer Mutter nach dem Vorfall am 22. November 2002 vollständig abgebrochen haben. Dennoch wage ich jetzt einen Vorstoß.

Seit einiger Zeit verschließt Ihre Mutter sich all meinen Fragen. Sie sieht in mir plötzlich einen Feind.

Wenn ich den Fall abgeben muss, verliert Ihre Mutter womöglich die letzte Chance auf eine objektive Beurteilung.

Wenn Sie in dieser Situation helfen könnten, wäre ich Ihnen sehr dankbar.

Nach meinen bisherigen Erkenntnissen könnte eine Begegnung zwischen Ihnen beiden etwas aufbrechen.

Wenn Sie also die Möglichkeit sehen, hierher nach Oldenburg zu kommen, brächte das vielleicht die Wendung.

Ich würde bei dem Gespräch selbstverständlich anwesend sein.

Hochachtungsvoll

Prof. Dr. Casai
Chefarzt

15.

Paul kann es sich später nicht erklären, dass er nichts gemerkt hat.

Wie immer verließ er die Wohnung vor Marthe, deren Arbeit eine Stunde später begann.

Sie hatten – wie alle Ehepaare – ihre Rituale, um den Alltag zu bewältigten. Wenn Paul im Bad unter der Dusche stand, bereitete Marthe, noch im Schlafanzug, das Frühstück vor. Marthe hatte sich angewöhnt, Pauls Pyjamas zu tragen. Dünne, gestreifte Pyjamas aus glänzender Baumwolle im Sommer, Flanell-Pyjamas, meist einfarbig, im Winter. Im Winter trug sie dazu auch dicke Wollsocken, Paul hatte das immer sexy gefunden. Es erinnerte ihn an amerikanische Filme, in denen die aufregendsten Frauen zu Hause in Herrenhemden herumschlurfen, und dabei zum Anbeißen aussehen.

Im Sommer lief Marthe barfuss in der Wohnung herum, die Fußnägel rot lackiert.

Dass Marthe am rechten Fußgelenk ein Goldkettchen trug, fiel Paul auf, als er sich bückte, weil ein Teil seiner Zeitung herunter gefallen war.

»Was ist das denn für ein Kettchen«, fragte er.

Er streckte die Hand nach dem Kettchen aus, aber instinktiv zog Marthe ihre Füße unter den Stuhl zurück, und Paul stieß mit dem Hinterkopf von unten gegen die Tischplatte.

»Das ist nur ein Kettchen«, sagte sie.

»Hübsch«, meinte Paul, den Hinterkopf reibend. »Seit wann hast du das?«

»Weiß nicht mehr. Ein paar Wochen.«

Paul legte die Zeitung neben seinen Teller. »Ein paar Wochen?«

»Oder ein paar Tage. Keine Ahnung. Ist das wichtig?«

»Es sieht sexy aus«, sagte Paul. »Schon deshalb ist es wichtig, oder? Lass doch mal sehen.«

Er rückte seinen Stuhl näher an ihren Stuhl, und zog ihre Knie zu sich heran.

Marthe ließ ihn gewähren. Sie hatte die Hände um die Kaffeetasse gelegt und trank, während er das Kettchen begutachtete.

»Ist das echt?«, fragte er.

»Ach was! Irgendein Modeschmuck. Es ist wirklich nichts, Paul. Lässt du mich wieder los?«

»Und wie bist du darauf gekommen?«

»Ist Mode. Deshalb. Tragen ganz viele Frauen.«

»Hier? In unserem Ort?« Paul konnte sich nicht erinnern, so ein Kettchen an irgendeiner Frau gesehen zu haben. Aber vielleicht lag es daran, dass er andere Frauen nicht genau genug anschaute. Er liebte Marthe eben.

Sanft stellte er ihren Fuß wieder auf den Küchenboden, schob die Zeitungen zusammen, nahm den Plastikbeutel aus dem Mülleimer, zog ihn zu, gab Marthe einen Kuss auf den Scheitel und sagte, was er immer sagte, wenn er morgens das Haus verließ: »Also dann.«

Vor der Haustür wartete neuerdings Frank, Pauls Kollege. Sie hatten eine Fahrgemeinschaft gebildet, seit Marthe diese Liebe zum Jaguar entwickelt hatte.

Frank war im Juni in die Siedlung gezogen, in eine Querstraße. Sie waren übereingekommen, dass in der einen Woche Frank Paul abholte, und in der anderen Woche Paul Frank.

So hatte Marthe jede zweite Woche den Jaguar zur Verfügung. Sie nahm dann eben nicht das Fahrrad, sondern fuhr vor der Firma vor. Paul war damit einverstanden. Ihm fiel auf, dass Marthe jetzt öfter den Wagen erwähnte, und dass sie häufiger mit dem Autoschlüssel spielte, ganz in Gedanken, während sie redeten oder Fernsehen schauten. Sie lachte auch öfter.

Warum sollte er deswegen argwöhnisch sein? Er war – im Gegenteil – erleichtert, dass es Marthe in diesem schönen heißen Sommer so gut ging. Erst viel später wurde ihm klar, dass Marthe große Entfernungen mit dem Jaguar zurücklegte. Jede Woche um die vierhundert Kilometer. Manchmal mehr.

Ende August nimmt Paul sich mittags eine Stunde frei für eine Routine-Kontrolle bei seinem Zahnarzt. Er hat, obwohl es ein heißer Sommertag ist, die Wildlederjacke übergezogen. Für ihn gilt immer noch die Regel seiner Eltern: Für Besuche beim Arzt, beim Anwalt, für Unterredungen mit der Bank oder dem Schuldirektor kleidet man sich korrekt. Für seinen Vater hieß das: weißes Hemd und Krawatte. So weit geht Paul nicht. Er trägt ein offenes, hellblaues Hemd mit kurzen Ärmeln und Popelinhosen mit einem geflochtenen Ledergürtel, dazu Mokassins.

Dass Paul ein gut aussehender, attraktiver Mann ist, hat er sich nie klar gemacht. Er hat auch die Blicke, die andere Frauen ihm zuwerfen, Kundinnen, die ihren Wagen in die Werkstatt bringen, nie beachtet. Wenn er es einmal bemerkt hat, hat er sich sofort abgewandt. Es ist ihm peinlich. Er wollte und will von keiner anderen Frau begehrt werden außer von Marthe.

Deshalb zuckt er auch erschrocken zusammen, als Marthes Kollegin Dorle mit einem Juchzer auf ihn im Wartezimmer zustürzt. »Na so was! Paul! Ewig nicht gesehen!«

Sie breitet die Arme aus und küsst ihn rechts und links auf die Wange. Paul geniert sich ein bisschen. Die Leute drehen den Kopf, eine Frau, die einen Wollschal gegen die geschwollene Backe presst, schaut auf und schnell wieder weg. Paul schiebt Dorle halb amüsiert und halb verlegen von sich weg. »Hallo Dorle«, sagte er, »warst du immer schon so stürmisch?«

»Hey! Ich bin so froh! Dir geht es ja gut!«

»Klar, geht es mir gut«, sagt Paul.

Dorle hat eine neue Frisur, oder eine andere Haarfarbe. Sie wirkt irgendwie jünger, aber vielleicht ist es auch nur der Sommer, der sie lebendiger, wacher und lebenslustiger erscheinen lässt. Paul überlegt, ob er eine Bemerkung zu der Frisur machen soll. Er wünschte, Marthe wäre da und würde ihm aus der Verlegenheit helfen. Marthe kann so was gut. Sie sagt dann Sachen wie: »Wie findest du Dorles neue Frisur? Das

Kurze steht ihr doch toll, nicht?« Und er könnte sagen: »Viel besser als vorher.«

So muss er schweigen und fühlt sich unbehaglich. Da sagt Dorle in seine Verlegenheit hinein einen Satz, den er nicht versteht: »Wir haben das ja alle nicht begriffen. So von jetzt auf gleich.«

Die Sprechstundenhilfe erscheint, mit einem Krankenschein in der Hand, und schaut sich suchend um.

Paul gibt ihr ein Zeichen, dass er sich gleich am Empfang melden werde, aber noch dieses Gespräch zu Ende führen müsse.

»Was?«, fragt er.

»Wo wir doch alle dachten«, sagt Dorle, »dass Marthe und die Firma sozusagen eins sind. Keiner von uns hätte sich träumen lassen, dass Marthe jemals von sich aus kündigt.«

Paul spürt einen Stich direkt ins Herz. »Was?«, fragt er wieder.

»Und Ole und Jens! Die müsstest du mal sehen! Die rennen rum wie Hühner und suchen und finden nichts. Und alles ist ein Chaos. Jetzt erst wissen die, was Marthe wert war, insofern hatte sie ja Recht. Wer nicht hören will, muss fühlen. Ich wette, jetzt würde ihr Ole fünfzig Prozent mehr Gehalt geben, nur damit sie wieder ihren Platz an dem Schreibtisch einnimmt. Aber da hat er auch seinen Stolz. Das würde er öffentlich nie zugeben. Chefs haben ja immer diesen Spruch auf den Lippen: Jeder ist ersetzbar. Oder: Reisende soll man nicht aufhalten.«

»Ganz im Ernst«, murmelt Paul, sich verlegen umsehend, »ich hab keine Ahnung, wovon du sprichst.«

Dorle schaut ihn überrascht an. Sie hat grüne Augen, mit elfenbeinfarbenen Sprengseln, schöne Augen eigentlich.

»Ich spreche davon, dass deine Frau nicht mehr bei uns arbeitet.«

»Was?«, Paul beginnt plötzlich heftig zu schwitzen. Er schaut sich im Wartezimmer um. Aber niemand beachtet ihn. Die Frau mit der dicken Backe ist im Behandlungsraum verschwunden. Man hört leise das Sirren eines Bohrers.

Er lockert den Sitz seiner Lederjacke, die wie Blei auf den

Gerne können Sie uns Ihre Meinung auch per E-Mail senden:

leserstimmen@eul-vertrieb.de

Ich bin damit einverstanden, daß meine Meinung veröffentlicht wird:

Ja: nein:

Datum: Unterschrift:

Ullstein Verlag
Vertrieb
Bayerstraße 71-73
D-80335 München

Diese Karte entnahm ich dem Leseexemplar:

Meine Meinung:

Name: Vk.-Nr.

Buchhandlung:

Schultern liegt. Der Schweiß rinnt ihm vom Hals die Wirbelsäule herunter.

Dorle lacht, ungläubig, dann staunend. »Sag mal: du weißt das nicht? Jetzt bin ich aber platt. Marthe hat gesagt, sie will sich mehr um dich kümmern.«

»Um mich? Kümmern? Wieso mehr? Sie kümmert sich doch.«

Dorle schluckt. Das Lächeln weicht einer ungläubigen Fassungslosigkeit. »Jetzt versteh ich gar nichts mehr«, sagt sie kopfschüttelnd. »Oh Gott, hätte ich bloß nichts gesagt.«

Paul schließt die Augen, seine Augen brennen, als sei ein Feuer in seinem Kopf.

»Ihr seid doch aber noch zusammen, Marthe und du? Ist doch alles in Ordnung zwischen euch?«, fragt Dorle, als Paul lange schweigt. Die Frage ist für ihn ungeheuerlich, trifft ihn wie ein Schlag.

Paul räuspert sich. »Was? Natürlich, natürlich. Wie kommst du darauf? Alles ist wie immer, alles gut, ganz prima. Keine Klagen. Keine ..., entschuldige. Ich muss mich bei der Sprechstundenhilfe melden. Ich hab nur kurz Zeit. Bei uns, in der Werkstatt, ist der Teufel los.« Er deutet auf die Sprechstundenhilfe, die ungeduldig in der Tür auf ihn wartet.

Er dreht sich im Gehen noch einmal zu Dorle um. Dorle steht, wo er sie verlassen hat. Starrt ihm nach. Paul hebt die Hand, nur ein paar Zentimeter, eine Geste, die wie eine Kapitulation ist.

16.

An die Erklärungen und Ermahnungen des Zahnarztes hat Paul schon eine Minute, nachdem die Behandlung beendet ist, keine Erinnerung mehr, er fährt, obgleich in der Werkstatt ein Chevrolet mit Getriebeschaden aufgebockt ist, direkt nach Hause.

Er lässt den Motor laufen, was er nie tut, und stürmt ins Haus. Er stellt fest, dass die Post noch im Briefkasten ist, eine Zeitschrift steckt zusammengelegt im Briefschlitz.

Paul nimmt zwei Stufen auf einmal, zieht sich am Treppengeländer hoch, weil es ihm nicht schnell genug geht.

Im zweiten Stock ringt er nach Atem. Sein Herz rast. Fieberhaft drückt er mit dem Ellenbogen den Klingelknopf und versucht gleichzeitig, den Schlüssel ins Schlüsselloch zu stecken.

Marthe ist nicht da.

Das Frühstücksgeschirr ist in die Spülmaschine geräumt, Butter, Käse und Marmelade wieder im Kühlschrank. Nur die Plastiksets, gelbe Enten auf blauem Grund, liegen noch auf dem Tisch. Keine Krümel, keine zerknüllten Papierservietten.

»Marthe?«, ruft Paul.

Im Wohnzimmer hat Marthe die Zeitung auf dem Couchtisch, sauber zusammengelegt, als habe sie noch keiner angefasst.

Marthe weiß, dass Paul zerlesene Zeitungen hasst. Er mag es, wenn die Zeitung raschelt wie frisch aus der Druckmaschine.

Die Kissen sind aufgeschüttelt, das Balkonfenster gekippt. Bestimmt hat sie auch die Blumen gegossen.

»Marthe!«, brüllt Paul.

Er stößt die Schlafzimmertür auf. Das Bett ist aufgedeckt, das Laken glatt gezogen.

An der Schranktür hängt Pauls dunkelgraue Anzugsjacke zum Auslüften. Er hat am Vortag den Anzug getragen, weil er mit seinem Chef zu einem Großkunden fahren musste. Ein Werkvertrag über fünf Dutzend Jeeps, die regelmäßig von ihnen gewartet werden sollen. »Marthe!« Paul stößt die Badezimmertür auf.

Das Bad glänzt. Nichts liegt herum. Über der Handtuchstange hängt ein BH von Marthe, neben einem Slip aus schwarzer Spitze.

Paul starrt den BH und den Slip an. Er weiß nicht, warum ihn der Anblick der beiden kleinen Kleidungsstücke so aus der Fassung bringt. Warum er wie magisch angezogen ist von einem Spitzenhöschen, das er schon hundertmal an seiner Frau gesehen hat. Er nimmt das Höschen und steckt es in seine Jackentasche, gedankenlos. Später wird er sich sein Verhalten nicht mehr erklären können. Er setzt sich in der Küche an den Tisch und verbirgt das Gesicht in den Händen.

Er sitzt lange so da, kann an nichts denken. Bilder gehen ihm durch den Kopf, Bilder aus der Vergangenheit. Einmal sieht er Marthe, die Siebzehnjährige, lachend ihm entgegenlaufen, dann sieht er sie, auf der Rückbank des Ford Fiesta, wie sie sich den Slip von den Beinen streift. Oder dieser Tag, als er sie vor seiner Haustür fand. Vor der Wohnung seiner Eltern, denn damals wohnte er noch bei ihnen. Es hatte geregnet und Marthe war vollkommen durchnässt. Sie hatte geweint. Sie zitterte und schlang ihre Arme um die Knie. Auf der untersten Treppenstufe des Hauses seiner Eltern saß sie.

»Warum hast du nicht geklingelt?«, fragte er.

Marthe schüttelte den Kopf. Und schaute ihn an, mit Augen, so groß wie Wagenräder.

»Was ist los? Marthe! Mensch! Sag doch was!«

Er zog sie an den Händen hoch aus der Kauerstellung. Riss sie an sich, und war im gleichen Augenblick auch pitschnass. Es machte ihm nichts aus.

»Um Gottes Willen!«, flüsterte er. »Was ist nur mit dir los? Was ist nur los?«

Sie suchte mit ihren Lippen seinen Mund.

»Küss mich«, flehte sie, »bitte, bitte, küss mich.«

Er küsste sie. Vielleicht hätte er sie lieber ins Haus gezogen, in den Flur wenigstens, aber sie wollte nicht. Sie war wie festgefroren auf der untersten Treppenstufe.

So küsste er sie, bis ihre Lippen wieder warm waren.

»Liebst du mich?«, fragte sie zitternd.

»Natürlich! Mensch, Marthe, sitzt du deshalb hier im Regen, um mich das zu fragen? Wie lange sitzt du hier schon?«

»Ich weiß nicht, es war schon dunkel, als ich gekommen bin. Der Zug hatte Verspätung.«

»Welcher Zug? Wieso der Zug?«

»In Hamburg hat es geschneit«, sagte Marthe. »In Hamburg war es einen Augenblick ganz weiß, das war komisch, alles sah aus wie nie berührt. Verstehst du? Diese Großstadt. Und keine Fußspuren. Für einen Moment.«

»Marthe, bitte, was ist los?«

» Ich bin schon im vierten Monat. Ich habe so eine furchtbare Angst. Ich will doch noch kein Kind! Aber die Ärztin sagt, für eine Abtreibung ist es zu spät. Ich war in der Apotheke, in Hamburg, weil ich solche Angst hatte, dass man hier drüber spricht. Weil ich dachte, wenn es stimmt, wenn mein Gefühl richtig ist. Oh Gott, Paul, ich schäme mich so. Und was wird aus unseren Plänen? Was machen wir nur? Was soll ich bloß tun, Paul?«

Paul sitzt am Küchentisch. Er denkt an nichts. Er sieht nur Bilder aus der Vergangenheit. Er sieht auf einmal, wie er diese Briefe schreibt, diese Bewerbungen nach England und Frankreich. Wie er versucht, mit Ferrari in Mailand in Kontakt zu kommen. Wie er dem Verband der Deutschen Sportwagen schreibt und sich anbietet als Mechaniker. Er sieht dieses enge Jungenzimmer tapeziert mit Sportwagen-Postern in der Wohnung seiner Eltern, er sieht sich an dem Schreibtisch, und hinter ihm ein Vater, in Uniform, der die Hand auf die Schulter legt und sagt: »Na Junge, schon irgendwas in Aussicht?«

»Eine ganze Menge«, hat Paul gesagt. Und sich umgedreht und seinen Vater angelacht.

Paul zuckt zusammen, ein Geräusch. Jemand steht im Flur, bei ihm in der Wohnung. Er hört, wie jemand sich räuspert. Und ruft: »Bist du da, Paul?«

Er erhebt sich. Er muss sich abstütztten, als er sich aufrichtet.

»Ja?«, ruft Paul argwöhnisch, zitternd. »Wer ist da?«

»Ich bin's, Georg.«

Paul fährt sich mit der Hand über das Gesicht. Georg Herzfeld, der Nachbar, der auf dem gleichen Flur wohnt.

Er steht jetzt in der Küchentür, lächelt, ein bisschen unsicher.

»Du hast den Wagen laufen«, sagt er, »ich meine, die Wagentür steht sperrangelweit offen, der Schlüssel steckt und der Motor läuft, und da dachte ich ..., vielleicht ist was passiert ...«

»Nein«, sagt Paul, »nichts passiert, ist nichts passiert.«

»Ich dachte«, sagt Georg, »ich mach den Motor lieber aus. Und zieh den Schlüssel ab. Wer weiß, bei so einem Auto, ich mein, so ein Jaguar!« Er lacht, als er Paul den Schlüssel hinstreckt. »Nachher stehen sonst zwei da.«

Paul nimmt den Schlüssel, fährt sich wieder über das Gesicht. »Danke«, sagt er.

Georg nickt bedächtig, ernst.

E-Mail an
philip.casai@landeskrankenhaus-oldenburg.de

Betreff: Ihre Patientin Marthe Brandt

2. April 2003

Sehr geehrter Herr Prof. Dr. Casai,

ich bin zu einem Gespräch bereit. Mit Ihnen. Nicht aber mit meiner Mutter.

Da ich jetzt von meiner Firma für eine Weile nach Dresden versetzt worden bin, schlage ich ein Wochenende vor. Würde es Ihnen am 14. oder 15. April passen?

Geben Sie mir bitte Bescheid. Und nennen Sie einen Treffpunkt außerhalb des Krankenhauses.

Hochachtungsvoll

Max Brandt
solomax@aol.com.

17.

Als Marthe die Wohnungstür aufschließt, hört sie als erstes den Fernseher. Erschrocken hält sie mitten in der Bewegung inne und schaut auf die Uhr. Es ist vier vor sechs. Paul kommt sonst nie vor halb sieben.

Sie blickt prüfend an sich herunter. Sie trägt an diesem Tag Jeans und eine weiße Bluse. Dazu Sandaletten. Einen sandfarbenen Pulli hat sie sich um die Hüften geschlungen, wie es im Augenblick alle jungen Frauen machen. So ist sie mit Moritz am Elbufer entlang geschlendert, einen halben Nachmittag haben sie in einem Strandcafé gesessen, das Gesicht in die Sonne gehalten und den riesigen Containerschiffen nachgeschaut. Sie hat sich an diesem Nachmittag ganz frei gefühlt, ohne Schuld und ohne Skrupel hat sie sich der Sonne, der Nähe zu Moritz und dem Leben einer Weltstadt hingegeben. Jetzt aber, noch mit dem Geruch von Teer und Meersalz in der Nase, holt sie die Wirklichkeit wieder ein. Langsam, bedächtig nimmt sie den kleinen Rucksack herunter, den sie immer benutzt, wenn sie mit dem Fahrrad zum Bahnhof fährt. Sie könnte auch zu Fuß zum Bahnhof gehen, aber da sie, wenn Paul den Jaguar hat, mit dem Fahrrad in die Firma fährt, muss sie auch das Rad zum Bahnhof nehmen und schließt es hinter dem Lagerhaus an, dort wo die Bahnangestellten ihre Fahrräder anschließen. Sie ist umsichtig, geht kein Risiko ein. Sie achtet darauf, ihrer Mutter nicht zu begegnen, wenn sie zum Bahnhof fährt, sondern nähert sich von der anderen Seite. Das bedeutet, dass sie zweimal die Bahngleise überqueren muss, sie kommt jetzt vom Stadtwald her, über kleine Nebenwege, die nicht von Autos benutzt werden.

Paul taucht plötzlich riesenhaft im Flur vor ihr auf.

Er hat eine Bierflasche in der Hand.

»Hallo Marthe«, sagt er. Seine Augen wirken glasig, auch wenn er nicht den Eindruck eines Betrunkenen macht. Sein Gesicht hat sich überhaupt verändert. Seine Bewegungen sind anders, größer, ungelenker, als könne er sie nicht richtig koordinieren. Sie kennt ihn nicht wieder. Sie hat plötzlich Angst vor ihrem eigenen Mann, wie ein Schild presst sie den Rucksack vor ihre Brust und starrt Paul an.

»Hallo«, sagt sie leise.

Paul bleibt vor ihr stehen, nimmt einen Schluck aus der Flasche und wischt sich über den Mund.

»Na?«, fragt er. »Wie war dein Tag?«

Sie versucht, den Rucksack immer noch an den Körper gepresst, sich an ihm vorbeizuzwängen.

Aber da streckt er den Arm aus.

»Ich hab dich gefragt, wie dein Tag war.«

»Wie immer«, erwidert sie. »Lässt du mich bitte vorbei?«

Sie will ihm nicht in die Augen sehen, nicht lesen, was darin zu lesen ist. Sie ahnt, dass dieser Moment der Augenblick ihrer persönlichen Katastrophe werden wird. Der Augenblick, mit dem sie irgendwann gerechnet hat, nur nicht heute, nicht an diesem sonnigen Augusttag, nicht mit dem Lachen, das Moritz Geschichten in ihr auslösten, mit dem warmen Druck seiner Hände auf ihrem Arm, ihren Knien. Sie haben in einem Strandkorb gesessen, einem dieser weißen, geflochtenen Körbe, die innen gelbweiß gestreift sind, an diesem kleinen Café am Elbufer. Moritz hat ihr erzählt, dass er eine neue Wohnung in Aussicht habe, in Eppendorf, einer bevorzugten Gegend, in der Nähe der Uni, zweieinhalb Zimmer, Küche, Bad, Balkon, Altbau. Hohe Decken mit Stuck. »Irgendjemand anderer wird da einziehen, bloß nicht ich, bloß nicht ich«, hat er seufzend gesagt.

»Und warum nicht du?«, hat sie gefragt. Sie duzen sich inzwischen.

»Weil ich verdammt noch mal mir so eine Wohnung nicht leisten kann«, hat Moritz gesagt. Und dann gelacht. Ein tapferes Lachen, das ihr bis ins Herz gegangen ist.

»Was kostet die denn«, hat sie gefragt.

»Zuviel«, war die Antwort.

»Komm, sei ehrlich, sag mir, was kostet die?«

»Achthundert kalt«, sagte er.

»Euro?«

»Klar, Euro. Rechnest du immer noch in Mark?«

Das war der Augenblick, in dem Marthe klar wurde, welcher Fehler es war, den Job zu kündigen. Wenn sie noch bei Gebr. Petersen arbeitete, könnte sie Moritz die Wohnung finanzieren, jedenfalls einen gutenTeil dazu beitragen. Dann fiel ihr das Sparbuch ein, das sie zur Kommunion bekommen hatte. Ihre Mutter hatte per Dauerauftrag jeden Monat hundert Mark auf das Sparbuch überweisen lassen, von ihrem laufenden Konto.

Marthe hat das Sparbuch niemals angerührt. Es war für sie eine Art Notgroschen, eine Sicherheit für alle Fälle. Nicht einmal Paul weiß von dem Sparbuch.

»Und was ist«, hat Marthe zu Moritz gesagt, »wenn ich mich ein bisschen an den Kosten für die Wohnung beteilige?«

Moritz hat seinen Martini abgestellt und sie von der Seite aus betrachtet.

»Du willst dich beteiligen? Warum?«

»Weil es mir Spaß machen würde.«

»Also bist du doch reich?« Dieses kleine amüsierte Lachen von Moritz, diese Ironie, die sie heraushörte. »Vielleicht ein bisschen reicher als du denkst«, hat sie gesagt. »Ich hab vielleicht ein bisschen Geld auf der Bank.«

»Oh:« Sie haben eine Weile geschwiegen. Und dann ist Moritz aufgesprungen und hat zu ihr gesagt: »Komm, komm mit.«

Sie nahmen ein Taxi in den Loogestieg, eine kleine Straße, die vom Eppendorfer Weg abging, und Moritz hat ihr die Wohnung gezeigt. Er hat ihr, zum Spaß, vor der Wohnungstür mit ihrem sandfarbenen Pulli die Augen verbunden. Das war lächerlich, aber auch rührend, und er hat sie dann geführt, blind ist sie an seiner Hand gegangen, ohne zu zögern, ist ihm gefolgt, so vertrauensvoll wie man nur einem Menschen gegenüber sein kann, den man sehr gut kennt. Sie erinnert sich noch, dass sie, während sie so blind über die Schwelle trat, gelacht hat. Wie ein glückliches unbekümmertes junges Mädchen.

Moritz hat sie noch zwei Schritte nach links, ein paar Schritte geradeaus geführt, sie mehrmals gedreht, um die eigene Achse, indem er sie an den Schultern fasste, und dann, als ihr schon ganz schwindlig war, hat er endlich den Pulli heruntergezogen und gesagt: »Augen auf.«

Es war dieses Nachmittagslicht, das in das Zimmer geflutet ist, das die Holzbohlen, frisch geschliffen und lackiert, zum Leuchten brachte. Ein honigwarmes Licht lag über allem. Die inneren Fenster der Doppelfenster waren geöffnet, Kassettenfenster, weiß lackiert. An der Decke eine Stuckrosette und im Erker ein Ausblick in die Krone eines Kastanienbaumes. Im Bad eine wuchtige Emaillewanne mit Löwenfüßen, es gab einen wandhohen Spiegel und ein schmales, hohes Milchglasfenster mit Jugendstilmotiv: eine junge Frau kniet vor einem Rosenbusch. Marthe hatte so etwas noch nie gesehen.

Wie betäubt folgte sie Moritz in die Küche, die ganz und gar weiß gekachelt war, und in der es nichts gab außer einem alten Waschbecken. »Das kostet natürlich ein bisschen«, sagte Moritz, »die Küche einzurichten. Der Vorgänger hat alles mitgenommen. Waren alles seine Sachen. Aber es hat natürlich auch den Vorteil, dass man die Küche ganz nach seinem eigenen Geschmack gestalten kann.«

Marthe waren sofort eine ganze Menge Möglichkeiten eingefallen, wie man aus so einer Küche ein Schmuckstück machen konnte. Sie haben darüber diskutiert, Moritz und sie, während der Vermieter ungeduldig mit dem Schlüssel klapperte.

»Sie wissen«, sagte er schließlich, »dass es noch drei Bewerber für die Wohnung gibt.«

Das wusste Marthe bis dahin nicht.

»Heute Abend, um acht Uhr, bekommt einer der drei den Zuschlag. Es sei denn, wir setzen uns jetzt sofort hin und machen den Vorvertrag.«

Moritz schaute Marthe an, musterte sie eindringlich, als wollte er sie einer endgültigen Prüfung unterziehen. Hast du das einfach nur so hingesagt, oder gibst du mir wirklich das Geld?

Marthe schluckte, lächelte, fasste Moritz Arm und sagte: »Dann machen wir doch gleich Nägel mit Köpfen.«

Der Vermieter sah sie an, Moritz und Marthe, dieses ungleiche Paar, und versuchte, sich einen Reim darauf zu machen.

»Und wer mietet nun?«, fragte er.

»Ich«, sagte Moritz und zückte seinen Pass. »Aber Madame bezahlt.«

Und er beugte sich zu ihr herunter und gab ihr einen sanften Kuss auf die Schläfe, der sie bis ins Innerste zittern ließ.

Madame bezahlt. Ja, Madame bezahlt.

Und zwar gerne.

War es doch immer noch zu wenig, was sie da zahlen musste. Wenn sie bedachte, auf was Moritz all die Jahre verzichten musste! Würde sie erst mal zusammenrechnen, was Max alles bekommen hatte in den einundzwanzig Jahren seines Lebens! Angefangen vom Kinderwagen und Kinderbett, Kinderfahrrad, die komplette Jugendzimmereinrichtung mit Hochbett und integriertem Schreibtisch, die Reisen, das Taschengeld bis hin zu den Klamotten.

»Ein normaler Hamburger Mietvertrag«, sagte der Vermieter, »wird über fünf Jahre geschlossen. Das heißt, wenn Sie vorher ausziehen, müssen Sie für einen Nachmieter sorgen.«

Moritz hat gelacht und ihren Arm gedrückt. »Glaubst du«, fragte er, »dass ich hier vorher ausziehe?«

»Und dann«, sagte der Vermieter, »ist da noch die Sache mit der Kaution. Wir gehen von drei Monatsmieten aus. Sie müsste hinterlegt werden, oder ich brauche eine Bürgschaft der Bank.«

»Ja, ja«, Marthe nickte hastig, »eine Bürgschaft der Bank. Das organisier ich.« Und wieder gelächelt. »Kein Problem.«

»Bist du sicher?«, fragte Moritz besorgt. Und zärtlich.

»Ganz sicher«, sagte sie.

»Ich werde also in meinem Büro«, sagte der Vermieter, »einen Mietvertrag aufsetzen lassen auf Herrn (und da hat er in den Pass geschaut) Jonas Kluge. Und wenn Sie, gnädige Frau, mir dann bitte Ihre Bankverbindung sagen würden.«

Das wäre der Moment gewesen, Moritz daran zu erinnern, dass sie sich an der Miete nur beteiligen wollte, sie nicht in Gänze übernehmen würde. Sie gar nicht in Gänze übernehmen könnte. Doch es schien ihr unangebracht vor dem Vermieter, mit Moritz zu feilschen. Also sagte sie nichts.

Während der Rückfahrt im Zug ist sie in Gedanken in der neuen Wohnung spazieren gegangen, Hand in Hand mit Moritz, hat immer wieder die Fenster bestaunt, die Doppeltüren mit den Facettenschliffgläsern, die Dielen, die bei jedem Schritt ein sanftes, vornehmes Geräusch machten, den altmodischen Wasserhahn über der Badewanne, das schmale Fenster mit der Rosenfrau, die schwarzweißen Fußbodenkacheln in der Küche. Hat in Gedanken Teppiche auf dem Fußboden ausgerollt, Kelims aus Indien oder Pakistan, hat Sessel hingestellt und in sie leuchtende Kissen gelegt, hat Bilder an die Wand gehängt und Vorhänge rechts und links der schönen alten Fenster, in schwerer Seide und Taft, in sonnenwarmen Farben, Organe, Gelb, Burgunderrot und Honigfarben.

So ist sie in Moorkaten ausgestiegen, eine Dreiviertelstunde, bevor Paul normalerweise von der Arbeit zurückkommt, hat hinter dem Lagerhaus ihr Fahrrad aufgeschlossen, den Rucksack über die Schulter geschoben, den Pulli um die Hüfen geschlungen und ist nach Hause geradelt. Sie hatte noch genug Zeit, sich wieder zurückzuverwandeln in die Frau, die Paul kennt, die er gewohnt ist, mit der er rechnet, wenn er von der Arbeit nach Hause kommt. Doch dieses Mal hatte sie sich verrechnet.

Sie lässt den Rucksack auf einen Küchenstuhl fallen und öffnet mechanisch den Kühlschrank.

»Dein Tag war also wie immer.« Paul setzt wieder die Bierflasche an den Mund.

»Wir haben auch Gläser«, sagt Marthe, schlägt die Kühlschranktür wieder zu, nimmt ein Glas aus dem Geschirrspüler, stellt es auf den Tisch. Auf dem Tisch stehen zwei leere Bierflaschen.

»Ich trinke lieber aus der Flasche«, sagt Paul. »Ich hab immer viel lieber aus der Flasche getrunken. Das Glas hab ich nur genommen, weil du offenbar den Anblick nicht ertragen kannst, wenn dein Mann aus der Flasche trinkt.«

Marthe lächelt. Schaut nicht auf. »Eigentlich ist es egal.«

»Ach ja? Auf einmal?« Er nimmt noch einen Schluck.

»Mich würde interessieren«, sagt Paul, »was du heute gemacht hast.«

»Wieso?«, fragt Marthe vorsichtig.

»Erzähl doch mal.« Paul lehnt sich auf seinem Stuhl zurück. »Setz dich und erzähl.«

»Aber es gibt nichts zu erzählen. Es war ein langweiliger, normaler Tag!«

Paul fasst nach ihrem Arm. Ein fester, fast brutaler Griff. Sie zuckt zusammen, entzieht sich ihm aber nicht. Er zieht sie auf einen Stuhl, »Setz dich«, sagt er. Seine Stimme ist hart.

Marthe setzt sich. Sie hält ihre Hände im Schoß. Ihre Schultern sind nach vorn gebeugt, alle Muskeln angespannt. Sie will vorbereitet sein.

»Ich höre immer noch nichts«, sagt Paul.

Endlich schaut Marthe auf. Sie blickt in seine rot unterlaufenen Augen, und sie sieht in diesen Augen etwas, das sie aus der Fassung bringt: eine Traurigkeit und bodenlose Verlorenheit. Und da begreift sie plötzlich das ganze Ausmaß seiner Tragödie.

»Ich habe meinen Job gekündigt«, murmelt Marthe. »Ich wollte es dir die ganze Zeit schon sagen. Ich geh nicht mehr in die Firma.«

Eine lange Pause.

»Weiter«, sagt Paul.

Sie lächelt, hebt hilflos die Schultern. »Das ist alles.«

»Ich will wissen, warum?«

»Warum ich gekündigt habe?« Marthe legt ihre Hände auf den Tisch, betrachtet ihre Fingernägel. »Es hat mir keinen Spaß mehr gemacht.«

»Aber es war gut bezahlt.«

»So gut nun auch wieder nicht«, sagt Marthe. »Ole hatte mir dreimal eine Gehaltserhöhung versprochen, ich hab sie nie gekriegt.

Irgendwann hatte ich genug von der Warterei und habe gesagt, er kann mich mal.«

»Dass hast du gesagt?«

»Nein«, sagt Marthe, »natürlich nicht. Was glaubst du denn?«

»Ich weiß nicht mehr, was ich glaube.« Paul schiebt seine Hände über den Tisch zu ihr herüber. »Marthe,«, sagt er vorsichtig, »was ist los? Muss ich mir Sorgen machen? Ich hab mir den ganzen Tag so verdammte Sorgen gemacht, Marthe.«

Sie berührt seine Finger. Es macht ihr nichts aus, seine Finger zu berühren. Es macht ihr nichts aus, ihn anzufassen. Sie hat ihn immer gern gemocht. Sie mag ihn auch jetzt. Auch wenn sie aufgehört hat, an eine gemeinsame Zukunft zu glauben. Auch wenn sie aufgehört hat, sich und Paul als eine Einheit zu sehen, die niemand auseinander bringen konnte.

»Ich such mir was anderes«, sagt sie. »Vielleicht in der Stadt.«

Dieser Gedanke, so spontan geäußert, elektrisiert sie plötzlich. Das war der Ausweg, der sich auf einmal eröffnete. Natürlich! Sie war immer in Hamburg gewesen, um sich zu bewerben! Bei anderen Firmen. Jawohl, da ist sie auch heute gewesen. Fieberhaft überlegt sie, was für eine Firma es gewesen sein könnte.

Eine Kaffeefirma? Eine Reederei? Oder vielleicht ein Möbellager? Das wäre doch was. Da könnte sie für Moritz …

»Und warum hast du das heimlich gemacht? Warum wusste ich nichts?«, ruft Paul.

»Ich wollte dich nicht erschrecken, weil du doch immer am liebsten alles beim Gewohnten lässt, weil du mir das bestimmt ausgeredet hättest, bei Petersen zu kündigen.«

»Richtig«, sagt Paul, »das hätte ich, das würde ich auch heute noch. Aber es ist ja zu spät.«

»Ja«, Marthe schaut ihn ernst und eindringlich an, »es ist zu spät, Paul.«

»Und die ganzen Tage, als ich dachte, du bist in der Firma, was hast du da gemacht?«

Marthe streichelt Pauls Hand, die er ihr willig überlässt. Sie dreht die Uhr an seinem Handgelenk, sie massiert seine Finger. »Ich bin rumgelaufen«, sagt sie. »Habe meine Freiheit genossen.« Sie lacht. »Ich hab nichts Besonderes gemacht, Paul.«

»Du hast einen Liebhaber.«

Marthe schluckt, »Was?«

»Frauen, die so etwas machen, haben ein Geheimnis«, sagt Paul. »Und das Geheimnis heißt immer: sie sind scharf auf einen anderen.«

Marthe versucht ein entrüstetes Lachen. »Aber ich doch nicht! Paul!

Das ist nicht dein Ernst! Du glaubst nicht wirklich, dass ich mich in einen anderen Mann verliebt habe, oder?«

»Ich weiß nicht mehr, was ich glaube«, sagt Paul. »Ich weiß überhaupt nichts mehr.«

Er schaut sich in der Küche um. Blickt auf das Regal mit den Gewürzen, auf die Magneten an der Kühlschranktür, die alle noch von Max sind. Sieht auf die Küchenuhr, die mechanisch klickt, auf die Spüle mit dem glänzenden Chrom, die Scheibengardinen an der Küchentür, die zu dem kleinen Balkon führt, auf dem Balkon eine Kiste mit Mineralwasser und die Bierkiste, die er an diesem Nachmittag halbleer getrunken hat.

»Dir stinkt das hier alles, oder?«, fragt Paul.

Marthe wirft den Kopf zurück, lacht tapfer. »Nein! Nein!«

»Doch.« Paul nickt. »Dir ist das alles zu klein. Zu spießig. Musst mir nichts vormachen. Mir ist das plötzlich klar geworden, heute Nachmittag, als ich hier auf dich gewartet habe, ist mir das auf einmal klar geworden.«

Er schweigt. Marthe fällt nichts ein, was sie sagen könnte. Sie konzentriert sich nur auf einen einzigen Gedanken: Ich muss Moritz da raushalten. Ich muss Moritz retten, ich muss ihn beschützen, ich darf ihn nicht ein zweites Mal verlieren. Paul darf nichts erfahren, nichts, nichts. Alles andere ist egal.

»Du willst weg«, sagt Paul.

Diese Traurigkeit in seinem Blick!

»Unsinn!«, ruft sie. Sie hört selbst den falschen Ton in ihren Worten. »Nein, Paul! Ich will nicht weg! Ich will hier sein, bei dir.«

»Ich glaube dir nicht«, murmelt Paul, »ich glaub dir einfach nicht.«

Marthe steht auf. Sie stützt sich am Küchentisch ab, als sie um den Tisch herumgeht. Sie stellt sich neben Paul, drückt seinen Kopf an ihre Brust. Sie streichelt sein Haar und atmet den Geruch von Motoröl und Gummi ein. Sie presst ihren Mund auf seine Haare.

Paul tastet nach ihren Armen, ihren Schultern, zieht sie zu sich heran, küsst sie auf den Mund. Seine harte Zunge drängt zwischen ihre Lippen, zwischen ihre Zähne, die sie einen Augenblick zu spät auseinander nimmt.

Er stöhnt, während er sie küsst.

Und dann auf einmal sieht sie, wie Tränen aus seinen geschlossenen Lidern rollen, über sein Gesicht. Und sie fühlt das Zucken seines Körpers und die große Anstrengung, die es ihn kostet, ein verzweifeltes Schluchzen zu unterdrücken.

Es tut ihr in der Seele weh, dass er so unglücklich ist. Sie löst sich von ihm, aber hört nicht auf, ihn zu streicheln.

»Komm ins Bett«, flüstert sie. »Komm, komm ins Bett, Paul.«

Er nickt. Sie lächeln sich an. Aber seine Augen sind immer noch erfüllt von dieser Trauer, von dieser Erkenntnis, dass etwas verloren ist. Etwas, das ihm mehr bedeutet hat als die ganze Welt.

»Du weißt gar nicht, wie sehr ich dich liebe, Marthe«, murmelt er.

»Doch«, sagt Marthe sanft, »doch, Paul, das weiß ich.«

»Nein.« Paul schüttelt den Kopf, während er ihr ins Schlafzimmer folgt. »Nein, das kannst du gar nicht wissen, denn wenn du es wüsstest, hättest du mir das nicht angetan.«

»Komm«, flüstert Marthe, »komm ins Bett. Hör auf, dir Sorgen zu machen.«

Er lässt sich von ihr auf das Bett ziehen. Er lässt sich von ihr ausziehen, hilft dann ihr umständlich aus den Sachen. Und dann liegen sie, eng umschlungen und versuchen, sich zu erinnern an das, was sie verloren haben.

E-Mail an
philip.casai@landeskrankenhaus-oldenburg.de

Betreff: Ihre Patientin Marthe Brandt.

5. April 2003

Sehr geehrter Herr Prof. Dr. Casai,
als Nachtrag zu meiner Einwilligung, mit Ihnen über meine Mutter zu sprechen, noch dies:

Ich wäre dankbar, wenn wir das Gespräch zeitlich, auf sagen wir: 60 Minuten begrenzen könnten. Es gehört zu Ihrem Beruf, lange und intensive Gespräche zu führen, aber für so etwas bin ich nicht geeignet.

Ich möchte Sie bitten, Ihre Fragen auf das Rationale zu beschränken, also Zahlen, Daten, Fakten und so weiter.

Was ich damals gedacht und gefühlt habe, das kann und möchte ich mit Ihnen nicht erörtern.

Meine Beziehung zu meiner Mutter muss ich außerdem selber erst einmal für mich klären, bevor ich mit einem Fremden darüber spreche. Verzeihen Sie: das ist kein Misstrauen gegen Sie und Ihre Arbeit.

In dem Zusammenhang möchte ich Ihnen noch eine Frage stellen, und ich wäre froh, wenn Sie mir darauf bereits vor unserem Gespräch eine Antwort geben könnten: weiß meine Mutter eigentlich, was sie uns angetan hat?

Hochachtungsvoll
Max Brandt
solomax@aol.com.

E-Mail an
solomax@aol.com

6. April 2003

Sehr geehrter Herr Brandt,

Hiermit bestätige ich gern den Gesprächstermin 15. April. Ich schlage vor, dass wir uns in dem Café »Schimmelreiter«, schräg gegenüber vom Nord-Ausgang des Krankenhauses, treffen. Dort können wir ungestört sprechen. Ich werde um 15 Uhr dort sein. Wie Sie aussehen, weiß ich von Fotos Ihrer Mutter.

Wenn ich also nichts mehr von Ihnen höre, gehe ich davon aus, dass der Termin fest vereinbart ist. Danke für Ihre Bereitschaft.

Zu Ihrer zweiten E-Mail:

Ich verstehe sehr gut, dass Sie jetzt für sich vieles aufarbeiten müssen, das vorher verdrängt wurde.

Deshalb möchte ich Ihnen vor allen Dingen eines versichern: Wir werden ein sachliches Gespräch führen. Wir werden uns auf Zahlen, Daten, Fakten beschränken, wie Sie es wünschen.

Wenn Ihnen irgendeine meiner Fragen zu nah geht, so sagen Sie es mir einfach. Ich erhoffe mir von Ihnen Hilfe, aber nicht um jeden Preis.

Ihre Mutter wirkt auf mich heute sehr viel stabiler. Anfangs war es für sie sehr schwierig, zu begreifen, warum sie hier sein musste. Und: was das für Ihre Familie bedeutet. Sie hat von sich eine andere Wahrnehmung als wir alle, als Sie und ich.

Ihre Mutter versucht allmählich, zu verstehen, was passiert ist. Versucht, möchte ich sagen, aus den kleinen Puzzlesteinen, in die ihr Leben zerfallen ist, mit unserer Hilfe wieder ein Ganzes zu machen. Das ist körperliche und seelische Schwerstarbeit und entsprechend erschöpft ist sie oft auch.

In der letzen Woche jedoch wollte sie die Gespräche abbrechen. Ich habe das für ein gutes Zeichen gehalten, als ein

Aufwachen, als ein Aufbegehren des Ich. Und ihr das auch gesagt. Wir machen also Fortschritte.

Es wäre natürlich für unsere Arbeit hier leichter, wenn die Familie sich nicht so vollkommen von ihr abgewandt hätte.

Darunter leidet sie sehr, wenngleich sie das nicht verbal äußert. Vielleicht glaubt sie, dass sie kein Recht darauf hat. Natürlich hofft sie insgeheim, dass man ihr vergibt, dass man versteht. Andererseits weiß sie ganz sicher, dass eine Gesellschaft wie unsere nichts verzeiht, was gegen die Regel verstößt. Alles, was aus der genormten Erwartung heraus fällt, stört, beleidigt, fordert unseren Widerstand heraus. Macht wütend.

Sie wissen genau so gut wie ich, dass diese Reaktion auch etwas mit Enttäuschung zu tun hat, mit Eifersucht, mit der eigenen Unsicherheit. Dieser Wut fühlt Ihre Mutter sich noch nicht gewachsen. Es steht ihr und uns noch einiges an Arbeit bevor.

Im Augenblick erarbeiten wir gerade die unterschiedlichen Formen von Liebe. Von der Mutterliebe einerseits, der Elternliebe, Kinderliebe, also der Liebe zu Personen, aus dem engsten Familienkreis. Und andererseits von der Liebe zu einer erwählten Person. Ich bin guter Hoffnung, dass wir damit von Woche zu Woche einen großen Schritt vorankommen.

Aber wir beide werden uns in dem Gespräch am Samstagnachmittag nur auf Zahlen, Daten, Fakten schränken, das ist versprochen.

Ich danke Ihnen für Ihr Vertrauen und Ihre spontane Zusage.

Mit freundlichen Grüßen
Prof. Dr. Philip Casai

E-Mail an
philip.casai@landeskrankenhaus-oldenburg.de

6. April 2003

Sehr geehrter Herr Prof. Dr. Casai,

jetzt ist es genauso gekommen, wie ich es nicht haben wollte! Sie schreiben über Gefühl und Normalität, über Erwartungen, Wut und Liebe und so weiter, und genau darüber wollte ich nicht mit Ihnen sprechen. Wie kommen Sie überhaupt auf Eifersucht?

Glauben Sie im Ernst, dass ich eifersüchtig auf diesen Jonas Kluge war? Dass es mich im Mindesten erstaunt hat, zu hören, dass meine Mutter diesem Spinner, diesem Schwindler, Geld in den Rachen gestopft hat?

Ich habe immer geahnt, dass es eines Tages zu einer Katastrophe kommen würde. Ich meine, ich habe schließlich in dem Haus gelebt, in dieser Wohnung, mit einer verrückten Mutter, einer Frau, die manchmal tagelang vergaß, dass sie einen Sohn hat! Das sind Zahlen, die Sie abfragen können. Wie oft habe ich mittags im Kindergarten, wenn alle schon weg waren, auf der Treppenstufe gesessen und gewartet, dass meine Mutter mich abholt. Wie oft hat meine Mutter morgens vergessen, mich zu wecken, damit ich rechtzeitig in die Schule komme. Sie hat darauf bestanden, mich zu wecken! Und dann hat sie es einfach vergessen! Weil sie nachts irgendwelche Träume hatte, weil sie in ihren Gedanken woanders war, bei anderen Menschen, was weiß ich.

Ich lag da in meinem Zimmer und habe gedacht, sie kommt wieder nicht. Sie vergisst mich wieder.

Sie hat mich im Bad vergessen, wenn ich in der Badewanne lag. Da war ich vielleicht drei oder vier. Hat mir meine Plastikspielsachen ins Badewasser gekippt, aus dem Eimer, der immer unter dem Waschbecken stand, den Waschlappen, Seife, was man so braucht, und dann ist sie gegangen. Ich hab gern gebadet. Duschen mochte ich nicht, aber Baden fand ich schön.

Nur, kein Kind kann es zwei Stunden in einer Wanne aushalten! Das Wasser wird kalt, und ich hab mich nicht getraut, heißes nachlaufen zu lassen, weil ich mir einmal dabei die Hand verbrüht hatte. Ich hab gezittert, dass meine Mutter endlich zurückkommt, mich aus der Wanne hebt, mich in ein Handtuch wickelt, aber sie ist nicht gekommen. Irgendwann bin ich ausgestiegen, klappernd vor Kälte, und habe mir selber das Handtuch von der Stange gezogen. Dazu musste ich mich auf die Zehenspitzen stellen, so klein war ich damals noch. Hab mich notdürftig abgetrocknet. Und sie gesucht in der Wohnung.

Meistens hat sie auf dem Bett gelegen, diese Hände immer so komisch auf dem Bauch und gegen die Zimmerdecke gestarrt.

Selbst da hat sie mich noch nicht wahrgenommen. Erst wenn ich ihr auf den Bauch gesprungen bin, dann ist ihr wieder eingefallen, dass sie einen Sohn hat. Ein anderes Mal kam ich nach Hause, und der Tisch war für vier gedeckt, und meine Mutter drückte und küsste mich und sagte: »Max, freu dich, Moritz kommt heute zum Essen.«

Ich hab dann in meinem Zimmer gewartet, bis mein Vater nach Hause kam, dann bin ich zu ihm und hab geflüstert: »Mama ist heute wieder komisch«, und da wusste er dann schon Bescheid. Hat meinen Kopf gestreichelt, hat gelächelt und gesagt: »Ich regel das schon. Mach dir keinen Kopf, Junior.« Fragen Sie mich mal, wie oft so was passiert ist.

Wie mein Vater das aushalten konnte, weiß ich bis heute nicht. Wie er sie immer noch lieben, ihr immer noch jeden Wunsch von den Lippen ablesen konnte.

Er hat ihr jede zweite Woche den Jaguar gegeben, das Einzige, was wirklich ihm gehörte in seinem Leben. Alles andere gehörte irgendwie meiner Mutter, war ihr Geschmack, ihr Zeug. Alles, was in der Wohnung rumstand oder hing, hatte meine Mutter sich ausgesucht, der Jaguar war das Einzige, was sie nicht ausgesucht hat. Den Jaguar haben Papa und ich alleine abgeholt, in Bremen, damals.

Übrigens der schönste Tag in meinem Leben, diese Fahrt mit dem Zug nach Bremen und zurück in einem Auto, das ich bis dahin nur aus dem Kino kannte. Ich habe meinen Vater vorher und nachher nie so gelöst, so glücklich erlebt wie an dem Tag.

Eines will ich sofort klarstellen, dass ich bei der Erwähnung eines gewissen Doppelgängers meines Bruders nichts empfunden habe.

Da hatte ich mich innerlich schon von meiner Mutter so weit entfernt, dass sie mich nicht mehr verletzten konnte. Das war lange vorbei. Dazu könnte ich Ihnen auch Daten und Fakten nennen.

Ich hoffe, Sie verstehen jetzt.

Mit freundlichen Grüßen
Max Brandt
solomax@aol.com

17.

Marthe hat ihr Sparkonto bei der Vereinsbank aufgelöst. Sie hat sich den Betrag (achtzehntausendvierhundertzwölf Euro) in möglichst großen Scheinen auszahlen lassen. Der verschlossene Briefumschlag ist jetzt in ihrem Rucksack verstaut. Der Rucksack liegt auf dem Beifahrersitz.

Alle Fenster heruntergelassen, der Fahrwind spielt mit ihrem Haar. Sie trägt ihre Sonnenbrille. Es ist der letzte Septembertag, der schönste überhaupt. Die Birkenblätter haben die Farbe von Blattgold, Buchen lodern wie Feuer. Die Kastanienblätter sind trocken wie Tabak.

Marthe schaut öfter als sonst in den Rückspiegel. Sie fürchtet, dass Paul ihr einen Privatdetektiv hinterherschicken könnte, in Filmen passiert so etwas ständig. Ein Schnüffler, der vielleicht einen kleinen unscheinbaren, weißen Honda fährt wie der, der an ihrer Stoßstange klebt. Marthe gibt Gas, wechselt die Spur, der Honda bleibt zurück.

Also kein Privatdetektiv.

Nichts ist mehr sicher, seit Pauls Misstrauen erwacht ist. Sie hat sich sehr angestrengt, ihn zu beruhigen, ihn zu besänftigen. Vielleicht hat er aber genau diese Anstrengung bemerkt? Hat gespürt, dass ihre Küsse ohne Leidenschaft sind, ihr Orgasmus nur gespielt? In der Nacht ist sie aufgewacht von Pauls heftigen Atemzügen. Als sie das Nachttischlicht anknipste, sah sie, dass er weinte, wie nur ein Mann weinen kann: fast ohne Tränen.

Sie wusste, was er dachte, Paul wusste, was sie dachte, es gab keinen Ausweg. Alles, was sie sich sagen könnten, ist schon gesagt, sie haben auf jede erdenkliche Art versucht, sich zu trösten.

Es ist Viertel nach zehn. Marthe hat tatsächlich einen Vorstellungstermin, beim Otto Versand. Eines der wenigen Hamburger Unternehmen, denen es trotz der Wirtschaftsflaute noch gut geht, eines der wenigen Unternehmen, das noch Leute einstellt, und nicht, wie alle anderen, mit Stellenabbau Gewinne erzielt.

Der Termin ist auf elf Uhr dreißig festgelegt.

Paul weiß von diesem Termin, Marthe spielt jetzt mit offenen Karten. Seit ihr die Idee gekommen ist, sich in Hamburg zu bewerben, ist alles einfacher. Wenn sie sich mit Moritz treffen will, muss sie keine Angst mehr haben, auf der Autobahn geblitzt zu werden oder einen Strafzettel für Falschparken zu kassieren. Davor hatte sie sich immer gefürchtet, dass eines Tages ein Bußgeldbescheid einträfe, weil sie an einem Soundsovielten, um soundsoviel Uhr, in Hamburg ein Verkehrsdelikt begangen hatte. Und Paul diesen Brief öffnet.

Heute hat sie einen Termin, von dem Paul weiß. Danach ist sie mit Moritz in der neuen Wohnung verabredet. Das weiß Paul nicht. Moritz hat beschlossen, die neue Wohnung zu streichen, in Wischtechnik. Er hat eine Leiter und Farbe besorgt, die nötigen Pinsel. Er ist mit Feuereifer dabei. Die Uni muss in diesen Tagen auf ihn verzichten,

»Die Wohnung geht vor«, hat Moritz gesagt. »Mein Gott, wie ich mich freue.« Und er hat gelacht.

Wie sie dieses Lachen liebt! Wie dieses Lachen sie wärmt, sie ausfüllt. Immerzu könnte sie ihn lachen hören. Wenn sie in ihrer Küche herumgeht, wenn sie im Bad ist, und abends, vor dem Einschlafen. Wie sich ihr Innerste dann mit Wärme und Wohlsein füllte.

Und dafür muss sie ihm danken, muss ihn beschenken.

»Ich wusste überhaupt nicht, was ich mit dem Geld sonst machen sollte«, hat sie gesagt. Sie sind an der Alster entlanggefahren, aus der Innenstadt kommend in Richtung Eppendorf. Auf der Alster eine Segelregatta, am Ufer ein Schwarm fetter Graugänse, und ein Spaziergänger, dem der Wind die Mütze vom Kopf geweht und aufs Wasser getrieben hat.

»Du weißt nicht, was du mit dem Geld anfangen sollst?«, hat Moritz fassungslos gefragt.

Und als sie genickt hat, hat er die Hand ausgestreckt und lachend gesagt: »Dann gib es mir.«

»Okay«, hat sie gesagt.

Er hat sich vorgebeugt, um ihr in ihre Augen zu sehen, die auf die Straße gerichtet waren, auf den Zebrastreifen, über den eine junge Mutter einen Kinderwagen schob. »Was sagst du?«

»Ich hab nur okay gesagt.«

»Okay was?«

»Okay, ich geb dir das Geld.«

Moritz hat sich zurückgeworfen in das Conolly-Leder, die Beine ausgestreckt, mit den Fingern ist er durch seine Lockenmähne gefahren. »Das glaub ich nicht!«, hat er gesagt.

»Warum nicht?« Sie war ganz heiter, ganz gelöst. Sie hat jede Sekunde dieses Gespräches genossen wie nichts, das sie jemals erinnerte. »Warum soll ich dir nicht mein Sparbuch schenken?«

Er hat gelacht, ihre Hand vorsichtig vom Lenkrad gelöst, und jeden einzelnen ihrer Finger geküsst. »Du bist verrückt«, hat er gesagt. Und wieder gelacht. »Du bist so wunderbar verrückt. Dafür liebe ich dich! Es ist einfach herrlich, eine Frau wie dich zu kennen.«

»Und für mich ist es herrlich, jemanden wie dich zu kennen.«

Er hat ihr erlaubt, ihn Moritz zu nennen. Er verstand zwar nicht, warum sie sich das wünschte, warum der Name Jonas ihr nicht gefiel, aber da sie ihm, ohne dass es einer Anstrengung bedurfte, so unaufgefordert entgegenkam, war er entschlossen, ihre Macken zu ertragen. Das gehörte zum Spiel.

Er verstand, dass sie seine Zärtlichkeiten genoss, sie auch wünschte, aber nur Zärtlichkeiten bis zu einem gewissen Grade. Keusche Zärtlichkeiten gewissermaßen.

Er durfte ihre Schläfen küssen, ihr Haar, ihre Hände, aber niemals ihren Mund. Er durfte ihre Arme streicheln, ihre Knie, aber niemals ihren Busen. Er durfte nicht von Sex reden. Sie wollte nicht wissen, was er mit diesen Frauen machte, die ihn manchmal besuchten, sie wollte das überhaupt nicht wissen. »Erzähl mir nur das, was du deiner Mutter erzählen würdest«, sagte sie immer.

Als er das endlich verstand, war es leichter für Marthe.

Die beschämenden und bestürzenden Momente, die manchmal wie ein Blitz in ihre schöne Scheinwelt einschlugen, wurden seltener.

Aber sie konnte nie sicher sein.

Wie zum Beispiel an diesem Nachmittag, auf dem Harvestehuder Weg, als er mit dem Finger ihren Rocksaum hochschob und dann an der Innenseite ihrer Schenkel entlangstrich. Und, bevor sie reagieren konnte, weil sie beide Hände gerade am Steuer hatte, zu ihr sagte: »Warum bleibst du nicht einfach über Nacht? Mein Bett ist groß genug.«

Da wurde ihr ganz schwindlig. Sie musste in eine Parklücke fahren. Die Hände vom Steuer nehmen, und ihn abwehren.

»Hör auf, bitte«, flehte sie.

Er lächelte. Nahm die Hände von ihrem Schenkel und streichelte dafür ihren Hals. Hob ihre Haare im Nacken hoch. Unter den Nackenhaaren schwitzte sie leicht, auch das war ihr peinlich, dass er diese schweißnassen Härchen berührte, dass er sie überhaupt entdeckt hatte. Dass es ihn abstoßen könnte.

»Du bist doch eine so schöne Frau«, sagte Moritz. »Du hast Sex-Appeal. Du hast Sinnlichkeit, Erotik, die sprüht dir doch praktisch aus jeder Pore. Warum willst du dann nicht, dass ich dich anfasse? Du schenkst mir so viel und ich möchte dir dafür gern etwas zurückgeben.«

»Aber nicht das«, flehte sie. »Nicht das.«

»Ich weiß aber, dass es dir Spaß machen würde.«

Sie wusste nicht, wie sie es ihm sagen sollte, ob sie es ihm sagen konnte, sie wusste einfach nicht, was richtig wäre und was falsch. Würde sie ihn wieder verlieren, wenn sie ihm die Wahrheit erzählte?

Sie versuchte es mit einer halben Wahrheit. Und selbst daran erstickte sie fast vor Angst.

»Ich liebe dich wie einen Sohn«, sagte sie. »Wie den Sohn, den ich gehabt hätte.«

Die Segler leiteten alle im gleichen Augenblick eine Halse ein, es sah aus wie ein Wasserballett.

»Wie einen Sohn?«, fragte Moritz fassungslos.

Sie nickte. Sie schaute ihn nicht an. Seine Hand streichelte immer noch ihren Nacken und sie versuchte, diese Hand wegzuziehen, aber er ließ es nicht zu.

»Aber warum?«

»Weil es so ist«, sagte Marthe.

»Du möchtest also lieber einen Sohn als einen Lover.«

Marthe zuckte bei dem Wort LOVER zusammen, aber sie nickte.

»Ja«, sagte sie, tief Luft holend, »lieber einen Sohn, viel lieber.«

Sie saßen einen Augenblick schweigend. Neben ihnen rollte der Feierabendverkehr. Niemand beachtete sie. Sie waren einfach nur ein Paar, das sich im parkenden Auto unterhielt.

Moritz lachte plötzlich. »Hör zu: es ist mir wieder eingefallen, das Vorwort zu Max und Moritz von Wilhelm Busch.«

»Ich will es nicht hören«, sagte Marthe.

Aber Moritz deklamierte schon: »Max und Moritz machten beide, als sie lebten, keinem Freude.«

»Hör auf«, flüsterte Marthe.

Moritz lachte. »Aber wehe! Wehe! Wehe! Wenn ich auf das Ende sehe!

Ach, das war ein schlimmes Ding, wie es Max und Moritz ging ...«

Marthe hielt sich die Ohren zu. Sie schluckte die Tränen hinunter, wandte das Gesicht ab.

Moritz musterte sie. »Erklär es mir«, bat Moritz. Er bat so ernsthaft, als wollte er sie wirklich verstehen. Als wollte er wirklich begreifen, was in ihr vorging, warum sie diese Nähe zu ihm suchte, und ihn dennoch fern von sich hielt. Warum sie einerseits so gern mit ihm plauderte, und andererseits so viel vor ihm verbarg. Er war es gewohnt, mit Frauen zusammen zu sein, von denen er nicht viel wusste. Es verlangte ihn auch gar nicht, mehr von diesen Frauen, mit denen er zusammen war, zu wissen, als das, was sie ihm freiwillig preisgaben.

Bei Marthe war es anders. Bei Marthe verstand er nicht, was sie von ihm wollte. Denn sie wollte nicht das, was andere Frauen bei ihm suchten.

Marthe schaute ihn an. Sie lächelte, legte ihre Hand auf seine Finger, hinten in ihrem Nacken, und sagte:

»Weil eine Frau keinen Mann jemals so sehr lieben kann wie ihren Sohn.«

Er hat sie eine ganze Weile aufmerksam betrachtet, forschend und eindringlich. Dann hat er ihr Gesicht zu sich herangezogen und sie auf die Nasenspitze geküsst. »Wenn das so ist«, sagte er, »dann bin ich gerne Moritz. Dann bin ich eben Moritz, dein Sohn. Warum auch nicht? Mit so einer Mutter hat jeder Sohn das große Los gezogen.«

18.

Die Personalabteilung in der Zentrale der Firma OTTO schüchtert Marthe allein schon wegen ihrer Ausmaße ein. Eine sehr junge, sehr schlanke, in modisches Schwarz gekleidete Frau mit schwarzem Stoppelhaar holt sie ab, lässt sich Marthes Meldezettel zeigen, ihn an der Rezeption abstempeln und bringt Marthe dann zu einem Lift. Auf der Fahrt nach oben lächeln sie sich wortlos an. Erst als die Fahrstuhltür sich öffnet, streckt die junge Dame ihren mageren Arm aus und sagt: »Nach rechts, bitte.«

Nach ungefähr fünfzig Metern, die sie über Sisalteppichboden zurücklegen: »Nach links.«

Dann stehen sie in einem kleinen Raum, der wie das Wartezimmer eines modischen Zahnarztes ausgestattet ist. Schwarzes Leder und Chrom, ein bisschen Kunst an der Wand und Trinkwasserspender in der Ecke.

Die junge Dame bittet Marthe, zu warten. Marthe stellt sich an die Glasfensterfront. Unten, auf dem Parkplatz, entdeckt sie ihr Auto. Der Jaguar zwischen lauter kleinen, blauen, gelben und schwarzen Hondas, Golfs oder Ford Fiestas. Sie hofft, dass niemand gesehen hat, mit welchem Wagen sie zum Vorstellungsgespräch aufgekreuzt ist.

Die junge Dame kommt zurück, breitet charmant die Arme aus und sagt: »Herr Müller erwartet Sie.«

Herr Müller sitzt hinter seinem Schreibtisch, der so aufgeräumt ist, als habe Herr Müller in seinem ganzen Leben noch keinen einzigen Aktenvorgang selbst erledigt oder geprüft.

Die Bleistifte nebeneinander, drei Fotos in schmalen Silberrahmen in der rechten Ecke, eine Telefonanlage mit unzähligen Knöpfen und Zeichen, auf dem Nebentischchen ein Computer, die Schreibtischunterlage ist eine Weltkarte.

Eine weitere Weltkarte hängt an der Wand, und überall da, wo die Firma OTTO Fabriken, Fertighallen oder Auslieferungslager besitzt, stecken kleine, farbige Stecknadeln. Es sind sehr viele.

Herr Müller ist gekleidet wie ein Parlamentarier. Unauffällig und korrekt. Dunkel der Anzug, blassblaues Hemd, dezente Krawatte. Auch seine Brille ist unauffällig, rahmenlos. Die Gläser vergrößern seine Augen. Das gibt ihm etwas Furchthaftes.

Aber nur im ersten Augenblick. Denn Herr Müller hat sich hinter seinem Schreibtisch erhoben, ohne dass er dadurch an Größe gewonnen hätte, kommt eilfertig um den Tisch herum und streckt ihr seine Hand entgegen.

»Frau Brandt! Welch eine Freude!«

»Ich freue mich auch«, flüstert Marthe.

»Wie bitte?« Herr Müller legt eine Hand an sein rechtes Ohr, und Marthe wiederholt, aber nicht sehr viel lauter. »Ich sagte, ich freue mich auch.«

»Sie freuen sich! Ah! Das ist gut! Das fängt doch gut an!«

Herr Müller lehnt an seinem Schreibtisch, verschränkt die kräftigen Arme vor der Brust, ohne den Anzug zuzuknöpfen.

»Dann erzählen Sie doch mal«, sagt er. Lächelt. Und wartet.

Und Marthe schaut sich in dem Zimmer um – auch hier hängt moderne Kunst an der Wand – und weiß nicht, was sie erzählen soll. Was Herr Müller von ihr erwartet.

»Zum Beispiel«, sagt Herr Müller, als die Pause zu lang wird, »interessiert uns bei OTTO natürlich, wie Sie auf OTTO gekommen sind!«

»Ich habe die Stellenanzeigen gelesen«, sagt Marthe. »Ich glaube, in der WELT.«

»Ach«, sagt Herr Müller, »das war schon alles? Dann hätten wir auch die Firma Peter oder Paul sein können?«

Marthe weiß, dass sie jetzt etwas sagen müsste. Etwas über ihre Einstellung zu OTTO, ihre Einstellung zu dieser Firma, ihre Bereitschaft und ihr Interesse, ausgerechnet für OTTO zu arbeiten, aber es fällt ihr nichts ein. Außer eben, dass OTTO ein riesiges, großes Unternehmen ist. Dass ein Herr Otto zu den großen und wichtigen Gründervätern der

Bundesrepublik gehört, vom Unternehmerischen her gesehen.

Das sagt sie dann auch.

»Otto«, sagt sie, »hat eben diesen Namen. Da merkt man sofort auf.«

»Ah«, sagt Herr Müller, lässt die Arme sinken und lächelt. »Erzählen Sie mal.«

»Na ja«, beginnt Marthe zögernd. »Meine Mutter hat früher schon Sachen bei OTTO bestellt. Aus dem Katalog. Ich kann mich gut erinnern an die Pakete, die damals kamen. Immer per Nachnahme. Glaube ich. Man konnte die Sachen ausprobieren, anprobieren und zurückschicken, wenn sie einem nicht gefielen. Das war großartig, so hatte meine Mutter nie Angst, etwas zu bestellen.«

Herr Müller nickt. Was er hört, scheint ihm recht gut zu gefallen.

»Aber jetzt bestellen Sie nicht mehr bei OTTO?«, fragt er.

Marthe wird rot. Sie weiß, dass es einfach wäre, zu lügen, zu sagen: Klar, immer noch alles bei OTTO.

Aber dann sieht sie den Computer, und den besonders aufgeräumten Schreibtisch, und stellt sich vor, dass Herr Müller durch ein paar Mausklicks herausfinden könnte, ob Marthe Brandt in der weltweiten Kartei als Kundin verzeichnet ist. Deshalb schüttelt sie den Kopf.

»Wissen Sie«, sagt sie, »ich gehe gern einkaufen. Wir haben in Moorkaten jetzt viele Boutiquen und Modegeschäfte. Die erwarten auch, dass die Moorkatener bei ihnen kaufen.«

Irrt sie sich, oder werden die großen Augen von Herrn Müller bei ihren Worten kleiner?

Er holt tief Luft, geht um den Schreibtisch herum, drückt auf einen Knopf und sagt: »Die Unterlagen Frau Brandt, bitte.« Er wartet einen Augenblick, schaut Marthe dabei noch einmal an und fügte hinzu – Marthe entdeckt jetzt erst das kleine Mikro neben der Schreibtischlampe: »Und die Bewerbungsmappe für den Posten BZ 34.«

Marthe zieht die Riemen ihres kleinen Lederrucksacks durch die Finger. Sie schaut an ihren Beinen hinunter, keine Laufmasche, die Schuhe korrekt. Alles in Ordnung. Sie hebt den Kopf wieder und lächelt, genau in dem Augenblick, als die Sekretärin den Raum betritt, Marthe kurz zulächelt und dann Herrn Müller eine Mappe auf den Tisch legt.

»Die hätte eigentlich hier liegen müssen«, sagt er und schickt die Sekretärin mit einer kleinen Handbewegung wieder hinaus.

Er öffnet die Mappe, nimmt Marthes Lebenslauf in die Hand.

»Ihre Mutter«, liest er laut vom Blatt ab, »fährt also Taxi.«

»Ja.«

»Ein eigenes Taxiunternehmen?«

»Nein. Meine Mutter fährt für einen Unternehmer. Er heißt …«

»Das tut nichts zur Sache. Der Vater wird nicht erwähnt?«

»Ich bin ein uneheliches Kind. Wenn das für Sie irgendein Problem ist, dann …«

Herr Müller lässt die Mappe sinken. Er nimmt die Brille ab, legt sie auf den Tisch und reibt sich die Augen. Etwas an dieser Geste rührt Marthe, und sie fügt hastig hinzu: »Aber ich bin verheiratet. Das steht auch in den Papieren. 1982 ist die Ehe geschlossen. Ich habe zwei Söhne. Zwillinge. Ich weiß nicht, ob das da auch steht?«

Herr Müller setzt seine Brille wieder auf. Er schiebt die Bügel sorgfältig hinter seine Ohren und glättet das dunkle Haar.

»Zwillinge«, wiederholt er.

»Ja. Zwei Jungen. Max und Moritz.«

»Wie nett«, sagt Herr Müller.

Marthe lächelt.

»Das ist komisch«, sagt Herr Müller, »man hört so oft von Zwillingen, aber man trifft doch selten Menschen, die wirklich Zwillinge haben oder selber welche sind.«

»Darüber habe ich noch nie nachgedacht«, sagt Marthe.

»Sehen die sich denn ähnlich, Max und Moritz?«

»Nein. Überhaupt nicht. Es sind keine eineiigen Zwillinge.«

Das Interesse von Herrn Müller erlischt sofort. »Ah«, sagt er, »schade.«

Dann schweigt er, blättert in ihren Papieren, Kopien von Schulzeugnissen, Arbeitsunterlagen, ein Foto.

»Die Firma, bei der Sie zuletzt arbeiteten, das war diese Getränke-Firma.«

»Gebr. Petersen, in Moorkaten, richtig.«

»Sie haben vor einem Monat gekündigt.«

»Ja.«

»Sie sind nicht gekündigt worden, sondern aus freien Stücken haben Sie dort ihre Arbeit aufgegeben.«

»Ja.«

»Und warum wollten Sie dort weg? War das Betriebsklima schlecht? Gab es Probleme mit den Kollegen?«

»Nein, überhaupt nicht. Ich hab mich mit allen sehr gut verstanden.«

»Aber dennoch …«, Herr Müller glättet mit der Hand die Papiere, fast zärtlich, »hatten Sie auf einmal keine Lust mehr. Ist es Ihnen langweilig geworden? Brauchen Sie oft die Abwechslung?«

»Nein«, sagt Marthe, »das ist es nicht.«

Roman Müller richtet sein Blick jetzt direkt auf ihr Gesicht. »Was war es dann?« Marthe zögert.

»Mein Sohn lebt jetzt in Hamburg. Ich möchte näher bei ihm sein.« Sie lächelt. Sie hofft, er kann das verstehen. Und ist erleichtert, als er nickt.

»Max oder Moritz?«, fragt er.

»Moritz«, sagt Marthe. »Er studiert hier in Hamburg Germanistik und Theaterwissenschaft.«

Roman Müller nickt. Er nimmt seine Uhr vom Handgelenk und legt sie so auf die Schreibtischunterlage, dass das Zifferblatt schräg vor ihm aufragt. »Also, Sie haben jetzt zwei Minuten Zeit. In diesen zwei Minuten müssen Sie mir Marthe Brandt verkaufen, müssen Sie mir erklären, warum ich Marthe Brandt allen anderen Bewerbern vorziehen sollte. Verstehen Sie? Schildern Sie mir Ihre Kenntnisse, ihre Fähigkeiten, menschliche und berufliche, verkaufen Sie sich.« Er zieht einen kleinen schwarzen Apparat näher an sich heran, drückt zwei Knöpfe und sagt: »Ich nehme an, es stört Sie nicht, wenn ich das Tonband laufen lasse. Das erleichtert mir später die Arbeit.« Dann lehnt er sich zurück, verschränkt wieder die Arme vor der Brust und nickt Marthe aufmunternd zu.

19.

Seit drei Uhr sitzt Philip Casai im Café Schimmelreiter in der Theodor-Storm-Straße an einem Vierertisch in der Ecke zwischen der stillgelegten Music-Box und dem mit schwarzem Tuch verkleideten Podium, auf dem einsam ein hohes, schlankes Mikro steht. Casai sitzt mit dem Rücken zur Wand (das Filmplakat von »Il Fostino« ist an den Ecken mehrfach eingerissen und rollt sich bereits von der ochsenblutroten Wandfarbe ab). Er behält die Tür im Auge. Durch die hohen Fenster kann er einen Teil der Straße und des Bürgersteigs übersehen, und sieht, wer kommt und geht.

Casai trägt eine cognacfarbene Cordhose, schwarzen Rolli und einem Tweedsakko. Nichts lässt ahnen, dass Prof. Dr. Philip Casai Chef der psychiatrischen Abteilung eines städtischen Krankenhauses ist. Eher ein Gutsbesitzer, der hier notgedrungen die Zeit überbrückt, während seine Jagdflinte im Waffengeschäft in der Hansestraße überholt wird. Vielleicht ist seine Gesichtshaut etwas zu blass für ein gesundes Leben auf dem Lande, seine Hände zu ordentlich manikürt. Aber der Gesichtsausdruck stimmt.

Casai hat vor sich ein kleines Tablett, darauf ein Becher mit heißer Schokolade, ein Makronenplätzchen und eine zusammengefaltete Serviette. Aus den Lautsprechern, die unter der Decke aufgehängt sind, röhrt Joe Cockers vor Müdigkeit und Alkohol ganz raue Stimme: »Can't find my way home«.

Casai hat das Gefühl, dass nur einer noch müder und deprimierter als Joe Cocker ist, er, der Professor, nach einem Wochenende im Krankenhaus, das freitags um sechs Uhr abends angefangen und jetzt, am Sonntagmittag um 3 Uhr, erst zu Ende gegangen ist.

Er führt den heißen Becher zum Mund und trinkt mit kleinen, vorsichtigen Schlucken. Der Kakao ist gut. Echte Bitterschokolade, vorsichtig im Wasserbad geschmolzen. Fernandez Lopez, die Freundin des Wirts, ist stolz auf ihre Schokolade, die aus dem Hochland von Kolumbien kommt. Dort, behauptet sie, wachsen die besten Kakaopflanzen. Casai war noch nie in Kolumbien. Er empfindet sich selbst als Europäer und träumt sich über Europa nie hinaus. Er liebt das Mediterrane, Sizilien ist die Insel, die er am liebsten bereist. Er gehört nicht zu den Menschen, die auf Reisen und im Urlaub das Abenteuer suchen, das Verwegene. Für ihn ist das Leben Abenteuer genug. Er braucht nicht nach Afrika zu reisen, um einen Dschungel zu erleben. Er erlebt die Dschungel im Innern der Menschen selbst.

Max taucht um elf Minuten nach drei auf. Er bleibt in der Tür stehen und sieht sich um. Er trägt eine Bomberjacke und Jeans. Obwohl draußen ein stürmischer Wind immer wieder Regenböen durch die Straßen fegt, ist er ohne Mütze und Schal. Seine Haare sind sehr kurz, die Ohren leicht abstehend. Und er trägt eine Brille. Casai ist überrascht.

Max wirkt fast einschüchternd in seiner Körpergröße. Sehr breite Schultern, eine hohe Stirn. Leuchtend weiß. Die Nase leicht gerötet.

Als Casai sich ein paar Zentimeter von seinem Stuhl erhebt und ihm zulächelt, nickt Max kurz, öffnet den Reißverschluss seiner Jacke, zieht sie noch im Gehen aus, wirft sie auf die Bank und streckt Casai die Hand hin.

»Hallo.« Er setzt sich und schaut sich im Lokal um, reibt seine Hände. »Komischer Schuppen.«

»Dafür keine Gefahr, dass man hier auf Bekannte trifft. Was trinken Sie?«

»Was ist denn das, was Sie da haben?«, fragt Max.

»Heiße Schokolade. Die Beste. Die Freundin des Wirtes ist Kolumbianerin. Die Schokolade, die sie verwendet, kommt aus Kolumbianischem Hochland.«

Max nickt. »Das nehme ich auch.«

Casai winkt dem Wirt, der hinter dem Tresen den Bierhahn putzt. Der Wirt schlendert heran, stützt sich auf eine Stuhllehne und schaut die beiden freundlich an. »Wir hätten gern noch zwei von diesen vorzüglichen Schokoladen«, sagt Casai.

»Aber ich brauch da was rein«, sagt Max.

»Rum? Oder Bourbon?«

»Was passt denn besser?«

»Ist Geschmackssache. Wir haben guten Jamaika-Rum.«

Max lächelt den Wirt an. »Also Jamaika-Rum.«

Casai betrachtet das Profil von Max. Es ist kaum Ähnlichkeit zwischen Max und seiner Mutter zu erkennen. Nur die Art, wie Max den Kopf einmal nach rechts und einmal nach links bewegt, als befreie er sich von einer Verspannung, das ist etwas, das Casai bei Marthe Brandt auch immer beobachtet hat. Offenbar nimmt Max die Sache nicht so lässig wie er den Anschein geben will. Seine Augen werden schmal, als er merkt, dass Casai ihn mustert.

»Ungemütlich draußen, nicht?«, sagt Casai.

Max zuckt gleichmütig mit den Achseln. »Ist hier oft so. Wir sind zu nah am Meer. Man kann es nicht riechen, nicht sehen, also, die Schönheit kriegt man nicht mit. Nur den Nebel, Regen, keinen richtigen Schnee, nur eine dünne Eisschicht über den Güllepfützen in den Ackerfurchen. Wenn die bricht, kommt das Braune hoch.«

Casai lächelt. Es gefällt ihm, wie Max redet. »Ihnen hat das Leben in Moorkaten also nicht gefallen.«

Max Gesicht verfinstert sich. »So seid Ihr Seelenklempner«, sagt er verächtlich. »Alles wird sofort interpretiert und analysiert. Und dann steckt Ihr es in eine Schublade, und man ist abgestempelt.«

»Schade«, sagt Casai sanft, »dass Sie so eine schlechte Meinung von unserem Beruf haben.«

»Ich hab nicht gesagt, dass es mir in Moorkaten nicht gefallen hat, ich hab nur gesagt, wir leben nicht nah genug am Meer, aber auch nicht weit genug weg. Mehr nicht.«

Der Wirt stellt zwei Tabletts auf den Tisch. Er deutet auf das Rum-Glas. »Misch dir das am besten selbst«, schlägt der Wirt vor.

»Gut, danke, mach ich.« Max lächelt den Wirt wieder an.

Casai bemerkt, dass Max den Wunsch hat, von Leuten gemocht zu werden. Von Leuten, die nicht versuchen, sich in das Leben seiner Familie einzumischen. Und ihn nicht aushorchen.

»Also gut.« Casai räuspert sich, lächelt, fängt noch einmal an. »Wann wurde Ihnen bewusst, dass Sie einen Zwillingsbruder haben?«

»Ich habe keinen Zwillingsbruder«, sagt Max scharf. »Mein Zwillingsbruder ist bei der Geburt gestorben.«

»Okay, gut«, murmelt Casai, »wir meinen das Gleiche.«

»Es ist aber nicht das Gleiche«, sagt Max. Er probiert vorsichtig den Rum, verzieht ein bisschen das Gesicht, und kippt ihn dann in die Schokolade. Das Sahnehäubchen quillt über den Rand. Er leckt es mit dem Finger ab. Casai stellt sich vor, dass er das so schon als Kind gemacht hat. Und er fragt sich, was Marthe dächte, wenn sie ihren Sohn so sähe. Was in ihr vorginge. Ob überhaupt etwas in ihr vorginge.

»Kurz vor Ihrem sechsten Geburtstag«, sagt Casai, »haben Sie Ihre Eltern frühmorgens im Schlafzimmer mit dem Satz konfrontiert: Ich habe einen Bruder. Wo ist mein Bruder?«

Max schiebt das Tablett ein bisschen von sich weg. Er blickt zu dem anderen Tisch hin.

»Kann sein«, sagt er ausweichend. »Sie wissen das wahrscheinlich besser. Warum fragen Sie nicht nach Dingen, die Sie noch nicht wissen?« Max fixiert ihn. Die Kerzenflamme reflektiert in seinen Brillengläsern.

»Man weiß inzwischen vieles über Zwillinge«, sagt Casai behutsam, »über das, was sie spüren, vor der Geburt, und das, was sie vom anderen Zwilling spüren, wenn sie schon auf der Welt sind. Meine Frage zielt auf Folgendes ab: Haben Sie es nur vage selbst gefühlt, dass Sie noch einen Bruder haben, oder war das mehr so, dass sie es aus dem Verhalten Ihrer Eltern geschlossen haben?«

»Beides«, sagt Max.

»Beides?« Casai hebt neugierig die Augenbrauen.

»Sowohl vorher, wie nachher. Ich wusste, da ist etwas. Da ist noch einer.«

»Das haben Sie als Kind gespürt?«

»Ja, klar. Außerdem hat meine Mutter von ihm geredet.

Manchmal aus Versehen. Sie war ja schon immer verrückt, sie hat den Tisch für Moritz gedeckt. Sie hat an meinem Geburtstag zwei Kuchen gebacken. Ich musste bei meinem Kuchen die Kerzen ausblasen. Aber die von Moritz Kuchen, die durften nicht ausgeblasen werden. Einmal hab ich das Fenster aufgerissen, und der Windzug hat die Kerzen gelöscht. Da ist sie in Tränen ausgebrochen und mein Geburtstag war verpfuscht. Meine Mutter war schon immer verrückt. Sie geben sich umsonst Mühe.«

Casai trinkt schweigend. Max gibt dem Kneipenwirt zu verstehen, dass das Getränk okay ist. Der Wirt ist zufrieden.

»Würden Sie sagen, dass Ihnen der Bruder gefehlt hat? In Ihrer Kindheit?«, fragt er ruhig.

»Nein. Mir hat etwas anderes gefehlt. Mir hat die Liebe meiner Mutter gefehlt. Die war bei Moritz. Sie hat nur meinen toten Bruder geliebt, das war das Problem. Das war mein Problem, und es war das Problem meines Vaters. Sie war wie verbohrt, wie vernagelt. Ich hatte manchmal als Junge den Wunsch, diesen Bruder aus ihr herauszuprügeln. Ich hab manchmal an ihrem Bett gestanden, wenn sie schlief, oder wenn sie einfach nur so tat, als würde sie schlafen, damit ich sie in Ruhe lasse. Ich hab an ihrem Bett gestanden, sie angesehen und gedacht, ich schlag ihn aus dir heraus. Ich mach diesen verdammten Moritz fertig, damit ein und für alle Mal Schluss ist.«

20.

Moritz hat den Tisch bestellt, für zwei Personen, dreizehn Uhr, aber als Marthe neun Minuten nach ein Uhr über die Bootsplanken an den Fenstern des Restaurants vorbeigeht, weiß sie schon, dass er nicht da ist. Er hätte ihr von drinnen zugewinkt, er wäre aufgesprungen, ihr vielleicht bis zur Tür entgegengekommen, mit ausgestreckten Armen und diesem unwiderstehlichen Lächeln.

So hat sie es sich ausgemalt, so hat sie es sich gewünscht, und war deshalb fünf Minuten im Wagen sitzen geblieben, den sie unter Bäumen am Alsterufer geparkt hat. Sie wollte nicht die Erste sein. Wollte nicht allein am Tisch sitzen und warten. Von den Kellnern gemustert. Sie wollte nicht unbeholfen wirken.

Als sie nun um neun Minuten nach eins das Paolino betritt, kommt ihr nur der Kellner entgegen. Er schaut Marthe an, als verstünde er nicht, wie Menschen überhaupt an Essen denken können. »Lei a riservato?«, fragt er. »Haben Sie reserviert?«

Marthe schaut sich um. Am Fenster ist nur noch ein Tisch frei, gedeckt für zwei Personen. Am Ecktisch, an einem großen runden Tisch, sitzen junge Leute, so fröhlich, dass es sie vage an etwas erinnert.

»Es ist ein Tisch reserviert«, sagt sie, »für ein Uhr, zwei Personen.«

»A che nome?«, fragt der Kellner. »Welcher Name?«

Er macht das immer zweisprachig, und fährt mit dem Finger auf der Namensliste in dem großen aufgeschlagenen Buch entlang.

»Brandt«, sagt Marthe.

Der Kellner schüttelt, noch ein bisschen ungnädiger als vorher, den Kopf. »Habe ich nicht, Signora.«

Sie muss einem anderen Kellner Platz machen, der tiefe, große Teller mit dampfenden Spaghetti an ihnen vorbei trägt. Die Schwingtüren zur Küche klappen auf und zu.

»Vielleicht Kluge?«, fragt Marthe, »Jonas Kluge?«

Die Finger des Kellners fahren wieder über die Namensliste und machen irgendwo halt. »Si, Signora«, sagt er und ringt sich ein kleines Lächeln ab. »Eccolo.« Er deutet auf den Fenstertisch. »Da drüben.«

Marthe klemmt die Tasche mit dem dicken Briefumschlag fester unter den Arm. Ein Kellner, der eine Flasche Rotwein entkorkt, indem er sie zwischen die Knie klemmt, lächelt charmant. »Buon giorno.«

Marthe nickt. Sie setzt sich so, dass sie Moritz kommen sehen kann. Die Alster ist glatt wie ein Spiegel. Die Segel der Boote hängen müde an den Masten. Von der anderen Seite grüßt das Atlantic wie ein Ozeandampfer.

Paolino, der dicke, kleine Wirt macht seine Runde. Er nickt ihr höflich zu, und ermahnt gleichzeitig einen Kellner, für Servietten am Nebentisch zu sorgen.

Marthes Kellner, der sich offenbar damit abgefunden hat, dass noch mehr Gäste zu bedienen sind, schiebt Salz- und Pfefferstreuer auf dem blütenweißen Tischtuch hin und her. »Schon etwas zu trinken?«, fragt er gelangweilt.

Sie bestellt ein Mineralwasser. Als der Kellner sich schon umdrehen will, besinnt sie sich anders. »Ach, bitte, ich nehme doch lieber einen Campari mit Orangensaft. Geht das?«

»Warum soll das nicht gehen?«, fragt der Kellner.

Marthe errötet. Sie stellt die Handtasche auf den Nebensitz und fixiert den Bootsteg. Jeden Augenblick wird er kommen. Was er wohl anhat? Moritz hat ihr mal erklärt, dass Giorgio Armani immer in Jeans und dunkelblauen T-Shirt erscheint, sogar dann, wenn andere Männer Smoking tragen. Wenn Moritz von Giorgio Armani spricht, klingt es, als habe er sein halbes Leben in Mailands Modewelt verbracht.

Den Campari trinkt Marthe in kleinen Schlucken. Sie überlegt, ob sie Moritz nächstes Mal ein Armani-Shirt mitbringen sollte. Welche Größe er wohl trägt? XL? Es ist Jahre her, dass sie für Max etwas gekauft hat. Mit Moritz wäre alles anders gewesen. Er hätte ihr erklärt, was er schön findet und sie hätte es verstanden. Vielleicht wären sie zusammen einkaufen gefahren, nach Hamburg oder Bremen. Hätten hinterher irgendwo schön gegessen, vielleicht wie hier im Paolino.

Dann würde Paolino sie genau so kennen wie die Leute da drüben an dem runden Tisch. Dann würde er an ihrem Tisch stehen bleiben, die kurzen Arme vor dem Bauch verschränkt, und mit ihr reden wie mit einer Freundin. Dann wäre ich hier nicht einfach nur eine Frau, die auf jemanden wartet.

Achtzehn Minuten nach eins erscheint Moritz, das Sakko offen, dazu ein schwarzes Polohemd, schwarze Hose. Im Gehen wirft er einen Blick auf die Uhr und runzelt die Stirn.

Marthe lächelt, als sie ihn sieht. Jetzt hat er ein schlechtes Gewissen, denkt sie. Der Gedanke tut ihr gut.

Er entdeckt sie durch das Fenster, bevor sie die Hand zum Winken heben kann. Er macht eine große entschuldigende Geste draußen auf dem Bootsteg, und Marthe hebt ihr Glas. Macht doch nichts, sagt diese Geste.

Moritz weht herein, und mit ihm ein Schwall letzter Sommerluft. Aber bevor er Mathe begrüßen kann, hat ihn Paolino erkannt, ruft: »Ah Jonas! Amigo!« Und eilt ihm mit ausgebreiteten Armen entgegen. Die beiden begrüßen sich wie alte Freunde, laut und herzlich, so dass die Blicke von den anderen Tischen zu ihnen wandern.

Marthe spürt förmlich, wie um sie herum die Neugier wächst, wie man tuschelt und fragt: Wer ist das? Muss man ihn kennen?

Marthe hat nicht gewusst, dass Moritz hier bekannt ist. Sie hat sich nicht vorstellen können, dass ein Student hier aus und ein gehen kann. Es passt irgendwie nicht zusammen. Aber wie sie beobachtet, wie er weltmännisch Paolino sein Sakko in die Hand drückt, noch schnell Brieftasche und Handy aus der Innentasche nimmt und einen Augenblick lässig von der einer Hand in die andere legt, bevor er beides in der Hosentasche verschwinden lässt, passt es wieder doch. Er reckt den Kopf, als die Schwingtür zur Küche sich öffnet, und ruft ein »Buon giorno!« Jemand ruft etwas zurück. Moritz lacht und klopft

Paolino auf die Schulter. Er sagt etwas in Paolinos Ohr, er muss sich dazu zum Wirt hinunterbeugen, Paolino reibt die Hände an der Schürze und lächelt. Er lächelt nur mit den Augen, die zu ihr hin schauen. Marthe hat das Campari-Glas gerade abgestellt und überlegt, ob sie aufstehen soll, um Moritz zu begrüßen.

Aber als sie den Blick der beiden auf sich fühlt, bleibt sie einfach sitzen. Ihr wird heiß. Erst jetzt fallen ihr die Deckenventilatoren auf, große, rotierende Teakholzblätter. Sie beugt sich so weit vor, dass ein Windhauch ihren heißen Nacken streift.

Moritz redet weiter mit Paolino und lässt Marthe dabei nicht aus den Augen, Paolino nickt, dann kommt Moritz auf sie zu.

Eine Hand in der Hosentasche, die andere streicht das Haar aus der Stirn. Er geht wie Männer gehen, die gern die Aufmerksamkeit auf sich lenken. Fast alle Gäste schauen ihm nach. Auch an dem runden Tisch in der Ecke verstummt das Gespräch.

Marthe blickt Moritz entgegen. Irgendetwas beschämt sie. Macht sie verlegen, sie weiß nicht genau, was es ist. Für einen Augenblick spürt sie den Reflex, nach der Handtasche zu greifen und schnell, sozusagen unter seinen Armen hindurch, die er schon ausstreckt, aus dem Lokal zu fliehen.

»Ich habe mich verspätet! Unverzeihlich!« Moritz nimmt ihre Hand und führt sie an die Lippen. Er schaut sie an, als gäbe es niemanden sonst in dem Raum. Paolino taucht hinter Moritz auf, er reibt sich lächelnd die Hände, verbeugt sich vor Marthe und fragt Moritz: »Was willst du trinken?«

»Pinot Grigio. Aber nicht den aus der Literflasche, du weißt schon.«

Paolino nickt. Und verschwindet.

Moritz lässt ihre Hand los. Er setzt sich ihr gegenüber auf den Stuhl. »Tut mir Leid«, sagt er, »ein endloses Seminar. Der Prof hat einfach keinen Schlusspunkt gefunden.«

»Was für ein Thema?«, fragt Marthe. Alles, was mit Moritz Leben zu tun hat, interessiert sie.

Paolino bringt ein Glas und eine Flasche, zeigt Moritz das

Etikett, der nickt und wartet schweigend, bis Paolino eingeschenkt hat.

Dann prostet er Marthe zu. »Du trinkst Campari.« Er lacht. »Komisch, ich hab gedacht, du bist ein Kir-Royal-Typ.«

Marthe fragt sich, warum sie ein Kir-Royal-Typ sein soll, und ob es seine Art ist, Frauen danach einzuteilen, welcher Aperitif zu ihnen passt. »Ich trinke immer das, was mir gerade in den Sinn kommt«, sagt sie. »Ich hab keine besonderen Vorlieben.«

»Schade.« Moritz schaut ihr beim Trinken über den Rand seines Glases in die Augen. Er fasst das Glas am dünnen, langen Stil und er macht es so geschickt wie ein Sommelier, der einen Wein degustiert.

Marthe wundert sich, was sie alles an ihm entdeckt. Er hat aber ihre Frage noch nicht beantwortet. »Was war das für ein Seminar?«

»Ah, ganz langweilig. Interessiert dich so was? Strukturalismus?«

»Ich weiß nicht?«, sagt Marthe zögernd, »wenn du es mir erklärst.«

Moritz hat an einem der Tische weiter hinten am Fenster offenbar eine Bekannte entdeckt. Er legt die Finger an die Lippen und schickt ihr einen Kuss. Marthe wagt nicht, sich umzusehen. Es macht sie so schon verlegen genug. Hastig leert sie ihren Campari.

»Strukturalismus ist eine Sprachtheorie. Sie fasst Sprache als strukturierte Systeme von Zeichen auf und entwickelt Methoden der Beschreibung.«

Moritz springt auf, legt flüchtig seine Hand auf ihre Schulter und raunt ihr zu: »Ich bin gleich wieder zurück.«

Marthe nickt. Sie hat vom Campari einen bitteren Geschmack im Mund. Sie würde jetzt gern ein Glas eiskaltes und prickelndes Mineralwasser trinken. Sie will einem Kellner winken, aber die Kellner gehen an ihr vorbei, mit gestapelten, leeren Tellern, ein anderer mit einer neuen Flasche Wein. Sie blicken nicht einmal in ihre Richtung.

Paolino steht hinter der Bar und schreibt. Marthe sieht, als sie sich verstohlen umdreht, wie Moritz eine junge Frau mit hennarotem, kurz geschnittenem Haar auf den Mund küsst. Sie sieht, wie das Gesicht dieses jungen Mädchens mit den roten Ponyfransen sich ihm zuwendet, diesem Kuss entgegenfiebert. Schnell wendet sie sich wieder ab.

Das geht mich nichts an, denkt sie. Ihre Kehle ist bitter. Es geht mich nichts an. Wahrscheinlich eine Kommilitonin.

»Kellner«, ruft sie etwas zu laut und winkt, »kann ich ein Mineralwasser bestellen, bitte?«

Alle drehen sich zu ihr um. Offenbar ruft man hier seine Bestellungen nicht laut durch den Raum.

Der Kellner, zwei Tische weiter, wendet sich bedächtig zu ihr um. Er zieht die Augenbrauen hoch. Er hält die Rotweinflasche, die er eben entkorkt hat, so, dass der Gast das Etikett lesen kann. Er zeigt mit keiner Regung, ob er bereit ist, Marthe das Mineralwasser zu bringen.

Moritz kommt an den Tisch zurück. Im Vorbeigehen streift seine Hand ihren Hals. »Hast du schon bestellt?«, fragt er.

Die Speisekarte, groß wie eine Schiefertafel, liegt auf dem Tisch.

Marthe schüttelt den Kopf. Sie wartet auf eine Erklärung, irgendein Wort, aber es kommt nichts.

»Kannst du etwas besonders empfehlen?«, fragt Marthe. »Du kennst dich hier offenbar aus.«

Moritz lacht. Ein bisschen zu laut. Als sollte sein Lachen nicht nur an ihrem Tisch, sondern im ganzen Raum gehört werden. »Ich geh gern her. Wenn es billiger wäre, würde ich das zu meiner Kantine küren, es ist nicht nur das Essen, woanders kann man besser essen, aber das Ganze, das Ambiente, der Alster-Blick, und …«

Der Kellner kommt an ihren Tisch. Moritz strahlt ihn an und legt seine Hand auf dessen Arm. »Und der unnachahmliche Service. Nicht aufdringlich, das kann man wirklich nicht sagen, aber speziell, individuell. Sag selbst, Bruno.«

Bruno verzieht sein Gesicht zu einem Lächeln. »Wir tun unser Bestes.«

Moritz lacht. »Genau, das meine ich.«

»Ein Mineralwasser für die Signora?«, fragt Bruno. »Keinen Wein?«

»Natürlich trinkt die Signora Wein.« Moritz fragt gar nicht erst.

»Auch den Pinot Grigio?«

»Aber klar«, ruft Moritz, »was sonst? Du wirst sehen, er ist wirklich gut.«

»Ich bin mit dem Auto da«, sagt Marthe leise. »Ich weiß nicht ...«

»Ach«, ruft Moritz aufgeräumt, »das kleine Glas! Ich fahr dich nachher. Wo steht der Jaguar?«

Marthe macht eine Kopfbewegung zur Straße, zu den alten, schattigen Bäumen. »Ich hatte Glück, es fuhr gerade einer weg.«

Paolino kommt an den Tisch und trägt die Tagesgerichte vor. Marthe hat schon beschlossen, dass sie sich der Bestellung von Moritz anschließen wird.

Mit Paul besucht sie nie solche Restaurants. Sie kennt auch solche Preise nicht. Sie hat nur einen kurzen Blick auf die Speisekarte geworfen, und wieder ist ihr heiß geworden.

Hier kosten die Spaghetti so viel wie im Dorfkrug von Moorkaten eine Grillplatte für zwei Personen. Sie will nicht darüber nachdenken.

Moritz bestellt Vitello tonnato als Vorspeise und dann Seezunge. Mit frischem Spinat.

Paolino lächelt, als wolle er sagen: genau das würde ich auch essen, Amigo.

Als sie wieder allein sind, fragt Moritz: »Und? Wie ist es gelaufen?«

»Das Vorstellungsgespräch?«, fragt Marthe.

Moritz nickt. »Was hast du für ein Gefühl?«

»Ich habe gar kein Gefühl. Ich weiß nicht, was für eine Person die suchen. Vielleicht war ich ihnen zu ..., zu ...« Marthe sucht das richtige Wort.

Moritz versucht ihr zu helfen. »Zu spießig? Zu provinziell?«

Marthe schaut auf, sie blickt in Moritz Augen, und wohl erst in diesem Augenblick wird ihm klar, was er gesagt hat. Er lacht. »Oder warst du ihnen zu klug? Zu selbstbewusst?«

Der Kellner bringt das Mineralwasser. Er schenkt in beide

Gläser ein, und Marthe trinkt, trinkt das Glas leer in einem Zug.

»Wahrscheinlich«, sagt sie, »war ich ihnen zu spießig. Du hast Recht.«

Moritz verdreht lachend die Augen. »Das hast du in den falschen Hals bekommen.«

Marthe lacht unsicher.

»Vielleicht klappt es ja«, sagt Moritz.

»Ja.« Marthe nickt. »Vielleicht. Wenn nicht, macht es auch nichts.«

Moritz schaut sie erstaunt an. »Aber ich dachte, dir liegt so viel daran?«

»Mir liegt daran, nach Hamburg zu kommen«, verbessert Marthe. »Das hat nichts mit OTTO zu tun. Es könnte auch irgendeine andere Firma sein. Ich will nur gerne nach Hamburg.«

Moritz schweigt. Ihr Herz schlägt schneller, als sie einen Schatten sieht, der über sein Gesicht huscht. Er räuspert sich mehrfach. »Und warum willst du auf einmal nicht mehr in Hamburg sein?«

»Vielleicht ist es keine gute Idee«, sagt Marthe.

Sie hebt ihr Weinglas. Sie trinkt, ohne ihm zuzuprosten. Schließt dabei die Augen. Sie wird nachher nicht wissen, ob es ein guter oder nicht so guter Weißwein, ob dieser Pinot Grigio überhaupt nach ihrem Geschmack war.

»Und warum soll es keine gute Idee sein?«, fragt Moritz.

Als sie das Glas wieder hinstellt, streckt er die Hand aus und berührt mit seinen Fingerspitzen ihre Finger.

»Sag mir, was du denkst. Was ist auf einmal los?«

Marthe hebt die Augen. »Ich weiß nicht, weißt du es?«

Moritz lacht. »Keine Ahnung. Das wird auf einmal alles so ..., so bedeutungsvoll.« Er verzieht sein Gesicht, schüttelt sich. »Ich dachte, wir haben hier ein fröhliches Mittagessen, und auf einmal redest du von ‹was weiß ich ...«

Es stimmt, denkt Marthe, ich mach alles kaputt. Ich bin albern. Nur weil er diese Rothaarige geküsst hat, nur deshalb benehme ich mich wie ein eifersüchtiges, junges Ding. Ich sollte mich besser unter Kontrolle haben.

Ich sollte ihm zeigen, dass alles gut ist. Wenn es ihm hier mit mir nicht gefällt ..., er könnte ja jeden Augenblick mit einer anderen hier sitzen ...

Auf einmal begreift Marthe, dass Moritz es gewohnt ist, sich von Frauen einladen zu lassen. Von Frauen, die sich über die Gesellschaft eines amüsanten, gut aussehenden, gepflegten, jungen Mannes freuen. Die ein bisschen flirten, die es lieben, wenn Moritz errät, welchen Aperitif sie mögen, ob sie Fleisch vorziehen oder Fisch. Alle diese Dinge. Auf einmal weiß Marthe ganz genau, was für ein Leben Moritz führt. Und sie schämt sich.

»Was ist los?«, flüstert Moritz. Er beugt sich vor, er spricht jetzt eindringlich, fast gereizt. »Was machst du für ein Gesicht? Möchtest du lieber gehen?«

Es klingt, als wolle er sagen: Warum gehst du nicht endlich.

Es klingt, als wolle er sie aus seinem Leben wieder weghaben. Marthe schluckt. Sie hat das Gefühl, ihr Kopf könnte zerspringen.

Sie überlegt hastig, schnell, mit pochendem Herzen.

Dann lacht sie, hebt ihre Handtasche hoch und sagt: »Rate, was hier drin ist.«

Moritz lehnt sich zurück. Er mustert sie. Die Handtasche. Er hebt die Schultern, er greift nach dem Glas, trinkt, setzt das Glas wieder ab.

Der Kellner bringt das Vitello tonnato. Marthe muss die Handtasche wieder hinstellen, und die Serviette aufnehmen, auch Moritz nimmt seine und legt sie neben den Teller, während Marthe sie auf ihrem Schoss ausbreitet, wahrscheinlich, denkt sie, findet er das auch wieder spießig, aber daran will sie nun nichts mehr ändern.

»In der Tasche«, sagt Marthe, als der Kellner gegangen ist, »ist ein Briefumschlag.« Sie probiert lächelnd mit der Gabel die Thunfischsoße, nur ein bisschen, für die Zungenspitze. Die Soße ist gut. Anders als die, die sie von ihrem Italiener in Moorkaten kennt. Sie schmeckt frisch und würzig.

»Was ist in dem Umschlag?«, fragt Moritz.

»Geld«, sagt Marthe. »ziemlich viel. Na ja, was heißt schon viel. Aber alles für dich.«

Moritz tupft mit der Serviette die Mundwinkel. Er mustert

sie. Seine Augen lächeln zuerst, dann sein Mund. Es verschlägt ihr fast den Atem, so schön ist er. Sie hat so etwas noch nie erlebt. Sie kann sich nicht erklären, warum er mit einem kleinen Lachen, mit einem Lächeln, das nur in den Augenwinkeln beginnt, sie zu einem anderen Menschen macht. Zu einer anderen Frau. Zu einem Wesen, das sie nicht kennt, von dem sie aber, ohne darüber wirklich nachzudenken, glaubt, dass es ihr eigentliches Wesen ist.

Moritz verwandelt sie mit einem einzigen Lächeln in die Person, die sie immer hatte sein wollen.

Marthe öffnet die Tasche und lässt einen Zipfel des dicken Briefumschlages sehen.

Sie lacht spitzbübisch. »Alles deins.«

»Ich glaub es nicht.«

»Du kannst es ruhig glauben.«

Moritz ringt um Fassung. Seine Fassungslosigkeit hatte etwas Weiches, Hingebendes. Er ist ein Meister in Fassungslosigkeit.

»Das darfst du nicht tun«, sagt er sanft. »Das ist Wahnsinn. Du kennst mich doch gar nicht.«

Marthe lächelt. »O doch, ich kenne dich. Gut sogar.«

»Aber, was habe ich schon für dich getan, dass du mir immer etwas schenken willst?«

»Du bist da. Du bist hier, bei mir. Wir essen eine Seezunge, wir trinken Wein, das ist mehr als ich mir wünschen kann.«

»Ich wünschte«, seufzt Moritz, »dass ich viel mehr Zeit für dich hätte.

Das ist eben der Mist, wenn man arm geboren ist.«

Marthe streichelt seine Hand. »Es tut mir so Leid.«

»Darf ich den Umschlag sehen?«, fragt Moritz.

Marthe zögert. Eigentlich hat sie es sich anders gedacht. Eigentlich will sie, dass er das Geld erst in der Wohnung bekommt. Sie will mit ihm in die Wohnung, will noch einmal mit ihm durch die Zimmer gehen, will sich den Ausblick aus den Fenstern einprägen, die Stuckrosetten an der Decke, das Glasfenster im Bad, einfach alles. Sie möchte auch in dieser Wohnung zu Hause sein. Dort ein- und ausgehen. Das darf Moritz natürlich nicht wissen. Es würde ihn erschrecken. Sie muss aufpassen. Nicht zu viel auf einmal.

Es darf kein Missklang zwischen ihnen entstehen. Sie sollen sich immer einig sein, in allem. Sie will nichts über seinen Kopf hinweg bestimmen. Sie wünscht einfach, dass er sie an seinem Leben immer mehr teilhaben lässt. Anders als Max, der sie ausgesperrt hat. Der sogar sein Zimmer abschloss, wenn er morgens in die Schule ging nach dieser Geschichte mit JUGEND FORSCHT. Paul hatte gesagt, sie sollte dafür Verständnis haben, sie müsse sich einmal in Max hineinversetzen. Das hatte sie auch versucht. Es war sinnlos. Max hatte sie aus seiner Welt ausgesperrt, offenbar für immer.

Marthe zieht sehr langsam, um den Augenblick auszukosten, den Umschlag aus der Tasche.

»Whow«, Moritz pfeift durch die Zähne, »ist der dick, Mann.« Er pfeift so laut, dass man von den anderen Tischen zu ihnen hinsieht.

Hastig lässt Marthe den Umschlag wieder verschwinden. »Wir machen das lieber nachher«, flüstert sie, »bei dir zu Hause.«

Er zögert. Er isst ein Stück Fisch, kaut, schaut sie dabei an. Dann trinkt er einen Schluck, tupft die Lippen ab.

»Ich habe nachher nicht mehr viel Zeit.«

Marthes Herz zieht sich zusammen. Dennoch lächelt sie tapfer. »Wie viel Zeit hast du denn?«

»Ich weiß nicht genau«, sagt Moritz, »hängt davon ab, wie lange wir hier bleiben.«

Marthe hat gesehen, dass Moritz sein Glas in die Richtung jenes Tisches gehoben hat, an dem die Rothaarige sitzt und ihr zuprostet. Nur ein winziges Nicken mit dem Kopf, ein ganz leichtes Senken der Augenlider. Es ist wie ein Giftpfeil, der Marthes Herz trifft.

»Achtzehntausend Euro.« Sie redet etwas zu laut, fast ein bisschen marktschreierisch klingt es, das merkt sie sofort, kann aber ihre Stimme nicht schnell genug unter Kontrolle bekommen. »Wir können es bei dir zu Hause nachzählen, ich habe es einfach so von der Bank abgeholt, ich hatte keine Zeit, weißt du, es nachzuzählen. Wir können doch nachher überlegen, was du davon kaufen willst. Das würde mir Spaß machen.«

Moritz dreht ein paar Spinatblätter auf die Gabel, salzt sie nach. Er kaut. Bedächtig. Er trinkt, tupft die Lippen. Ein Anblick, der ihre Qual verlängert. Ein Anblick, den sie als Folter empfindet.

Was wird er gleich tun? Sie einfach nach Hause schicken? Nicht in seine Wohnung lassen, für die sie doch die Miete bezahlt? Sich dann bei der Rothaarigen an den Tisch setzen, sie umarmen, und ihr von der Verrückten erzählen, die ihn mit Geld und Geschenken überschüttet und dafür nichts verlangt außer seiner Nähe?

Moritz nimmt ihre Hand in seine. »Du bist wie eine Fee in mein Leben getreten. Wie mit einem Zauberstab hast du auf einmal alles vergoldet. Das ist so unglaublich wunderbar! Ich bin absolut sprachlos!«

»Fahren wir nachher zu dir?«, bettelt Marthe.

»Ja, in Ordnung.«

»Oh, schön.« Marthe lehnt sich zurück und lächelt glücklich.

Moritz schaut aus dem Fenster. Sie beugt sich vor und streichelt seine Hand. »Ich besorge noch mehr Geld«, flüstert sie. »So viel du willst.«

21.

Im November erhält Paul einen Anruf von seiner Bank. Es ist neun Uhr dreißig, gleich nach der kleinen Frühstückspause. Paul kümmert sich im Warenlager gerade um eine optimale Lagerung der Winterreifen, als das neue Mädchen von der Rezeption – Paul hat sich noch nicht einmal ihren Namen merken können – mit dem Telefon in der Hand zu ihm kommt und sagt: »Da möchte Sie jemand sprechen.«

Paul steht, als er das Telefon in Empfang nimmt, zwischen Metallregalen, die bis an die Decke reichen.

»Ja? Paul Brandt hier?«

Malte Gliewe von der Vereinsbank ist am anderen Ende der Leitung. Er hat eine weiche, fast einschmeichelnde Stimme, und Paul stellt sich einen dieser smarten Jungbanker vor, der auf dem Bildschirm die Aktienkurse verfolgt, während er telefoniert, die Beine lässig von sich gestreckt. »Guten Tag, Herr Brandt«, sagte Malte Gliewe, »schön, dass ich Sie am Apparat habe. Ich hoffe, es geht Ihnen gut?«

»Worum geht's?«, fragt Paul barsch.

Malte Gliewe lacht. Ein sympathisches, ein angenehmes Lachen. »Sie kommen gern gleich zur Sache, was?«, sagt er fröhlich. »Da sind wir uns ähnlich.«

»Ich bin hier auf der Arbeit«, sagt Paul. »Ich hab hier einen Job, der …«

»Verstehe.« Die Stimme von Malte Gliewe wird sachlicher, ein bisschen spröder. »Dann mache ich es kurz. Es geht um den Kredit, den Ihre Frau bei uns aufgenommen hat, am …«

Kleine Pause. Pauls Herz fängt an schneller zu schlagen.

»Der Computer, will mal wieder nicht so wie ich«, sagt Malte Gliewe und lacht wieder sein warmes, sympathisches Lachen, »Ich schätze, das kennen Sie auch.«

»Ja«, sagt Paul, »das kenne ich auch. Aber meine Frau hat keinen Kredit …«

»Hier«, sagt der Mann von der Bank, »hier ist es. Wir haben einen Kredit abgeschlossen am 10. September dieses Jahres, über eine Höhe von 25 000 Euro, zu einem Zinssatz von fünfeinviertel Prozent.«

»Nein«, sagt Paul.

Die Metalltüren der Werkhalle öffnen sich und für ein paar Sekunden übertönt der Lärm des Hochdruckreinigers jedes andere Geräusch.

»Es ist ein außerordentlich günstiger Zinssatz«, sagt Malte Gliewe. »Insofern hat Ihre Frau keinen Fehler gemacht.«

»Meine Frau hat keinen Kredit aufgenommen!«, brüllt Paul. »Das wüsste ich doch!«

Stille.

Paul presst den Hörer fester an sein Ohr. »Hallo«, ruft er. »Hallo? Sind Sie noch da, Herr Gliewe?«

Wieder Stille.

»Ja«, Malte Gliewe räuspert sich, »ich bin noch da. Verzeihung. Ich habe eben nur etwas überprüft. Also, wenn Sie jetzt sagen, dass Sie von dem Kredit nichts wissen …«

»Nein! Ich weiß nichts! Das heißt, doch: ich weiß, dass es nicht stimmen kann! Ein Irrtum!«

»Ihre Frau hat aber als Sicherheit für diesen Kredit Ihr Gehalt angegeben, Herr Brandt. Uns liegt eine Kopie Ihres Arbeitsvertrag bei der Autofirma Nissen vor. Und ich habe Sie bei der Autofirma Nissen angerufen. So weit ist alles korrekt?«

Paul zerrt an seinem Kragen.

»Sie sind hier in Moorkaten bei der Vereinsbank?«, fragt er. »In der Breiten Straße?«

»Ja.«

»Gut. Ich bin in zehn Minuten bei Ihnen.«

»Danke«, sagt Malte Gliewe. Man hört, wie erleichtert er durchatmet. »Das ist die beste Idee. Ich warte also auf Sie.«

Malte Gliewe bittet Paul mit jovialer Herzlichkeit in einen engen überheizten Besprechungsraum ohne Fenster, in dessen Mitte ein langer Tisch steht, darauf ein Tablett mit einer schimmernden Thermoskanne, Tassen, Untertassen, einer Dose Kondensmilch, Süßstoff im Spender und einem Zuckertopf, dazu ein Tellerchen mit Konferenzkeksen.

Malte Gliewe überlässt Paul die Wahl des Stuhles. Paul entscheidet sich für einen Platz, von dem aus er die Tür beobachten kann, der Banker hinter sich schließt die Tür. Die Vereinsbank garantiert ihren Kunden Diskretion. Vorher hat Malte Gliewe einer jungen Kollegin zu verstehen gegeben, dass er in der nächsten Viertelstunde nicht gestört werden möchte. Malte Gliewe, der offenbar bei seinen wichtigen Transaktionen wenig Zeit für sportliche Betätigung findet, knöpft das Sakko auf, bevor er sich setzt. Sein Bauch verschafft sich Raum.

Er bewirtet Paul mit Kaffee. Paul möchte eigentlich gar nichts.

Vor Malte Gliewe liegt ein Ordner. Der Ordner ist nicht beschriftet. Aber als Malte Gliewe ihn öffnet, sieht Paul sofort eine Kopie seines Arbeitsvertrages mit der Autofirma Nissen, wie eine Kopie des letzten Gehaltszettels. Vor seinen Augen verschwimmt alles. Er zückt ein Taschentuch, wischt sich damit über die Augen und schaut ein zweites Mal. Da hat Malte Gliewe schon weitergeblättert, und Paul erkennt das Wort KREDIT, und er sieht Marthes Namen, und als der Bankbeamte weiterblättert, erkennt Paul auch die Unterschrift seiner Frau. Marthe unterschreibt immer mit schönen runden Buchstaben, fast mädchenhaft. Das hat Paul immer gerührt. Es gab ihm das Gefühl, dass um Marthe herum alles altert, reifer wird, oder auch welker, nur sie nicht. Sie blieb die, in die er sich damals verliebt hatte, die er damals – ein bisschen zu früh – aber doch ganz freiwillig geheiratet hatte.

»Und wofür?«, fragt Paul, nachdem er sich mehrfach geräuspert hat, »wollte meine Frau diesen Kredit?«

»Das weiß ich nicht«, sagt Malte Gliewe bedauernd, »das hat sie nicht gesagt.«

»Sie haben ihr einfach so einen Kredit über 25 000 Euro gegeben? Ohne zu fragen, wofür?«

Malte Gliewe nickt. Er hat kastanienbraune Augen, ein weiches, rosiges, rundes Gesicht. Er verbreitet etwas Gutmütiges, Menschenfreundliches. Oder sind der Zynismus und die Kälte gerade hinter dieser Maske?

Paul schwitzt. Seine Augen tränen noch immer. Er ist nicht imstande, das Kleingedruckte und auch noch Schwachgedruckte dieses Vertrages zu lesen. Er starrt auf das handgeschriebene Datum. Das ist nicht die Schrift seiner Frau, das muss Malte Gliewe geschrieben haben.

Er überlegt, was am 30. September gewesen ist. Das ist Wochen her. Er kann sich an nichts erinnern, an keinen einzigen Septembertag, keinen Morgen, keinen Mittag, nichts.

»Ich habe Ihrer Frau diesen Kredit gegeben«, sagt Malte Gliewe, »weil sie mir erklärte, dass sie ihren Job gekündigt habe und zur Überbrückung, bis sie wieder eine Arbeit findet, einen kleinen finanziellen Spielraum braucht. Das habe ich sofort verstanden.«

Paul beugt sich vor und schaut dem Bankbeamten in die Augen.

»Meine Frau hat mir nicht einmal gesagt, dass sie den Job gekündigt hat! Ich bin aus allen Wolken gefallen, als ich es gehört habe.« Er wühlt in den Papieren herum, immer noch kopfschüttelnd. »Ich versteh das alles nicht. Ich versteh es nicht.«

Malte Gliewe lehnt sich zurück. Er spielt mit dem Bleistift, er fixiert ihn, als sei das Teil dieses Gesprächs.

»Ich hoffe nur«, sagt er sanft, »dass ich keinen Fehler gemacht habe. Dass ich nicht zu gutgläubig war, Ihre Frau Marthe hat auf mich einen so vertrauensvollen Eindruck gemacht …«

Er legt den Stift geräuschlos auf die Tischplatte zurück. »Ich hatte ehrlicherweise gar nicht damit gerechnet, dass die Zinszahlungen ein Problem für sie sein könnten. Es war abgemacht, dass sie automatisch von ihrem Sparkonto abgebucht werden …«

»Sparkonto?«, fragt Paul argwöhnisch.

»Ja, bei unserer Bank hatte Ihre Frau ein Sparkonto über 18 000 Euro.«

»Nein!«, ruft Paul. Er räuspert sich. »Das glaube ich nicht. Das wüsste ich doch!«

Malte Gliewe seufzt. »Lieber Herr Brandt, Ihre Frau hat

mir das Sparbuch gezeigt. Außerdem war es für mich nur ein Mausklick, um auf dem Computer ihr Portfolio aufzurufen. Das Geld war da. Eindeutig. Zum jährlichen Zinssatz von zweieinviertel Prozent. Ein ganz normales Sparbuch.«

»War?«, flüstert Paul. Er findet es in dem Raum auf einmal unerträglich heiß.

»Das Konto ist aufgelöst, Ihre Frau hat das ganze Geld abgehoben«, sagt Malte Gliewe. »Und zwar zur Mittagszeit, als ein junger Kollege Dienst hatte, der vergaß, nachzusehen, ob dieses Sparbuch belastet war. Den Fehler meines Kollegen muss ich jetzt irgendwie ausbügeln. Das ist die Tragik, Herr Brandt.«

Paul versucht, die Dimension dieser Tragik, die sich daraus für Malte Gliewe ergibt, zu erfassen, es gelingt ihm nicht. Seine eigene Tragik ist jedenfalls ungleich größer. Er versteht nichts mehr. Es ist ihm, als habe er auch nie etwas verstanden. Als habe er ein Wesen von einem anderen Stern geheiratet.

»Haben Sie meine Frau nicht angerufen?«, fragt er schließlich.

»Natürlich haben wir das versucht. Mehrfach sogar.« Malte Gliewe seufzt. »Ich habe zweimal persönlich mit ihr gesprochen. Zum letzten Mal vorgestern. Da war sie nach ihren eigenen Auskünften gerade auf dem Weg nach Hamburg. Sie hat aber versprochen, am folgenden Tag – das wäre gestern gewesen – bei mir vorbeizukommen. Sie hat versichert, dass sie alles ganz leicht erklären könne. Aber als ich sie dann gestern Abend, kurz vor Schalterschluss, anrief, da hieß es: Kein Anschluss unter dieser Nummer. Sie hat ihre Handynummer geändert, Herr Brandt. Deshalb habe ich Sie heute in der Firma angerufen.«

Es ist Paul, als senkten sich Bleigewichte auf seine Schultern. Er starrt auf die Tischplatte. Es gibt nichts zu sagen.

»Es waren am 30. Oktober zweihundertzehn Euro fällig, und am Ende dieses Monats ist die gleiche Summe fällig. Und so weiter und so weiter. Herr Brandt«, Malte Gliewe beugt sich vor, seine Stimme gewinnt an Sicherheit und Strenge, »ich wäre Ihnen sehr verbunden, wenn Sie uns in einem Zusatz zu diesem Vertrag die Genehmigung erteilen würden, die laufenden Zahlungen von Ihrem Konto abbuchen zu dürfen.«

Paul starrt den Banker an. Dann schüttelt er den Kopf. »Nein«, sagt er, »nein, das unterschreibe ich nicht. Ich muss erst mit meiner Frau sprechen.« Er springt auf.

Er umklammert die Stuhllehne. Seine Kaffeetasse ist unberührt. Die Kekse liegen wie vorher, zu einer Spirale angeordnet, auf dem weißen Porzellanteller.

»Sie haben den Vertrag mit meiner Frau gemacht, schauen Sie zu, wie Sie zu Ihrem Geld kommen. Ich habe jetzt keine Zeit mehr.«

Malte Gliewe steht auch auf.

Er stellt sich Paul in den Weg. »Sie leben doch in einer Gütergemeinschaft.«

»Ja«, sagt Paul. Er schwitzt jetzt nicht mehr. Es ist ihm, als sei der Raum ohne Sauerstoff. Er bekommt kaum Luft.

»Das bedeutet auch«, sagt Malte Gliewe, »dass Sie für die Schulden Ihrer Frau haften. Es tut mir sehr Leid Herr Brandt.«

22.

Marthe lackiert ihre Nägel, als Paul nach Hause kommt. Sie sitzt auf dem Sofa, der Fernseher läuft, auf ihren Knien ein Handtuch. In der letzten Zeit verbringt Marthe viel Zeit mit Körperpflege. Paul hat festgestellt, dass sie auch öfter in den Spiegel schaut. Aber nichts von alledem hat seinen Argwohn wirklich erregt. Hat seine Gutgläubigkeit erschüttert.

Er bebt wie im Fieber, als er das Wohnzimmer betritt. Draußen peitschte ihm nasskalter Regen ins Gesicht, hier drinnen ist es überheizt, die Luft zu trocken.

Er durchquert das Zimmer, stößt dabei versehentlich gegen den Couchtisch, so dass die Kerze aus dem schmalen, hohen Leuchter kippt.

»Pass bitte auf«, sagt Marthe. Sie sagt es nicht vorwurfsvoll. Ihre Stimme hat gar keinen Ausdruck. Sie hätte ebenso sagen können: Hallo, da bist du ja, oder: Schön, dass du da bist.

Aber das sagt sie nicht. Sie sagt: Pass bitte auf. Als wenn er nie aufpasst. Als wenn er immer irgendetwas umstößt, wenn er in der Wohnung herumgeht. Als wäre er ein Tölpel.

Er reißt die Balkontür auf. Letzte, nasse Herbstblätter, die der Wind vor die Balkontür gefegt hat, kleben auf der Schwelle.

»Paul«, sagt Marthe, »was soll das?« Sie haucht über die Nägel.

Paul schlägt die Tür wieder zu.

»Ich war auf der Bank.« Seine Stimme bebt. Er schwitzt. Marthe schaut nicht auf.

Vorsichtig steckt sie den Pinsel zurück in das Fläschchen.

»Du hast einen Kredit aufgenommen«, sagt Paul. »Über 25 000 Euro.«

Marthe schraubt das Fläschchen zu und stellt es auf den

Couchtisch. Sie steckt die Kerze zurück in den Leuchter, sie schweigt.

»Sag etwas!«, brüllt Paul.

Marthe hebt den Kopf, dreht sich zu ihm. Ihre Lider zucken nicht.

»Was soll ich sagen?«

»Ist das wahr? Das will ich von dir wissen! Aus deinem eigenen Mund! Hast du fünfundzwanzigtausend Euro von der Bank bekommen? Ja oder nein?«

»Und wenn?«, fragt Marthe.

»Und wenn? Und wenn?«, brüllt Paul. Er ballt seine Fäuste, er tritt ganz nah an Marthe heran. »Wo ist das Geld?«

Marthe holt tief Luft. Sie zittert am ganzen Körper. »Ausgegeben«, sagt sie.

»Und wofür?«

»Das sage ich nicht, Paul.«

»Was?«, flüstert Paul, sich ein wenig zu ihr herunterbeugend. »Was?«

Marthe blickt ihm in die Augen. Sie schüttelt den Kopf. Zärtlich, fast flehend sagt sie: »Ich sage es nicht, Paul. Und wenn du dich auf den Kopf stellst.«

»Ha!«, schreit Paul. Er richtet sich auf, er fasst sich an die Stirn, die Schläfen, fährt mit den Fingern durch die Haare, dreht sich einmal um die eigene Achse, schreit noch einmal: »Ha!«

Dann lässt er sich in den Sessel fallen, als sei er kurz davor, das Bewusstsein zu verlieren, die Beine ausgestreckt, die Arme schlapp herabhängend, die Augen geschlossen.

Marthe schaut ihn an. Lange. Ihr Blick ist ohne Ausdruck.

»Weinst du?«, fragt sie vorsichtig.

Paul schüttelt den Kopf. Die Augen hält er weiter geschlossen, aber Tränen zwängen sich durch die geschlossenen Lider, rollen über sein Gesicht.

»Paul!« Sie steht auf. Sie stellt sich neben Pauls Sessel, streift vorsichtig mit den manikürten Fingern seinen Arm.

Er zuckt zusammen, als habe ein glühender Stahl ihn getroffen, zieht den Arm zurück, dreht das Gesicht weg. »Du machst alles kaputt. Warum? Was ist los? Warum machst du alles kaputt? Ich verstehe es nicht! Verdammt noch mal! Ich kann nicht mehr, Marthe. Was ist mit dir los?«

Marthe hockt sich neben seinen Sessel. Er hat die Arme eng an den Körper gepresst, als wolle er eine Berührung mit ihr um jeden Preis vermeiden.

»Ich tue das alles doch für unseren Sohn, Paul«, sagt sie verschwörerisch. »Verstehst du?«

Sie streicht ihm das feuchte Haar aus der Stirn. Paul regt sich nicht.

»Ich habe ihn wieder gefunden. Weißt du noch? Ich hab's dir erzählt, aber du wolltest es nicht glauben. Ich habe Moritz wieder gefunden. Ich wollte es dir lange schon sagen, aber ich wusste nicht ..., wie du reagierst, ich dachte ..., du glaubst es vielleicht nicht ..., ich hatte Angst, du machst alles kaputt, Paul. Verstehst du? Verstehst du?«

Paul öffnet die Augen. »Du bist verrückt«, flüstert er. Seine Pupillen werden ganz groß und seine Stimme hatte eine Klarheit wie lange nicht. »Jetzt weiß ich es: Du bist wirklich verrückt.«

Er steht auf. So unerwartet und heftig, dass Marthe fast nach hinten fällt. Er greift ihre Hand, zerrt sie zu sich hoch, packt ihre Schultern, hart und fest, starrt ihr in die Augen.

»Wir gehen jetzt sofort zum Arzt«, sagt er. »Wir gehen jetzt zu Dr. Runge. Auf der Stelle.«

Marthe windet sich. »Nein, ich will nicht!«

»Aber du musst! Ich kann so nicht mehr mit dir leben, du richtest alles zugrunde. Alle, alle, Max hast du aus dem Haus getrieben, und mich wirst du auch loswerden, wenn du so weitermachst.« Er schüttelt sie.

»Willst du das? Ja? Willst du mich loswerden?«

»Nein, Paul, nein«, wimmert Marthe. »Bitte, du tust mir weh.«

»Und du? Wie weh tust du mir? Denkst du einmal darüber nach? Ja? Wie weh du mir tust? Und wie weh du Max tust mit diesem blöden Gerede von Moritz?«

»Es ist kein blödes Gerede, Paul. Das will ich dir doch gerade erklären!«

»Moritz ist tot! Er ist tot aus deinem Bauch gekommen, Marthe! Mein Gott, verdammt, das ist zwanzig Jahre her!«

»Einundzwanzig und vier Monate«, sagt Marthe sanft. Sie lächelt. »Es geht ihm gut, Paul. Es geht unserem Moritz gut. Er studiert in Hamburg. Germanistik. Ist das nicht großartig? Ich habe eine neue Wohnung für ihn gefunden. Die ist so schön, Paul. So eine Wohnung hätten wir immer haben wollen. Aber die gibt es in Moorkaten nicht.« Marthe will Paul küssen, sie stellt sich auf die Zehenspitzen, aber Paul stößt sie weg.

»Du hast eine Wohnung gemietet? In Hamburg?«, flüstert er fassungslos.

Marthe lächelt. »Wenn du möchtest, zeig ich sie dir irgendwann. Du musst nur noch ein bisschen Geduld haben, weißt du, Moritz muss sich erst an den Gedanken gewöhnen, dass wir seine Eltern sind.« Sie lacht plötzlich kokett. »Er meint immer, ich bin zu jung, um seine Mutter zu sein. Er findet mich hübsch, Paul. Weißt du, was er gesagt hat? Er hat gesagt, ich bin eine faszinierende Frau. Ja, die Wohnung ist in Eppendorf. Loogestieg. So vornehme schöne Häuser!«

Auf seine Ohrfeige ist Marthe nicht vorbereitet. Mit seiner flachen Hand schlägt Paul zu. Heftig. Nur ein einziges Mal. »Komm zur Besinnung!«, schreit er.

Marthe reißt den Mund auf. Sie starrt Paul an. Die Gesichtshälfte überzieht sich sofort mit tiefer Röte. Jeder Finger ein dunkelroter Abdruck.

Marthe dreht sich um und stürzt aus dem Zimmer.

Paul ist wie gelähmt, kann sich nicht rühren, starrt seine Hand an wie etwas Fremdes, etwas, das nicht zu ihm gehört, etwas, das er mit seinem Willen nicht steuern kann. Seine Hand hat allein diesen Schlag geführt. Er selbst hat das nicht gewollt. Er hätte Marthe niemals schlagen können. Nie. Aber seine Hand hat es gekonnt.

Marthe rennt ins Schlafzimmer, schlägt mit den Schranktüren, zerrt Schubladen auf, rennt ins Bad, wieder zurück ins Schlafzimmer. Schlüssel klappern, Schuhe fallen auf den Boden. Ein Reißverschluss wird zugezogen, eine Tür fällt ins Schloss.

Paul reagiert nicht. Er will Marthe nachlaufen, ihr etwas nachrufen, dass sie nicht gehen soll, nicht einfach davonlaufen. Nicht einfach alles wegwerfen, was ihr Leben gewesen ist. Er kann nicht.

Als er sich endlich bewegt, ist sie schon aus dem Haus. Paul stürzt die Treppe hinunter, reißt die Haustür auf, stolpert über den Gehweg, da ist sie schon am Jaguar, hat schon die Tür geöffnet.

Marthe wirft die prall gefüllte Tasche auf den Beifahrersitz, den Rucksack hinterher, und die Handtasche. Sie hat selbst in dieser Eile wohl nichts von dem vergessen, was ihr wirklich wichtig ist. Das Überflüssige, das für ihr Leben offenbar ohne Bedeutung ist, wird er betrachten können, oben in der Wohnung, wenn sie weg ist.

Falls sie es schafft, wegzukommen.

Sie hat ihn entdeckt. Panik flackert in ihren Augen.

»Geh weg!«, schreit sie. »Fass mich nicht an!« Ihre Stimme ist nur ein heiseres hysterisches Kreischen.

Sie wirft sich ins Auto, steckt mit bebenden Fingern den Schlüssel ins Schloss, dreht ihn um.

Er steht jetzt vor dem Auto, er wirft sich auf den Kühler. »Mach den Motor aus!«, keucht er. »Mach ihn aus, Marthe!«

»Hau ab!« Marthe steckt den Kopf aus dem Fenster.

Der Motor heult auf. Heiße Luft bläst ihm vom Kühlergrill gegen die Hosenbeine.

Paul klammert sich an den Scheibenwischer. Der Scheibenwischer bricht ab. Er rutscht langsam über den Kühler auf den Asphalt. Genau in dem Augenblick tritt Georg aus dem Haus. Er starrt die beiden an, lässt den Müllbeutel fallen, den er in der Hand hat, rennt auf Paul zu.

Marthe springt aus dem Wagen. Sie läuft Georg entgegen, wedelt abwehrend mit den Armen. »Er hat nichts! Gar nichts! Halt dich da raus! Bitte! Ja? Das ist eine Sache zwischen Paul und mir!«

Georg bleibt stehen. Er versteht nicht. In seinem Gesicht zuckt es.

»Bitte, Georg, lass uns allein!«

Paul rappelt sich auf, klopft das Laub von seinem Hemd. Er erkennt seine Chance.

So behände wie er es sich selbst nicht zugetraut hätte, ist er an der Fahrertür, sitzt er schon auf dem Fahrersitz.

»Paul!«, schreit Marthe, rennt zu ihm, packt seinen Arm, zerrt ihn, als er schon mit dem Fuß auf dem Gaspedal ist, wieder aus dem Auto.

Er klammert sich am Lenkrad fest, aber mit ihrer entfesselten Energie, kann sie ihn einfach aus dem Wagen ziehen.

»Was tust du?«, flüstert Paul. »Marthe! Was machst du?«

»Lass mich in Ruhe!«, schreit Marthe. »Ich will dich nie wiedersehen! Ich will euch alle nie wiedersehen. Dieses ganze verdammte Moorkaten nicht! Diese Wohnung nicht, alles, alles!«

Georg steht immer noch im Vorgarten.

»Er hat mich geschlagen!«, schreit Marthe. »Mein eigener Mann!« Sie dreht sich so, dass Georg ihre Wange sehen muss. »Das kannst du den anderen sagen!«. Paul packt Marthe. Hart fasst er sie an. Greift ihre Oberarme, schüttelt sie. »Hör auf! Hör endlich auf, Marthe! Komm zu dir!«

»Nein! Nein! Nein!« Marthe schüttelt wie wild den Kopf. »Lass mich! Hilfe! Georg! Hilf mir!«

Im Haus gegenüber werden Fenster aufgestoßen. Jemand ruft: »Was ist los?«

Paul schließt die Augen. Seine Lider brennen. Er versucht, sich zu beruhigen. Er hat Marthe fest im Griff, sie kann ihm nicht entkommen. Sie darf ihm nicht entkommen.

»Wo willst du denn hin?«

»Zu ihm!« Sie wird auf einmal ganz ruhig. »Ich will zu ihm, Paul. Das ist das Einzige, was ich im Leben, was ich mir seit zwanzig Jahren wünsche.« Sie lächelt und sie wirkt so friedlich auf einmal. So sanft und entspannt, dass Paul sie loslässt. »Von diesem Augenblick habe ich seit zwanzig Jahren geträumt. Jetzt ist er gekommen. Verstehst du?«

Paul steht da wie benommen, reglos. Er sieht zu wie Marthe einsteigt und die Fahrertür sanft, fast lächelnd zuzieht, wie sie das Lenkrad umfasst. Und behutsam, geradezu unmerklich gleitet der Wagen an Paul vorbei, beschleunigt, und dann, als Paul zu sich kommt, als ihm bewusst wird, was passiert, ist der Wagen bereits so schnell, dass jeder Versuch, ihn anzuhalten, zu spät käme.

Er rennt dennoch los. Er läuft in der Mitte der Straße, rudert mit den Armen. Schreit, während er läuft, läuft, bis ihm der Atem ausgeht, bis das Stechen in den Seiten unerträglich ist, bis die Beine einfach nachgeben. Er stolpert, fällt auf den Bauch, auf das Gesicht, so bleibt er liegen.

Georg hilft ihm schließlich auf, klopft den Straßenschmutz, das nasse Laub von seinen Sachen und hält die neugierigen Nachbarn mit strengem Blick auf Abstand. Er bringt den zitternden Paul zurück ins Haus.

»Wenn du mich brauchst«, sagt Georg, »ich bin nebenan.«

Paul sagt nichts. Reagiert nicht. Steht lange so da. Immer noch fassungslos. Überwältigt von der Erkenntnis, dass sein Leben gerade zerbricht. Er tritt mit schweren Schritten ins Wohnzimmer, schaut sich im Zimmer um. Er nimmt das Handtuch auf dem Fußboden wahr, die Nagelpfeile und die Schere. Er bückt sich nicht, um die Sachen an ihren Platz zu legen.

Er geht zum Telefon im Flur. Der Hörer ist zentnerschwer, als Paul ihn abhebt. Er wählt langsam, bedächtig. Er muss lange warten. Dann springt der automatische Anrufbeantworter an. Paul legt sofort auf und wählt Max' Handynummer an. Max ist sofort dran.

»Ja?«, fragt Max.

»Ich bin es, Papa.«

»Oh Paps.«

»Wo bist du gerade? Stör ich?«

»In Dresden. Du störst nicht. Ich bin gerade auf dem Weg ins Hotel.«

Max ist alarmiert. »Was ist los, Paps«, fragt er. »Ist was passiert?«

»Deine Mutter.« Er holt tief Luft. »Sie hat mich verlassen! Uns verlassen. Hat das ganze Geld und das Auto genommen und ist weg!«

In Dresden wird es totenstill.

»Wohin?«, fragte Max.

»Sie sagt, dass sie deinen Bruder gefunden hat.«

»Wie: meinen Bruder?«

»Sie sagt, dass Moritz in Hamburg lebt. Sie hat ihm eine Wohnung eingerichtet, oder so. Ich weiß nicht.« Er räuspert sich. »Ich glaube, da fährt sie immer hin, seit sie bei Petersen gekündigt hat.«

»Sie hat bei Petersen gekündigt?«

»Weißt du das nicht?«

»Ich weiß überhaupt nichts!«, schreit Max. »Ich weiß doch nie etwas!«

»Was soll ich tun?«, fragt Paul.

Aus Dresden nur Schweigen. Paul lehnt im Flur an der Wand. Sein Blick fällt auf Marthes Hausschuhe, alberne Plüschhausschuhe, die wie Hasen aussehen. Ein Geschenk von Bernd. Mit den Hausschuhen hat sie manchmal Faxen gemacht. Und Max zum Lachen gebracht, früher oft, als Max noch klein war, als er noch bei ihnen lebte.

Paul versucht, sich zu erinnern, wie alt diese Hausschuhe sind. Er bückt sich, um einen aufzuheben. Mindestens fünfzehn Jahre ist Marthe in diesen Hausschuhen durch die Wohnung gegangen.

»Woher soll ich wissen, was du tun sollst, Paps«, sagt Max sanft. »Wieso fragst du mich überhaupt? Ihr habt mich doch nie nach meiner Meinung gefragt.«

»Du bist ungerecht. Das weißt du. Du kannst deine Mutter und mich nicht in einen Topf werfen.«

»Okay«, sagt Max. »Soll ich kommen?«

»Ich weiß auch nicht«, sagt Paul hilflos. »Mein Kopf ist vollkommen leer. Falls sie dich anruft …«

»Mama? Die ruft nicht an, die ruft doch nie an.«

»Aber falls sie anruft, Max! Sie wird dir sagen, dass ich sie geschlagen habe. Aber ich habe das nicht gewollt. Weißt du? Die Hand ist mir ausgerutscht. Ich wollte das nicht.«

»O Gott«, sagt Max.

Paul stellte die beiden Hausschuhe, Hasengesicht neben Hasengesicht, auf die Fußmatte. »Max? Bist du noch da?«

»Hat sie dir gesagt, wo dieser Typ wohnt? Weißt du seine Adresse?«

»Hamburg«, sagt Paul. »Ja, sie hat auch seine Adresse gesagt. Jedenfalls die Straße. Loogestieg, glaube ich. Ich weiß nicht, ob ich das richtig im Kopf hab. Ich war so durcheinander, Junge. Ich bin immer noch …«

»Verstehe«, sagt Max. »Ruf doch Oma an. Und Bernd. Die können doch kommen, oder du kannst zu ihnen. Dann bist du nicht so allein.«

Paul seufzt, so tief, dass er die Atemluft wie einen Stich in der Lunge spürt.

»Ja, vielleicht hast du Recht. Vielleicht mach ich das.«

»Ich meld mich wieder«, sagt Max und legt auf.

Marthe spricht

Wenn Sie mich jetzt fragen, Doktor, was ich mir damals eigentlich dabei gedacht habe, dann kann ich nichts anderes sagen als das, was ich schon tausendmal gesagt habe. Innerlich war ich schon lange vorbereitet. Ich habe gespürt, dass ich bei allem, was ich tue, einen Weg gehe, der vorgezeichnet war. Verstehen Sie?

Ich glaube, jeder Mensch wird wie ein Zug auf die Schienen gesetzt, die immer schon für ihn ausgelegt sind.

Dann fährt er los und automatisch werden die Weichen gestellt, da geht es nach links, da ist plötzlich ein Stopp, dann eine Talfahrt. Sie können gar nichts machen. Sie fahren einfach, so, wie es im Stellwerk programmiert ist. Sie rollen auf diesen Schienen, und haben keine Ahnung von dem Ziel, haben keine Ahnung, ob Sie durch schöne oder hässliche Landschaften fahren werden, und wie das Wetter auf der Strecke ist. Ich glaube, Doktor, es ist alles vorherbestimmt.

Sie wissen, dass ich eigentlich keine Lust habe, mit Ihnen darüber zu reden. Ich erklär Ihnen das heute auch bloß, weil Sie immer wieder hören wollen, was ich damals gedacht habe.

Einmal, als ich die Autobahnauffahrt nach Hamburg erreicht hatte, war da dieser Sonnenuntergang.

Der Himmel war wie rot angemalt. Ich bin in das Rote hineingefahren. Rechts und links die frisch gepflügten Äcker, der schwarze Boden. Die Sonne rutschte hinter den Horizont. Der Himmel wurde bleicher und bleicher. Und ich fuhr und fuhr. Ich weiß noch, dass mich von einer Sekunde zur anderen eine Panik packte. Eine fürchterliche Angst.

Ich war auf einmal sicher, Doktor, dass sie mir Moritz wieder wegnehmen würden. Sie werden mir meinen Jungen wegnehmen!

Verstehen Sie?

Vielleicht wurde genau in diesem Augenblick beschlossen,

dass Moritz sterben muss, vielleicht ging die Sonne noch einmal für mich und für ihn so feuerrot unter. Sozusagen, um uns die Schönheit der Welt vorzuführen, das Grandiose, die Sehnsucht, wissen Sie, die mein Leben begleitet hat. Ich weiß es nicht. Meine Angst, diese Panik, die musste doch von irgendwoher kommen! Da gibt es doch Zusammenhänge.

Moritz hat nichts geahnt. Hat auch nicht diesen Sonnenuntergang gesehen. Vielleicht hat er in einer Vorlesung gesessen, oder in der Bibliothek. Er musste viel in der Bibliothek sitzen. Andere kaufen die Bücher und setzen sich zu Hause schön gemütlich in ihren Sessel. Moritz konnte das nie.

Einmal hat er zu mir gesagt: Wenn ich genug Geld gehabt hätte, wäre ich schon fertig, dann hätte ich den ganzen Uni-Scheiß schon hinter mir. Ja, Uni-Scheiß, hat er wörtlich so gesagt. Aber wenn jemand für sein Studium selber aufkommen muss, dann dauert es eben länger. Wenn man keine Eltern hat, die einem jeden Monat einen Scheck ausstellen.

Ich hab mich geschämt, Doktor. Ich hab mich so geschämt. Das, was Moritz mir von seiner Kindheit erzählt hat, war unerträglich für mich. Ein ungeliebtes, von Ämtern herumgestoßenes Kind. Bei seinen Großeltern, sagt er, sei er aufgewachsen, aber die habe er nicht Oma und Opa, sondern Onkel und Tante genannt. Er habe zu einer Frau Mama sagen müssen, die nur einmal im Monat gekommen ist, in schönen eleganten Kleidern, ihm ein Spielzeug geschenkt, ihn hochgenommen und geküsst habe und wieder wegfahren sei. In einem schönen Auto, aus dem sie gewinkt habe, ihre Hand in einem weißen Handschuh. Daran erinnere er sich noch, sagte er, und an den Duft dieser Frau. Deine Mama, haben die Großeltern zu ihm gesagt, liebt dich sehr. Merkst du das?

Aber er sagt, er hat immer nur gedacht: Wenn sie mich liebt, warum bleibt sie dann nur zehn Minuten? Warum fährt sie immer wieder weg und lässt mich hier?

Moritz ist in ärmsten Verhältnissen aufgewachsen, so arm, dass er mir nichts davon erzählen wollte. Er hat immer gesagt, das quält dich nur, ich sehe es dir an, wie es dich quält. Denk dir einfach, dass Moritz es nicht leicht hatte, denk dir einfach, dass Moritz in seiner Kindheit mehr geweint hat als andere Kinder. Dass er einsamer und unglücklicher war als die meisten. Details musst du nicht wissen.

Aber wie mich das gemartert hat, dass ich zwar alles ahnte, aber doch nichts Genaues wusste! Was dieser Junge wohl durchgemacht hat! Nachts habe ich nicht schlafen können, habe geweint um das Kind, das nicht geliebt worden ist, wo es sich doch so nach Liebe sehnte! Max hat alles bekommen, was er brauchte, und Moritz nichts!

Wenn ich dann bei ihm war, und Geschenke mitbrachte, und ihm Geld gab, und wenn wir ihm dann Anzüge kauften! Schöne italienische Sachen auf dem Jungfernstieg in einem Geschäft, wo uns Champagner angeboten wurde, und Moritz in den neuen Sachen posierte, so gut aussehend, war ich für Augenblicke glücklich. Weil ich wusste: Ich mache alles wieder gut. Und wie er gelacht hat. Wie charmant er war.

Als einmal ein Verkäufer, der um Moritz in dem neuen Anzug herumging und hier und da ein bisschen herumzupfte, gesagt hat: »Das gefällt Ihrer Dame. Sehen Sie?«, hat sich Moritz zu mir umgedreht und laut gesagt, dass es jeder im Geschäft hören konnte, »Die Dame ist meine Mutter.«

Der Verkäufer wurde rot, und Moritz amüsierte sich königlich darüber und zwinkerte mir zu, so als hätten wir zusammen etwas ausgeheckt, einen Streich, verstehen Sie? Und in mir wuchs ein Glück, wurde größer und größer. »Die Dame ist meine Mutter.«

23.

Endlich in Hamburg angekommen, findet Marthe selbst im großen Umkreis von Moritz' Wohnung keinen Parkplatz. Die ohnehin engen Straßen sind beidseitig zugeparkt, oder es wird mit Straßensperren die Durchfahrt verwehrt.

Man bereitet wieder einmal ein Stadtteilfest vor, mit Buden und Bars, Weindegustationen und Gourmetshops in der Einkaufsmeile, ein weiterer verzweifelter Versuch, dem Einzelhandel einen Antriebsschub zu geben. Marthes Jaguar ist schließlich, nachdem sie mehrfach gewendet und einmal sogar eine Einbahnstraße in falscher Richtung durchfahren hat, hoffnungslos eingekeilt. Vor ihr, mitten auf der Straße, wird ein Transporter entladen. Terracottafiguren und Töpfe, manche in Strohmatten gewickelt, andere in Holzkisten, billige Töpfe stapelweise. Gutgelaunte junge Leute schleppen die Sachen aus dem Auto an den Straßenrand. Von hinten stürmt eine Gruppe Schüler heran, alle bewaffnet mit Hockeyschlägern und prall gefüllten Campingtaschen. Immer wieder taucht am Seitenfenster, oder im Rückspiegel, ein Hockeyschläger auf, manchmal lässt einer der Schüler seinen Campingsack ungeniert über ihren Kotflügel rutschen, dann taucht plötzlich ein Gesicht im Seitenfenster auf, ein grinsendes Gesicht, und Marthe hört, wie einer ruft: »Geiles Auto!«

»Und geile Tussi«, ruft ein anderer.

»Altersgeil!« Der das ruft, schlägt seinem Kumpel aufgeräumt den Campingsack in den Rücken.

Marthes Gesicht glüht. Sie möchte sich die Ohren zuhalten. Als sie sich umwendet, um zu sehen, ob ein Rückzug aus der Sackgasse möglich ist, wird plötzlich die Beifahrertür aufgerissen. Eine junge Frau steckt den Kopf in den Wagen. Um ihrem bleichen, angestrengten Gesicht etwas Mädchenhaftes zu geben, hat sie sich abstehende Pippi-Langstrumpf-Zöpfe geflochten, mit einem Schwung nach oben.

»Hallo«, ruft Pippi Langstrumpf, »hier alles klar?«

»Nein«, sagt Marthe. Verzweifelt breitet sie die Arme aus. »Ich komm nicht vor und nicht zurück.«

»Die haben Stadtteilfest«, sagt Pippi Langstrumpf. Als würde das jedes Chaos erklären und entschuldigen.

Sie lässt sich auf den Beifahrersitz fallen. Marthe sieht eine Jeansjacke mit Teddyfutter und die in Regenbogenfarben lackierten Fingernägel der Frau, die die übergroße Jacke aufknöpfen. »Das dauert hier noch«, sagt sie fröhlich und zieht eine Art Nikolausstiefel aus der Jacke, einen Jutesack, der mit einem roten Band verknotet ist.

»Du siehst so aus«, sagt Pippi Langstrumpf und strahlt Marthe an, »als würde es dir Spaß machen, ein paar scharfe Zeitmesser anzusehen.«

»Zeitmesser?« Das Einzige, was Marthe in diesem Augenblick Spaß machen würde, wäre hier rauszukommen – und zwar sofort.

»Ja, Markenuhren. Edel-Luxus-Teile. Nur mal einen Blick drauf werfen. Damit man ein Gefühl dafür kriegt, was man bis jetzt im Leben verpasst hat.« Die junge Frau lacht. Marthe verzieht nicht einmal das Gesicht. Sie verfolgt im Rückspiegel das Ausweichmanöver eines Motorradfahrers, sieht, wie er mit der Lenkstange einen Seitenspiegel mitnimmt. »Ist doch scheiße, wenn nur Millionäre so was tragen.«

»Ich brauch keine Uhr«, sagt Marthe abwehrend.

»Aber hier, die Breitling kostet zehntausend Euro im Laden. Wenn du in eines dieser Uhrengeschäfte gehst, wo das Hingucken schon einen Tausender kostet. Bei mir kriegst du die Uhr für einen Bruchteil ihres wahren Wertes. Wahnsinn, oder? Da muss man einfach zugreifen.«

»Ich brauche keine Uhr«, wiederholt Marthe störrisch.

Der Transporter ist jetzt fast leer. Einer der Arbeiter lehnt sich aus dem Laderaum und ruft etwas über die Straße. Marthe lässt den Motor wieder an.

Pippi Langstrumpf nimmt eine andere Uhr, eine mit schwarzem Krokoarmband und ruft: »Hier, der absolute Overkill, eine Patek Philipe! Das wird die Kult-Uhr des nächsten Jahrhunderts. Das Kultteil kriegste bei mir für schlappe tausend Euro.«

»Ich bin doch nicht verrückt«, sagt Marthe empört. »Außerdem habe ich überhaupt nicht so viel Geld.«

Sie wirft trotzdem einen Blick auf die Uhr. Nur aus Neugier. Um zu sehen, ob so etwas Moritz gefallen würde. Moritz hat ein untrügerisches Gefühl für Luxus, das bewundert sie so an ihm. Wie er sich das aneignen konnte, trotz dieser Kindheit, dieser Jugend, der Armut und der Entbehrung. Ganz unbegreiflich. Aber er ist eben auch etwas Besonderes. Eine Patek Philipe würde ihm stehen. Sie sieht es vor sich, wie er die Manschetten zurückschiebt, den Ärmel seines Armanijacketts etwas anschoppt, um den Blick auf das Luxusteil freizugeben. Ja, Marthe weiß wohl, dass sie Moritz mit so einer Uhr eine große Freude machen würde. Aber Pippi Langstrumpf hat Pech. An einem anderen Tag wären sie vielleicht ins Geschäft gekommen. Aber jetzt will sie die Frau nur loswerden. Vor ihr werden die Blechtüren des Transporters wummernd zugeschlagen, die Rücklichter gehen an. Auch Marthe legt den Rückwärtsgang ein. Das Mädchen lässt die Uhr mit dem Krokoarmband in ihren Schoß fallen.

»Nimm die weg«, sagt Marthe. »Und steig aus, bitte. Ich hab keine Zeit. Ich hab echt andere Probleme als diese Uhren.«

»Ich gebe sie dir für vierhundert«, sagt die junge Frau. Ihre Stimme hat jetzt etwas atemlos Flehendes. »Ich würd's nicht machen, wenn ich das Geld nicht so dringend bräuchte. Mein Sohn ...«, jetzt weint sie wirklich, »hat einen Herzfehler. Die Herzklappe. So eine OP kostet ein Vermögen.«

Marthe glaubt ihr kein Wort, schüttelt energisch, endgültig den Kopf.

Das Mädchen hat auf einmal Tränen in den Augen. »Das fass ich nicht, fährst einen dicken Jaguar, hast zu Hause einen Gatten, der dich mit Geld zuscheißt und lässt andere Frauen, denen es nicht so gut geht, einfach verhungern, ja? Ist das dein Weltbild? Fühlst du dich damit gut?«

»Steig aus.« Marthes Stimme ist schneidend. »Steig aus. Sofort? Oder ich ruf die Polizei. Die Uhren sind doch garantiert geklaut.«

Das Mädchen schnappt sich die Uhr und stopft sie zu den anderen in den Nikolaussack zurück. Marthe hat den Fuß schon auf dem Gas. Wenn sie diese Sekunde nicht nutzt, ist sie sofort wieder eingekeilt und kommt nicht vom Fleck. »Was ist denn noch?«, ruft Marthe gereizt.

»Das!« Das Mädchen spuckt auf das Armaturenbrett aus Mahagoni. Dann steigt sie aus, schlägt die Tür mit einem schrillen Lachen zu. Marthe hört einen dumpfen Schlag gegen die Karosserie, und im nächsten Augenblick kann sie die wippenden beiden Zöpfe des Mädchens nicht mehr sehen.

Nach fünf Minuten hat sie den Loogestieg gefunden. Genau vor dem Haus Nr. 22 ein freier Parkplatz, direkt unter seinen Fenstern, die hell erleuchtet sind. Alle, bis auf das Schlafzimmerfenster.

Sie parkt ein, stellt den Motor aus, schaltet das Licht ab, bleibt einen Augenblick so sitzen und wartet.

Dann greift sie nach ihrer Tasche und steigt aus.

Erst jetzt fällt Marthe ein, dass sie Moritz hätte vorbereiten sollen. Dass sie hätte anrufen müssen von der Tankstelle Allertal, spätestens. Oder als sie in dem lächerlichen Stau steckte. Anstatt mit diesem Mädchen um gestohlene Uhren zu feilschen, hätte sie Moritz anrufen sollen.

Sie bleibt stehen, schaut nach oben, wartet, ob sie eine Bewegung wahrnimmt, einen Schatten, den das Licht gegen die Zimmerdecke wirft, oder das bläuliche Flackern des Fernsehers. Aber alles ist ruhig. Keine Bewegung. Die Fenster sind geschlossen, was bei den Temperaturen im November kein Wunder ist. Die Nacht soll kalt werden, hat der Nachrichtensprecher im Radio gesagt. Vielleicht ist Moritz im Schlafzimmer? – denkt Marthe. Vielleicht ist er gar nicht allein? Und was mach ich dann? Vielleicht ist er wütend, wenn ich einfach vor seiner Tür stehe. Es ist ja seine Wohnung. Ich kann nicht einfach da stehen, mit meinen Sachen, und sagen: mach auf. Ich möchte zu dir. Das geht doch nicht.

Sie geht zum Auto zurück, schließt auf, lässt die Tasche auf den Beifahrersitz fallen, sucht ihr Handy. Das Handy hat sie ausgeschaltet, bevor sie auf die Autobahn gefahren ist. Sie gibt den Code ein. Wartet. Immer wieder blickt sie zu seinen Fenstern hoch. Immer noch ist alles wie vorher. Sie gibt Moritz' Nummer ein, schaut wieder hoch zu den hellen Fenstern, gegen die Wagentür gelehnt, lauscht dem Freizeichen. Immer wieder dieser Ton, der irgendwo in der Wohnung ein Echo hinterlässt. Es fehlen noch Teppiche, alles hallt ein bisschen, es fehlen Bilder an der Wand, Möbel, Gardinen. Moritz denkt an Seide, oder Taft. Moritz sagt, zu Altbauwohnungen passt ein erdener Farbton am besten. Für einen Bruchteil einer Sekunde leuchtet das Bild ihres Wohnzimmers in Moorkaten auf.

Was Paul jetzt wohl macht, denkt sie. Gut, dass er meine neue Nummer nicht weiß. Ich kann jetzt nicht mit ihm reden.

Da hebt Moritz ab. »Ja?«

»Ich bin's«, sagt sie. Stille. Dann, vorsichtig, fragt Moritz: »Isabel?«

Marthe legt schnell auf. Sie atmet heftig. Sie geht um den Wagen herum, fährt mit der Hand, als müsse sie sich beruhigen, über den glänzenden Lack der Karosserie. Isabel hat er gesagt. Wer ist Isabel?

Von einer Isabel hat sie noch nie etwas gehört. Ihr fällt die schöne junge Frau ein aus dem Restaurant. Marthe hatte ihn fragen wollen, sich dann aber doch nicht getraut. Ob das Isabel war?

Ihr Handy klingelt. Automatisch drückt sie auf den Knopf. »Ja?«, flüstert sie.

»Marthe! Du hast eben angerufen. Wieso meldest du dich nicht? Mit deinem Namen? Wieso lässt du mich raten?«

Marthe schließt die Augen. »Ich hab gedacht, dass du mich an der Stimme erkennst.«

Moritz lacht, es ist ein warmes, weiches Lachen, ein Lachen, das ihr gut tut. Sie spürt, wie ihr Inneres sich mit Wärme füllt, mit Licht. Sie hat Isabel schon vergessen. Das kann sie. Verdrängen, was nicht ins Bild passt. Sie presst das Handy fester ans Ohr, weil in diesem Augenblick ein Wagen vorbeifährt.

»Wo bist du?«, ruft Moritz.

»Ich bin hier«, sagt sie. Und lächelt. Und schaut zu seinem Fenster hoch.

»Wo ist hier?«, fragt Moritz.

»Geh mal ans Fenster«, sagt Marthe. Sie lacht jetzt wie ein junges Mädchen.

Moritz' Umrisse erscheinen am Fenster. »Hey!«, ruft er. Und lacht. »Bist du das? Diese schöne Frau neben dem klasse Auto? Wo hab ich so ein Auto schon mal gesehen?«

Marthe kichert.

»Und warum kommst du nicht rauf?«, fragt Moritz

Er ist also allein, denkt Marthe. Und es wird ihr ganz leicht und noch heiterer. Moritz ist da, in dieser Wohnung, die sie ihm bezahlt und die sie ihm auch einrichten wird, mit erdfarbenen Taftgardinen und einem Philip-Starck-Schreibtisch, mit einer Philip-Starck-Stehlampe aus gebürstetem Messing. So viel Geld wird sie noch zusammenbringen. Es muss alles genau so schön werden wie er es sich wünscht. Er hat ihr alles schon gezeigt in einem Buch über modernes Wohndesign. Er weiß genau, wie diese Wohnung am Ende aussehen wird. Einmalig.

Moritz erwartet sie an der Wohnungstür, hinter ihm das warme Licht, das die Safrantöne der Wände zurückwerfen. Moritz hat auf Safrantönen bestanden. Es war natürlich das einzig Richtige. Seine dunkle schmale schöne Gesatlt, schwarze Hosen und schwarzer Rolli, vor diesem safranfarbenen warmen Hintergrund. Marthe kann sich nicht erinnern, dass sie irgendetwas in ihrem Leben jemals so angerührt hätte, wie jetzt hier Moritz gegenüber zu stehen. »Ich hab Paul verlassen«, sagt sie.

Moritz fasst wortlos ihre Schultern, lässt die Hände an ihren Armen herunter gleiten, nimmt ihr die Tasche ab, führt sie in den Flur, schließt die Tür, stellt ihre Tasche ab, legt seine Hände an ihr Gesicht, seine warmen feinen Hände. Er schaut ihr in die Augen, fragend, forschend. »Was ist passiert?«

»Ich weiß nicht. Alles? Oder nichts? Ich konnte nicht mehr, ich will nie wieder zurück.«

»Du bist verrückt«, sagt Moritz, aber er sagt es sanft. Und

einfühlsam. Er sagt es fast, als wäre es ein Kompliment, als wäre es ein Privileg, verrückt sein zu dürfen.

»Ja«, sagt Marthe, »vielleicht. Ich weiß nicht.«

»Und das Auto?«, fragt Moritz. »Der Jaguar? Wieso hast du ihn?«

»Ich hab ihn einfach genommen«, sagt Marthe, »und bin losgefahren, bevor er etwas sagen konnte.«

»Du hast ihn einfach genommen!« Moritz lacht. »Seit wann machst du solche Sachen?«

»Ich dachte, du freust dich«, sagt Marthe.

Moritz beugt sich vor. Seine Nase ist nur noch zwei Zentimeter von ihrer Nase entfernt.

Er küsst sie auf den Mund.

Sie weicht erschrocken zurück, wagt aber noch nicht, die Augen wieder zu öffnen.

»Wovor hast du Angst?«, fragt er zärtlich. »Schau mich doch an. Ich beiße nicht.«

»Weiß ich doch«, sagt Marthe, mit einem verlegenen mädchenhaften Lachen.

»Also, was dann?«

»Keine Ahnung.« Marthe sucht seine Hand, hebt sie hoch, betrachtet sie eine Weile, streichelt sie und presst sie dann gegen ihren Mund. Jetzt erst wagt sie wieder, ihn anzusehen.

»Was ist?«, fragt Moritz amüsiert.

»Du bist so schön, dass es weh tut.« Sie legt seine Hand gegen ihre Brust. »Hier tut das weh.«

Marthe spricht

Ja, Doktor! Paul hat mich geschlagen.

Ich hab immer noch seine Stimme im Ohr und ich seh sein Gesicht. Darin war eine Mischung aus Verachtung und Verzweiflung. Das hab ich schon gespürt, dass Paul verzweifelt war. Aus Verzweiflung tut man oft etwas Falsches, das weiß ich ja selbst.

Paul hat nichts verstanden. Aber wie sollte er auch! In all den Jahren haben wir nebeneinander her gelebt, irgendwie durch das Schicksal, oder durch Gewohnheit aneinander gebunden, aber nicht verbunden. Ich weiß nicht, ich kann es nicht sagen, vielleicht sind viele Ehen so.

Was sollen wir schon groß geredet haben. Es war mehr so, dass wir mit Worten gegen die Stille angekämpft haben. Wir hatten wahrscheinlich beide Angst vor der Stille. Weil die Stille sich mit ungesagten Wörtern füllt. Mit Gedanken, die man nicht aussprechen darf, die man nicht einmal denken darf.

Ich weiß, dass Paul mir die Schuld daran gab, dass Max ausgezogen ist. Dass Max sich uns entfremdet hat.

Paul liebt Max. Er hat ihn verwöhnt, behütet und ihm immer alles verziehen. Aber ich habe Max auch geliebt. Aber da war immer diese unsichtbare kalte Wand. Max machte es mir auch schwer. Das muss ich auch mal sagen dürfen.

Als er keine Lust mehr auf die Schule hatte, war ich sehr enttäuscht. Die Schule ist das Wichtigste, hab ich ihm immer wieder klar zu machen versucht. Bildung, Bildung, Bildung. Das ist das Einzige, was nachher zählt. Du kannst Eltern haben, die arm wie Kirchenmäuse sind. Das ist egal. Wenn du ein tolles Zeugnis vorzeigen kannst, fragt keiner nach deiner Herkunft. Dann steht dir die Welt offen. Dein Vater wollte nach Amerika, aber sie haben ihn nicht genommen, hab ich gesagt.

Aber dann kam Paul dazu und sagte: Du weißt genau, warum ich nicht nach Amerika gegangen bin.

Wieso nicht?, hat Max gefragt.

Na ja, frag deine Mutter.

Wieso ist Papa nicht nach Amerika?, hat Max mich gefragt.

Weil ich schwanger war, hab ich gesagt, und weil ich fand, dass man zusammenhalten muss, wenn so etwas passiert.

Wie Max mich da angesehen hat, wie er aufgestanden ist (wir saßen am Küchentisch, wir hatten uns zusammen sein Zeugnis angesehen, dieses Erste von vielen miserablen Zeugnissen), und wie er zur Tür gegangen ist. Und an der Tür hat er es noch einmal wiederholt: Wenn so etwas passiert.

Max, hat Paul gesagt, komm wieder her, setz dich zu uns. Komm her, Max.

Aber der Junge hat mich angesehen mit seinem berühmten Blick und gesagt: Tut mir Leid, dass ich dir passiert bin, Mama.

Wenn wir so einen Streit hatten wie diesen, tausend andere, dann war es immer, als stünde Moritz mit im Raum. Unsichtbar, aber er war da. Und hörte zu. Alles, was wir sagten, wurde von Moritz gehört und gewogen und bewertet. Max hat seinen Namen nicht erwähnt. Nie, glaube ich. Aber er hat keine Sekunde aufgehört, an ihn zu denken, weil er spürte, dass ich an ihn denke. Wie er mich ansah, manchmal, wenn er mich etwas gefragt hat und ich nicht sofort mit der Antwort da war, dann hat er gedacht, sie ist wieder bei ihm. Er ist oft einfach stumm aus dem Zimmer gegangen, und ich hab mich nachher gefragt: Was wollte er? Und mich geschämt, weil ich wieder einmal nicht richtig zugehört hatte. Wenn ich aber zu ihm ging, etwas später, und ihn fragte, ganz sanft: Was hast du vorhin gewollt?, hat er mich nur angesehen und gesagt: Schon gut, Mama, es war nichts.

Doch, natürlich war was.

Nein, vergiss es.

Ich will es aber nicht vergessen.

Mama, es ist nicht wichtig.

Natürlich ist es wichtig.

Ach, Quatsch. Ich weiß schon.

Was weißt du, Max?

Darauf dann nichts als noch ein Blick, dass mir das Blut gefror.

Paul hat Recht, es ist alles meine Schuld. Plötzlich saß ich in diesem Auto, ich hatte ein paar Anziehsachen dabei, meine ganzen Papiere, ich war frei.

Und ich konnte zum ersten Mal in meinem Leben machen, was ich wollte. Ich hatte die Brücken hinter mir abgebrochen. Jawohl, das war mir sehr bewusst. Es gefiel mir. Ich würde jetzt, einundzwanzig Jahre nach der Geburt der Jungen, noch einmal von vorn anfangen mit meinem Leben.

Ich habe Paul in unserer Ehe nie betrogen. Nicht mit dem Körper, und ganz selten im Geist. In der Firma gab es nicht einen einzigen Kollegen, der mich gereizt hätte. Und auch mit anderen Männern, die ich kennen gelernt habe, Pauls Kollegen, seine Sportfreunde, oder Mamas Clique, lief nie was. Manchmal hat schon einer einen Versuch unternommen, auf Feten, Faschingsparties und so. Wenn eben was getrunken wurde und die Hemmungen langsam fielen. Klar, da hat es Annäherungsversuche gegeben von irgendwelchen Typen, die glauben, eine Frau wartet nur darauf.

Ich bin wahrscheinlich, was das Sexuelle betrifft, eher bescheiden. Wenn Paul und ich einen Monat lang nicht miteinander geschlafen haben, hat mir nichts gefehlt, rein gar nichts.

Klar, die kurze Zeit, bevor ich schwanger wurde. Aber nach der Geburt war ich wie ausgelöscht, eine ganze lange Zeit durfte Paul mich überhaupt nicht anfassen. Paul hat mich nie bedrängt, er hat immer Rücksicht genommen. Mal ein schüchterner Versuch, eine tastende Hand unter der Bettdecke, oder wenn wir gekuschelt haben. Ich war nie zickig. Ich hab auch mitgemacht, wenn ich selber nichts gespürt hab. Keine Erregung eben. Aber ich dachte, das gehört sich so in einer Ehe. Er hat auf mich Rücksicht genommen nach der Geburt, und danach ich auf ihn.

Aber ich hab ihn gern, den Paul. Sonst wären wir nicht so lange zusammengeblieben.

Manchmal strecke ich heute noch im Halbschlaf unter der Decke mein Bein aus und taste mit den Zehen nach seinem Bein. Morgens im Halbschlaf. Wenn ich die Augen ein bisschen aufgemacht, und meinen Paul angeguckt hab, dann hab ich gesehen, dass seine Mundwinkel sich leicht nach oben gezogen haben. Dann hat er gelächelt, noch halb im Schlaf. Ich hab jahrelang gedacht, dass das genug ist. Dass es gut so ist, wie es ist.

Was Max wohl macht? Wissen Sie, ob es ihm gut geht?

24.

»Der Jaguar hat eine Beule«, sagt Marthe. »Wenn Paul das wüsste.«

Sie sitzen sich in der Küche gegenüber, an einem Tisch mit Marmorplatte, das Untergestell hat ehemals zu einer Singer-Nähmaschine gehört. Moritz hat den Tisch auf dem Trödelmarkt entdeckt. Dazu hat er von Marthes Geld die Bistrostühle gekauft.

»Solche stehen auch in den Cafés in Montparnasse«, hat er gesagt.

Marthe ist noch nie in Montparnasse gewesen. sie weiß nicht einmal mit Sicherheit, wo das liegt. Sie will auch nicht fragen. Manchmal sind Fragen entlarvend. Sie will sich vor Moritz nicht bloßstellen. Sie wünscht sich, dass er sie achtet. Nicht nur wegen des Geldes, das sie für ihn ausgibt. Wegen dieser Wohnung, die sie ihm finanziert. Nicht nur deswegen. Sie möchte überhaupt von ihm geachtet werden. Er ist der einzige Mensch, den sie sich vorstellen kann, dessen Urteil sie vernichten oder aufrichten kann.

»Wo hat er denn die Beule?«, fragt Moritz.

Er ist immer noch barfuss. Seine schlanken Füße schauen unter der schwarzen Baumwollhose hervor.

»Vorn am Kotflügel.« Marthe erzählt von der Frau, die ihr eine Uhr verkaufen wollte.

Moritz lacht. »Eine Breitling-Uhr wollte sie dir verkaufen? Im Auto? Einfach so?«

»Diebesgut.«

»Und was wollte sie dafür haben?«

»Ich weiß nicht«, sagt Marthe, »ich hab nicht gefragt.«

»Hatte sie auch eine Chronoswiss?«

»Ja«, sagt Marthe, »ich glaube. Ich kenn mich nicht so aus.«

»Die Chronoswiss sind die besten«, sagt Moritz. »Da gibt es Sammlerstücke, die bekommst du nicht unter achtzigtausend Schweizer Franken.«

Marthe nickt. Sie spielt mit dem Glas. Sie trinken einen Chablis. Moritz hat jetzt immer guten Wein im Kühlschrank. Moritz sagt, das Leben sei zu kurz, um schlechten Wein zu trinken.

Er hat für sie eine Flasche geöffnet und etwas zum Knabbern hingestellt. Aus einer Blechdose, die groß wie eine Hutschachtel ist, hat er Mandeln, Cashewkerne, und japanisches Reisgebäck in ein Schälchen geschüttet. Auf dem Tisch ein Aschenbecher, eine Schachtel Zigaretten, ein Feuerzeug.

Marthe hat auf einmal Lust auf eine Zigarette. Sie schaut so lange auf das Päckchen, bis Moritz ihren Blick bemerkt und das Päckchen zu ihr hinschiebt.

»Möchtest du?«

» Ich rauche eigentlich nicht.«

»Heute ist ein besonderer Tag«, sagt Moritz lachend. Er klopft für Marthe eine Zigarette aus dem Päckchen, das sieht gekonnt und raffiniert aus. Marthe stellt sich vor, dass Männer so in Bars den Damen Zigaretten anbieten.

»Was ist?«, fragt Moritz.

Marthe schaut ihm in die Augen, während er ihr Feuer gibt. Sie nimmt einen tiefen Zug.

»In der Schule haben wir viel geraucht, in den Pausen, und nachmittags, wenn man sich irgendwo getroffen hat. Fast mein ganzes Taschengeld ist für Zigaretten draufgegangen.«

Moritz lächelt. Er schenkt Chablis nach. Er hat eine CD mit Songs von Norah Jones aufgelegt, latin rock lady, nennt er sie. Nach dem Foto auf dem Cover muss sie unglaublich sexy sein. Wenn sie ruhige Lieder singt, klingt ihre Stimme wie eine Einladung. Im Augenblick ist Norah Jones sehr in Mode, hat Moritz gesagt. Marthe hat sie gar nicht gekannt.

»Ich mag das, wenn du rauchst«, sagt Moritz.

Moritz lässt sein Glas gegen ihren Kelch klingen. Er prostet ihr zu, sie hebt das Glas, legt die Zigarette auf den Aschenbecherrand und trinkt. »Schön, dass du da bist«, sagt Moritz und steht auf.

Mit innerer Anspannung, fast gierig, verfolgt Marthe jede seiner Bewegungen. Nichts soll ihr entgehen. Wenn sie ihn so anschaut, verblasst alles um sie herum. Verschwindet der Gedanke an Paul, an ihre Flucht, an das Desaster auf der Straße, vor ihrem Haus. All die Augen hinter den Fenstern. Und wie sie jetzt tuscheln.

Das alles kümmert sie nun nicht. Sie hat eine andere, eine neue Aufgabe. Sie muss sich jetzt ganz und gar auf Moritz konzentrieren.

Er steht auf, will eine neue CD auflegen, durch die offene Tür fragt er, »ist es okay, wenn ich ein bisschen Jazz auflege? Oder willst du lieber was anderes?«

»Mir egal«, ruft Marthe.

»Egal hab ich nicht.«

»Jazz ist okay.«

»Prima«, sagt Moritz.

Als er zurückkommt und mit ihm eine andere Musik, hat er seine Bewegungen dem neuen Rhythmus angepasst, seine Schritte haben etwas Tänzelndes, Lustvolles. Er bewegt sich gern. Niemals nimmt er wieder Platz, ohne ihr ein Lächeln zu schenken, ohne zu kontrollieren, ob sie noch genug Wein im Glas hat. Manchmal berührt er auch kurz mit den Fingern ihren Hals, ihr Haar. Wenn er im Bad verschwindet, hört sie kein Geräusch. Bei Paul ist das anders. Paul macht auch nicht die Tür hinter sich zu. Oder wenn doch, rülpst und räuspert er sich umso lauter. Dann hört sie, wie er schnauft, wenn er sich Wasser ins Gesicht spritzt oder die Luft einzieht, um den Reißverschluss der Hose zu schließen.

Als Moritz aus dem Bad herauskommt, umweht ihn ein leichter Duft von parfümierter Seife.

»Unglaublich«, sagt Moritz, »wie schnell es dunkel wird. Wie lang die Nächte jetzt sind. Ich hasse den November.«

»Aber hier ist es doch schön«, sagt Marthe. »Das gedämpfte Licht. Und mollig warm ist es auch.«

Er schaut sie an. Ganz flüchtig blickt er auf die Uhr. Marthe weiß nicht, wie spät es ist, sie hat ihre Uhr zu Hause vergessen. Ich darf nicht an zu Hause denken, denkt sie, denn zu Hause gibt es nicht mehr.

»Du bist unglaublich«, staunt Moritz. »Du hast deinen Mann verlassen. Und sitzt ruhig da, als wäre nichts geschehen.«

»Nur, weil ich jetzt bei dir bin«, sagt Marthe. »Deshalb bin ich ruhig. Wenn du nicht da gewesen wärst …«

»Du hast Glück gehabt«, sagt Moritz, »eigentlich bin ich donnerstags abends nie da.«

Sie könnte jetzt fragen, was er donnerstags abends immer macht, aber sie tut es nicht. Es könnte ihn ärgern. Er könnte einen Termin haben, über den er nicht gerne redet.

»Ein Freund wollte mir sein Auto leihen«, sagt Moritz, »aber dann hat er es sich doch anders überlegt.«

Moritz hat noch nie von einem Freund gesprochen. Sie könnte jetzt fragen: Welcher Freund? Was macht er? Wie heißt er? Sie könnte ihn fragen, ob er diesen Freund aus der Uni kennt. Aber sie schweigt. Vielleicht möchte er nicht darüber sprechen. Vielleicht ist es ein Freund, dessen Gesellschaft ihm peinlich ist. Er möchte vor ihr immer alles gut machen. Alles soll edel sein. Sie weiß schon, dass nicht alles in seinem Leben edel ist wie er gerne tut. Aber sie ist bereit, ihm zu glauben.

Wenn sie anfinge, an Moritz zu zweifeln, wenn sie anfinge, darüber nachzudenken, wie oft er in der Uni oder anderswo ist …

Jetzt liegen auch Bücher aus der Uni-Bibliothek im Wohnzimmer auf dem Tisch. Dicke Bücher und ein Stapel Fotokopien. Moritz hat alles zur Seite geräumt und weggelegt, als sie einen Blick darauf werfen wollte.

»Ich hab dich bei der Arbeit gestört«, hat sie gesagt. Aber er hat gelächelt und den Kopf geschüttelt und ihre Hand geküsst.

»Du störst doch nie, das weißt du. Für dich lass ich jede blöde Seminararbeit liegen. Das ist das Mindeste, was ich tun kann.«

Sein Computer war noch eingeschaltet, aber bevor sie einen Blick darauf werfen konnte, hat er ihn ausgestellt.

Es geht sie ja auch nichts an. Moritz hat sein Leben alleine organisieren müssen. Er ist praktisch wie ein Waisenkind aufgewachsen, unter erbärmlichen Bedingungen. Es zerreißt ihr das Herz, wenn sie sich vorstellt, wie dieser wunderbare schöne Junge als Zehnjähriger gelebt hat. Was für ein hageres dünnes Kerlchen er wohl war, mit großen ruhigen und gleichzeitig so lebendigen Augen, so voller Wissensdurst, voller Hunger nach Liebe und Zuneigung, nach Anerkennung und Lob.

Sie nimmt seine Hand, streichelt sie. »Ich bin so glücklich«, sagt sie.

»Nur weil ich dir einen guten Wein anbiete?« Moritz versucht manchmal, zwischen ihnen eine Distanz herzustellen, wenn die Nähe zu groß wird. Er macht das mit leiser Ironie. Manchmal versteht sie diese Ironie nicht. Dann ist sie verlegen und verwirrt, auch verletzt. Ja, er hat sie mit dieser distanzierenden Ironie auch schon verletzt. Aber das will sie ihm nachsehen. Überhaupt, gar nichts soll zwischen ihnen stehen. Keine Verletzung, keine Vorwürfe.

Moritz drückt zwei Finger gegen die Tischkante und erhebt sich. Er geht ans Fenster, öffnet es. Ein kalter, feuchter Nachtwind bauscht die Gardinen und weht gegen ihre Stirn, die heiß ist, als habe sie Fieber. Unwillkürlich schließt Marthe die Augen.

»Dein Jaguar steht noch brav da, wo du ihn hingestellt hast.« Moritz schließt das Fenster, aber bleibt dort stehen, schaut weiter hinaus.

»Es ist jetzt unser Jaguar«, sagt Marthe.

Moritz wendet sich zu ihr. Er lächelt. »Unser Jaguar?«

»Ja, es ist das Einzige, was ich von zu Hause mitgenommen hab. Den Rest kann Paul behalten. Die Möbel, Fernseher, Kamera, all das Zeug, Waschmaschine, kann er alles behalten.«

»Du nimmst nur den Jaguar?«, fragt Moritz.

Sie nickt. »Ja, nur den.«

Er kommt zu ihr zurück. Er bleibt neben ihr stehen und legt seine Hand auf ihren Nacken. Seine Hand ist trocken, weich und warm.

»Und alles andere kann Paul behalten?«

Sie nickt wieder.

»Du bist viel zu großzügig«, sagt Moritz.

Sie lacht. »Ich häng nicht an Dingen.«

Moritz nimmt wieder ihr gegenüber Platz. Er fixiert sie. »Was wird Paul mehr vermissen: dich oder den Jaguar?«

Marthe lacht. Ein bisschen verwirrt. »Keine Ahnung.«

»Er liebt dich.«

»Kann sein.« Sie zuckt mit den Achseln, schaut gegen die Zimmerdecke.

»Aber den Wagen liebt er auch.«

»Ja«, sagt Marthe, »den Wagen liebt er auch.«

»Und auf welchen Namen sind die Papiere ausgestellt?«

»Auf Paul«, sagt Marthe. »Aber das hat nichts zu bedeuten. Uns gehört alles zu gleichen Teilen. Alles. Mir gehört von allem die Hälfte.«

»Aber du hast gesagt, jetzt gehört der Jaguar dir und mir. Uns beiden, hast du gesagt.«

»Ja.«

»Aber wenn er auf Pauls Namen eingetragen ist …«

»Ich werde das ändern«, sagt Marthe. »Ich werde sagen, dass ich nichts haben möchte außer diesem Auto. Wenn wir zusammenrechnen, was alles, was wir besitzen, wert ist …«

»Willst du dich scheiden lassen?«, fragt Moritz.

Marthe zieht kurz die Luft ein. An Scheidung hat sie nicht gedacht.

Sie hat nur daran gedacht, wegzukommen, sie wollte hier sein, so wie sie jetzt hier sitzt, bei Moritz, in seiner Wohnung, in seiner Nähe, wollte ihn atmen hören, sprechen, lachen. Wollte sehen, wie sein Kopf sich hin und her bewegt, wie seine Finger Brot zerkrümeln, wie er ein Fenster öffnet und es wieder schließt.

Mehr wollte sie nie. Nur das.

»Ich werde das Auto auf dich umschreiben lassen«, sagt Marthe, »und dann schenke ich es dir.«

Moritz lehnt sich zurück, streckt die Füße aus und berührt mit den Zehen ihr Bein. »Du bist wirklich wunderbar verrückt«, sagt er. Und verschränkt die Arme vor der Brust.

Sie lacht jetzt auch. Sie wird immer vergnügter. Das ist ein schönes Spiel. Niemand kann so graziös, so selbstverständlich und gleichzeitig mit dankbarer Freude Geschenke annehmen wie Moritz. Wie er sie dann immer küsst. Einmal hat er »danke, Mama« gesagt, ganz leise, und dann, immer noch leise, gelacht. Das war, als sie den Armani-Anzug am Jungfernstieg gekauft haben. Da war er so heiter gewesen, so aufgeräumt. So müsste es immer sein.

»Ich bin nicht verrückt. Ich möchte dir nur gern eine Freude machen«, sagt sie.

»Du machst mir immerzu eine Freude. Und von mir willst du nichts.«

»Doch«, sagt sie, »jetzt will ich etwas.«

Seine Zehen streichen an ihrem Bein entlang. Er beugt sich vor. Er fixiert sie. »Und was ist das?«

»Hier bei dir sein.«

Er lehnt sich wieder zurück. Atmet ein. Und wieder aus. »Hast du gedacht ... für länger?«

Sie errötet. Wie er diese Frage gestellt hat. Vorsichtig und gleichzeitig lauernd. Eine freundliche Warnung, dass sie das ja nicht denken soll. Natürlich nicht. Wie könnte sie. Das wäre ja, als hätte sie diese Wohnung für ihn bezahlt, nur um sich hier bei ihm einzuquartieren.

»Nein, nein! Unsinn! Überhaupt nicht. Ich gehe auch gleich. Ich such mir ein Zimmer für die Nacht. Du kennst doch so viele Hotels ...« Schon erstirbt ihr das Wort.

»Das kommt überhaupt nicht in Frage«, sagt Moritz streng. »Du bleibst heute Nacht natürlich hier. Ich schick dich doch nicht auf die Straße. Er lacht. »Das wär ja noch schöner, dass ich dich auf die Straße schicke, und habe hier eine Wohnung mit eineinhalb leeren Zimmern.«

»Es wäre nur für eine Nacht«, sagt Marthe schon überredet. »Morgen früh frage ich bei OTTO an, ob die sich schon entschieden haben. Vielleicht, wenn das klappt, ich meine, die haben vielleicht Beziehungen. Ich brauch ja nur was Kleines. Ein Zimmer, Küche, Bad. Das reicht vollkommen. Ich hab zwanzig Jahre lang einen richtigen Haushalt geführt, das ist mehr als genug.« Sie lacht. »Ich hab keinen Wein mehr.«

»Oh, verdammt, wie unaufmerksam.« Moritz schenkt nach.

»Man hat mir eine Beule in den Jaguar gemacht«, sagt Marthe, nachdem sie einen Schluck getrunken und das Glas wieder abgestellt hat.

»Oh! Eine Beule!« Moritz hebt die Augenbrauen und dann

lacht er. »Aha! Ich verstehe! Du willst die verbeulte Karre bei mir entsorgen! Dann bist du das Schrottding los!«

»Das ist doch nur eine kleine Beule!«, sagt Marthe leise. »Die kann man ganz einfach wieder rauskriegen. Deshalb ist der Jaguar doch nicht auf einmal eine Schrottkarre.«

»Nein?«, fragt Moritz.

Marthe senkt den Kopf. »Du bist richtig gemein.«

»O Gott, sie kann immer noch nicht mit Ironie umgehen! Marthe: das war ironisch gemeint! Du hast keine Ahnung, wie wahnsinnig glücklich mich der Jaguar machen würde ...!«

»Wirklich?«, flüstert Marthe.

Moritz steht auf, umrundet den Tisch und geht vor ihr in die Hocke. Er streichelt ihr Knie. Malt kleine Herzen auf ihren Oberschenkel, lächelt.

»Du bist viel zu gut zu mir. Du schenkst mir immerzu irgendwas. Das kann ich nicht annehmen. Ich kann den Jaguar nicht annehmen. Auch wenn ich ihn mir noch so sehr wünsche. Weil das das einzig Wertvolle ist, was du noch besitzt.« Er schüttelt beharrlich den Kopf. »Nein, nein, das kann und werde ich nicht annehmen.«

»Es ist nicht das einzig Wertvolle, das ich habe«, sagt Marthe.

Moritz hebt den Kopf, neigt ihn etwas, lächelt. »Nein?«

Sie beugt sich vor, streckt die Hand aus und streicht vorsichtig über seine Haare. Die dunklen Locken, so seidig. Wie wunderbar seine Haare sind.

»Das Allerallerwertvollste bist du«, sagt sie und entschuldigt den Satz mit einem verschämten Lächeln.

Die CD ist abgelaufen. Und auf einmal dringen wieder einzelne Geräusche von der Straße hinauf in die Wohnung. Das Hupen von Autos, heitere Stimmen, die sich überschneiden. Türenschlagen, das Anlassen eines Motors. Eine S-Bahn rattert über die Eisenbrücke, nur hundert Meter entfernt. Es ist, als zitterten die Fenster in ihren Rahmen. Der Parkettboden schwingt leicht, wenn man ihn mit der flachen Hand berührt. Alle zwei Minuten fährt eine Bahn. Man gewöhnt sich an das Geräusch und lauscht. Sekundenlang bleibt vor dem inneren

Auge ein Waggon mit erleuchteten Fenstern, hinter den Fenstern schemenhaft Menschen, die von irgendwo kommen und irgendwohin wollen.

In Moorkaten war es nachts so vollkommen still, dass sie die stumme Verzweiflung der eingepferchten Hühner in ihren Drahtkäfigen wie ein Rauschen in ihren Ohren fühlte, die Angst der Truthähne vor den scharfen Schnäbeln ihrer Mitgefangenen.

Manchmal hat Marthe sich das Kopfkissen gegen die Ohren gepresst, um diese mit Angst angefüllte Stille nicht zu hören.

Moritz Fingerkuppen streichen über ihre Lippen. »Komm ins Bett«, sagt er sanft. Sie wissen beide, dass Moritz nur dieses eine Bett hat. Dieses Futonbett mit der schwarz bespannten Matratze unter einer chinesischen Tuschzeichnung mit dem Titel: »Herr Wu holt Wasser«.

Es gibt kein Sofa in der Wohnung, nicht einmal zwei Sessel, die man zu einer Liegestätte zusammenstellen könnte. Sie hat es gewusst. Sie hätte sich das früher überlegen können.

Sie könnte natürlich auf dem Fußboden schlafen in dem kleinen Zimmer, das zum Hof hinausgeht, auf den Dielenbrettern, die Moritz mit Olivenöl eingerieben hat. Der Geruch des Öls hängt noch in der Luft. Moritz und sie haben schon darüber gesprochen, was sein würde, falls das Öl ranzig wird. Wie man den Geruch bekämpfen könnte. Schließlich kann man im November nicht immerzu die Fenster aufreißen. Man heizt ja nicht für draußen, hat er gesagt.

Moritz will ihr um keinen Preis zumuten, auf dem Boden zu schlafen. Er hat nur eine einzige Wolldecke, und um keinen Preis will er, dass Marthe ihren schönen Körper auf hartem Boden kasteit. Er sagt: deinen schönen Körper. Er sagt: kasteien. Marthe lächelt die ganze Zeit, streichelt seine Hände und murmelt: »Aber es macht mir nichts aus. Es macht mir überhaupt nichts aus.«

Moritz verbittet sich weitere Diskussion. »Mein Bett ist so groß«, sagt er, »da können drei drin schlafen. Da haben sogar schon drei drin geschlafen.« Er lacht, als er das sagt, und in Marthes heißem Kopf blitzt ein Bild auf von zwei nackten Frauenleibern, die sich auf der schwarzen Matratze räkeln, während Moritz …, aber da verwischt sich das Bild.

Moritz schickt Marthe mit ihrem Campingsack ins Bad. Er will sich inzwischen um alles kümmern.

Marthe zieht sich im Badezimmer aus, legt ihre Kleidungsstücke sorgfältig zusammen, ein kleines, viereckiges Paket, Rock und Bluse, Strümpfe und Strickjacke, auf dem weißen Plastikhocker vor dem Duschvorhang. Sie macht sich ein wenig frisch und versucht dabei, so leise wie möglich zu sein.

»Marthe?« Moritz klopft vorsichtig an die Badezimmertür. »Ist alles gut?«

»Ja, alles gut!«, ruft Marthe.

Sie kramt in ihrem Kosmetikbeutel, putzt die Zähne, gurgelt, spült umständlicher und sorgfältiger als zu Hause, sorgsam wiederum bedacht, weder beim Gurgeln noch beim Ausspucken irgendein Geräusch zu machen.

Sie zieht ein frisches T-Shirt an und wechselt den Slip. Sie kämmt mit Moritz Bürste ihre Haare und verlässt das Bad, Goldkettchen und Uhr in der Hand.

Im Flur brennt nur noch die Notbeleuchtung, ein kleines rotes Lämpchen, das ihr Vormieter an der Schwelle hat anbringen lassen. Es gibt unsinnigerweise eine Schwelle mitten im Flur, wegen eines später verlegten Abwasserrohrs für die Waschmaschine.

Moritz liegt im Bett. Er hat die Arme unter dem Kopf verschränkt, das Kopfkissen hoch gegen die Wand aufgeklopft, und blickt ihr entgegen. Die Stehlampe mit dem Schwenkarm ist herunter gedimmt.

Marthe ist barfuss. Sie geht schüchtern auf das Bett zu.

Moritz streckt den Arm aus und klopft auf das zweite, frisch bezogene Kopfkissen. Als wolle er sagen: Schau, alles perfekt.

Marthes Handtasche liegt neben dem Bett. Sie setzt sich auf den Bettrand.

»Alles in Ordnung?« Moritz stützt sich auf den rechten Arm und schaut sie an.

Sie wirft ihm nur einen verschämten Blick zu. »Ja«, sagt sie,

»alles in Ordnung. Hoffentlich störe ich dich nicht. Ich glaube, ich bin keine sehr ruhige Schläferin.«

»Das hoffe ich«, sagt Moritz. Sie spürt seine Finger an ihrer Wirbelsäule. Sie drückt ihren Rücken durch, bis sie ganz starr ist und legt den Kopf zurück.

»Moritz«, beginnt sie.

»Ja?«

»Moritz, ich möchte nicht, dass du denkst …«

»Was?«

Seine Finger gleiten vom obersten Halswirbel langsam abwärts. Sie bekommt eine Gänsehaut und rückt noch weiter an den Rand, so weit, dass seine Finger sie nicht mehr berühren können.

»Du magst das nicht«, sagt Moritz.

»Ich weiß nicht.«

»Du weißt nicht, ob du das magst?«

»Ja, nein.«

»Du weißt nicht, ob du das mögen darfst.«

»Ja«, sagt Marthe, »ja.«

Moritz hat das Rollo heruntergelassen, es gibt noch keine Gardinen. Das Fenster sieht nackt und auf merkwürdige Weise schamlos aus. Sie spürt eine Gänsehaut auf ihren Schenkeln.

»Ich werde gleich morgen früh bei OTTO anrufen«, sagt Marthe. »Und wenn ich Bescheid weiß, werde ich mir überlegen…«

»Was? Was wirst du dir überlegen?«

»Wohin ich morgen gehe.«

Er schlägt die Decke zurück und rutscht zu ihr. Er kniet jetzt hinter ihr und legt seine Arme um ihren Bauch. Sie spürt seinen warmen Körper, sie sieht seine bloßen Arme, die sich unter ihren Busen schieben. Sieht seine Schultern. Es ist kein Zweifel, Moritz ist nackt.

Sie kann nichts tun, als nur die Augen schließen und die Luft anhalten.

»Mach dir über Morgen noch keinen Kopf«, sagt Moritz, »jetzt schlafen wir erst mal. Und dann sehen wir weiter.« Er lacht plötzlich. »Außerdem kannst du ohne mich gar nichts machen.«

»Warum nicht?«

»Ich denke, du hast mir das Auto geschenkt, den Jaguar. Also, werde ich dich fahren, wohin du willst.«

Da muss sie lächeln. Der Jaguar gehört zu einer anderen Zeitrechnung. Ist schon Vergangenheit. Der Jaguar interessiert sie nicht. Wenn er nur Moritz glücklich macht. »Natürlich«, sagt sie, während Moritz sie sanft nach hinten zieht, ihren Kopf bettet, behutsam, zärtlich, und sich über sie beugt, um eine Haarsträhne aus ihrem Gesicht zu schieben.

Er betrachtet sie lange. Sie kann seinem Blick nicht standhalten. Ihre Augen wandern hilflos die Zimmerdecke entlang. Ihr Brustkorb hebt und senkt sich bei jedem Atemzug, sie muss tiefer Luft holen als sonst. Sie versteht nicht, warum das so ist. Es ist ihr peinlich. Sie will ein Wesen aus Luft und Wärme sein. Nichts sonst.

Moritz nimmt ihre Hand, führt sie um seinen Körper herum und legt ihre Hand auf seinen Hintern. Sein Hintern ist glatt und fest und kühl. »Die andere auch«, sagt er.

Marthes Augen wandern zu seinem Gesicht zurück.

»Moritz«, beginnt sie.

»Ja?«

»Moritz, ich habe vorhin versucht ...«

Er beugt sich über ihr Gesicht. Seine Lippen suchen ihren Mund.

»Wir dürfen das nicht«, murmelt Marthe.

»Und warum nicht?«, fragt Moritz, während seine Zungenspitze um ihren Lippenrand kreist.

»Das weißt du genau«, flüstert Marthe. »Du weißt es besser als ich. Genau so gut wie ich. Wir dürfen nicht.«

Da verschließt er ihren Mund.

Marthe hört, wie es in den Heizungsrohren knackt. Sie hört, wie jemand im Treppenhaus mit einem Schlüsselbund gegen das eiserne Treppengeländer schlägt. Wie unten auf der Straße eine Wagentür zufällt. Wie die U-Bahn über die Brücke rattert. Sie hört, wie jemand in ihr Ohr flüstert: Das ist eine Todsünde. Das darfst du nicht. Du musst sofort damit aufhören. Denn sonst ...

»Moritz!«, ruft sie.

Aber sie ruft ihn nicht laut. Oder Moritz hört sie nicht.

Die U-Bahn, die eben von links nach rechts gefahren ist, kommt jetzt zurück, wieder rattert sie über die Brücke. Man hört aus dem oberen Stockwerk das helle Lachen einer Frau. Dann eine tiefere Stimme.

»Siehst du«, flüstert Moritz, »die tun es auch. Das ist ein geiles Haus hier. Dreh dich doch mal um.«

»Nein«, flüstert Marthe. »Moritz: nein!«

Und dann tut sie es doch.

25.

Max fährt die ganze Nacht durch, von Dresden nach Hamburg, mit einer Tankfüllung. Er hält nicht ein einziges Mal an einer Raststätte, dafür gibt es Stopps an den Baustellen. Max hat, nach dem er Leipzig und Halle passiert hatte, aufgehört die Baustellen zu zählen. Stopp and Go am Autobahnkreuz Magdeburg, wo Brücken repariert werden. Grelle Scheinwerfer an den Baustellen, die Max so blenden, dass er sekundenlang die Augen schließen muss. Er ist übermüdet.

Er hält beide Hände am Lenkrad. Die Musik hat er aufgedreht, die Fenster geöffnet, damit der Fahrtwind zusammen mit der Musik ihn wach hält.

Auf dem Beifahrersitz ein VARTA-Atlas, aufgeschlagen der Stadtplan der Hansestadt Hamburg. Max ist in seinem Leben höchstens vier oder fünf Mal mit dem eigenen Wagen in Hamburg gewesen. Er kennt von Hamburg eigentlich nur den Tierpark, den er früher oft mit den Eltern besucht hatte – die einzigen Ausflüge, an die er sich gern erinnert – und den Flughafen. Von Fuhlsbüttel aus ist er einmal nach Mallorca, zweimal nach Faro und einmal auf die Malediven gestartet. Die Reise hatte er bei einer Quizsendung zum Thema Physik im Radio Sachsen gewonnen. Es ging um Halbleiter. Es war eine simple Frage. Jeder, der überhaupt jemals etwas von Halbleitern gehört hatte, hätte diese Frage beantworten können. Viel zu leicht, hatte Max gemeint, und sich fast geschämt, zum Hörer zu greifen und die Nummer anzurufen.

Dann hatte er es doch getan, und siehe, er war der Einzige gewesen, der die Antwort auf Anhieb richtig gewusst hatte. Und schon lag eine Woche später in der Post ein dicker Briefumschlag von einer Reiseagentur, mit einem Packen Tickets, Hotelvouchern, Gutscheine für den Tauchkurs, für das Ausleihen von Geräten und für je zwei Drinks pro Abend. Er hatte sich in seinem Leben noch nie so fehl am Platz gefühlt wie im Laguna Beach Resort. Alles war zu viel. Das Meer zu türkis, die Korallen zu rot, die Fische zu bunt, die Mädchen zu exotisch, die Calypsoband zu schnulzig, der Tauchlehrer zu cool. Am ersten Tag hatte er einen Sonnenbrand auf der Nase, am zweiten Tag schälte sie sich und am dritten Tag eiterte sie. Er musste tagsüber eine Plastikschutzkappe auf der Nase tragen. Er hasste sich, wenn er morgens in seinem Bungalow, der auf Stelzen in der Lagune stand, in den Spiegel schaute. Der Boden seiner Terrasse war aus Fiberglas, und er konnte von der Sonnenliege aus die scharfen Zähne im Maul der Baracudas zählen. Vielleicht wäre es anders gewesen, wenn er nicht allein hätte reisen müssen. Wenn er diesen Anblick von so viel Exotik hätte teilen können.

Normalerweise, erzählte ihm später ein Kumpel, gelten solche Reisen immer für zwei Personen. Man hatte ihn nicht gefragt, ob er jemanden mitnehmen will. Das breite Bett mit den zwei Kopfkissen, die jeden Morgen frisch bezogen wurden, machte ihm seine Einsamkeit Nacht für Nacht schmerzlich bewusst. Er zog jeden Morgen die gleichen Shorts an und schlüpfte in die Sandalen, in denen noch der puderig-weiße Beach-Sand klebte. Er frühstückte mit nacktem Oberkörper wie die anderen, die schon um den Pool herumsaßen. Wenn jemand sich zu ihm setzte, fiel ihm nichts ein, was er sagen könnte. Bald nannten ihn alle Mister Silence.

Es war schon morgens früh so heiß, dass Max keinen klaren Gedanken fassen konnte. Neunzig Prozent Luftfeuchtigkeit. Als er bei seiner Rückkehr in Hannover seinen Koffer öffnete, betäubte ihn der Geruch von Moder, Meeresalgen und faulen Früchten, er konnte nicht glauben, dass es so im Laguna Beach Resort Hotel gerochen hatte. Einen Monat später war es ihm bereits, als wäre er nicht wirklich da gewesen, als hätte er das alles nur geträumt. Fotos hatte er nicht gemacht. Er machte nie Fotos. Er hatte nie einen Anlass dafür gesehen. Auf den Malediven hätte er gerne den kitschigen Sonnenuntergang, die Frangipaniblüten auf der Stoffserviette oder das Meer geknipst, dass sich eine halbe Meile von der Insel entfernt am

Korallenriff brach, unentwegt, vierundzwanzig Stunden lang. Der Gedanke all dieser Energie, die einfach verlorenging, hatte ihn nachts nicht schlafen lassen. Das ferne Grollen der Wellen, die Vorstellung der unzähligen, fremdartigen Fische, die in Höhlen Schutz suchten, sich paarten, und irgendwo ihre Eier ablegten, verfolgte ihn bis in seine Träume.

Während der nächtlichen Autofahrt nach Hamburg muss Max plötzlich an diesen Urlaub denken. Die Tauchererfahrung war etwas, das er nicht missen wollte, auch wenn es ihn nicht noch einmal unter Wasser zog. Das Bodenlose dieses Meeres, das Abgrundtiefe, dieses schwerelose Schweben hatten ihn verwirrt und entmutigt. Er hatte sich verloren gefühlt unter all den bunten Fischen. In dieser Lautlosigkeit, in der er sich schwimmend bewegte, mit kleinen Stößen nur. Er ist ein guter Schwimmer, beherrscht das Schwimmen mit Flossen, er kam zurecht, auch mit der Technik, das war nicht das Problem. Er fühlte sich von aller Welt verlassen in diesem Wasser. Er verlor die Orientierung, wenn nicht ein anderer mit ihm tauchte. Allein war er verzweifelt. Er vergaß, wo oben und unten, rechts und links war, das Licht täuschte ihn, es brach sich am Riff, in den Wellen, die Fische täuschten ihn, die keine Richtung einhielten, er hörte nichts außer sich selber. Wenn er nach dem Tauchgang wieder an die Oberfläche zurückgekommen war, wenn er neben den anderen Tauchkursteilnehmern in dem kleinen, schnellen Motorboot zurück an den Strand fuhr, war er jedes Mal so deprimiert, dass er mit den Tränen kämpfen musste. Alle glaubten, es sei das Salzwasser in seinen Augen. Er klärte sie nicht auf.

In seinem Bungalow duschte er das Salzwasser vom Körper, breitete ein Handtuch auf dem Bett aus und legte sich hin. Er durfte die Augen nicht schließen, dann überkam ihn ein Schwindel, und er driftete wieder orientierungslos durch Räume und Zeiten. Wenn er aber die Augen offen hielt, und sich auf das Makuti-Dach konzentrierte, das sich zu einer pyramidenartigen Spitze in der Mitte des Zimmers formte, beruhigte er sich allmählich, die Depression zog sich so tief in sein Inneres zurück, dass er sie schließlich gar nicht mehr wahrnahm.

Wenig später stand er schon wieder in seinen Bermudas an der Poolbar und trank einen Gin Tonic, mit viel Eis, und lachte höflich mit, wenn einer aus der Gruppe einen Witz erzählte.

Er hatte seinen Eltern aus dem Urlaub eine Postkarte geschickt. Man hatte ihm geraten, sie vor dem Abflug von Mulule auf dem Flughafen einzuwerfen, und nicht im Hotel. Dadurch kam die Karte nur eine Woche später in Deutschland an als er.

Seine Mutter rief ihn sofort an, als sie die Karte bekommen hatte. Er hatte ihnen nicht erzählt, dass er die Reise gewonnen hatte. Der Indische Ozean! Seine Mutter konnte es kaum glauben, dass Max den Indischen Ozean gesehen hatte.

Nicht nur gesehen, hatte Max gesagt, ich bin drin geschwommen, ich bin getaucht. Zwischen bunten Fischen bin ich getaucht.

Seine Mutter hatte eine Weile nichts gesagt. Dann hatte sie gefragt: Was ist das für ein Gefühl?

Was sollte Max darauf sagen? Wie kann man so ein Gefühl beschreiben? Was sollte er sagen?

Also hatte er einfach gelacht und gesagt: Es ist geil, weißt du. Es ist wie Sex.

Wieder eine lange Pause, in der Max sich schon dafür schämte, dass er seiner Mutter gegenüber das Wort Sex in den Mund genommen hatte.

Aber seine Mutter hatte ihn wirklich überrascht mit der nächsten Frage: Genau so gut, oder besser? – hatte sie gefragt.

Darauf hatte Max keine Antwort gewusst.

Ich hab immer davon geträumt, in einem warmen, blauen Meer mit den Fischen zu schwimmen, hatte seine Mutter gesagt. Ich hab mir immer gedacht, es muss das Paradies sein. Sex ist nicht das Paradies. Sex ist nur eine Illusion. Sex ist gar nichts. Aber dieses Meer ..., so leuchtend ... und endlos ..., so warm ... waren da Palmen am Strand bei deinem Hotel?

Ja. Und zwar mit fetten Kokosnüssen so groß wie Volleybälle.

Oh.

Und einmal wär mir eine fast auf den Kopf gefallen, hatte Max hinzugefügt.

Sie mussten beide lachen.

Hast du ein Glück gehabt, hatte seine Mutter gesagt.

Klar, ich bin eben ein Glückskind, Mutter. Weißt du doch.

Und dann dieses Schweigen, bis sie beide auflegten.

Und jetzt ist seine Mutter bei diesem Moritz. Ist mit dem Jaguar aus Moorkaten abgehauen. Hat ihren Mann fast über den Haufen gefahren, weil sie nicht schnell genug wegkommen konnte aus der Wohnung, weg von seinem Vater, weg von ihrem Leben, ihrer Vergangenheit. Auch weg von ihm, Max. Den sie ja sowieso nicht geliebt hat.

Bis jetzt kein Anruf seiner Mutter. Sein Handy liegt eingeschaltet auf dem Beifahrersitz, hin und wieder kontrolliert er, ob vielleicht eine SMS eingegangen ist. Ob sie ihm vielleicht eine kleine Nachricht schickt: Hallo Max, ich hab deinen Vater verlassen. Aber zwischen uns bleibt alles wie es ist. Aber es kommt keine SMS.

Scheinwerfer blenden ihn. Er blinzelt. Wie könnte sie schreiben: Zwischen uns bleibt alles wie es ist. Zwischen ihnen war doch seit Jahren Funkstille. Es war doch, als habe er gar keine Mutter, weniger kann man mit seiner Mutter nicht reden, weniger kann man mit seiner Mutter nicht in Kontakt sein als er. Manchmal wochenlang kein Wort. Kein Brief. Wusste er je, ob es ihr gut ging? Ob sie krank war? Was auf der Arbeit lief? Wusste sie was von ihm? Hin und wieder ein Anruf von seinem Vater aus der Werkstatt.

Wenn er an seinen Vater denkt, an die Zeit, als sie noch auf dem Sportplatz mit dem Fußball rumgebolzt haben und gelacht und Blödsinn gemacht, hat er schon den Wunsch, ihm etwas zu erzählen, ihm wieder nah zu sein. Aber sobald er wirklich dessen Stimme am Telefon hört, ist es wie weg. Dann wünscht er nur noch, es würde bald vorbei sein. Dennoch fragt er immer höflich: Und Mama?

Gut, sagt sein Vater dann.

Prima, sagt Max.

Ich werde sie von dir grüßen.

Ja, sagt Max, mach das.

Schön, das freut sie bestimmt.

Du solltest mal wieder nach Hause kommen, Junge. Du fehlst mir.

Ich weiß, Papa, du fehlst mir auch.

Also: was ist zum Beispiel mit nächstem Wochenende?

Da kann ich nicht, Papa.

Und keine Nachfrage.

Sie sind höflich und distanziert miteinander wie Leute, die sich früher mal gut gekannt haben, aber daran nicht gern erinnert werden möchten.

Ach so, na ja.

Ich muss mal sehen, vielleicht in zwei Wochen oder so.

Das wär gut. Versuch mal, dass du es hinkriegst, Junge. Deine Mutter würde sich auch freuen.

Bist du sicher? Hat sie das etwa gesagt?

Aber Junge, aber klar doch. Sie ist deine Mutter. Sie sehnt sich nach dir.

Hat sie das so gesagt?

Eine kleine Pause.

Dann: Ja, das hat sie gesagt. Das sagt sie oft.

Und noch während sein Vater spricht, weiß Max, dass er lügt, aus Barmherzigkeit lügt.

Seine Mutter sehnt sich nicht nach ihm, hat sich nie nach ihm gesehnt. Er, Max, hat ihr nie gefehlt.

Moritz hat ihr gefehlt, nach dem hat sie sich verzehrt, mit dieser Wärmflasche auf dem kalten Bauch hat sie von ihm geträumt. Hat nicht gehört, wenn er in ihr Zimmer kam. Wenn er mit ihr redete. Hat nicht reagiert, wenn er sie anfasste.

War bei Moritz. Mit ihren Gedanken, ihrem Körper, ihrer Seele. Er konnte es sehen, da am Fußende ihres Bettes konnte er sehen, wie seine Mutter bei dem Bruder war. Und ihn, Max, nicht einmal bemerkte. Er hätte schon schreien müssen, damit sie ihn überhaupt wahrnahm.

Ausfahrt Soltau. Nach Hamburg noch 69 Kilometer. Jetzt ist sie wirklich bei ihm, bei Moritz.

Max trommelt mit der Hand auf das Lenkrad. Er lacht.

Laut lacht er gegen den Fahrwind, gegen das Dröhnen des Schwerlasters, der vor ihm die Fahrbahn wechselt ohne es anzuzeigen.

»Jetzt bist du ja bei ihm, Mama!« – schreit er. »Jetzt hast du ja, was du wolltest. Und? Bist du jetzt glücklich???«

Eine Stadt, in der auch nachts alle Ampeln eingeschaltet sind. Vor den Ampeln jedoch oft nur ein einziges Auto, mal ein Kühltransporter mit frischem Fisch aus Norwegen. Oder eine Spedition. Er entziffert tschechische, polnische und dänische Kennzeichen. Ein dottergelber Maserati nimmt ihm kurz vor dem Hauptbahnhof die Vorfahrt und röhrt in den Tunnel. Zwei Motorradfahrer liefern sich ein Rennen. Einmal nähert sich von hinten ein Krankenwagen mit heulender Sirene.

Max fährt sofort rechts ran und wartet mit klopfendem Herzen, dass der Wagen an ihm vorbeirast. Er hat für eine Sekunde die Vision einer leblosen Gestalt auf einem Bürgersteig, Blut, das aus dem Mund tropft. Die Gestalt könnte seine Mutter sein.

Max findet den Loogestieg ohne Mühe. Der Jaguar parkt im Scheinwerferkreis einer Straßenlaterne. Max hält neben dem Wagen. Er weiß auf einmal nicht, was er tun soll. Lässt seinen Motor laufen, steigt aus und geht um den Jaguar herum. In der Kühlerhaube eine Beule. Er fährt mit der Hand darüber, während er die Hausfassaden absucht. Alle Fenster rechts und links der Straße sind dunkel. Er hat keine Ahnung, wo Moritz wohnt, in welchem Haus. Er weiß nicht einmal, wie Moritz tatsächlich heißt. Auf einmal kommt ihm diese überstürzte Fahrt nach Hamburg idiotisch vor. Unüberlegtes passt nicht zu ihm.

Er geht zu seinem Wagen, nimmt das Handy, schaut auf das Display.

Keine Nachricht. Ein kühler Nachtwind streicht um seinen Nacken.

Er wählt die Handynummer seiner Mutter. Sie ist eingespeichert. Das hat er aus Fürsorgepflicht getan, nicht, weil er den Wunsch gehabt hätte, sie anzurufen.

Sofort hört er eine fremde Stimme, die ihm sagt: Kein Anschluss unter dieser Nummer. Max steht wie versteinert da. So ist das also. Seine Mutter ist für ihn nicht mehr erreichbar, für niemanden mehr aus ihrem alten Leben. Eigentlich wundert sich Max nicht einmal. Aber so einer Entschlossenheit zurückgestoßen zu werden, trifft ihn mehr als er gedacht hatte.

Wütend schleudert Max das Handy auf den Beifahrersitz. Er ballt die Fäuste, haucht seinen warmen Atem dagegen. Die Nacht ist so kalt, dass man ihn wie einen weißen Nebel sehen kann. Früher als Kind hat er das geliebt. Max steckt die Hände in die Taschen seiner Bomberjacke. Er zieht die Schultern so hoch, dass seine Ohren geschützt sind. Er geht auf und ab.

Die Straße macht einen bürgerlichen, fast langweiligen Eindruck. Schön geschwungene, schmiedeeiserne Gitter, die kleine Vorgärten umschließen. Die Haustüren aus Holz, mit geschliffenem Glaseinsatz, dahinter der Treppenaufgang, gekachelt, Jugendstilmotive. Manchmal rote Teppichläufer. Briefkästen aus Messing.

Max stellt den Motor ab, schlägt die Wagentür zu. Das Geräusch durchschlägt die Stille wie ein Schuss. Er wartet, ob irgendwo ein Licht angeht, hinter einem der Fenster. Aber nichts geschieht.

Max stapft, die Hände in den Jackentaschen, auf und ab. Immer wieder fixiert er ein Fenster, einen Balkon. Es ist ihm, als müsste seine Mutter irgendwo stehen, plötzlich irgendwo auftauchen und zu ihm heruntersehen. Aber kein Fenster bewegt sich, keine Balkontür, alle Haustüren gut verschlossen. Er spürt die feuchte Kälte an den Waden.

Er geht zu einer Haustür, drückt auf den Lichtschalter und studiert die Namen an den Klingelschildern. Er hat keine Vorstellung, was er suchen soll. Keiner der Namen hat für ihn irgendeine Bedeutung. Ein Moritz kommt jedenfalls nicht vor, auch nicht im Nachbarhaus und nicht gegenüber. Gerade, als Max sich abwenden will, geht im Treppenhaus das Licht an. Und einen Augenblick später flitzt ein weißes, pelziges Etwas die Treppen herunter, kläfft sich heiser, während es mit den Vorderpfoten die Haustür zerkratzt.

Dann die gereizte Stimme einer Frau: »Chou-Chou! Sei still! Willst du wohl!« Max zieht sich zurück. Er geht ohne verräterische Eile durch den Vorgarten. Als er gerade den Bürgersteig erreicht hat, hat das kleine weiße Monster ihn am Hosenbein gepackt, knurrt und zerrt, fletscht die Zähne, nimmt einen neuen Anlauf, beißt ein zweites Mal zu. Dieses Mal hatte er nicht nur die Hose, sondern auch die Wade von Max erwischt. Ein beißender Schmerz durchfährt Max. Er dreht sich um, kreidebleich, Schweiß tritt auf seine Stirn. Er hat Hunde nie gemocht. Hat sich immer vor der Irrationalität ihrer Angriffe gefürchtet.

»Chou-Chou! Hierher!« Die Hundebesitzerin, eine etwa fünfzigjährige Frau, die über dem Nachthemd einen Pelzmantel und um das rote Haar ein Handtuch trägt, kommt argwöhnisch näher. Ihre Beine sind nackt. Sie trägt Pantoffeln mit Plüschbesatz.

»Würden Sie Ihren Hund zurückrufen, bitte?«, presst Max hervor. Er wagt nicht, sich zu bewegen.

»Was wollen Sie an der Tür?«

»Gar nichts. Ich habe nur die Namen gelesen.«

»Die Namen gelesen? Mitten in der Nacht?«

»Ja«, keucht Max. »Würden Sie bitte Ihren Hund ...«

»Suchen Sie denn jemanden?«, fragt die Frau. Sie bückt sich zu ihrem Hund, sie ist jetzt so nah, dass Max sie riechen kann. Als sie den Kopf hochhebt, schaut Max in ein großporig glänzendes Gesicht.

»Ich hab nur die Namen gelesen«, presst Max hervor. »Sonst gar nichts.«

Der Hund gibt endlich auf. Er weicht ein paar Schritte zurück, mustert Max in seiner ganzen Größe und schüttelt sich.

»Das macht er immer.« Die Frau lächelt ihrem Hund zu. »Böse Chou-Chou.«

Der Hund winselt und pinkelt gleichzeitig, mit seitlich weg geknickten Hinterbeinen.

»Ist Ihre Hose zerrissen?«, fragt sie.

»Spielt keine Rolle«, sagt Max. »Gute Nacht.«

Er steckt die Hände in die Jackentasche und geht zu seinem Auto. Der Wagen parkt mitten auf der Straße. Er weiß, ohne sich umzusehen, dass die Frau ihn beobachtet. Er steigt in den Wagen, startet den Motor. Als die Scheinwerfer aufblenden, sieht er das glänzende Gesicht der Frau, spähend vorbeugt. Sie trägt ihren Hund jetzt auf dem Arm. Sie wird sich meine Autonummer merken, denkt Max, als er an ihr vorbeifährt.

26.

Marthe wacht mitten in der Nacht auf. Ein Geräusch, an das sie sich sofort nicht mehr erinnern kann, hat sie geweckt. Sie öffnet vorsichtig die Augen. Fahles Licht an der Zimmerdecke, die Stuckrosetten sehen in dem Spiel von Licht und Schatten aus wie Gesichter, runde Puppengesichter, die zu ihr runterschauen. Vorsichtig dreht Marthe den Kopf. Neben ihr liegt Moritz. Moritz liegt auf dem Bauch, die Arme unter seinem Kopfkissen verschränkt. Er schläft mit leicht geöffnetem Mund. Er schläft ruhig und fest.

Marthe schiebt behutsam die Decke zurück. Sie steht auf und geht auf Zehenspitzen zum Fenster. Unter der Laterne parkt der Jaguar. Neben der Laterne steht eine Frau in einem Pelzmantel, mit einem Frotteehandtuch um den Kopf, ein kleiner weißer Hund auf ihrem Arm.

Sonst ist es vollkommen ruhig. Die Straßen verlassen. Auch die U-Bahn fährt nicht mehr.

Marthe lehnt ihre heiße Stirn gegen das Fensterglas. Die Frau geht jetzt mitten auf die Straße. Sie schaut erst in die eine Richtung, dann in die andere. Plötzlich biegt ein Auto um die Ecke. Ein Streifenwagen ohne Sirene, aber mit Blaulicht. Die Frau geht auf das Polizeiauto zu. Die Frau redet in das offene Autofenster. Marthe kann den Polizisten nicht sehen. Aber ihr Pulsschlag geht schneller.

Plötzlich dreht sich die Frau um und schaut zu ihr hoch. Marthe weicht einen Schritt zurück, presst die Hand gegen die Kehle, geht zum Bett zurück.

Moritz bewegt sich, wälzt sich auf die Seite, stöhnt noch einmal.

»Was ist los?«, murmelt er verschlafen. »Was machst du da?«

Marthe hat plötzlich das Gefühl, als lege jemand einen Eisenring um ihren Kopf, und als würde dieser Ring immer fester geschraubt. Es ist ihr, als spüre sie bereits das Knirschen ihrer Schädelknochen. »Da unten ist die Polizei«, flüstert sie.

»Was?« Moritz richtet sich auf, sie kann ihn nur schemenhaft sehen, sein weißer Körper auf dem schwarzen Betttuch. Das Licht an der Zimmerdecke, die Puppengesichter in den Ecken. Alle schauen sie an. Und unten eine Frau mit einem kleinen weißen Hund, die zu der Wohnung deutet. Gleich werden die Polizisten aussteigen und auf die Haustür zugehen und klingeln. Gleich wird es pasieren, sie hört schon die Glocke, die über der Haustür angebracht ist, eine altmodische Glocke aus Metall.

»Sie haben uns gefunden!«, flüstert Marthe. »Moritz, was sollen wir tun?«

»Wer hat uns gefunden? Wovon redest du?«

Moritz wirft sich quer über die Matratze, sucht seufzend mit den Händen den Lichtschalter der Stehlampe. Der Schalter ist auf dem Boden. Als er ihn findet, wird das Zimmer in gleißendes Licht getaucht. Marthe schlägt die Hände vors Gesicht, »Nicht!«, ruft sie. »Mach das aus! Sie sehen uns doch.«

Sie flüchtet in die Ecke des Zimmers. Die Hände vor dem Gesicht, sackt sie langsam in die Knie. Ihre Beine zittern, ihre Arme sind taub. Sie kann nicht mehr sprechen. Sie legt sich auf den Bauch. Bleibt einfach so liegen.

»Was machst du da? Was soll das alles? Oh, mein Gott. Was ist das für ein Alptraum.« Moritz schleudert die Decke zu ihr hinüber.

Marthe zieht den Kopf ein. Moritz steht auf und geht ans Fenster. Er schaut nach unten, schaut wieder zu Marthe. Marthe blinzelt zwischen den gespreizten Fingern hindurch.

»Die Polizei ist schon wieder weg«, sagt Moritz. »Mann! Hast du mich erschreckt.«

Er kommt auf sie zu. Er ist nackt, und es macht ihn nicht verlegen, sich ihr so zu zeigen. Marthe schließt wieder die Augen. Sie krümmt sich.

»Machst du so was oft?«, fragt Moritz.

»Was oft?«

»Mitten in der Nacht so einen Terror?«

»Es tut mir Leid«, flüstert Marthe. »Ich bin aufgewacht. Ich weiß nicht. Ein Geräusch. Irgendetwas ... Die Polizei ..., was wollte die?«

»Woher soll ich das wissen?«

»Sie sind wirklich weg?«

»Ja, sie sind weg. Komm wieder ins Bett.«

Er hebt die Bettdecke hoch und wirft sie auf das Bett. »Komm«, sagt er. Er sagt es anders als gestern Abend. Er sagt es ohne Sanftheit, ohne Zärtlichkeit, ohne Versprechen. Er sagt es wie jemand, der müde und gereizt ist, wie jemand, der lieber alleine schlafen würde, aber keine Wahl hat.

Paul hat nie so mit ihr geredet. So, als wäre sie eine Last. Als wäre sie etwas, das man lieber loswürde.

»Ich kann nicht!«, flüstert Marthe. »Schlaf du nur.«

Moritz legt sich ins Bett, schiebt sich das Kopfkissen in den Nacken und starrt sie an. »Du bist verrückt. Willst du etwa die Nacht da in der Ecke verbringen?«

»Ja«, sagt Marthe.

Moritz lacht. Er lacht, weil er sonst wütend würde, ausfallend vielleicht. Er lacht, um seinen Ärger nicht zu zeigen.

»Das kann nicht dein Ernst sein. Oder schläfst du häufiger in der Zimmerecke? Paul im Bett und du in der Ecke? Ist das eure Ehe?«

Marthe schweigt. Sie hat keine Lust, mit Moritz zu sprechen, wenn er so ist. Sie würde am liebsten jetzt gar nicht mehr mit ihm reden. Da unten lauert die Polizei. Sie sind bestimmt nur um die Ecke gefahren, um sie zu täuschen. Die warten jetzt, bis das Licht wieder ausgeht, bis alles ruhig ist und dann umstellen sie lautlos das Haus. Dann erscheint der Kommissar, der schickt ein paar Leute an den Hinterausgang und ein paar ins Treppenhaus und sagt: stürmen. Sie entsichern ihre Pistolen.

Gleich wird es klingeln. Sie werden vielleicht die Tür einschlagen, wenn keiner aufmacht. Werden die Tür eintreten, die Revolver im Anschlag, und die Wohnung durchkämmen, Zimmer für Zimmer.

Sie werden Marthe finden, nackt, und Moritz, der auch nackt ist. Sie werden das Bett sehen, das Bett der Sünde, sie werden Flecken finden auf dem Betttuch. Sie werden alles wissen.

Marthe zittert.

Moritz stöhnt, steht wieder auf, zieht Marthe am Arm hoch und führt sie zum Bett. Er ist genervt. Er möchte, dass sie das merkt. Marthe setzt sich folgsam. Das Gesicht abgewandt, die Arme über dem Busen verschränkt, die Beine fest geschlossen. Ihre Knie zittern immer noch.

»Warum haben wir das nur getan?«, flüstert Marthe.

»Was? Warum haben wir was getan?«

»Ich schäme mich so«, Marthe presst die Hände vor das Gesicht. »Es tut mir so Leid. Wir hätten das niemals machen dürfen. Ich weiß nicht, wie das passieren konnte.«

»Mein Gott, sowas passiert eben. Machst du jedes Mal so einen Aufstand wegen ein bisschen Sex? Wegen ein bisschen Beine breit machen?«

Marthe schüttelt den Kopf, presst die Lippen zusammen, kämpft gegen das Schluchzen an, das in ihrem Hals steckt.

»Eine Mutter, die mit ihrem Sohn schläft«, sagt Marthe, »kommt in die Hölle. Muss bestraft werden. Lebenslang. Ich weiß das. Wieso hast du davor keine Angst? Deine Sünde ist so groß wie meine.«

»Eine Mutter, die mit ihrem Sohn schläft!« Moritz lacht. Höhnisch, nervös, gereizt. »Das ist wirklich unfassbar bescheuert.«

Marthe krümmt sich unter seinen Worten, rollt sich ein wie ein Embryo.

Moritz drückt auf den Lichtschalter. Plötzlich ist wieder schwarze Nacht. Wohltuend schwarze Nacht. Moritz spricht nicht, aber er schläft auch nicht. Sie hört es an seinem Atem. Sie spürt, dass er wütend ist. Sie hat »das bisschen Sex« zu einer großen Show gemacht. Lächerlich. Er findet sie lächerlich. Er will sie loswerden. Er hat genug von ihr. Sie weiß das, ohne dass er ein Wort sagen muss. Die Kälte, die von ihm ausgeht. Er ekelt sich vor ihr.

Sie wird liegen bleiben, ohne sich nur einen Zentimeter zu bewegen. Wird ganz still ein, wird ihren Atem flach halten.

Und so warten auf die Dämmerung, auf den Tag. Dann wird sie aufstehen, sich anziehen und Frühstück machen. Mit Moritz frühstücken. So, als wäre nichts gewesen.

Als Marthe aufwacht, ist es schon hell. Ihre Knochen sind wie aus Glas. Es riecht nach Kaffee. Moritz hantiert in der Küche. Sein Bett ist zerwühlt.

»Ausgeschlafen?« Moritz steht in der Tür. Er ist angezogen, aber barfuss, in der Hand hält er den Milchaufschäumer.

Marthe schlingt die Arme um die Knie, macht aus sich ein kleines, rundes Paket.

»Und du?«, fragt sie rau. »Wie lange bist du schon auf?«

»Keine Ahnung, halbe Stunde oder so. Nimmst du Milchkaffee?«

»Ich wollte doch Frühstück machen«, sagt Marthe.

»Warum? Für meine Gäste sorge immer noch ich. Also, Milchkaffee?«

»Ja, bitte.« Als Moritz sich umdreht, ruft sie ihm nach. »Kann ich ins Bad?«

»Was sollte dich hindern?«, gibt er zurück.

Sie wartet, bis er wieder in der Küche ist.

Sie kann vom Bett aus die Fenster des gegenüberliegenden Hauses sehen. Gebückt schleicht sie zu ihrer Kleidertasche, sucht nach frischer Wäsche, einem anderen Pulli, presst die Sachen gegen ihren Körper und schleicht ins Bad. Sie putzt ihre Zähne, spült den Mund. Sie geht unter die Dusche, sehr lange steht sie unter dem heißen Wasserstrahl. Dann dreht sie das kalte Wasser auf und wartet auf den Schmerz der vielen kleinen Nadelstiche. Sie wischt mit einem Lappen die Kacheln trocken. Sie steigt aus der Dusche, trocknet sich ab. Danach trocknet sie den Boden mit dem Handtuch. Es ist ihr peinlich, Spuren im Bad zu hinterlassen. Sie zieht sich an, vor dem Spiegel, ohne hineinzublicken. Sie kann sich nicht in die Augen sehen. Sie hat das Gefühl, als könne sie sich niemals wieder in die Augen sehen. Sie weiß, dass ihr ein bleiches Gesicht mit Augenrändern entgegenblicken würde. Sie kennt ihre mageren Schultern, die Brüste, die mit den Jahren schwerer geworden sind, die weiche Haut am Bauch, das dunkle, krause

Schamhaar. Sie will am liebsten nicht daran denken, was gewesen ist. Vielleicht ist ja gar nichts gewesen. Vielleicht hat sie das alles nur geträumt. Sie hat so viele Träume gehabt in ihrem Leben, warum nicht auch diesen.

Sie kleidet sich an, knöpft die Strickjacke über der Bluse zu.

Schminken will sie sich nicht. Will die Lippen nicht anmalen, keine Wimperntusche, kein Rouge, nichts.

Vielleicht erschrickt er, wenn er sie so sieht, das Gesicht, ganz nackt. Aber sie will, dass er sie so sieht. Sie will wissen, ob er das aushält.

Wenn er lächelt, denkt sie, ist nichts gewesen. Wenn er lächelt, war alles nur ein Traum. Eine Nachtmär. Wie kommt sie jetzt auf dieses Wort?

Sie stakst auf Zehenspitzen über den Flur, bleibt an der Küchentür stehen. Moritz hat die Gläser vom Abend weggeräumt, die leere Weinflasche, den Aschenbecher. Jetzt liegen zwei Sets auf dem Tisch, weiße Stoffsets, zwei Becher stehen dort, zwei Teller, ein Marmeladenglas. Aus dem Toaster springt das Brot. Das hat sie vorher nicht gewusst, dass warmes Brot so unschuldig riecht.

»Auf die Sekunde genau!« Moritz. lächelt sie an. Er schiebt den Schaum aus dem Milchtopf mit einem Holzlöffel in die Becher. »Setz dich«, sagt er.

Sie kommt näher, zieht die Jacke enger um die Schultern. Ihr Hals ist rau, und auf der Zunge ist hartnäckig dieser saure Geschmack.

»Wo?«, fragt sie, sich vorsichtig räuspernd.

Er deutet auf den Stuhl, auf dem sie gestern Abend schon gesessen hat. Sie setzt sich, folgsam, fast schüchtern.

Moritz mustert sie. »Und?«

Marthe hebt die Schultern. Sie möchte auch lächeln, aber sie kann nicht. Sie kann ihn auch nicht ansehen. Sie steht wieder auf.

»Was vergessen?«, ruft Moritz.

»Ja«, sagt sie. Schenkt ihm ein ganz kleines mädchenhaftes Lächeln.

Als sie zurückkommt, hat sie ihre Handtasche bei sich. Sie nimmt die Tasche auf den Schoß, kramt darin.

»Aha«, sagt Moritz, »jetzt kommt die Patek-Philipe. Als kleine Morgengabe.«

Marthe hat die Geschichte mit den Uhren schon vergessen. Jetzt wird sie rot. Hatte das Mädchen nicht gesagt, wenn du sie nicht kaufst, wirst du es bestimmt bereuen? Wenn sie jetzt diese Uhr hätte. Und sie auf den Tisch legen könnte. Und er würde sie nehmen, um sein schmales Handgelenk legen, anpassen, festziehen, herumdrehen, bis sie richtig sitzt ...

Sie zieht eine kleine elfenbeinfarbene Dose aus der Tasche und legt sie wortlos auf den Tisch.

»Was ist das?«, fragt Moritz.

»Mach es auf«, sagt Marthe, tief Luft holend. Auch das Luftholen kann ein Schmerz sein.

Als er die Dose an sich nimmt, greifen Marthes klamme Finger um den heißen Becher. Sie hebt den Becher an den Mund. Dampf steigt aus dem Becher auf. Von dem Dampf wird ihre Stirn ganz feucht, und ihre Nase.

Moritz schraubt erwartungsvoll lächelnd den Deckel auf. Als er den Inhalt sieht, lächelt er nicht mehr.

»Was soll das sein?«

»Das sind deine Haare«, sagt Marthe.

Moritz stellt die Dose hin. Ein kaltes Geräusch, als die Dose den Holztisch berührt. Marthe zuckt zusammen.

»Meine Haare?«, fragt Moritz mit irritiertem Lachen. »Das sind doch nicht meine Haare.«

»Als du ein Baby warst«, sagt Marthe.

Moritz starrt sie an. Marthe trinkt schnell, hastig, um den sauren Geschmack auf der Zunge endlich loszuwerden.

»Als ich ein Baby war?«, fragt Moritz.

Marthe nickt. Sie trinkt in winzigen Schlucken.

»Woher hast du die?«, fragt Moritz.

»Von der Hebamme. Sie hat sie mir gegeben. In der Dose da. Es ist keine besonders schöne Dose. Ich habe eine Zeit lang überlegt, ob ich mir für die Locke eine schöne silberne Dose anschaffen sollte, oder eine aus Lack, aber weil die Hebamme sie nun mal in die Dose getan hatte ...« Sie bricht mitten im Satz ab. Sie weiß nicht weiter. Moritz hat seine Arme auf den Tisch gestützt und starrt sie an.

»Die Hebamme hat dir dieses Ding da gegeben?«

Marthe nickt. Sie lächelt, ganz zaghaft. »An dem Tag, als ich mit deinem Bruder aus der Klinik entlassen wurde.«

Marthes Brust zieht sich zusammen, als sie plötzlich an ihren anderen Sohn denken muss. Ob er schon weiß, dass sie seinen Vater verlassen hat? Dass sie aus Moorkaten weg ist? Mit dem Jaguar?

Moritz beugt sich vor, nimmt ihre Hand, die den Becher hält, drückt sie auf den Tisch. Sie löst zögernd ihre Finger von dem Henkel.

»Sieh mich an«, sagt Moritz.

Marthe versucht, zu lächeln.

»Du bist verrückt«, sagt Moritz ruhig.

»Nein«, sagt Marthe, »nein, nein.«

»Ich glaube dir diese Geschichte mit der Hebamme nicht. Die hast du dir ausgedacht. Das hast du dir eingebildet. Das ist doch reiner Schwachsinn.«

»Nein, nein«,widerspricht Marthe, »es war so, es war wirklich so. Sie haben gesagt, du bist tot. Aber ich wusste es besser. Und die Hebamme. Sie hat dir diese Locke vom Kopf geschnitten, bevor man dich weggelegt hat.«

»Es ist unglaublich!«, ruft Moritz. »Dass ich mir so was anhören muss!«

»Aber ich wusste immer, dass du lebst«, fährt Marthe eigensinnig fort. »Ich hab nie einen Zweifel gehabt. Paul wollte nicht daran glauben. Paul wollte, dass ich mich damit abfinde. Meine Mutter war wütend mit mir, wenn ich davon angefangen habe. Und Bernd hat mich ausgelacht. Alle haben mich ausgelacht oder beschimpft oder für verrückt erklärt. Aber es hat mir nichts ausgemacht. Ich wusste, ich würde dich wiederfinden.«

Sie möchte seine Hände nehmen, und stößt dabei den Becher um. Der heiße Kaffee ergießt sich über den Tisch, den Butterteller, läuft über die Tischplatte, das weiße Set, tropft auf ihren Schoß.

»Mein Gott!«, schreit Moritz. Er springt auf, holt ein Handtuch, wischt den Tisch, wirft die Butter in den Ausguss, spült das Schälchen unter dem Wasserhahn. Um Marthe kümmert er sich nicht.

Marthe sitzt mit einem großen braunen Kaffeefleck auf dem Schoß am Küchentisch.

Moritz dreht sich um, greift die elfenbeinfarbene Dose, den Deckel, reißt die Schranktür mit dem Mülleimer auf und schleudert beides hinein.

Marthe reißt die Augen auf. Sie öffnet den Mund, sie will etwas sagen. Aber sie kann nicht.

»Und jetzt«, schreit Moritz, »bring ich dich zurück zu deinem Mann! Und zwar sofort. Ich hab die Schnauze voll.«

Er zieht sie vom Stuhl. Sie wehrt sich. Sie sieht das goldbraune Toast, und die Marmelade. Waldfrucht steht auf dem Etikett. Sie isst gerne Waldfrucht. Sie würde jetzt gerne ruhig dasitzen und ein Toast mit Butter bestreichen, einen Teelöffel Waldfruchtmarmelade auf dem Toast verteilen und hineinbeißen. Sie kann sich an den Geschmack von Brombeeren ganz genau erinnern. Das würde ihr jetzt helfen. Sie würde mit Milchkaffee nachspülen. Sie will nicht aufstehen, bevor das Frühstück beendet ist.

Durch das Küchenfenster fällt fahles Morgenlicht. Es ist so schön hier. Der hohe Raum. Die warmen, braunen Dielenbretter. Sie möchte hier bleiben. Musik auflegen. Die Augen schließen.

Aber Moritz packt ihre Handgelenke und zieht sie vom Stuhl zur Küchentür, bis zur Wohnungstür. Da lehnt er sie gegen die Wand. Sie bleibt einfach stehen.

Er läuft zurück, sammelt ihre Sachen ein, aus dem Bad, dem Schlafzimmer, der Küche, stopft alles in ihre Tasche. Sie hat sich noch nicht gerührt. Sie schaut den Flur entlang. Er hat wirklich Recht gehabt, Safran ist die einzig richtige Farbe für die Flurwände. »Du hast Recht«, sagt sie.

»Natürlich hab ich Recht!«, schreit er.

»Safran ist die einzig richtige Farbe für den Flur«, sagt Marthe. Und es ist ihr, als würde sie dabei lächeln.

Moritz flucht. Moritz steigt, ohne Socken anzuziehen, in seine schwarzen Stiefel. Er stellt ihre Schuhe vor sie hin. »Deine Schuhe!«, bellt er.

Sie kann die Schuhe nicht anziehen. Wenn sie sich bückt, geben ihre Knie nach und sie sackt zusammen. Sie will nicht zusammensacken. Aber besser ist es, auf dem Fußboden hier liegen zu bleiben, statt von ihm nach draußen gezerrt zu werden. Sie regt sich nicht, rührt sich nicht.

»Hörst du nicht?«, schreit er.

Sie kann nicht. Sie kann nicht einmal antworten.

Er reißt die Tür auf, fasst sie grob am Arm und stößt sie nach draußen.

Er stellt mich einfach in das Treppenhaus, denkt sie. Er wirft meine Sachen hinter mir her und knallt die Tür zu.

Aber das tut Moritz nicht. Moritz bringt sie die Treppe hinunter. Er hält ihre Schuhe, ihre Tasche. Sie setzt einen Fuß vor den anderen, wie im Traum.

Jetzt sind sie schon im ersten Stock. Alle Wohnungstüren geschlossen. Niemand kommt, niemand gafft. An der Haustür schlägt ihnen der feuchte Novembernebel entgegen.

»Du musst Schuhe anziehen«, sagt Moritz. Er schreit jetzt nicht mehr. Dafür ist sie dankbar. Er spricht ruhig, aber eindringlich. Er spricht, wie man zu einem störrischen, unwilligen Kind redet. Er wedelt mit den Schuhen vor ihrem Gesicht herum.

»Die ziehst du jetzt an. Kein Mensch geht barfuss um diese Jahreszeit. Verstehst du? Wenn die Leute dich so sehen, werden sie denken, dass du verrückt bist.«

Marthe setzt sich auf die eiskalten Steinstufen und zieht die Schuhe an. Dann wartet sie, dass Moritz sie wieder aufrichtet. Alleine schafft sie es nicht.

»Der Autoschlüssel«, befiehlt Moritz.

Sie antwortet nicht.

»Wo ist der Autoschlüssel?«, brüllt er.

Sie hebt den Kopf. Sie blickt ihm in die Augen. Sie hat nie schönere Augen gesehen als die von ihrem Sohn. Natürlich wusste sie immer, dass Moritz die schönsten Augen der Welt hat. So wie sein Haar das seidigste Haar von allen Babies war.

»Ich habe das immer gewusst.« Sie erschrickt, weil sie dachte, dass ihre Stimme noch funktioniert, aber sie gehorcht ihr nicht mehr. Ihre Zunge ist dick und taub.

Moritz tastet in ihrer Jackentasche nach dem Autoschlüssel. Erleichtert hält er ihn in der Hand.

Er bringt sie zum Auto, lehnt sie gegen den Wagen, schließt auf, öffnet die Tür, schiebt sie auf den Sitz, hebt ihre Füße und stellt sie hin. Er legt ihre rechte Hand auf den Schoß mit dem braunen Kaffeefleck. Dann wirft er die Wagentür zu. Sie sieht, wie er vorn um den Kühler geht. Sie sieht die Beule, eine große Beule mit scharfen Kanten. Das wird nicht leicht zu reparieren sein, denkt sie.

Aber Moritz wird schon eine Werkstatt kennen. Er kennt doch so viele Leute. Moritz setzt sich ans Steuer. Er fährt rückwärts aus der Parklücke.

»Schnall dich an«, sagt er barsch.

Sie gehorcht, versucht den Gurt zu greifen, aber er gleitet ihr immer wieder aus den Händen.

Moritz ist es egal. Er nimmt den kürzesten Weg zur Autobahn.

»Wohin fahren wir?« Marthe kann die Worte nicht deutlich aussprechen.

»Was? Was sagst du?«

»Wohin wir fahren?«

Der Tacho zeigt hundertvierzig, hundertfünfzig, hundertsechzig. Die Autobahn ist an dieser Stelle dreispurig. Moritz blinkt und hupt die anderen Wagen zur Seite und schnellt an ihnen vorbei.

Moritz antwortet nicht. Sie wendet den Kopf, um ihn anzusehen. Er sitzt verspannt, leicht vorgebeugt hinter dem Steuer. Seine Stirn glänzt. Er schaut nervös hin und her, in den Rückspiegel, nach vorn, nach rechts, nach links. Haut die Faust auf die Hupe, betätigt den Blinker.

»Wohin wir fahren?«, wiederholt Marthe. Das Sprechen fällt ihr immer schwerer. Das Sehen. Als wäre vor ihren Augen ein Schleier, der alles grau macht, der allem die Farbe nimmt.

»Hab ich doch gesagt«, knurrt Moritz, »ich bring dich nach Hause. Zu deinem Mann.«

»Nein!« Marthe fuchtelt mit den Armen. Sie beugt sich zu Moritz hinüber. »Nein!«

Moritz schlägt ihre Hand weg.

»Ich will nicht zu Paul. Bitte! Moritz!«

»Wenn du noch einmal Moritz zu mir sagst, dann ...« Moritz schießt an einem Porsche vorbei. Er fährt jetzt hundertneunzig. Seine Stimme ist scharf wie ein Messer. »Ich heiße Jonas. Jonas Kluge. Ich bin am 13. Mai 1982 in Münster in Westfalen geboren. Meine Mutter hat mit allen wichtigen und reichen Leuten aus Münster geschlafen. Die sind alle zu uns nach Hause gekommen. Aber weil die Männer nicht wollten, dass ein kleiner Junge bei ihren Spielen dabei ist, hat sie mich weggebracht zu meinen Großeltern. Da bin ich aufgewachsen. Und da hat sie mich besucht. Einmal im Monat. Verstehst du? Meine Mutter heißt Marianne Kluge, sie war ledig, niemals verheiratet, und sie war eine Nutte.«

Marthe hat, während Moritz redet, die Handbremse in die Hand genommen. Ihre Finger umklammern den Hebel. Auch er ist mit Leder bespannt.

»Wir gehören doch zusammen!«

Moritz wirft ihr einen schneidenden Blick zu. »Hör mir gut zu, ja. Ich habe verdammt noch mal keine Zeit und keine Lust, mir von deinen Spleens meine Pläne durcheinander bringen zu lassen. Was ich jetzt tue: dich nach Hause zu deinem Mann zu fahren, ist der letzte Liebesdienst, den du von mir erwarten kannst. Danach ist Schluss. Finito. Verstanden?«

»Moritz!«, wispert Marthe. Sie beugt sich zu ihm. Ihre Hand umklammert die Handbremse.

»Was glaubst du überhaupt, wer du bist? Was du in meinem Leben für eine Rolle spielst? Ja, was glaubst du? Dass es nicht auch andere Frauen gibt, die danach gieren, mir einen Gefallen zu tun? Die mir am liebsten Goldstaub in den Arsch pusten würden, damit ich sie nur anfasse! Aber die führen sich nicht auf wie eine Wahnsinnige ...«

Die Autobahn macht eine leichte Kurve nach links. Sie überholen einen Laster. Vor ihnen dehnt sich das Asphaltband.

»Ich geh nicht zu zurück!« Marthe sagt es ganz klar, langsam und deutlich. »Ich kann nicht nach Moorkaten zurück. Halt an.«

Moritz reagiert nicht. Sein Fuß drückt den Gashebel ganz durch.

»Anhalten, Moritz!«

Wieso hört er nicht? Wieso reagiert er nicht? Sie kann das nicht verstehen.

Er fährt viel zu schnell. Kann er nicht schnell genug nach Moorkaten kommen? Kann er sie nicht schnell genug loswerden?

Marthe holt stöhnend Luft, fasst die Handbremse fester und zieht sie mit einem Ruck nach oben. So kraftvoll sie nur kann.

Der Wagen macht einen Satz. Und noch einen. Bricht nach rechts aus. Und nach links. Und noch einen Satz. Sie schlagen gegen die Windschutzscheibe. Marthe lässt die Hand nicht vom Hebel. Der Wagen kippt nach links, rutscht auf der Fahrerseite über den Seitenstreifen, durchbricht die Leitplanke und stürzt den Abhang hinunter, vier Meter tief.

27.

Unfallprotokoll der Autobahnpolizei A 7, Abschnitt 12

Am 22. November 2002, um zehn Uhr vierundvierzig, ging die erste Unfallmeldung ein. Ein Lastwagenfahrer, von Bremen nach Hamburg unterwegs, will gesehen haben, wie auf der entgegengesetzten Fahrbahn eine dunkelrote Limousine – den Fahrzeugtyp konnte er nicht erkennen – von der linken Seite quer über die Fahrbahn die Leitplanke durchbrochen hat und dann aus seinem Blickfeld verschwunden ist.

Ich wollte eben dem Kollegen, Polizeihauptmann Behrends, Bericht erstatten, da ging die zweite Meldung ein: ein brennender Wagen, auf dem Abschnitt km 48,3, in einem abschüssigen Weidengelände. Der Autofahrer hat bereits Vorsorge getroffen, durch das Aufstellen von Warndreiecken die nachfolgenden Verkehrsteilnehmer zu bedachtsamer Fahrweise anzuhalten.

Polizeihauptwachtmeister Behrends und ich sind, nachdem wir Feuerwehr und Krankenwagen an die Unfallstelle beordert hatten, sofort losgefahren und um zehn Uhr neunundfünfzig am Unfallort eingetroffen.

Dort fanden wir folgende Situation vor: Der Wagen, ein dunkelroter Jaguar mit einem Delmenhorster Kennzeichen, lag auf dem Dach, das stark eingedrückt war. Der Motorblock brannte und das Wageninnere war voller Qualm. Dennoch war im Wageninnern ein Mensch zu erkennen, der leblos in den Gurten hing. Kollege Behrends fragte über Funk nach, wann der Rettungsdienst eintreffen würde. Die Fahrzeuge hatten wegen eines Staus, der sich aufgrund eines anderen Unfalls gebildet hatte, eine kurze Verzögerung der Anfahrt gemeldet. Inzwischen war es zu zwei Explosionen gekommen, und die Flammen stiegen jetzt meterhoch aus dem Autowrack auf.

Die von Kollege Behrends verordnete Schutzkleidung verzögerte unseren Einsatz noch einmal um ca. drei Minuten. Wir konnten die Fahrertür nur mit einem Brecheisen öffnen. Durch starke Hitzeeinwirkung war das Fahrgestell bereits verzogen.

Der Fahrer reagierte weder auf Zuruf noch später, als wir versuchten, ihn aus dem brennenden Auto herauszuziehen. Auffällig war, dass der Kopf des Verunglückten sich nach allen Seiten bewegte. Wir trafen beide für diesen Fall angeordnete Vorsorge und bargen den Verunglückten, indem ich Kopf und Schultern des Verunglückten festhielt. Kollege Behrends Beine und Unterkörperbereich. Durch die Rauchbildung im Innern des Fahrzeuges war das Gesicht des Fahrers rußgeschwärzt. Er blutete an der Stirn und im Halsbereich.

In entsprechender Entfernung vom brennenden Wrack legten wir ihn im Gras ab.

Als bereits die Kollegen von der Feuerwehr eingetroffen waren und wir sie über die Situation aufklärten, vernahm ich plötzlich ein Wimmern. Es kam aus dem Gebüsch am Anhang aus ungefähr acht Metern Entfernung vom Autowrack. Es waren Schlehenbüsche, sehr dicht, und wegen des hohen Abhanges, der windgeschützt war, hatten sie noch ihre Blätter und Beeren.

Dort fand ich eine Frau, mittleren Alters, barfuss, mit Schlamm verschmiertem Gesicht und zerrissener Kleidung. Sie wimmerte und rief Unverständliches. Ich redete ruhig auf sie ein und gab den Kollegen, die jetzt den Abhang herunterkamen, ein Zeichen. Zwei Sanitäter brachten eine Bahre.

Die Frau versuchte sich aufzurichten und rief immerfort die gleichen Sätze: »Mein Sohn! Moritz ist in dem Auto! Retten Sie meinen Sohn! Es ist alles meine Schuld! Bitte! Er darf nicht wieder sterben!« Die Frau stand offensichtlich unter Schock. Möglicherweise hat die Tatsache, dass sie nicht angeschnallt war, der Person das Leben gerettet. Sie muss, bevor der Wagen sich auf dem Abhang überschlagen hat, aus dem Auto herausgeschleudert worden sein.

Um 12 Uhr 22 wurde die Person, die einen Personalausweis auf den Namen Marthe Brandt mit sich führte, im Krankentransporter zum Landeskrankenhaus Oldenburg verbracht. Der Fahrer des verunfallten Wagens, per Führerschein ausgewiesen als Jonas Kluge, wohnhaft in Hamburg, ist auf dem Weg in das Universitätskrankenhaus Hamburg-Eppendorf, trotz aller Bemühungen des Unfallarztes, vor dem Eintreffen im Krankenhaus verstorben.

Gezeichnet
Werner Müller, Revierwachtmeister
Bremen, den 24. November 2002.

E-mail an
solomax@aol.com

20. Mai 2003

Lieber Herr Brandt,

Ich möchte Sie davon in Kenntnis setzen, dass Ihre Mutter Marthe Brandt in absehbarer Zeit aus meiner Obhut und Verantwortung entlassen werden kann. Ihr Zustand hat sich in den letzten Wochen auffallend schnell stabilisiert, wenngleich ich meine, wir kämen noch rascher voran, wenn Ihre Mutter eine Vortellung über ihre Zukunft außerhalb dieser Klinikmauern hätte. Was Ihre Mutter jetzt braucht, ist eine neue, eine andere Perspektive im Leben. Ihre Mutter hat die Welt, in die sie über so viele Jahre eingesponnen war, endgültig verlassen. Das war ein großer Schritt. Aber nun braucht sie die Gewissheit, dass die reale Welt ein tragbares Fundament für ihr Leben bietet.

Vielleicht hilft es Ihnen, zu wissen, dass wir Ihre Mutter als körperlich und seelisch stabil entlassen. Einen Rückfall halte ich für ausgeschlossen. Ich habe Ihre Mutter im Laufe dieser vielen Monate sehr gut kennen und schätzen gelernt, und weiß daher, dass sie die Kraft und den Vorsatz hat noch einmal von vorn zu beginnen. Was ich tun kann, um ihr zu helfen, werde ich tun. Wir haben unsererseits Kontakt mit verschiedenen Sozialen Einrichtungen aufgenommen, um zu sehen, ob es einen beruflichen Neueinstieg für Ihre Mutter geben könnte. Denn in ihren ursprünglichen Beruf als Sachbearbeiterin möchte sie nicht zurück. Ihr Wunsch ist es vielmehr, im kreativen Bereich mit Kindern oder Kranken zu arbeiten. Sie hat noch während der schwierigen ersten Phase ihres Klinikaufenthaltes an Workshops teilgenommen. Und wir waren alle von ihrem leidenschaftlichen Engagement, ihrer großartigen Fantasie, ihren Talenten und ihrem Einfühlungsvermögen überrascht.

Zu klären bleibt also nur die Frage, wer Ihre Mutter für die erste Zeit aufnehmen und ihre ersten Schritte in der Alltagswelt begleiten kann. Ich rechne mit einem Zeitraum von vier Wochen bis zu einem Vierteljahr. Bis dann sollte sich auch die berufliche Zukunft Ihrer Mutter geklärt haben.

Glauben Sie, dass es richtig wäre, Ihren Vater anzuschreiben? Oder Ihre Großmutter Veronika Massmann? Oder sehen Sie persönlich eine Möglichkeit?

Ihre Mutter übrigens weiß nichts von diesem Brief.

Sie hätte mich daran gehindert, Ihnen zu schreiben. Sie ist Ihnen gegenüber voller Scham und Schuldgefühle. Und befürchtet, Ihre Liebe für immer verloren zu haben.

Für eine baldige Nachricht wäre ich Ihnen dankbar.

Mit freundlichen Grüßen

Prof. Dr. Philip Casai

28.

Veronika wartet am Taxistand vor dem Bahnhof Moorkaten auf Fahrgäste. Sie wartet jetzt genau seit neunundvierzig Minuten auf einen Kunden. Doch der Taxiruf bleibt still. Niemand braucht an diesem Tag ein Taxi. Der nächste Zug aus Bremen wird, wenn er keine Verspätung hat, erst in einer halben Stunde einfahren.

Veronika hat die Zeitung gelesen, wieder ordentlich zusammengefaltet und sie in das Netz an der Rücklehne des Beifahrersitzes gesteckt. Die Zeitung holt sie jeden Morgen am Kiosk in der Breiten Straße. Der Inhaber des Kiosks hat zweimal gewechselt, aber Veronika kauft immer noch dort. Auch die Schachtel Marlboro. Eine pro Tag. Wenn sie abends nur eine halbe Schachtel geraucht hat, ist das für sie immer ein kleiner Sieg. Bernd hat sich das Rauchen vor zwei Jahren abgewöhnt, sie kämpft immer noch.

Veronika hat den Motor nicht abgestellt. Es ist ein Tag mit tiefhängenden Wolken. Die Schafskälte kriecht durch die verschlossenen Wagentüren ins Innere und durch ihre Kleider bis auf die Haut. Das macht das Warten noch mühsamer.

Sie schaut in den Rückspiegel und sieht ein Auto, das sehr nah auffährt, so nah, als wolle es sie mit der Stoßstange berühren. Veronika dreht sich um. Der Fahrer des weißen Toyotas blinkt mit der Lichthupe. Veronika lacht plötzlich, stößt die Fahrertür auf und schaut heraus.

Im gleichen Augenblick steigt Max aus dem Toyota und kommt in seiner geliebten Bomberjacke auf sie zu. Die Haare sehr kurz. Als Veronika ihn das letzte Mal sah, hatte er noch diese halblangen Haare, glatt aus der Stirn zurückgekämmt.

Er sieht erwachsener aus. Das Jungenhafte aus seinem Gesicht ist verschwunden. Früher hat Veronika immer gefunden, dass er weiche Züge hat, so eine zarte Kinderhaut.

»Mensch«, sagt Veronika und breitet die Arme aus, »wie find ich das. Max, komm. Lass dich umarmen.« Max bleibt stehen. Er schaut seine Großmutter an.

Sie legt ihre Arme um ihn und zieht ihn an sich. Er riecht fremd. Er bleibt fast starr in ihrer Umarmung. »Hey«, sagt sie zärtlich, »das ist die beste Überraschung seit langem.«

Als sie ihn freigibt, erkennt sie in seinen Zügen ein feines Lächeln. Die Brille ist neu. Kleinere Gläser, ein bisschen dicker als das letzte Mal.

»Schöne Brille«, sagt sie, um irgendetwas zu sagen.

Er hebt die Schultern. »Ich war zuerst bei Euch zu Hause«, sagt Max. »Ich dachte, vielleicht ist Bernd da. Und du vielleicht auch. Arbeitest du immer noch jeden Tag?«

»Klar«, sagt Veronika. »Seh ich schon aus wie jemand, der auf Rente geht?«

Max schüttelt lächelnd den Kopf. Er schaut über sie hinweg auf die Bahnhofsfassade, die im letzten Herbst einen neuen Anstrich bekommen hat, eine Farbe zwischen Mais und Marschgelb, wie die Lokalzeitung damals schrieb. Vorher war es ein graues Weiß gewesen, irgendwie nüchterner, irgendwie angemessener. Die Linden stehen voll im Laub, früher als letztes Jahr.

»Flaues Geschäft«, sagt Veronika und mustert Max verstohlen. »Nicht viel los. Die Leute nehmen neuerdings auch bei Wind und Wetter ihr Fahrrad. Schau mal da.« Sie macht eine Kopfbewegung zum Fahrradständer hin. »So voll war der früher nie.«

Max steckt die Hände in die Taschen. Er betrachtet die Fahrräder. Veronika legt behutsam ihre Hand auf seinen Arm. »Steht dir. Die neue Frisur.«

Max nimmt eine Hand aus der Jackentasche und fährt sich verlegen über die Stoppelfrisur. »Na ja. Geht so.«

»Ich kann für heute Schluss machen«, sagt Veronika. »Wir können zu mir nach Hause fahren. Warst du schon bei deinem Vater?«

Max schüttelt den Kopf.

»Er ist mit Sicherheit in der Firma. Außer der Firma hat er ja nichts.«

Max nickt. Er betrachtet immer noch den Bahnhof. Veronika fragt sich, was er da sieht.

»Hast du auch einen Brief aus dem Krankenhaus bekommen?«, fragt er schließlich.

Veronika holt tief Luft. Es war ja zu erwarten, dass Max wegen seiner Mutter gekommen war. Dass es irgendwelche Neuigkeiten gibt. Damit hat sie gerechnet. Sie versteht nicht, warum ihr Herz dennoch plötzlich schneller schlägt.

»Nein«, sagt sie gedehnt, »habe ich nicht.«

»Sie soll entlassen werden«, sagt Max.

»Oh, wirklich?«

Max nickt. Er steckt die Hände wieder in die Taschen seiner Bomberjacke. Er zieht die Schultern hoch.

»Und wann wird sie entlassen?«

»Ich glaub«, sagt Max, »das hängt davon ab.« Und schweigt.

Veronika sagt auch nichts. Sie lehnt jetzt an ihrem Wagen, Veronika hat ihre Hände in die Ärmel ihrer Jacke gesteckt, und schaut auf die Schuhspitzen.

»Hast du sie im Krankenhaus besucht?«, fragt Max.

Veronika errötet. Sie schüttelt, etwas zu heftig, den Kopf.

»Ich auch nicht«, sagt Max. Veronika öffnet die Wagentür, greift nach der Zigarettenschachtel im Handschuhfach, bietet Max eine Zigarette an. Max schüttelt den Kopf.

»Du rauchst nicht mehr?«

Max schüttelt den Kopf.

»Ich habe das immer noch nicht geschafft«, sagt Veronika. »Aber es ist weniger geworden, viel weniger.«

»Man schafft es nur, wenn man einen radikalen Schnitt macht«, sagt Max. »Von jetzt auf gleich: nie mehr einen Zug.«

»Ich weiß.« Veronika steckt die Zigarette in den Mund, das Feuerzeug flammt auf. Sie inhaliert tief, mit geschlossenen Augen. »Das sagt Bernd auch.« Sie lächelt.

»Wollen wir zu mir nach Hause? Ich hab Rhabarberkuchen. Den mochtest du früher immer gern.«

Max lächelt. »Ich weiß nicht. Hier ist es doch okay, oder? Sonst verpasst du den nächsten Kunden.«

»Der nächste Kunde ist mir egal. Wann haben wir uns das letzte Mal gesehen? Wie viel Ewigkeiten ist das her?«

»Weiß nicht. Keine Ahnung.«

»Aber es geht dir gut?«

Max nickt. Er atmet tief durch. Seine Augen hinter den Gläsern auf irgendeinen Punkt gerichtet.

»Ich hab sie nicht besucht«, sagt Veronika nach dem zweiten Zug, »weil ich ein schlechtes Gewissen hatte.«

Max zeigt keine Regung. Veronika streift die Asche ab. Dreht die Zigarette in der Hand. Ihre Finger zittern leicht.

»Das Ganze hat mich so aufgeregt«, flüstert sie. »Es ist ein solcher Alptraum.« Sie atmet tief durch. »Und ich weiß nicht, wann genau das wirklich angefangen hat.«

Max geht um den Kühler ihres Autos herum, öffnet die Beifahrertür und setzt sich. Also steigt auch Veronika ein, zieht den Aschenbecher heraus.

»Der Doktor sagt, sie ist wieder ganz gesund«, sagt Max.

Veronika wirft ihm einen scharfen Blick zu.

»Wirklich? Wann hat er das gesagt?«

»Er hat mir eine E-Mail geschickt.«

»Wann?«

»Vor drei Wochen. In einer Woche kommt sie raus.«

»Da haben wir Sommeranfang, nächste Woche«, sagt Veronika.

»Sie will nicht wieder in ihren alten Beruf zurück.«

»Was will sie dann machen?«

Max hebt die Schultern. »Irgendetwas Kreatives, wenn ich das richtig verstanden habe.«

»Etwas Kreatives?« Veronika legt den Kopf zurück. Sie schließt die Augen.

»Ich hätte ihr damals das Klavier kaufen sollen«, sagt sie plötzlich. »Ich hätte es tun sollen. Wie auch immer. Wahrscheinlich hätte das mit einem Kleinkredit geklappt.«

»Was für ein Klavier?«, fragt Max.

»Ein Klavier. Ein ganz normales Klavier. Das hat sich deine Mutter gewünscht. Als sie zwölf war, glaube ich, sie konnte sehr schön Klavier spielen. Sie hat sogar einmal ein Konzert gegeben.«

Max dreht sich zu Veronika um. »Ein Konzert? Mama?«

»Ja. In ihrer Schule. Das sollte eine Überraschung für mich sein.« Veronika reißt die Augen weit auf und starrt gegen das Wagendach. »Ich bin nicht hingegangen, ich weiß auch nicht mehr.« Sie zerdrückt die Zigarette nervös im Aschenbecher.

»Du bist nicht zu Mamas Konzert gegangen?«

»Nein.«

Max wendet sich von ihr ab. Schaut aus dem Seitenfenster. Auf den Fahrradständer und die Pfützen, die sich unter den Rädern des Wellblechdachs gebildet haben.

»Das war nicht richtig. Ich weiß das selbst. Ich habe verdammt viele Fehler gemacht, Max. Sie fallen mir alle wieder ein, einer nach dem anderen. Das ist so verrückt.« Sie schlägt sich mit der flachen Hand gegen die Stirn.

»So verrückt. Die Gespenster der Vergangenheit, weißt du?«

Max sagt nichts. Er schweigt einfach, die Hände zischen den Knien, und starrt hinaus. Feine Regentropfen fallen aus den Wolken und laufen an der Windschutzscheibe in dünnen Fäden herunter. Die Außenwelt verzerrt sich.

»Bernd sagt, ich habe zu wenig mit ihr geredet. Vielleicht hat er Recht. Er sagt, unser Fehler war, dass wir mit der Tragödie nicht umgehen konnten. Wir alle nicht. Wir haben das einfach wegschweigen wollen, und an diesem Wegschweigen ist sie kaputt gegangen. Weißt du, dass ich manchmal heulen könnte?«

Max schaut auf den Bahnhof, der daliegt wie tot, als habe er keine Bestimmung mehr, als würde nie wieder ein Zug nach Moorkaten einfahren oder aus Moorkaten hinaus.

»Ich wollte dich etwas fragen«, sagt Max nach langem Schweigen.

»Frag.«

»Kann man ein totes Kind mehr lieben als ein lebendiges?«

Veronika wendet den Kopf, sie mustert Max. Max wird erwachsen. Wo er doch eben noch ein Kind war. Jeden Mittwochnachmittag hat sie ihn geholt. Oder war es donnerstags? Hat mit ihm gespielt, Schwarzer Peter, Rommee, Memory. Hat ihm Schals gestrickt und Wollmützen. Und manchmal, wenn es nicht anders ging, sogar mitgenommen auf eine Tour.

Hinten im Kindersitz hat er mit seinen Playmobilfiguren gespielt und kein Wort gesagt, so lange ein Fahrgast an Bord war. Veronika streckt die Hand nach ihm aus, berührt seine Schultern. Er wendet den Kopf.

»Deine Mutter hat dich immer sehr geliebt«, sagt sie eindringlich. »Das weiß ich.«

»Mehr als Moritz?«, fragt Max.

»Ach«, sagt Veronika, »ich möchte dich in den Arm nehmen. Dich drücken, ganz fest. Weißt du. Aber dazu bist du zu groß.«

»Stimmt«, sagt Max. Er legt die Hand an den Türgriff.

»Man kann ein totes Kind lieben«, sagt Veronika, »und man kann ein lebendiges lieben. Aber beide nicht auf die gleiche Weise, verstehst du?«

Max dreht sich zu ihr um.

Veronika lächelt zärtlich. »Wir lieben dich alle sehr, Max. Kann sein, dass es ganz anders bei dir angekommen ist.«

»Ja«, sagt Max. »Kann sein.« Er steigt wieder aus.

»Was willst du jetzt machen?«, fragt Veronika.

»Darüber denke ich gerade nach. Ich hatte gehofft, du würdest mir dabei helfen.«

Veronika hält ihn an der Hand fest. »Wenn deine Mutter entlassen wird«, sagt sie eindringlich, »dürfen wir die Fehler nicht wiederholen, hörst du? Wenn jemand reden will, dann soll er reden. Wenn jemand traurig ist, dann soll er weinen. Wenn jemand Hilfe braucht, dann hat er ein verdammtes Recht darauf, diese Hilfe von seiner Familie zu bekommen. »

Max lässt sich wieder auf den Sitz fallen. Er schließt die Augen.

»Das weiß ich jetzt«, sagt Veronika. »Und ich könnte mich dafür prügeln, dass all dieses Unglück kommen musste, damit ich einen klaren Gedanken fassen konnte. Ist das nicht verrückt? Wir, du und ich, müssen sie ihr geben. Ich weiß noch nicht, wie, weil ich vor Scham, dass ich nicht zu ihr gegangen bin, mich immer mehr vernagle. Aber ich muss unbedingt etwas tun.«

Max lächelt. Er beugt sich vor und küsst Veronika auf die Wange.

»Ja«, sagt er.

29.

»Ich bin heute draußen gewesen«, sagt Marthe.

Philip Casai hebt die Augenbrauen. »Sie waren draußen? Wo denn?«

Marthe lacht. »Ich bin am Pförtner vorbeigeschlüpft. Wissen Sie, dass Karl Bremer verliebt ist?«

Philip Casai schüttelt den Kopf. Marthe lacht.

»Hab ich mir gedacht. Er ist verliebt in Schwester Franziska, von Station 5, wo ich zuerst war. Bloß sie weiß es gar nicht.«

»Aber Sie wissen es.«

Marthe nickt. »Ich weiß eine ganze Menge. Aber ich spreche nicht darüber. Bei mir sind die Geheimnisse der Leute gut aufgehoben.«

Philip Casai schaut sich im Aufenthaltsraum um. Er greift einen Stuhl an der Lehne und trägt ihn zu Marthe herüber. Marthe sitzt am Fenster. Sie hält ein aufgeschlagenes Buch in der Hand.

»Ich darf mich einen Augenblick zu Ihnen setzen?«

Marthe zieht eine Haarspange aus ihrer Hochfrisur und legt sie als Lesezeichen in das Buch. »Das ist das erste Mal«, sagt sie, »dass Sie mich besuchen.«

Der Aufenthaltsraum der Station 7 ist neu gestrichen worden. Er hat auch neue Gardinen bekommen. Alles soll einen heiteren hellen Eindruck machen. Das Mobiliar allerdings wurde nicht erneuert, obwohl das auch dringend nötig wäre. Aber dafür fehlen der Stadt die Gelder. »Was haben Sie draußen gemacht?«, fragt Philip Casai.

»Nichts. Ich bin ein bisschen herum gegangen. In der Sonne. Hab mir gesunde Menschen angesehen.« Sie lacht wieder. »Damit ich nicht vergesse, wie die aussehen.«

»Und?«

»Was?«

»Wie sehen gesunde Menschen aus?«

»Kommt darauf an. Auf die Situation, nehme ich an, in der sie gerade leben. Manche sehen glücklich aus. Einigen merkt man an, dass sie eine Arbeit haben, die ihnen Spaß macht. Man sieht es an ihrem Gang, an der Schulterhaltung. Morgens um sieben sieht man ja praktisch nur Leute, die zur Arbeit gehen. Die anderen schlafen noch. Oder warten wie die Kranken auf ihr Frühstück.«

Philip Casai nickt. Er schaut auf seine Hände.

»Wissen Sie, was heute für ein Tag ist?«

Marthe schüttelt den Kopf, mustert ihr Gegenüber aber genau. »Heute vor einem halben Jahr«, sagt Philip Casai, »haben Sie den Unfall gehabt. Das bedeutet, dass Sie seit genau sechs Monaten hier bei uns sind.«

Marthe wendet das Gesicht ab. Sie streicht mit dem Finger über das Buch. Es ist ein Buch über Kindertheater. Sie hat es sich in der Bibliothek ausgeliehen. In der letzten Zeit ist Marthe ständig in der Bibliothek, um Bücher auszuleihen. Nachts, sagen die Schwestern, brennt bei ihr noch lange Licht.

Jemand betritt den Aufenthaltsraum, zieht sich aber sofort wieder zurück. Die Tür wird leise geschlossen. Philip Casai beugt sich vor und zwingt Marthe, ihm in die Augen zu schauen.

»Ich habe für Sie herausgefunden, wo Jonas Kluge beerdigt wurde.«

»Darum habe ich Sie nie gebeten«, sagt Marthe. Ihre Stimme zittert nicht, wenngleich die Tonlage etwas erhöht ist.

»Ich weiß, dass Sie darum nicht gebeten haben. Aber möglicherweise wüssten Sie es gerne.«

»Warum sollte ich es wissen wollen«, fragt Marthe.

»Ich weiß nicht«, sagt Philip Casai vorsichtig, »vielleicht, weil Sie gerne einmal zu seinem Grab gehen würden?«

Marthe schüttelt den Kopf. Sie presst die Lippen fest zusammen.

»Wirklich nicht?«

»Nein.« Marthe hebt das Buch und legt es auf das Fensterbrett.

Philip Casai nickt. Er schaut Marthe ruhig an. »Ich würde Ihnen gerne eine Freude machen, Marthe, sozusagen zu ihrem halbjährigen Aufenthalt bei uns. Haben Sie einen Wunsch?«

Marthe schweigt. Aus dem Flur kommen Geräusche eine Bohnermaschine.

»Ist Post für mich gekommen?«, fragt Marthe.

»Nein, nicht dass ich wüsste«, sagt Philip Casai. »Erwarten Sie einen Brief?«

Marthe nickt. Sie streicht mit den Fingern über ihre Knie. »Aber ich weiß, dass der Brief nie kommt.«

»Wer sollte Ihnen denn schreiben?«, fragt Philip Casai.

Marthe hebt den Blick. Sie schaut ihrem Arzt in die Augen. »Sie behandeln mich seit einem halben Jahr und wissen nicht, auf welchen Brief ich warte?«

»Es gibt viele Möglichkeiten«, sagt Philip Casai.

»Nein.« Marthe schüttelt den Kopf. »Nicht so viele. So viele wirklich nicht. Aber ich weiß, dass er mir nicht schreibt. Er kann mir nicht schreiben. Es ist ganz unmöglich. Ich habe es kaputt gemacht. Ich kann das schon begreifen. Aber ...« Sie schiebt mit den Fingern die Haare aus dem Gesicht. »Ich dachte, vielleicht schickt er mir doch einen Gruß. Zu Weihnachten zum Beispiel. Oder zu Ostern. Aber nein. Und dann habe ich gehofft, dass er es doch irgendwann tut. Aber als da nichts kam, habe ich mir gesagt, er wird im Urlaub sein. Max mag den Winter nicht. Das hat er von mir. Er ist am liebsten in der Sonne. Habe ich Ihnen erzählt, dass Max einmal auf den Malediven war? In einem Hotel, das auf Stelzen ins Meer gebaut war? Im Pool wuchsen Palmen.«

»Nein«, sagt Philip Casai, »das haben Sie mir nicht erzählt.«

»Wir sind mit Max immer nur nach Norderney gefahren. Paul findet, dass man nicht weit fahren muss, wenn man das Meer liebt. Wir haben es ja praktisch vor der Haustür. Aber ein Meer, wo an den Stränden Palmen wachsen ...«

»Ich dachte, die wuchsen mitten im Pool.«

Marthe lacht. »Nicht im Pool, in einer Insel im Pool. Das war eine Gartenanlage. Alles künstlich. Ich denke, er wird vielleicht wieder so eine Reise gebucht haben. Er verdient ja genug Geld.«

»Sie sind stolz auf ihn.«

Marthe lächelt. »Ja.« Sie hebt den Kopf. »Ja, ich bin stolz auf Max. Obwohl ich nicht einmal weiß, wie er jetzt aussieht. Ich habe ihn nicht gesehen, seit ...« Sie seufzt. Sie findet kein Ende für diesen Satz.

»Ich weiß«, sagt Philip Casai sanft. »Ich weiß.« Sie schweigen eine Weile. Dann sagt er: »Ihr Sohn hat jetzt kurze Haare.«

Marthe lacht ungläubig. »Ganz kurz? Dann sieht man doch seine abstehenden Ohren.«

»Vielleicht gefällt ihm das«, sagt Casai.

Marthe lächelt. »Ja. Vielleicht gefällt ihm das.«

Sie runzelt die Stirn. »Wann haben Sie Max gesehen?«

»Vor ein paar Wochen.«

Marthe schließt die Augen. »Und warum haben Sie mir das nicht gesagt?«

»Ich wollte Sie nicht beunruhigen. Und dann habe ich gedacht, vielleicht interessiert es Sie gar nicht.«

Marthe steht auf. Sie streicht den Pullover glatt und geht mit steifen Schritten im Zimmer hin und her, schiebt Stühle zur Seite, richtet die Alpenveilchen auf den Tischen genau in der Mitte aus. Casai beobachtet sie dabei. Da dreht Marthe sich zu ihm um.

»Das ist nur ein Test, nicht? Sie möchten wissen, ob ich Sehnsucht nach meinem Sohn habe.«

Casai nickt. Er lächelt. »Ich geb es zu.«

»Dann sag ich Ihnen was.« Marthe nimmt ihren Stuhl, schwingt ihn herum und setzt sich rittlings darauf, die Arme über der Rückenlehne gekreuzt. Sie sitzt kerzengerade.

»Ich habe in den letzten Wochen über nichts anderes nachgedacht als über meinen Sohn.«

»Max?«

»Natürlich Max. Über wen reden wir denn?«

»Früher«, sagt Casai behutsam, »haben wir meist über Moritz geredet.

»Doktor«, sagt Marthe leise, »was hat er über mich gesagt, als sie ihn getroffen haben? Hasst er mich?«

»Nein, er hasst Sie nicht.«

»Woher wollen Sie das wissen. Haben Sie ihn gefragt?«

»Das musste ich nicht fragen. Das habe ich aus seinen Worten gehört.«

»Und was waren das für Worte?«

»Es waren die Worte eines Sohnes, der ...« Casai stockt, weil er nach einer treffenden Bezeichnung sucht.

Aber Marthe vollendet den Satz. »... von seiner Mutter verraten wurde.«

Philip schaut neugierig auf. »Sie haben Max verraten?«

»In gewisser Weise, ja. Er fühlt sich verraten. Er denkt möglicherweise, ich hätte ihn nicht geliebt. Aber ich habe ihn geliebt, Doktor.«

»Das weiß ich«, sagt Casai ruhig. »Darüber haben wir gesprochen.«

Marthe lehnt sich zurück, hält sich mit gestrecktem Arm an der Lehne fest. In ihrem Gesicht zuckt es, als kämpfe sie mit den Tränen.

»Max ist nicht im Urlaub gewesen. Stimmt's? Er wollte mich nur nicht sehen. Er wollte seine Mutter die ganze Zeit nicht sehen. Stimmt es, Doktor?«

»Ich weiß es nicht«, sagt Casai. »Ich habe ihn nicht danach gefragt.«

»Aber wonach haben Sie ihn denn gefragt?«

»Was für ein Recht hätte ich, ihm Fragen zu stellen? Max ist nicht mein Patient.«

Marthe atmet tief durch. Sie greift nach ihrem Buch, schlägt es auf, die Haarspange fällt heraus. »Wenn dies keine unserer Therapiestunden ist, würde ich das hier gerne zu Ende lesen. Ich muss es heute Nachmittag zurückbringen.«

Philip Casai erhebt sich. Er legt seine Hand auf Marthes Schulter. Eine väterliche, fast zärtliche Berührung.

»Marthe?«

Sie schaut auf.

»Das Gespräch hat mir gefallen. Vielen Dank.«

Er nimmt seinen Stuhl und trägt ihn an seinen Platz zurück. Marthe erhebt sich auch.

Sie räuspert sich. »Doktor?«

Er bleibt stehen, hebt fragend die Augenbrauen.

»Sie lassen mich doch raus?«

»Sie meinen: spazieren gehen?«

»Nein. Ich meine, raus in die Welt. Vor vier Wochen haben Sie gesagt: in einem Monat. Der ist um.«

Philip Casai kommt zu ihr zurück. Er lächelt fragend. »Möchten Sie das denn? Hinaus in die Welt?«

Marthe nickt.

»Und Sie haben keine Angst da draußen?«

»Nein«, sagt Marthe ruhig. »Jetzt nicht mehr.«

E-Mail an: philip.casai@landeskrankenhaus-oldenburg.de

Sehr geehrter Herr Prof. Dr. Casai,
sagen Sie mir Tag und Uhrzeit. Ich werde da sein, um meine Mutter abzuholen.
Gruß, Max Brandt
solomax@aol.com